La selva del lenguaje

José Antonio Marina

La selva del lenguaje

Introducción a un diccionario de los sentimientos

Portada:
Julio Vivas
Ilustración de Pep Montserrat

Primera edición: diciembre 1998
Segunda edición: diciembre 1998

Pedró de la Creu, 58
08034 Barcelona

ISBN: 84-339-0569-4
Depósito Legal: B. 51877-1998

Printed in Spain

Liberduplex, S.L., Constitució, 19, 08014 Barcelona

A Pilar

INTRODUCCIÓN

1

A estas alturas me he convencido de que los libros, al menos los míos, tienen su propio destino. Lo que iba a ser la introducción a un diccionario se ha convertido en una peculiar introducción a la lingüística. La peculiaridad deriva del tono, del enfoque y de algo más. El tono va a ser exaltado, porque no puedo hablar del lenguaje más que con entusiasmo, es decir, poéticamente, albergando la pretensión científica en un espacio de asombro, de admiración o de mareo. Me emociona ver que un niño de doce meses empieza a balbucear y a jugar con las palabras. Me emociona observar cómo aprende los planos sintácticos y semánticos del mundo, y cómo su madre le tranquiliza hablándole, «como si supiera desde siempre el secreto de todos los ruidos». Me sorprende que leer «Debajo de la hoja de la verbena / tengo a mi amante malo / Jesús qué pena», una combinación verbal disparatada, me contagie una lejana, inocente y enigmática alegría. Me admira la noble austeridad verbal de la poesía de Rilke:

> El caminante tampoco trae, de la ladera de la sierra
> al valle, un puñado de tierra, indecible para todos, sino
> una palabra ganada, pura: genciana amarilla
> y azul. Quizá estamos aquí para decir: casa,
> puente, cisterna, puerta, vaso, árbol frutal, ventana,
> a lo sumo: columna, torre.

«Una palabra ganada», qué bella expresión y qué necesaria cuando todos gastamos y desgastamos tantas. Tal vez mi fascinación por el lenguaje no haga más que recoger una tradición etimológica. La palabra inglesa *glamour*, que hace años se utilizaba tópicamente para describir el luminoso atractivo de las bellezas cinematográficas, significa «encanto o encantamiento mágico», y deriva del término *grammar*, gramática. El castellano *dicha* también tiene un origen sorprendente. Es una cálida expresión de la felicidad, a la que el sonido susurrante de la *che* hace mas íntima. Pero etimológicamente procede del latín *dicta*, «las cosas dichas», por lo que se relaciona con el lenguaje tal vez porque esas cosas dichas eran buenos augurios. En fin, que pretender hacer una teoría del lenguaje con glamour y dichosa es, al parecer, una redundancia.

Pero no todo es luminoso en el reino de las palabras. También tiene sus zonas inquietantes. Los afásicos pierden fragmentos de su lenguaje. A veces pueden escribir, pero no leer lo que han escrito. Son capaces de hablar de flores, pero tal vez no de animales. No encuentran los vocablos o han perdido la sintaxis o no reconocen lo que oyen. Es como si el mosaico lingüístico se hubiera revuelto y no supieran colocar las teselas en su sitio. El significado se ha perdido y suena sólo una algarabía.

> Áspera soledad desmedida e insomne.
> ¿Dónde están los sentidos que ayer tenían las cosas?
> Sólo quedan desordenados nombres ya olvidados.
>
> Incomprensibles pájaros cantan furiosamente.

Los japoneses, que cuentan con un sistema de lectura silábico *(kana)* y uno ideográfico *(kanji)*, poseen dos mecanismos neuronales para la lectura, de modo que una lesión puede impedir que lean de una manera y no de otra.[1] Según Tannen, una parte importante de las desavenencias conyugales proviene de que el hombre y la mujer hablan y escuchan de manera distinta.[2] Naomi Quinn advirtió que las metáforas que se usan para hablar del amor pueden influir en la tasa de divorcios. No es inocuo que utilicemos las metáforas lingüísticamente muy codificadas del amor-locura en vez de las metáforas del amor-obra de arte.[3] Y Edward Bruner ha estudiado la influencia que tienen las historias que nos contamos para entender nuestro pasado, nuestro presente y nuestro futuro.[4]

La selva del lenguaje nos proporciona también anécdotas pintorescas. Los nativos del desierto de Kalahari, que se limitan a recoger alimentos y a cazar, poseen un vocabulario de aproximadamente ochenta palabras, y su sistema de comunicación se apoya tanto en posturas y gesticulaciones, que tienen dificultad para comunicarse en la oscuridad. Las palabras no se han independizado del contexto práctico.[5]

Por su parte, los antropólogos nos han informado del papel que juegan las palabras en las distintas culturas. Malinowski creía que la estructura lingüística revelaba la estructura social, y lo expuso en *Meaning in Primitive Languages* (1920). Boas, tras haber estudiado la lengua y escritura de los indios de América y de los esquimales, así como su relación con la organización social, afirma que «el estudio puramente lingüístico es parte de la verdadera investigación de la psicología de los pueblos del mundo». El uso de circunloquios al hablar, por ejemplo, es una característica cultural. A muchos occidentales les parecen síntoma de deshonestidad o de hipocresía, pero para el japonés es un modo de reducir la aspereza. Decir «no» se considera demasiado tajante, de modo que las respuestas negativas se expresan en forma gramaticalmente afirmativa: nunca se dice «no», sino que los oyentes comprenden, por la forma de decir «sí», si se trata verdaderamente de un «sí» o de un «no» amable.[6]

Para muchos pueblos, el nombre es parte de la cosa. «Los esquimales», escribe Frazer, «obtenían un nuevo nombre cuando llegaban a la vejez; los celtas consideran el nombre como sinónimo del alma y del "aliento"; entre los yuinos de Nueva Gales del Sur, el padre revelaba su nombre a su hijo en el momento de la iniciación y pocas personas más lo conocían.» En el Génesis se dice que Adán puso nombre a todas las cosas. Y en el Apocalipsis, que Dios entregaría a los justos una piedrecita blanca con su verdadero nombre. Los dogon, en el colmo del asombro y de la metáfora, consideran que la palabra es parte del semen de la divinidad.

Según Stern, un psicólogo que sabía del asunto, el descubrimiento más importante de la vida de un niño es comprobar que cada cosa tiene un nombre. A mí el pasmo me dura todavía. En fin, que cada vez que me acerco a la palabra me sobrecoge su complejidad, su eficacia, su maravillosa lógica, su selvática riqueza, su espectacular manera de estallar dentro de la cabeza como un fuego de artificio, los mil y un caminos por los que influye en nuestras vidas, su capacidad para enamorar, divertir, consolar, y también para aterrorizar, confundir, desesperar. El habla penetra nuestra existencia entera. Es un acontecimiento social y es un acontecimiento privado. Se habla en soledad y en compañía. Realizamos complejísimas labores para hablar y para entender, actividades abrumadoramente complicadas pero que ejecutamos con tanta facilidad, que nos cuesta percibir la rareza del suceso.

Me gustaría por ello desacostumbrarles de lo cotidiano. Todo lo que tiene que ver con el lenguaje es desmesurado y misterioso, es a la vez trascendental y rutinario. A los seis años un niño conoce unas trece mil palabras. Un adulto educado puede comprender y usar al menos sesenta mil. La velocidad de nuestra memoria resulta escandalosa. Reconocemos y encontramos las palabras que necesitamos con una rapidez inexplicable. Comprendemos veinte sonidos por segundo, que es más de lo que puede analizar nuestro sistema auditivo. ¿Es que adivinamos lo que oímos? Pues en parte sí. Al hablar tenemos que lograr una coordinación motriz con un margen de tolerancia de sólo veinte milisegundos (el mismo que necesita un pianista para interpretar el *Concierto de piano n.º 3* de Rajmáninov). Es decir, un fantástico alarde al alcance de todos los seres humanos, que en esto somos genios cotidianos. Mientras conversamos, atendemos a lo que oímos y preparamos a la vez nuestra respuesta. Podemos producir y comprender frases que nunca habíamos escuchado. Y todo esto el niño lo aprende en situaciones lingüísticas confusas, donde se habla mal, rápida, entremezclada e imperfectamente.[7] Hay razones para la admiración y el apasionamiento.

Pero también es peculiar el enfoque de esta introducción a la lingüística. Entrar en el lenguaje desde el léxico de los sentimientos, que conceptualiza un mundo tan lábil, espejeante, huidizo y rico como el afectivo, es ser catapultado al lugar más tupido de la selva. A una selva dentro de la selva. Este abrupto ingreso tiene la ventaja de plantear los problemas lingüísticos al rojo vivo, en una situación que nos afecta profundamente. Así pues, tanto por mi entusiasmo como por la vía de acceso, vamos a entrar en una zona caliente de la ciencia.

2

Además del doble apasionamiento del estilo y del léxico, esta introducción tiene otra peculiaridad más. Pretende ser una introducción humanista al lenguaje, pretensión aparentemente superflua puesto que desde siempre la filología ha sido el centro de las humanidades. Pero las apariencias engañan, y en la actualidad estamos elaborando una lingüística deshumanizada, porque los especialistas han elegido el mal camino.

Como me gusta trabajar sobre ejemplos, les pondré uno. Si queremos estudiar la frase «Te prometo que te seré siempre fiel», nos veremos en una disyuntiva: o consideramos la expresión lingüística o consideramos el acto que hace el sujeto hablante al decirla. En cuanto oración, es un producto gramatical que puede ser analizado en abstracto, sin hacer referencia al sujeto, al destinatario, o a la situación. En cambio, si esa frase es dicha «realmente» por una persona, no basta con el análisis lingüístico para comprender el acontecimiento. La estructura ideal, el lenguaje, se ha incrustado en la vida real, introduciendo cambios y configurando nuestra existencia. Uno de mis maestros en lingüística, Émile Benveniste, hizo una afirmación que podría figurar como lema de este libro: «*Bien avant de servir à communiquer, le langage sert a vivre*.» En efecto, la palabra sirve, sobre todo, para vivir.

No podemos rechazar ninguno de los cuernos de la disyuntiva. El lenguaje es una actividad (Leontiev), una facultad (Chomsky), un módulo operativo (Fodor), un conjunto de actos de habla (Austin, Searle), pero también es un producto (toda la gramática tradicional), una estructura que no necesita del sujeto (Lévi-Strauss), un sistema formal (Hjemslev). Hace muchos años, Humboldt había señalado esta dualidad al distinguir el lenguaje como *enérgeia*, como actividad, y el lenguaje como *érgon*, como obra. Una vía nos lleva hacia el sujeto, la otra hacia la estructura. Espero que le quede claro al lector la dualidad de planos. A los filósofos les recordaré la distinción que hizo Husserl entre *noesis* –una actividad del sujeto– y *noema* –el contenido de esa actividad–. Las noesis son individuales, reales, los noemas son ideales, irreales. Si el lector y yo pensamos «dos más dos son cuatro», nuestro acto es personal e intransferible, pero el contenido es común y comunicable. No podemos transmitir actos reales, sino contenidos ideales, que el emisor y el receptor puedan compartir.

Esos contenidos ideales pueden, sin duda, estudiarse en sí mismos desentendiéndose de todo lo demás. Les pondré otro ejemplo. Las matemáticas constituyen un deslumbrante reino autónomo. Puedo estudiar cualquiera de sus ramas –aritmética, topología, cálculo diferencial, matemática borrosa– como un sistema formal completo, cerrado, autosuficiente. Pero eso no me da su «significado». ¿Qué hace la inteligencia cuando hace matemática? ¿Descubre o inventa? ¿Qué tipo de entidad es la matemática? ¿Cuál es su relación con la realidad? ¿Cuál es su relación con la experiencia? ¿Por qué la inteligencia humana siente fascinación por los lenguajes formales?

Foucault ha dicho con razón que el lenguaje ha tenido un protagonismo invasivo, disperso, omnipresente, en el debate cultural de este siglo. Su relevancia comenzó con una declaración de independencia. Los lingüistas, deslumbrados por el fulgor de las ciencias formales, quisieron convertirlo en una estructura independiente, en un complejísimo código que podía estudiarse en sí mismo, desgajado del campo de los hombres, de sus venturas y desventuras, de las complejidades biográficas. En una palabra, el lenguaje fue separado del Mundo de la vida. Chomsky lo dijo contundentemente en su famosa *Syntactic Structures*: «La gramática es autónoma e independiente del significado.» Frase que sería intrascendente si no fuera porque vivimos inevitablemente en el mundo de los significados. Esa independencia produjo efectos de enorme envergadura. Oigamos a Foucault:

> Separado de la representación, el lenguaje no existe más que de un modo disperso: para los filólogos las palabras son como otros tantos objetos constituidos y depositados por la historia; para quienes quieren formalizar, el lenguaje debe despojarse de su contenido concreto y no dejar aparecer más que las formas universalmente válidas del discurso; si se quiere interpretar, entonces las palabras se convierten en un texto que hay que cortar para poder ver aparecer en plena luz ese otro sentido que ocultan; por último, el lenguaje llega a surgir para sí mismo en un acto de escribir que no designa más que a sí mismo.

Esta tecnificación y autonomía del lenguaje me interesa y preocupa porque es un ariete más que colabora en el desmantelamiento de la noción de sujeto. Hace años, en vísperas de la Segunda Guerra Mundial, Edmund Husserl, el más noble pensador de este siglo, dio la voz de alarma acerca de los peligros de la formalización. Las ciencias, decía, se han convertido en sistemas independientes, autónomos, ideales. Su necesaria búsqueda de la objetividad les ha hecho apartarse inmisericordemente del reino de la vida, de las actividades e intereses que las hicieron nacer. Con esto han ganado perfección técnica, pero han perdido su sentido.

Las cosas, las creaciones humanas, la realidad, el lenguaje recuperan su sentido cuando atendemos a su génesis, al origen, al manadero de donde provienen. Podemos entender la física atómica, la química, la matemática como sistemas maravillosos de conocimiento o de creatividad formal, pero sólo podemos comprender su sentido cuando enlazamos esas formidables invenciones de la inteligencia con el sujeto que las ha creado. Es el hombre quien da sentido a las cosas. Todos los estructuralismos, formalismos, objetivismos a ultranza que quieren conseguir la pureza ideal, científica, olvidando que son creaciones de seres humanos concretos, empantanados en su cieno biográfico, en las limitaciones de su situación, de sus necesidades, de sus prejuicios, pero también sublimados por su afán de verdad, pierden el verdadero significado de la acción humana y de sus creaciones. Quedan deslumbrados por el cristal, y olvidan las tremendas presiones que produjeron la cristalización.

Esto es dramáticamente verdadero en el caso del lenguaje, que es, por un sorprendente rizar el rizo, una creación humana que nos crea como seres humanos. Lo que hacemos nos hace. Si despegamos la obra de su autor perdemos su sentido. Esto es lo que me lleva a pelear por una lingüística a escala humana, que no olvide su origen. Ya sé que desligada de la facticidad, del hormiguero cotidiano, de las insidiosas asechanzas de la embarullada cotidianeidad, las puras y transparentes estructuras lingüísticas nos proporcionan un espejismo de perfección y plenitud que sosiega nuestras ansias. Pero ese cielo platónico, deseable y lejano como todos los cielos, fruto perfecto de una inteligencia nostálgica que añora llegar a una patria desconocida, exige como protagonista un hablante ideal, que no existe. Chomsky, que es sin duda un idealista, intentó reivindicar ese ser utópico. La teoría lingüística se refiere, según él, «a un hablante/oyente *ideal* en una comunidad lingüística totalmente homogénea, un hablante que conoce completamente su lengua y no está afectado por condiciones gramaticalmente irrelevantes, como limitaciones de la memoria, distracciones, cambios en la atención o en el interés, o defectos casuales o característicos, a la hora de aplicar sus conocimientos de la lengua a un uso real».[8]

¡Quién pudiera ser ese hablante/oyente ideal! Por desgracia, los hablantes reales, los interlocutores reales, los que hacemos el lenguaje, somos seres limitados, aunque tengamos sueños de grandeza. Empantanados en malentendidos, pero empeñados en entendernos. Las dos cosas al tiempo. Y esa dualidad, dolorosa y magnífica, debe contar en el momento de estudiar una creación humana que nos delata tan crudamente como el lenguaje.

Necesitamos un teoría humanística del lenguaje, enredada, dramática, heroica, arrepentida, desmesurada, ética, porque así captaremos el sentido de esa maravillosa, brillante, conmovedora, exaltante invención. Todas las teorías formales son verdaderas y engañosas, como un texto de medicina que enseñara fisiología sin mencionar el sufrimiento.

Esta urgente necesidad de recuperar el significado humanista de las ciencias, incluida la lingüística, ha guiado la redacción de esta obra, que se integra así dentro de un proyecto más amplio. Necesitamos una «economía para humanistas», una «biología para humanistas», un «derecho para humanistas».

Además de hablar sobre el lenguaje en general, en esta obra vamos a espiar su núcleo más íntimo, más ensoberbecido, más vulnerable, más selvático y más refinado: el sentimental. Al intentar construir una teoría del lenguaje sobre esta arrebatada verbalización del torbellino, sólo pretendo devolver la palabra, y las ciencias que la estudian al mundo azacanado, terrible y conmovedor de la vida. Un estudioso no profesional del lenguaje como yo, que no consume el válium de la especialización ni estiliza su figura con el corsé académico, forzosamente se siente atrapado por el vértigo de la lengua real. Pretende estudiar una obra humana y sin pensarlo ni sospecharlo ni desearlo se encuentra arrastrado hacia las entrañas del volcán de la subjetividad. Aspiraba a hacer geología, a estudiar la paralizada tranquilidad de las rocas/frases, y me encuentro en el corazón ardiente donde se gesta el magma. Para decirlo sin metáforas: una lingüística sin complejos tiene que convertirse en espeleología subjetiva. (Creo que he reincidido en la metáfora y rectifico: el estudio del lenguaje nos lleva inevitablemente a los niveles más profundos de la personalidad.)

La lingüística que me gustaría elaborar tendría que organizarse así:

1) *Teoría del sujeto hablante.* ¿Cómo influye el lenguaje en la configuración del sujeto, en su metabolismo mental? ¿Cómo tiene que ser nuestra inteligencia para poder realizar las poderosísimas tareas lingüísticas? El lenguaje no es una obra más del ser humano: nuestra mente ha llegado a ser estructuralmente lingüística. La palabra penetra hasta el fondo de nuestra inteligencia. Por eso la lingüística tiene que comenzar con un estudio de la acción humana. El lenguaje nace en el Mundo de la vida, y tiene una función práctica: comunicar, organizar la colaboración, pedir, transferir conocimientos, planificar y dirigir la conducta. Sirve para la comunicación exterior y para la construcción del propio sujeto. Con el lenguaje hacemos muchas cosas. La pragmática –una parte de la lingüística que estudia la relación entre el lenguaje y las situaciones reales en que se manifiesta– ha estudiado los actos de habla, aquellas intenciones que pretendemos

cumplir hablando: convencer, seducir, mandar, timar, prometer. Pero ha descuidado estudiar los actos de comprensión del habla, que son también variados y que intervienen dramáticamente en la vida diaria. Podemos escuchar intentando comprender o intentando descubrir los fallos del interlocutor, convertido en enemigo, buscamos el entendimiento o la ridiculización del hablante, deseamos atenernos al texto o recrearlo poéticamente. De esta pluralidad de actitudes dependen el éxito o los fracasos del lenguaje, que los *dicta* se conviertan en dicha o en desdicha. Es imprescindible hacer una teoría del sujeto oyente, porque la comprensión es una actividad que compromete las estructuras intelectuales, afectivas y si me apuran éticas del sujeto. Comprender es un empeño y una generosidad.

2) *Análisis del lenguaje como estructura ideal.* Es decir, estudio de la herramienta. Ha de comenzar describiendo el sistema de los signos. Como explicaré después, creo que la semántica –el significado– es el manantial del que brota todo el lenguaje. Hay, pues, que elaborar una semántica básica, que surge de las grandes actividades humanas de donación de sentido, y que después se ramificará en sintaxis, léxico y pragmática.

3) *Estudio de las operaciones mentales que producen la actividad lingüística.* De este asunto se ocupa la psicolingüística, que estudia el aprendizaje de la lengua, la producción del habla, la comprensión.

Esto es lo que me gustaría hacer, y lo que, por supuesto, me considero incapaz de hacer. En este volumen sólo pretendo argumentar la necesidad de este enfoque lingüístico, y hacerlo como introducción a un investigación de campo, que trata del léxico sentimental. El estudio de un tema tan concreto nos servirá de ayuda para aclarar muchos problemas. Se lo explico enseguida.

3

Los filósofos de este siglo se han interesado mucho por el lenguaje y han llegado a pensar que lo único que podía hacer la filosofía era reflexionar sobre él. Es lo que se ha llamado el giro lingüístico y hermenéutico. John Stuart Mill ya había señalado que «el lenguaje constituye un depósito acumulado de experiencias, al que, con su aporte, han contribuido las edades pretéritas».[9] Los filósofos del lenguaje natural pretendieron aprovechar ese saber anónimo, poseído y con frecuencia tratado displicentemente: «Nuestro común stock de palabras incorpora todas las distinciones que los hombres han hallado conveniente hacer, y las conexiones que han hallado conveniente establecer, durante la vida de muchas generaciones; seguramente es de esperar que éstas sean más numerosas, más razonables, dado que han soportado la larga prueba de la supervivencia del más apto, y más sutiles, al menos en todos los asuntos ordinarios y razonablemente prácticos, que cualesquiera que plausiblemente usted y yo excogitásemos en nuestros sillones durante una tarde.»[10]

¿Son verdaderas estas tesis aparentemente tan irrebatibles? El asunto es difícil, y sospecho que Stuart Mill, Austin y sus seguidores han ido demasiado deprisa. Ninguno de los filósofos que han ponderado tanto el lenguaje natural hicieron investigaciones lingüísticas sistemáticas, que tal vez hubieran templado sus entusiasmos. Tomemos, por ejemplo, el léxico del sol. El sol nace, se pone, muere. Este bello recorrido biográfico solar no nos dice nada acerca del sol y de sus movimientos. No se puede hacer astronomía a partir del lenguaje. Ni química. Como ha recordado Putnam, durante siglos los chinos han sido grandes expertos en jade, pero cuando los químicos analizaron lo que designaban con ese nombre se dieron cuenta de que no había un jade sino dos, químicamente diferentes. *Jade* era una palabra equívoca, aunque nadie lo supiera.

Las modas nunca están bien justificadas. Las filosóficas tampoco. A mí me sigue asombrando la influencia que ha ejercido la teoría de Wittgenstein sobre los «parecidos de familia». Si yo le he entendido bien, lo que dice es que las palabras no tienen un significado definido. Tomemos como ejemplo la palabra «juego». No hay ningún referente que corresponda unívocamente a esa palabra. Hay juegos de azar y de habilidad, deportivos y de salón, físicos y mentales, de competición y de solidaridad, grupales e individuales. Lo único que tienen en común las actividades de las que se predica la palabra «juego» es «un aire de familia». Nuestra fascinación por los eslóganes ha hecho que éste se repita con demasiada insistencia.

¿Qué afirma esa muletilla? Que con los significados de una palabra sucede lo mismo que con los miembros de una familia: se parecen en algo, pero no todos en lo mismo, ni de una manera clara, ni fácilmente designable. «Son distintos pero tienen un aire.» Esta afirmación me deja tan perplejo que voy a mirarla con lupa. En primer lugar, Wittgenstein utiliza una metáfora tramposa. Hablar de «parecidos de familia» da por supuesto que es la pertenencia a una familia lo que funda que esos parecidos sean familiares. Es decir, primero tengo constituida la familia como realidad, filiados sus miembros, hecha la galería de retratos, y luego me paseo por ella y busco o encuentro semejanzas. Nada de esto ocurre con una palabra. Los juegos no pertenecen por nacimiento a una familia, cuyos parecidos me dedico después a analizar, sino que los incluyo en la misma familia precisamente porque tienen algo en común que funda la semejanza. No se me ocurre incluir en ese grupo la actividad «dormir» o «hacer la digestión», porque jugar es una actividad consciente e intencionada. «Sacrificarse por el prójimo» no es un juego. Los juegos son actividades agradables. Dentro de las actividades económicas, se habla de «jugar a la Bolsa», pero no de «jugar a sacar carbón de la mina». La especulación tiene un aspecto azaroso, poco esforzado, apasionante, que la acerca a otros juegos de azar. Picar piedra es demasiado trabajoso para considerarlo lúdico. Ser una actividad agradable, placentera en sí misma e intencional son tres características del juego. Y hay, por supuesto, otras más.

Las vaguedades acerca del lenguaje han metido a nuestra cultura en un atolladero. Si sólo podemos conocer el lenguaje, la realidad queda lejísimos, únicamente aparece lo que aparece en el discurso. Y hay tantos discursos como personas. Nos movemos, pues, en un entramado de palabras, palabras, palabras, de las cuales ni siquiera podemos conocer el significado exacto, puesto que no lo tienen. Hay una desconfianza generalizada hacia cualquier intento de definición, que es considerado poco menos que una vuelta a la caverna. El discurso posmoderno sobre el lenguaje conduce a un relativismo complicado de defender, pero que afecta a nuestra vida diaria. No está nada claro que podamos entendernos si cada uno de nosotros vive en su lenguaje privado, dentro de su idiolecto, encerrado en una burbuja semántica. Heidegger se lamentó de que, a pesar de mantener largas conversaciones con su discípulo el conde japonés Shuzo Kuki, que hablaba excepcionalmente bien el alemán, el francés y el inglés, no pudo llegar a conocer el significado de la palabra «iki». Ésta es la razón que daba el filósofo: «El habla es la casa del Ser. Si el hombre vive por su habla en el requerimiento del Ser, entonces los europeos vivimos presumiblemente en una casa muy distinta de Extremo Oriente. Y un diálogo de casa a casa es, pues, imposible.»[11]

Pensando de esta manera, lo que no entiendo es por qué Heidegger tenía que irse tan lejos. Lo incomprensible podía tenerlo literalmente en la casa de al lado. ¿Qué quiere decir una persona cuando dice que me ama? Los sentimientos son una experiencia subjetiva e íntima. ¿Cómo puedo saber si lo que esa persona ha etiquetado con la común palabra «amor» no es algo absolutamente peculiar, incomparable, idiosincrásico y que, por lo tanto, la palabra se ha vuelto equívoca?

Los términos «mesa», «ordenador», «bacteria», «triángulo» y similares no plantean problemas. Por eso he preferido tomar el toro por los cuernos y tratar los problemas del lenguaje a partir del dominio más esquivo, complejo y desesperante: el sentimental.

4

¿Y qué quiero averiguar? Varias cosas que tienen que ver con los fundamentos de la lingüística. Si las palabras pueden definirse. Si el lenguaje nos enseña algo sobre la realidad. Si la diversidad de lengua implica la diversidad de experiencias o si, por el contrario, hay unos universales lingüísticos, semánticos, conceptuales comunes a todas ellas. Si podemos entendernos o solo adivinarnos. Si podemos evitar los fracasos lingüísticos. Si es verdad que podemos conocer exclusivamente lo que nuestro lenguaje nos permite conocer. Mis lectores ya saben que concibo la filosofía como una función pública, y si trato este asunto es porque me parece de claro interés social. Sobre todo en un momento en que nuestro planeta está sometido a dos tendencias contrarias: la globalización y la vuelta al terruño. La globalización impone una lengua universal, posiblemente el inglés. La vuelta al terruño fomenta el interés por las lenguas autóctonas como gran medio para fundamentar la identidad. Jon Juaristi ha recordado hace poco que el ideólogo de la ETA naciente, José Luis Álvarez Emparanza, «Txillardegi», se apoyaba en la teoría lingüística de Whorf, de la que luego hablaré, para mantener que una lengua –en este caso el euskera– es algo más que una herramienta de comunicación: es un modo de ver el mundo, insustituible e irrepetible. Algo así decía Heidegger, que en su barullo espiritista, místico, trascendental, nazi, escribía cosas como: «La palabra es el acontecer de lo sagrado. Esta palabra aún no oída está conservada en la lengua de los alemanes.» ¡Pues qué bien!

Esta glorificación de la palabra es una idolatría. El lenguaje es sólo el gran auxiliar de la inteligencia humana, que, en una especie de bucle maravilloso, acaba construyéndose a sí misma con ese utillaje que ha inventado, como el atleta reestructura su sistema muscular de acuerdo con sus tablas de entrenamiento. La lingüística estudia esa grandiosa herramienta, pero quien se adentre por sus amplias avenidas y sus elegantes laberintos se dará cuenta de que bajo su aparente asepsia y tecnicismo corren profundas y a veces turbulentas opciones ideológicas.

¿Nos dice el lenguaje algo sobre la realidad? ¿Podría un extraterrestre entender algo sobre el universo a partir de un diccionario? El lenguaje nos informa de lo que una sociedad considera importante. Un diccionario puede entenderse como un discurso psicocultural, la anatomía de los intereses, las preferencias y las manías de una sociedad. La gramática entera nos proporciona información sobre los presupuestos intelectuales que hay por debajo de su sistema de creencias y de su modo de vida. La sintaxis, por ejemplo, estructura nuestro sistema de categorización, o al revés, eso habrá que verlo. La relación sujeto-predicado ha fundado casi toda la metafísica occidental desde Aristóteles. Pero ¿esas peculiaridades lingüísticas determinan nuestra percepción de la realidad o derivan de ella? ¿Conocemos sólo lo que nuestro lenguaje nos permite conocer? Ya en 1860, el humanista alemán A. Trendelenburg afirmaba que si Aristóteles hubiese hablado chino o dakotano, en vez de griego, las categorías de la lógica aristotélica habrían sido radicalmente diferentes.

Después de pensarlo bien, no me atrevo a decir que el lenguaje diga nada fiable acerca de la realidad. Ésta es la primera tesis de este libro. *El lenguaje nos instruye sobre el modo de ver la realidad, no sobre la realidad en sí, por eso es más de fiar cuando habla de fenómenos subjetivos que cuando habla de realidades objetivas*. El caso del sol es paradigmático. No podemos dejar de ver que se mueve en el cielo, pero la ciencia nos dice que eso no es verdad. El lenguaje nos sirve como índice para emprender investigaciones sobre el Mundo de la vida, es decir, sobre la peculiar manera que tenemos de experimentar, sentir, hablar de la realidad. Esto es evidente en el caso de los sentimientos. Uso esta palabra para dejar claro que me estoy refiriendo a una experiencia consciente. Los psicólogos anglosajones distinguen muy bien entre *emotion* y *feeling*. La emoción es para ellos –y en general para toda la psicología– un fenómeno fisiológico que puede ser o no consciente. Si se hace consciente se transforma en *feeling*, en sentimiento. Así pues, el léxico afectivo de una cultura nos proporciona una información fiable del modo como ha interpretado las experiencias afectivas. Por debajo del lenguaje vemos aparecer un tratado de psicología popular.

5

Cada cultura enfatiza un aspecto particular de los problemas, situaciones y respuestas afectivas, lo que tiene una importancia decisiva en la formación del léxico. Además, da una importancia diferente a las emociones y a su poder. Los tahitianos piensan que la furia puede matar. Los ifaluk distinguen la furia justificada de la ira reprensible. Ruth Benedict propuso dividir las culturas en apolíneas –que temen las emociones– y dionisíacas, que las alaban.

Todo lo dicho justifica las diferencias del léxico sentimental. Pero ¿es suficiente para defender la absoluta originalidad e incomunicabilidad de las culturas y de las experiencias? Me inclino a pensar que no. La segunda tesis de este libro es: *A través del léxico podemos descubrir el despliegue de diferencias a partir de unas categorías universales.* Por lo que tienen de diferente, es difícil traducir con exactitud una palabra de un lenguaje a otro; pero como han crecido a partir de unas categorías universales, podemos comprenderlas.

El *Diccionario de los sentimientos* que sigue a este volumen ha sido, entre otras cosas, una investigación de campo –de selva, más bien– para comprobar la solidez de estas tesis. Hemos comenzado organizando el léxico sentimental español, según está recogido en los diccionarios, buscando sus articulaciones, para comprobar si remiten a algún sistema oculto, a algún modelo conceptual profundo que sirva de referencia a grupos léxicos. También la selva tiene su lógica. Hay especies vegetales incompatibles, y hay otras que sienten tal querencia que se ahogan, como la que siente el ficus estrangulador hacia su víctima o, sin necesidad de irse tan lejos, la hiedra.

Después de hacer la taxonomía de la selva, hemos intentado comparar selvas distintas. Aclararé que me refiero a idiomas diferentes, por si el lector se ha perdido en las enredaderas de la metáfora. Las manifestaciones superficiales –las palabras, giros, preferencias de cada lenguaje– están muy alejadas, pero, bajo esa separación visible, ¿habrá alguna recatada unión de sus raíces? De igual manera que en el campo de la sintaxis se habla de estructuras profundas y de estructuras superficiales, ¿hay representaciones semánticas profundas y superficiales? Ya veremos.

La comparación entre idiomas diferentes es en la teoría y en la práctica más puñetera de lo que se podría suponer. Para poder comparar dos términos –por ejemplo, uno del pintupi y otro del danés–, yo, que sólo hablo bien el español, tengo que buscar buenas definiciones. Y buenas definiciones en español. Dar por supuesto que esto es posible denota una ingenuidad arcangélica, suponiendo que los arcángeles sean ingenuos, cosa que no creo. Esto me lleva a la tercera tesis del libro: *Los térmi-*

nos sentimentales se pueden definir. Y esta definición puede hacerse utilizando unos primitivos semánticos transculturales. O sea, universales. El lenguaje nos permite ir más allá del lenguaje.

Se trata de una tesis bastante estrepitosa, aunque no se lo parezca al lector poco bregado en debates lingüísticos, porque va en contra de gran parte del pensamiento actual. Pero ya puestos, terminaré la faena haciéndola aún más sensacionalista, con una última tesis de naturaleza psicológica. *Los sentimientos son variaciones culturales y personales de unos fenómenos universales y comunes.*

7

Éstas son las tesis de este libro. El diccionario, con su proliferación de historias, de testimonios, de sorpresas, de anécdotas, proporcionará la documentación necesaria. Pero es sólo una contribución a esa teoría humanista del lenguaje que antes describía. Es, pues, una investigación experimental realizada dentro de un marco sistemático más amplio. Esta obra pretende cobijar teóricamente la investigación del siguiente, que a su vez proporciona la corroboración concreta de un aspecto de la teoría. En este vaivén de la hipótesis al hecho y del hecho a la hipótesis se va tejiendo el tapiz minucioso y magnífico de la ciencia.

Como he hecho otras veces, en esta obra transcribo sin avisar textos de otras obras mías. Me divierte que el lector no sepa a ciencia cierta qué libro está leyendo. Pero, además, esas incrustaciones son como cambios de agujas que permitirían al lector pasar de un libro a otro sin descarrilamiento, lo que me parece una garantía de coherencia científica. En fin, creo que todo lo que escribo es un gran hipertexto, por decirlo en jerga moderna. Es una teoría del sujeto inteligente que abarca desde la neurología hasta la ética. Megalómana y necesaria al tiempo. Tal vez la megalomanía sea un componente esencial, incordiante y salvador de la naturaleza humana.

En esta ocasión, he redactado unas notas académicas para especialistas y unos comentarios bibliográficos menos académicos para quienes no lo son, pero recomiendo al lector profano que olvide las notas y siga el argumento sin interrupciones. Las casas y los libros necesitan cimientos, pero no es cosa de pasarse la vida en la escalera yendo a comprobar si están en buen estado.

En el relato de Woody Allen titulado «La puta de Mensa», un cliente pregunta a la patrona de un burdel: «¿Y si le pido que dos de estas muchachas se vengan conmigo a explicarme las teorías de Noam Chomsky?», a lo que ella responde: «Eso le va a costar una pasta.» Lo que hay de cierto en esa anécdota es que los temas lingüísticos suelen ser arduos. Les aseguro que he hecho todo lo posible por aliviarles la caminata por la selva.

I. SABER Y CONOCER

1

Comenzaré mi repertorio de asombros. Nadie considerará disparatado el siguiente texto: «Alexis no sabía si lo que sentía por Sonia era amor, gratitud, deseo, compasión o sólo la satisfacción de sentirse querido.» Es, sin embargo, una frase muy extraña. ¿Cómo no va a saber Alexis lo que siente si los sentimientos son forzosamente experiencias conscientes? Lo que sucede es que no sabe reconocer lo que siente, es decir, no sabe situar su experiencia dentro del plano del mundo afectivo que posee. Y mientras no lo haga, mientras no consiga identificar sus sentimientos en el catálogo sentimental que su cultura le ha entregado, donde se le señalan las expectativas y la posible evolución del sentimiento, el contenido de su conciencia permanecerá confuso, sin definición. Y todo ello, precisamente, porque carece de nombre.

Esto no parece sensato. Alexis siente lo que le pasa y podría describirlo. Sólo necesita enunciar los rasgos, las causas, la intensidad de sus emociones. Sin embargo, esa descripción nos parecería también imprecisa, suelta, desembragada, porque no conseguiría conectar con el sistema de referencias afectivas que Alexis y los demás poseemos. Y ese enlace se realizaría mediante el léxico.

Todos tenemos la impresión de que sabemos algo más sobre una cosa cuando sabemos su nombre, impresión que a primera vista parece poco justificada. Paseo por el Jardín Botánico de Santo Domingo una mañana de sol poderoso y húmedo, y tropiezo con una gigantesca planta desplegada como un abanico.

Parece que solo tuviera dos dimensiones. Me sorprende su colosal magnificencia, esa desmesura que tienen las plantas tropicales, que hizo decir a Darwin que en el trópico las aves cantaban demasiado y todos los vivientes eran excesivamente coloreados, grandes, petulantes, variados. Me acerco a ver cómo se llama: «Árbol del viajero», *Ravenala madagascariensis musacea*. Recordé a Rilke:

> Diré a los jardineros que me expliquen
> muchas flores, trayéndote en los trozos
> de los enormes nombres propios algo
> de sus aromas varios.

¿Ocurre algo nuevo al conocer el nombre de un objeto? ¿De dónde procede la impresión de que mediante el lenguaje poseo de otra manera lo percibido? Lo que consigo con la palabra no es una nueva información, sino una nueva manera de manejar la información. El conocimiento que tenía de esta exuberante planta no ha crecido. Pero al conocer su nombre puedo tratar la información perceptiva con gran soltura. Mientras que la presencia del árbol del viajero va a acabarse en cuanto prosiga mi camino, y su recuerdo se hará inevitablemente borroso, la palabra que lo designa se mantendrá en la memoria, y podré pensar en esa planta y hablar de esa planta y buscarla cuando quiera, aunque ya no recuerde claramente el poderío que ahora me fascina. El árbol hablado es más dócil que el árbol percibido.

El lenguaje me proporciona otra ventaja, ya que puedo incluir un árbol o el amor o la envidia o los tronos angélicos dentro del mapa lingüístico de la realidad que poseo y que he ido configurando con las informaciones recibidas a través del lenguaje, que son muchas. Por medio de la palabra recibimos la mayor parte de la información que nos sirve para aprender a ver la realidad, ordenar nuestra experiencia y aprovechar la experiencia de los demás. Cuando aprendemos el léxico sentimental asimilamos un saber ancestral sobre los sentimientos humanos que nos instruye acerca de los afectos, sus relaciones, los recorridos sentimentales que va a seguir nuestra experiencia. Gracias a esta enseñanza poseemos una colección de modelos que nos permite guiar, comprender, prever, alterar a veces nuestra vida sentimental, confundirnos. Todo nuestro saber está sistematizado lingüísticamente y por ello cuando no logramos enlazar nuestra experiencia con ese archivo nos consideramos perdidos, sin saber cómo interpretar, comprender, continuar lo que sentimos, como si hubiéramos recibido una carta sin firma, una cita sin lugar, una promesa sin contrayente. Nos falta la clave para descifrar su significado. No podemos conectar lo que percibimos con lo que sabemos.

¿Hasta dónde llega esa influencia del lenguaje? Los llamados constructivistas sociales, que son muy exagerados, enfatizan la importancia que tiene la elaboración lingüística de la emoción. Según Thoits, por ejemplo, hay emociones innatas que no necesitan ninguna mediación cognitiva, pero «sólo a través del lenguaje sabemos conscientemente lo que sentimos. Las etiquetas o conceptos culturales aprendidos en la interacción social permiten asociar las sugerencias ambientales, las sensaciones internas y los gestos expresivos».[1] Esto me recuerda una anécdota contada por Margaret Mead. Durante uno de sus viajes por islas lejanísimas se encontró con los hermanos de una muchacha a la que habían raptado miembros de una tribu hostil y les preguntó qué sentían. «No lo sabemos», contestaron, «porque el jefe no nos ha dicho aún lo que tenemos que sentir.»

El modo como una etiqueta lingüística influye en los sentimientos queda claro en un ejemplo que no he sacado de un libro de lingüística, sino de un tratado de psicoterapia. Albert Ellis sostiene, y estoy de acuerdo con él, que nuestras creencias influyen decisivamente en nuestros afectos. Considera que nuestra cultura relaciona con la expresión «amor verdadero» las siguientes ideas:

1) Puedes amar a una y sólo a una persona.

2) El amor verdadero dura toda la vida.

3) Los sentimientos profundos de amor aseguran un matrimonio estable y compatible.

4) El sexo sin amor no es ético ni satisfactorio. Amor y sexo siempre van juntos.

5) El amor puede utilizarse fácilmente para desarrollar y crecer en las relaciones conyugales.

6) El amor romántico es muy superior al amor conyugal, al amor de amigos, al amor no sexual y a otras clases de amor, y tu existencia será desdichada si no lo experimentas intensamente.

7) Si pierdes a una persona a la que quieres románticamente debes sentirte profundamente afligido o deprimido durante un largo tiempo y no puedes experimentar amor de nuevo de forma legítima hasta que haya finalizado el luto.

8) Es necesario percibir amor todo el tiempo para reconocer que alguien te ama.

Estas ideas se integran dentro de sentimientos complejos, creando expectativas, frustraciones, deberes, etc. Los sujetos se dicen a sí mismos (o creen implícitamente) cosas como: «Debo amar sólo a una persona y soy un sinvergüenza si amo a otras», «Me casaré con una persona a la que ame románticamente y me sentiré desolado/a si el otro/a no se adapta a mí», «Mis sentimientos románticos deben durar siempre y hay algo que no marcha bien en mis sentimientos si se marchitan después de un espacio relativamente corto; eso demuestra que no amo realmente», «Si no experimento amor romántico intenso y duradero no puedo sentirme satisfecho con otros tipos de sentimientos amorosos, a lo sumo tendré una existencia medianamente feliz».[2]

En el momento en que un sentimiento verosímilmente confuso queda etiquetado con la palabra «amor», le transferimos todo el bloque de expectativas, previsiones, deberes que corresponde a la palabra. Es fácil comprobar hasta qué punto la situación puede resultar dramática. La palabra puede convertirse en una letra de cambio, de apariencia inofensiva, pero que puede llevarnos a la quiebra en el momento de su vencimiento.

Este bagaje de informaciones, evaluaciones, creencias se nos da a través del lenguaje, que es un gran sistema, una colosal estructura, una herramienta formidable.

2

Todo esto ya lo sabía el lector. El caso es que la lingüística produce un inicial desconcierto porque su objetivo es enseñarnos lo que ya sabemos. Es, en efecto, una ciencia de observación, pero la distingue de las demás el hecho de que el lingüista no necesita observar nada fuera de él, puesto que pretende estudiar lo que ya sabe: el lenguaje. Escribir una gramática de la lengua que dominamos es casi lo mismo que estudiar una parte de la propia memoria. Esta peculiaridad nos obliga a pensar que el ser humano tiene dos maneras de poseer y manejar información: la «sabe» o la «conoce». Sólo conocemos, con mayor o menor precisión, lo que está en estado consciente de manera explícita. Por el contrario, saber es la permanencia de cualquier información o habilidad en la memoria. Cuando se hace consciente se convierte en conocimiento. Una cosa es saber bien el castellano y otra conocer cuántas palabras que designen sentimientos sabemos.

Algo así dice Ferdinand de Saussure, padre de la lingüística moderna, cuando afirma que la lengua *(langue)* es una capacidad subjetiva, «un sistema gramatical virtualmente existente en cada cerebro, o, más exactamente, en los cerebros de un conjunto de individuos». La lengua, advertía, no está completa en ningún sujeto ni en ningún diccionario. No existe perfectamente más que en una masa social. A esta existencia del lenguaje como sistema compartido por un grupo oponía el «habla» *(parole)*, que es «un acto individual de voluntad», un acontecimiento personal. Yo hablo una lengua. El lenguaje nos sitúa a medio camino entre lo personal y lo comunitario. Hablamos voluntariamente una lengua que se impone a nuestra voluntad. Ya les explicaré que esta mezcla de señorío y esclavitud plantea interesantes y dramáticos problemas.

El lingüista pone en claro lo que sabemos cuando sabemos un idioma y, para ello, le basta con ir actualizando su saber implícito, lo que no es tarea fácil. Al hacerlo, entra a formar parte del grupo de científicos que aspiran a conocer lo que estando en el sujeto está más allá de su conciencia. Por eso en *Elogio y refutación del ingenio* hablé de un psicoanálisis lingüístico. La obra de Chomsky, que siempre se consideró un psicólogo que aspiraba a descubrir el mecanismo profundo del lenguaje, muestra claramente esta vinculación con la psicología profunda. Para él la sintaxis es un *tacit knowledge,* un saber implícito.[3] Así funciona nuestra inteligencia. Tenemos en la memoria un complicado mapa semántico de la realidad y unas reglas de uso que aplicamos con gran soltura, pero que sólo podemos «conocer» mediante un costoso trabajo de reflexión y análisis. Son saberes tácitos, plegados, implícitos, anónimos.

3

La palabra es un signo. En esta afirmación está todo el mundo de acuerdo, pero lo difícil es precisar de qué es signo. Me gustaría demostrar que es signo de un saber plegado, tácito. Representa algo que sabemos, pero que no conocemos. El significado real, psicológico, concreto de una palabra, el que posee un sujeto, es algo que el sujeto sabe pero no conoce. Podríamos definirlo como el conjunto de información que permite explicar todos los usos que hace de esa palabra, los estrictos y los laxos, los serios y los lúdicos. La inteligencia realiza poderosas síntesis de información, que la memoria guarda. Pues bien, la palabra nos permite acceder y aprovechar ese complejo tesoro. Se parece más a una caña de pescar que a un cuadro. Gracias a ella recuperamos información adunada en la memoria.

No sólo la palabra, sino todas las formas gramaticales son signos. La sintaxis o las conjugaciones verbales. La semántica está en el fondo de todo el acontecer lingüístico. No lo olviden: la semántica es la gigantesca matriz lingüística. De ella nace toda la multiforme progenie. El subjuntivo, por ejemplo, es un modo de significar. Lo que ha sucedido o sucederá con seguridad se expresa en indicativo. Pero la condición, la posibilidad, la duda, el deseo, lo futuro incierto nos exigen el uso del subjuntivo. Podemos decir que es un modo subjetivo, que no habla de la realidad sino de la incertidumbre, la posibilidad, que combina el tiempo real con el tiempo relativo. «Acudiré en cuanto me llames.» ¿A qué dimensión de la realidad pertenece ese «llames»?[4]

El cambio de voz activa a voz pasiva también es un cambio con significado: cambia la imagen verbal en que se contempla una acción. No es lo mismo decir: «Carlos envió a María una carta» que «La carta fue enviada a María por Carlos». Ni siquiera la frase «Carlos envió una carta a María» es idéntica al primer ejemplo. En cada una de las tres variantes se subraya un elemento. El envío, el emisor, el destinatario.[5] Los grandes escritores conocen muy bien estos sutiles recursos del lenguaje.

4

El Mundo es la suma de nuestro saber implícito. Es, por lo tanto, un fenómeno subjetivo y personal. El campo de lo percibido es muy estrecho (se limita a nuestro campo sensorial) y ha de ser completado por la memoria. En este instante veo mi mesa de trabajo, una ventana, los árboles, el cielo nublado, pero sé que estoy en mi despacho, que detrás de mí hay un suelo, unas librerías, unas paredes, una calle, más árboles, la ciudad, la sierra, la meseta, el mar, África, el polo sur. No lo veo, pero lo sé. Vivo en la sutura de la percepción y la memoria, en la línea de unión de lo sabido y lo sentido, porque estos libros son *mis libros*, los que he leído, anotado, soportado, disfrutado. Y esta fotografía es de una persona a quien quiero. A este ámbito vital donde se reúne lo presente y lo sabido, lo percibido y lo recordado, lo llamo Mundo. Mi Mundo no es el del lector, aunque ambos tienen como ingrediente nuclear la información que nos viene de la realidad, y esto hace que se solapen en gran medida. Porque somos semejantes, nos entendemos. Porque somos distintos, nos malinterpretamos. Sin meternos por ahora en más averiguaciones, podríamos decir que vivimos en la misma realidad pero en distintos Mundos.

Ese complejo entramado de percepciones y recuerdos depende de la actividad constituyente de mi inteligencia. Para decirlo con un tecnicismo filosófico, soy el sujeto trascendental de mi Mundo, su creador, pues, aunque no creo la realidad (mi mesa está ahí y la ventana y los árboles), tengo que recrearla dentro de mí, de acuerdo con los peculiares sistemas perceptivos de la especie humana y las peculiaridades de mi propio Yo. Mi Mundo se parece muy poco al Mundo de esa urraca que desde lo alto del árbol chilla y otea las cosas brillantes. Mi Mundo se parece también muy poco al Mundo del marqués de Sade. Me apropio de la realidad a mi manera, pero esta necesidad de construir mi propio Mundo personal, que es absolutamente inevitable, y que convierte todos los objetos entre los que vivo en el producto de las actividades constituyentes de mi inteligencia, no me aísla de los Mundos ajenos. El Mundo de los demás está en el mío con una función compleja, que permite la constitución de un «Mundo mancomunado», compartido, comunicable, sobre el que resaltan las peculiaridades personales.

Puesto que la forma más eficaz de comunicarme con los Mundos ajenos, y con sus sujetos, es el lenguaje, el modo como el lenguaje interviene en tan complejas relaciones puede darnos la clave para entender la constitución de ese Mundo mancomunado en el que vivimos.

Uno de los prejuicios que han estorbado más la comprensión del lenguaje es creer que todo significado es lingüístico. No es así. La capacidad de proferir significados es previa al lenguaje. Como he explicado en *Teoría de la inteligencia creadora,* aprehendemos la realidad dando significado a los datos que captamos por los sentidos. Esas noticias que nos llegan forman un continuo perceptivo, un paisaje de fondo sobre el que vamos «identificando» los perfiles de la cosas. En la vegetación cercana organizo los distintos tonos de verde en planos superficiales y profundos, que se recortan unos sobre otros. Al aislarlos e identificar un patrón perceptivo he proferido un significado. Ese patrón perceptivo me permitirá más tarde captar el parecido con otras cosas, los invariantes comunes. El camino hacia el lenguaje está abierto. El niño puede aprender a hablar porque previamente es capaz de proferir significados. Como escribe Hörmann, «analiza las expresiones verbales del adulto por referencia a la estructura cognitiva, pero no lingüística, que ya está dada en él».[6]

El primer acercamiento a la realidad nos permite separar lo insignificante de lo significativo, lo relevante de lo irrelevante. *Experimentar* significa «hacer un viaje». Pues bien, cada uno va construyendo su Mundo en las vueltas y revueltas de la experiencia. Un Mundo que puede ser impersonal o privadísimo. Un ejemplo de lo último lo tenemos en Pessoa:

> Encuentro un significado más profundo en el aroma del sándalo, en unas viejas latas que yacen en el montón de inmundicias, en una caja de cerillas caída en la cuneta, en dos papeles sucios que un día ventoso ruedan y se persiguen calle abajo, que en las lágrimas humanas. La poesía es asombro, admiración como la de un ser caído del cielo en plena consciencia de su caída y atónito ante las cosas. Como la de alguien que conociese el alma de las cosas y se esforzara por rememorar ese conocimiento recordando que no era así como las había conocido, no con esas formas y en esas condiciones; pero no recordando nada más.[7]

Podríamos decir que la tarea del poeta –al menos de los grandes poetas– es crear primero significados no lingüísticos y después darles forma.

Percibir es coger información *(per-capio)* y dar sentido. Pero coger y dar son acciones contrarias. ¿Podemos hacerlas compatibles? Para formularlo con una pregunta más técnica: ¿extraemos información o la construimos? Es difícil pensar que yo construyo la engalanada apariencia del jardín en otoño. La estación ha convertido el verde en oro y cobre, y me limito a ver la seductora obra de tan misteriosa alquimia. Los árboles están ahí y también su fascinante atuendo.

Pues no. Ahora, como tantas veces, estoy siendo víctima del espejismo de la pasividad. Lo que percibo como árbol es, por de pronto, una estación provisional en el largo camino de la luz, que es una esforzada mensajera que nos trae noticias. Antes de ser árbol en mi mirada, el árbol es un patrón de energía electromagnética. La luz visible –que es una banda de ese espectro energético entre el ultravioleta y el infrarrojo– se ha posado suavemente sobre la superficie de las hojas, que ha absorbido parte de su radiación, y después de esa fugaz estancia llega al fondo de mi ojo, a la retina, con su mensaje.

La luz nos trae noticias, sin duda alguna, pero esas señales se convierten en información cuando un receptor –en este caso el cerebro humano– les da forma *(in-forma)*. Si nuestro sistema visual tuviera la agudeza de un microscopio electrónico, ¿veríamos árboles? No. Los animales que perciben los campos gravitatorios deben de percibir un paisaje que no podemos imaginar. Las noticias, datos, señales de la realidad se hacen significativos, se convierten en información, cuando encuentran un receptor adecuado. No hay, pues, información sin receptor. No hay, por supuesto, información sin emisor. Sin el ojo no existe el profundo color verde del ciprés, aunque exista la radiación luminosa. Sin el ciprés, tampoco.

No olviden que estamos hablando del lenguaje, aunque no lo parezca. Pretendemos asistir al nacimiento de la palabra. Continúo. ¿En qué consiste ese significado perceptivo? En una organización de los estímulos. Es posible que el primer acto de organización consista en distinguir una figura sobre un fondo, la mancha sobre la pared, la nube sobre el cielo, el árbol sobre la ladera, una melodía sobre el ruido de fondo. En el jardín, los colores se agrupan y el verde oscuro se repliega sobre los otros verdes oscuros del arbusto y se aleja del verde claro del arbusto contiguo. Hay un enlazarse amistoso de unos datos con otros. Y yo soy testigo de ese emparejamiento. Hay un proceso de «identificación». El bebé lo ha realizado ya cuando señala con el dedo lo que quiere, tal vez la luna, ¡ay! Un círculo brillante sobre el oscuro cielo, o un volumen verde que se ha embozado en su capa aún más verde sobre sí mismo, separándose así el ciprés del magnolio, se distinguen de todo lo demás, y el bebé ya podrá almacenar esa forma, como una síntesis de muchas miradas y una incitación a muchas más, en la memoria. *Este acto de aislar, unificar e identificar es el origen de los significados. También de los lingüísticos.*

Una vez en la memoria, este significado, esta organización perceptiva, esa negra premura sobre el cielo, que más tarde sabré que es una golondrina, ese palpitar inquieto, que después empalabraré como miedo o amor o las dos cosas, realiza una función formidable. Se convierte en «patrón de reconocimiento». Me va a servir para asimilar cosas que se parecen. La percepción de un parecido es una hazaña que roza lo incomprensible. Captar lo idéntico es fácil, pero comprender que entre el vendaval que encrespa el aire y la furia que me encrespa a mí hay una parecida violencia y falta de control y peligrosidad es casi imposible de explicar.

La primavera es
una niña que canta versos.

Eso dice Rilke. ¿Cómo es posible que entendamos tal incongruencia? Hemos de agradecer a las ciencias de la computación que nos hayan ayudado a percibir las complejidades del hecho de reconocer algo. Cuando pretendieron que las computadoras reconocieran objetos se percataron de que era una empresa de enorme dificultad. La solución más simple consistía en proporcionar a las computadoras un patrón con el que comparar la nueva información: si coincidía, el objeto era reconocido. Este procedimiento, utilizado por ejemplo en los códigos de barras, era muy sencillo pero poco eficaz. Había que tener un patrón para cada objeto. No bastaba con tener el patrón «A» para reconocer todas las aes. Había que tener tantos patrones como formas posibles de la «A». Letras redondillas, picudas, mayúsculas, minúsculas, estrafalarias, sueltas, enlazadas, austeras o barrocas.

En comparación con los más potentes ordenadores, los seres humanos funcionamos en esto con una arrogante eficacia. Reconocemos parecidos lejanos, completamos información, asimilamos un dato a otro, percibimos las invariantes perceptivas con gran soltura. Reconocemos un rostro de perfil, de frente, con pelo largo o corto, sonriente o serio, gesticulante o sereno. Y lo mismo sucede con parecidos metafóricos. Si digo «El mar es una invitación permanente», entenderán la frase aun cuando sepan que el mar no tiene cuarto de invitados.

Allí donde encontremos un fenómeno de reconocimiento

tendremos que admitir la existencia de un «patrón» o «esquema» de reconocimiento que lo haga posible. Es una lástima que este pequeño detalle se le olvidara a Wittgenstein. A él se lo perdono porque era un innovador, pero no disculpo a sus discípulos, que son protervos, es decir, insistentes en el error.

Les aconsejo que retengan la palabra *esquema* porque dentro de poco entrará en escena como protagonista.

5

Sobre esta capacidad de dar significado a las señales que nos vienen del entorno o de nosotros mismos va a construirse la actividad lingüística. Un ruido, un gesto, una raya en la pared se convertirán en representantes de un significado. Hasta aquí podemos decir que no hay nada nuevo. Los monos vervet tienen cuatro gritos para designar cuatro tipos de predadores. Los estímulos perceptivos, lo que llamaremos primer sistema de señales, se han doblado con otro sistema de señales que llegan a funcionar como estímulos artificiales. El mono vervet que se sube gritando a los árboles porque ha escuchado el grito «serpiente» no ha visto el peligro. Ha oído un signo del peligro y ha huido como si hubiera visto a la serpiente.

El lenguaje es también una señal de señales que se ha ido liberando de un mero automatismo, como el que hace chillar y trepar a los monos vervet. La gran versatilidad y eficacia de este segundo sistema de señales depende de dos cosas. *Hemos aprendido a formar significados a partir de palabras*. El aprendizaje del lenguaje consiste en eso. La madre va forzando al niño, que quiere entender y hacerse entender, a que ponga un contenido significativo al gesto, y luego al ruido modulado y largo que sale de su boca. Aunque estén acostumbrados a verlo –o precisamente por ello–, tengo que recordarles que éste es un proceso muy poco natural. Lo natural es que la producción de significados anteceda a la intervención del lenguaje.

La segunda gran habilidad consiste en que *el sujeto aprende a proferir palabras, es decir, a crear esos estímulos artificiales y efi-*

cacísimos que le liberan de la tiranía del estímulo. Es como si aprendiéramos a utilizar un férreo sistema de condicionamiento para convertirlo en un repertorio infinito de estímulos, premios y castigos. Una sorprendente manera de liberarse del determinismo utilizando mecanismos deterministas. Pero ya tendremos tiempo de hablar de ello.[8]

Lo que añade el lenguaje a la producción de los significados perceptivos es la *irrealidad*. Nos permite manejar significados desgajados de su origen, de la situación en que surgieron, de la práctica que los alimentó. Puedo decir: «Hoy, el mar se ha puesto el traje de faena.» Es una afirmación significativa pero irreal. He unido la expresión *traje de faena* con la expresión *mar,* a ver qué pasa. No ha sido un enunciado caprichoso. Hoy el mar está gris, poco elocuente, y parece que su oleaje es aburrido y de puro compromiso. La olas no tienen el jolgorio alegre de otros días, sino la precisión y monotonía de una cadena de montaje. Esta mañana el mar fabrica olas como podría fabricar tornillos. Encuentro poca diferencia entre Neptuno y Ford.

Tropezamos aquí con una paradójica característica de la inteligencia humana: manejamos la realidad mediante irrealidades. Resulta que proporcionamos ideas a la realidad, la asimilamos mediante conceptos, comerciamos con ella utilizando palabras, signos, símbolos. Inventamos verdades. (No crean que es una errata. Al enunciar una proposición damos a la realidad la oportunidad de convertirse en corroboradora de verdades, oficio que ella sola no podría ejercer sin la intervención de la inteligencia humana.) Expresamos las cosas diciéndolas como ellas nunca soñaron ser dichas. Gracias a esas irrealidades podemos acometer empresas realísimas. Antes de ser real, la catedral de Florencia fue una realidad pensada, una irrealidad que guió la mano hábil que dibujó la línea sabia que luego dirigió el martillear de los canteros. Brunelleschi dibujó la cúpula, pero, para poder hacer real la posibilidad pensada, dibujó también las máquinas que hicieron posible la construcción de la cúpula, y que son unas preciosas muestras de arte racionalista. Así, de irrealidad en irrealidad, llegamos a la realidad, tras recorrer un largo itinerario de ideas, esbozos, dibujos, tanteos, planos, proyectos, maldiciones y aplausos. Al final, la acción nos inserta irremisiblemente en lo real.

En fin, que la inteligencia humana conoce la realidad e inventa posibilidades *gestando y gestionando la irrealidad*. Y que la gran herramienta para hacerlo es el lenguaje.

6

Hablar es una actividad, desde luego, pero lo que necesitamos saber es cómo la palabra emerge de las restantes habilidades de la inteligencia y cómo a su vez las perfecciona y amplía.

Resulta difícil explicar esta causalidad recíproca. Nuestra inteligencia es lingüística. Pensamos, proyectamos, nos comunicamos fundamentalmente con palabras. ¿Cómo pudo entonces una inteligencia muda inventar el lenguaje? ¿Con qué herramientas prelingüísticas pudo superarse a sí misma? Este problema intrigó a los lingüistas de siglos anteriores, algunos de los cuales acabaron pensando que Dios tenía que haber dado el lenguaje a los hombres todo de una vez, con sus pretéritos perfectos y sus subjuntivos. Tal vez los antiguos latinos pensaran algo semejante. El Destino, el *fatum*, es ante todo una palabra, un mensaje. *Fatum* procede de *fax*, la palabra; se trata de una palabra impersonal que expresa algo confuso, misterioso, «como misteriosa es», dice Benveniste, un gran lingüista, «la llegada de las primeras palabras a la boca de un niño». El *infans* era el que no había recibido de los dioses el don de la palabra. En 1866, siete años después de la publicación de *El origen de las especies*, la Sociedad Lingüística de París, harta ya de especulaciones, *prohibió* que se siguiera discutiendo el tema del origen del lenguaje en la especie.

Visto ahora en sus resultados, en esa gigantesca y maravillosa estructura, y en esa polimorfa y eficacísima habilidad, la invención del lenguaje resulta una hazaña inexplicable. En poco más de tres años, un niño aprende lo que debió de costar a la especie humana decenas de miles de años conseguir, y este apresuramiento vuelve misterioso el proceso. Me recuerda la irónica explicación que Valéry da de la inspiracion poética. Un poema que ha necesitado tres meses de tanteos, de despojamientos, de rectificaciones, de rechazos, de azar, es leído en tres minutos por otro individuo. «Éste reconstruye, como *causa* de este discurso, a un autor tal que sea capaz de hablar así, es decir, a un autor imposible. Se llama Musa a ese autor.»

Cuando las realidades que tienen una génesis larga se estudian estructuralmente, sincrónicamente, prescindiendo de su genealogía, se hacen opacas e incomprensibles. Así funcionan todas las mitologías, incluidas las mitologías lingüísticas. El lenguaje fue una larguísima creación social. La necesidad de colaborar debió de presionar para que un ser con capacidad de detener el tirón del estímulo comenzase a crear estímulos artificiales –las palabras– para dirigir los impulsos propios y ajenos.

En un momento de su evolución, el hombre aprendió a decir no al estímulo. Inhibió una respuesta ordenada en él desde hacía milenios. No sabemos cómo sucedió, pero no me resisto a imaginarlo, advirtiendo al lector que debe tomar este párrafo como un ejercicio literario y no como una exposición científica. Nuestro antepasado de frente huidiza y largos brazos caza el bisonte en el páramo. Atraviesa corriendo un paisaje de olores y pistas. Arrastrado por el rastro, salta, corre, gira la cabeza, explora, husmea. La presa es la luz al fondo de un túnel. Sólo existe esa atracción feroz y una sumisión sonámbula. Sólo sabe que la ansiedad se aplaca al seguir aquella dirección. No caza, se desahoga. No persigue un bisonte: corre por unos corredores visuales y olfativos que le excitan. Las huellas le empujan. Los signos disparan los movimientos de sus piernas, con el certero automatismo con el que alteran los latidos de su corazón. No hay nada que pensar, porque aún no piensa. Su cerebro calcula y le impulsa. Está sujeto a la tiranía del «Si A..., entonces B». La secuencia *If-then* tan usada por los informáticos. Si ve la oscura figura del animal en la entreluz de la maleza, corre sesgado (para cortarle el paso). Si está muy cerca, aúlla (para atraer a sus compañeros de horda). Si el estímulo afloja su rienda, se detiene, se agita, gira a su alrededor (para uncirse otra vez a la rienda y, atado a ella, proseguir de nuevo su carrera). No conoce ninguno de los paréntesis. Como el sonámbulo guía sus pasos y elude los obstáculos sin tener conciencia de ello, así nuestro antepasado se deslizó durante siglos por las cárcavas inhóspitas de la prehistoria.

La transfiguración ocurrió un misterioso día cuando al ver el rastro detuvo su carrera en vez de acelerarla y miró la huella. Aguantó impávido el empujón del estímulo. Y, de una vez para siempre, se liberó de su tiránico dinamismo. Aquellos dibujos en la arena eran y no eran el bisonte. Había aparecido el signo, el gran intermediario. Y el hombre pudo contemplar aquel vestigio sin correr. Bruscamente era capaz de pensar el bisonte aunque ni en sus ojos, ni en su olfato, ni en sus oídos, ni en su deseo estuviera presente ningún bisonte. Podía poseer el bisonte sin haberlo cazado. Y, además, indicárselo a sus compañeros. Debió de ser fascinante el descubrimiento de la representación. Cuando visito cuevas prehistóricas, por ejemplo las de Puente Viesgo, y veo en las paredes las huellas de manos repetidas, me imagino la sorpresa, la inquietud, el asombro de nuestros antepasados al comprobar que en la roca quedaba la forma de una mano sin mano.

Esta descripción fantástica no es arbitraria. Está inspirada en los relatos que nos cuentan la educación de los niños sordomudos-ciegos. Las biografías de Marie Heurtin o Hellen Keller, por citar las más conocidas, son relatos patéticos y maravillosos. En ellos asistimos al momento glorioso en que unas subjetividades encadenadas, sometidas a impulsos espasmódicos, agitadas por sentimientos y experiencias no controlados, viviendo sin progreso, sin inteligencia, sin esperanza, son capaces de comprender un signo. Más aún, son capaces de proferirlo. Algo que hacen ellos puede dominar lo absolutamente lejano. La realidad deja de ser una barahúnda de estímulos y el yo un torbellino de sentimientos. Una fértil calma se apodera de los niños, que de repente, con una rapidez emocionante, se descubren sujetos activos, dueños de sí mismos, capaces de suscitar, controlar y dirigir sus ocurrencias: inteligentes. Y todo al mismo tiempo, como si un nuevo régimen se hubiera instaurado en su vida. Y lo asombroso es que a partir de ese momento aprenden con suma rapidez. Sucede como si hubieran tomado posesión del control del comportamiento por un veloz golpe de mano. En los capítulos siguientes les daré una posible explicación de este fenómeno.

Bronowski ha señalado que el rasgo central y configurador en la evolución del lenguaje humano es la posibilidad de intercalar una demora entre la percepción de una señal que llega y la emisión de una respuesta verbal o no verbal. Está contando la historia del bisonte de manera más sobria. Esta demora resulta posible y a la vez hace posible: 1) una paulatina separación de la «carga» afectiva de una comunicación respecto a su contenido informativo; 2) la prolongación de la referencia, esto es, la capacidad de referirse también a cosas pasadas y futuras; 3) la interiorización del hablar (Vigotsky), de manera que el lenguaje puede convertirse también en un instrumento de la reflexion; y 4) la capacidad de separar y reunir comunicaciones mediante análisis y síntesis.[9]

Sin esa capacidad de inhibir las respuestas, comprando así espacio y tiempo para tomar la iniciativa, continuaríamos siendo monos acelerados.

7

Una ojeada al modo como los niños aprenden el lenguaje nos ayudará a comprender el proceso lingüístico. Ya he dicho que el niño forma significados no lingüísticos desde que nace. El lenguaje viene a etiquetar esos significados o a inducir la formación de otros nuevos. Los psicólogos infantiles saben que los niños suelen hipergeneralizar el significado de las palabras, ampliándolo hasta límites que chocan a los adultos. Pueden emplear la palabra *pelota* para designar cualquier juguete, una naranja, las esferas de piedra de la entrada del parque o la luna. Es difícil saber lo que el niño piensa. «Una supergeneralización como las señaladas, ¿indica que el niño cree que *pelota* se refiere a todas las cosas redondas?», escribe Nelson. «¿Indica la redondez *per se* o más bien que la luna se parece a la pelota? ¿O quizás que al niño le gustaría jugar con la pelota/luna?»[10]

Al cabo de pocos años, el lenguaje del niño y del adulto son homogéneos. ¿Qué ha ocurrido en el intervalo? Ha habido un proceso de corrección mediante el cual el niño ha percibido los caracteres constantes. Si el lenguaje fuera tan sólo expresivo, sería heterogéneo. No habría que buscar la homogeneidad. Pero el lenguaje tiene una función comunicativa, y para comunicarse con sus familiares y amigos el niño necesita entender y hacerse entender, y esto le hace tomar conciencia de las incorrecciones que comete. Y para poder comunicarse mejor las corrige, ayudado por su gran capacidad para reconocer patrones invariantes. Como escribió Bréal: «La meta del lenguaje es ser comprendido. El niño, durante meses, ejercita su lengua para proferir vocales y articular consonantes. ¡Cuántos fracasos antes de pronunciar una sílaba con claridad! Las innovaciones gramaticales ocurren de la misma manera, con la diferencia de que en ellas colabora todo un pueblo. ¡Cuántas construcciones torpes, incorrectas, oscuras, antes de encontrar la que será, si no la expresión adecuada, al menos la expresión suficiente del pensamiento!» Schlesinger llama *asimilación semántica* al proceso por el que el niño ajusta sus propias categorías a las categorías de los adultos. Y Husserl hablaba de la *correccion recíproca* que se establece entre los distintos sujetos y que posibilita la coherencia entre los diferentes mundos personales.

Esta interacción es la que configura el lenguaje como realidad *mancomunada*. ¿Donde está el lenguaje?, podríamos preguntarnos. Es una superficialidad decir que está en el diccionario y las gramáticas. Lo que hay en los libros es tan sólo un conjunto de significantes que el lector puede descifrar si sabe hacerlo. Un significante lingüístico siempre está haciendo referencia a una inteligencia que lo convierte en signo.

El lenguaje existe en la memoria de los miembros de un grupo, de la misma manera que los usos, las costumbres, las creencias, las modas. A eso llamo existencia mancomunada. Posee lo que Ortega llamaría una «vigencia colectiva». Cada sujeto necesita contar –y cuenta de hecho– con el resto de hablantes de su grupo, con los que establece una circulación lingüística continua. El lenguaje va y viene, circula, y en ese estado dinámico cobra una estabilidad flotante. Todo el sistema se autorregula mediante la interacción comunicativa y los mecanismos de *feedback*. La expresión y la comprensión son las dos grandes limas que van igualando los perfiles de las palabras.

El significado lingüístico se encuentra en el campo de influencia de dos procesos dispares: uno que lleva a la homogeneidad y otro a la variación. Sin aquélla, no serviría para comunicarse. Sin ésta sería un instrumento demasiado pobre para expresarse. Los fenómenos provocados por los dos procesos son los siguientes:

HOMOGENEIZACIÓN	VARIACIÓN
Necesidad de entenderse	Necesidad de expresarse
Comunidad	Individualidad
Tendencia a la generalización	Tendencia a la diferencia
Necesidad de identificarse	Necesidad de distinguirse
La transmisión educativa	La creación lingüística
La gramática normativa	El estilo
Langue	*Parole*
Competencia	Actuación

La tensión entre homogeneidad y heterogeneidad me anima a introducir el concepto de «tolerancia semántica». Cada palabra permite un margen de tolerancia, de fluidez, de variación, de borrosidad en su significado. *Bicho* o *montón* son términos intrínsecamente vagos. El límite de la tolerancia semántica es que la palabra siga sirviendo para comunicarse. La literatura, que en cierta manera es siempre una transgresión lingüística, intenta ampliar todo lo posible su ámbito. Algunos escritores han jugado a estar en el límite, como puede comprobar el lector en el siguiente texto de Cortázar, tomado del capítulo 68 de *Rayuela*:

> Apenas él le amalaba el noema, a ella se le agolpaba el clémiso y caían en hidromurias, en salvajes ambonios, en sustalos exasperantes. Cada vez que él procuraba relamar las incopelusas, se enredaba en un grimado quejumbroso y tenía que envulsionarse de cara al nóvalo, sintiendo cómo paso a poco las arnillas se espejunaban, se iban apeltronando, reduplimiendo, hasta

quedar tendido como el trimalciato de ergomanina al que se le han dejado caer unas fílulas de cariconcia. Y sin embargo era apenas el principio, porque en un momento dado ella se tordulaba los hurgalios, consintiendo en que aproximara suavemente sus orfelunios. Apenas se entreplumaban, algo como un ulucordio los encrestoriaba, los extrayustaba y paramovía, de pronto era el clinón, la esterfurosa convulcante de las mátricas, la jadehollante embocapluvia del orgumio, los esproemios del merpasmo en una sobrehumítica agopausa. ¡Evohé! ¡Evohé! Volposados en la cresta del murelio, se sentían balparamar, perlinos y márulos. Temblaba el troc, se vencían las marioplumas, y todo se resolviraba en un profundo pínice, en niolamas de argutendidas gasas, en carinias casi crueles que los ordopenaban hasta el límite de las gunfias.

Se trata de una escena de amor físico, irónicamente evocada mediante habilidosas mezclas de sintaxis mantenidas y palabras sabiamente deformadas.

8

Dije antes que una palabra era signo de un *saber plegado* guardado en la memoria del hablante, fruto de un largo proceso de aprendizaje, en el que usos, frases, experiencias, reconocimiento de parecidos, casos concretos, van formando el contenido semántico de esa palabra. Son *conceptos vividos* que acumulan informaciones de muy diversa procedencia: perceptivas, lingüísticas, afectivas, conocimientos genéricos, casos particulares. Es esta heterogeneidad del contenido –del concepto– lo que hace tan eficaz y flexible el lenguaje. Precisamente lo que los logicistas lingüísticos consideran su imperfección. Poder manejar una *representación semántica* tan compleja mediante una palabra es una poderosísima herramienta que, como todas las grandes potencias, tiene sus peligros.

Ya tendremos ocasión de ver que el contenido de los conceptos vividos es heterogéneo: perceptivo y conceptual, lingüístico y plástico, afectivo e informativo. Por ahora me serviré de Borges para explicarlo:

> En mi vida siempre hubo tigres. Tan entretejida está la lectura con los otros hábitos de mis días que verdaderamente no sé si mi primer tigre fue el tigre de un grabado o aquel, ya muerto, cuyo terco ir y venir por la jaula yo seguía como hechizado del otro lado de los barrotes de hierro. A mi padre le gustaban las enciclopedias; yo las juzgaba, estoy seguro, por las imágenes de tigres que me ofrecían. Recuerdo ahora los de Montaner y Simón (un blanco tigre siberiano y un tigre de Bengala) y otro, cuidadosamente dibujado a pluma y saltando, en el que había algo de río. A esos tigres visuales se agregaron los tigres hechos de palabras: la famosa hoguera de Blake *(Tyger, tyger, burning bright)* y la definición de Chesterton: *Es un emblema de terrible elegancia.* Cuando leí, de niño, los Jungle Books, no dejó de apenarme que Shere Khan fuera el villano de la fábula, no el amigo del héroe. Querría recordar, y no puedo, un sinuoso tigre trazado por el pincel de un chino que no había visto nunca un tigre. Ese tigre platónico puede buscarse en el libro de Anita Berry *Art for Children.* A estos tigres de la vista y del verbo he agregado otro que me fue revelado por nuestro amigo Currini, en el curioso jardín zoológico cuyo nombre es Mundo Animal y que se abstiene de prisiones.
>
> Este último tigre es de carne y hueso. Con evidente y aterrada felicidad llegué a ese tigre, cuya lengua lamió mi cara, cuya garra indiferente o cariñosa se demoró en mi cabeza, y que, a diferencia de sus precursores, olía y pesaba. No diré que ese tigre que me asombró es más real que los otros, ya que una encina no es más real que las formas de un sueño, pero quiero agradecer aquí a nuestro amigo, ese tigre de carne y hueso que percibieron mis sentidos esa mañana y cuya imagen vuelve como vuelven los tigres de los libros.

Éste es el tigre de Borges, su concepto vivido. Lo cuenta en *Atlas* (1984), que está incluido en el tomo III de las *Obras completas* editadas por Emecé, en la página 426.

Esas representaciones semánticas básicas, que se han formado por aluvión, tienen contenidos que no han sido sometidos a crítica y que pueden ser contradictorios. Sospecho que muchas incomprensiones, y más de un conflicto psicológico, están provocados porque el concepto vivido designado por una palabra engloba rasgos contradictorios. *Duo si idem dicunt, non est idem,* decía un antiguo proverbio. Si dos dicen lo mismo..., pues no es lo mismo. Cuando comencé a dar clase de ética a chicos jóvenes, me llamó la atención la resistencia que oponían a la palabra *perfección.* Consideraban que algo perfecto no podía ser bueno. Un conocido político dijo por aquellas fechas que «la perfección era fascista». Pensaba lo mismo que mis alumnos. Entre los predicados vividos de la palabra *perfección* se encontraba, por ejemplo, la connotación de terminado, acabado, muerto, la apelación a un criterio definitivo, dictatorial, dogmático, engreído. Nada vivo puede ser perfecto. Nada democrático, al parecer, podía ser perfecto. Esta contradicción vivida y no conocida daba equivocidad a la palabra.

Hay un ejemplo que me interesa mucho. La palabra *espontáneo.* ¿Cuándo utilizamos la palabra? ¿Qué es un comportamiento espontáneo? Por de pronto, significa una conducta no deliberada. «Me salió espontáneamente», decimos. No llamamos espontáneo a un acto meditado, voluntariamente dirigido, sino al que sale naturalmente de nosotros. Esto resulta sorprendente si caemos en la cuenta de que *espontáneo* significa, precisamente, «voluntario». El castellano aceptó este vocablo, en el siglo XVI, como adaptación del término latino *sponte,* que significa «voluntariamente». En la actualidad, y no sólo en español, ha pasado a significar lo contrario. ¿Por qué ha ocurrido este deslizamiento semántico? ¿Qué inconsciente organización semántica básica lo ha motivado?

Sospecho que se ha debido a una identificacion de tres términos: *espontaneidad, naturalidad* y *libertad.* Las tres palabras se han convertido en sinónimos. Dicho así, parece aceptable y sin trascendencia, pero no lo es tanto si consideramos que *voluntario* pasa a ser un antónimo de todas ellas, y lo mismo le sucede a *deliberado.* Lo natural, lo espontáneo, lo libre, se opone a lo voluntario y lo deliberado. Al mismo tiempo, se introduce como sinónimo de espontáneo lo instintivo mientras se destierra lo reflexivo al campo de los antónimos. La separación de los bloques se ha consumado. A una orilla están los buenos: lo natural, espontáneo, instintivo y libre. En la otra, lo voluntario, reflexivo, deliberado, que encarnan el papel de villanos. Lo voluntario resulta sospechoso, y sólo lo instintivo merece la presunción de inocencia. Hemos descubierto al parecer la «libertad sin voluntad», lo que es gran maravilla.

¿Cómo están organizados esos *conceptos vividos*? Forman un léxico mental, riquísimo y activo, en nuestra memoria. La introducción a un «diccionario de los sentimientos» nos ha llevado a remontarnos más allá de esos léxicos académicamente construidos para buscar su antecedente vivo, fluido y palpitante: el diccionario mental.

II. EL DICCIONARIO MENTAL

1

¿Cómo están organizados los «conceptos vividos» que constituyen el significado de la palabra? Hasta la maraña selvática tiene su lógica. Para empezar a aclarar –o sea, a abrir un claro en el bosque– conviene distinguir entre «conceptos vividos personales, privados» y «conceptos vividos sociales, mancomunados». Por ejemplo, Rilke tenía un concepto muy personal de «lo abierto», que resulta central en su poesía. Añade a la significación mancomunada, a ese núcleo que nos permite entendernos, unas determinaciones originales que nos exigen un esfuerzo de interpretación. En la «Octava elegía» habla de «lo abierto» como del hogar prístino, puro, infinito. No es el Mundo, que está hecho a la imagen de los asustados hombres, sino la realidad libre de interpretaciones, miedos, sectarismos, tal como la ven «las criaturas», otro concepto que tiene un peculiar significado para el poeta. Las criaturas son el ángel y el animal, representantes ambos de la inocencia. El hombre no es un ser híbrido de ángel y bestia: es un ser al margen. No vemos la realidad, sino que nos replegamos en nuestra subjetividad, y allí no hay más que reflejos, sobresaltos, interpretaciones, oscuridad y confusión:

> Con plenos ojos ve la criatura
> lo abierto. Nuestros ojos están vueltos
> adentro, alrededor de la salida
> abierta, colocados como trampas.

El hombre se enreda con frecuencia en las algas de lo subjetivo. En cambio, el animal se entrega a la realidad, a la profundidad, brillantez y misterio de lo abierto. Y así, mientras los hombres nos ahogamos en nuestras interpretaciones, el animal tiene:

> ante sí a Dios, y, cuando va, camina
> por lo eterno, lo mismo que las fuentes.

Rilke hace una teoría de «lo abierto» y llena con un contenido personal la palabra. Pero no escoge esa palabra como si fuera un receptáculo vacío o al buen tuntún. No es verdad que la palabra sea sólo el uso que hacemos de la palabra. La elige porque va bien a sus propósitos, porque el «concepto mancomunado» que constituye su significado común ampara la ampliación que quiere introducir. No podría haber usado «lo opaco», «lo intransitable», «lo clausurado», ni tampoco «lo algónfiro», «lo sinecútrido», «lo coráldico» o cualquier otra palabra sin sentido. «Abierto» es lo opuesto a cerrado, a lo limitado, a las prisiones, a la estrechez, a la trampa, a la falta de ventilación, al moho, a las angustias, a las apreturas del alma, a la finitud. Rilke prolonga, cambia, adapta a sus fines esos rasgos del concepto mancomunado.

Los conceptos vividos mancomunados son consecuencia de un pacto semántico, que es difícil saber cómo se consolida. Al igual que las modas, unas palabras triunfan y otras fracasan. «Las palabras son costumbres», pensaba el sabio Alfonso el Sabio con razón.[1] En ese pacto especificamos los niveles de precisión que necesitamos y esperamos de la palabra. Decidimos el margen de tolerancia que vamos a concederle. No explicamos los síntomas de nuestro malestar de la misma manera a un familiar que al médico que ha de diagnosticarnos. Para ciertos menesteres los conceptos vividos son excesivamente vagos y nos hemos esforzado por afinarlos y precisarlos. La ciencia lo hace en su terreno y la lexicografía en el suyo. Lo que pretenden ambas es reducir el significado de una palabra a su estructura esencial, a su definición. Se trata de sustituir los «conceptos vividos» por «conceptos ideales».

La semejanza en el empeño de la ciencia y de la lexicografía entremezcla a veces sus caminos. Covarrubias define *amarillo* como «el color que quiere imitar al oro amortiguado». María Moliner, tres siglos más tarde, recoge una definición menos poética y tal vez menos lingüística: «Se aplica al color que está en el tercer lugar del espectro solar.» Este lenguaje ideal, así definido, es una construcción útil pero artificial.

Hay, pues, tres niveles semánticos, tres avatares, encarnaciones, apariciones, epifanías del significado: el privado, el mancomunado, el idealizado. Pero aún hay que precisar más. Todos ellos son significados aislados, parcialmente fuera de contexto, por eso podemos aplicarlos en casos muy diferentes. Entonces, cuando ese significado lo contraemos en una frase, la palabra arrastra tras de sí como una cohorte mágica el significado ideal, el mancomunado, el privado, aunque en orden diverso según la ocasión.

Les pondré un ejemplo. El significado de la palabra *alimaña* según el diccionario es: «Palabra despectiva que designa a los animales que causan perjuicio al hombre, sobre todo porque hacen daño al ganado o a la caza menor.» Este concepto idealizado es puramente lingüístico, sin contaminación posible de conocimiento científico, ya que es despectivo y la ciencia no desprecia nunca.

El concepto mancomunado de *alimaña* incluye el matiz despectivo y añade los prototipos de esa categoría propios de la situación. En un lugar serán los zorros, en otro las ratas, en otro los lobos. En fin, lo que el alimañero del lugar cace.

Por su parte, San Francisco de Asís tenía un concepto muy peculiar, privado, inimitable, de las alimañas. Las consideraba hermanas suyas, como en el caso del lobo de Gubio, y hablaba con ellas como si conociera los hondones de sus almas de alimañas.

Éstos son los tres niveles semánticos, pero leo en un periódico: «"Es una alimaña y hay que matarle", dijo el padre de la víctima.» Aquí entendemos que se trata de un uso metafórico. Se refiere a un violador que se ha comportado como una bestia, y al aplicarle a un hombre una palabra que es ya despreciativa dirigida a los animales, el insulto adquiere una nueva contundencia. Al uso concreto, en una situación determinada, dentro de una frase precisa, podemos llamarlo *sentido* de la palabra. Preguntamos: «¿En qué sentido empleas esa palabra?» Los significados se convierten en sentidos al incluirse en un contexto.

Así pues, a partir de los tres niveles de significado (privado, mancomunado e ideal) construimos los «sentidos» concretos. Citaré otra vez un poema de Benedetti:

Sabemos que el alma como principio de la vida
es una caduca concepción religiosa e idealista
pero que en cambio tiene vigencia en su acepción segunda
o sea hueco del cañón de las armas de fuego

hay que reconocer empero que el lenguaje popular
    no está rigurosamente al día
y que cuando el mismo estudiante que leyó en konstantinov
    que la idea del alma es fantástica e ingenua
besó los labios ingenuos y fantásticos de la compañerita
    que no conoce la acepción segunda
y a pesar de todo le dice te quiero con toda el alma
es obvio que no intenta sugerir que le quiere
    con todo el hueco del cañón.

2

¿Tienen alguna estructura esos «conceptos vividos mancomunados» o son una mera agregación de informaciones sin orden ni concierto? Me parece claro –y espero que al lector también se lo parezca después de leer el *Diccionario de los sentimientos*– que el pacto semántico se consolida en un núcleo lo suficientemente estable para entenderse, con franjas borrosas que permiten ampliar el significado, inventar metáforas y, por desgracia, también malentenderse. A este núcleo significativo lo llamaré «representación semántica básica». Ustedes y yo tenemos una representación semántica básica lo suficientemente parecida como para que si hablo de «representación» me entiendan. Si les pidiera que me definiesen su significado les pondría en un aprieto. Comenzarían a pensar en ejemplos: representación teatral, representante, actuar en representación de. Llegarían a la conclusión de que al pensar en la palabra *representación* piensan en una presencia sustitutoria, simbólica, y con eso nos basta para seguir el argumento.

¿Y qué sucede con los conceptos vividos mancomunados? Pues que también han consolidado un núcleo, muchas veces fluido, pero que permite entenderse. He estudiado una palabra usada frecuentemente con una significación que no está aún legitimada en el diccionario. Me refiero a «cutre». Realicé una encuesta entre alumnos de 1.º y de 3.º de BUP en el Instituto de La Cabrera. Y también, mediante un anuncio en la prensa, pedí la colaboración de los lectores.

La encuesta a los estudiantes proporcionó unos rasgos bastante estables. En primer lugar, se considera una palabra peyorativa, rondando el insulto y con connotaciones de «desagradable», «sucio», «feo», «pobre», «descuidado». Respecto de las personas, se añaden otras calificaciones, como «aburrida», «tonta», etc.

Se daba gran unanimidad al interpretar la frase «Eres un cutre». La consideraban sinónima de «Siempre estás pidiendo», «Eres un gorrón, un ambicioso (confundiendo esta palabra con codioso o avaricioso), avaro, miserable, agarrado». Pusieron los siguientes ejemplos: «cuando a alguien le pides un trozo de pan y te da una migaja»; «alguien tacaño que no da ni un duro»; «qué cutre eres, ¿por qué no me das un caramelo?»; «lo quiere todo para él, sin prestar nada a nadie». También utilizan la palabra «cutre» para calificar lugares (un barrio muy cutre), objetos (citan varias veces un coche cutre) y vestidos (¡vaya chupa más cutre!). Aparece con insistencia una expresión que me llama la atención: «¡Qué vida tan cutre!»

El universo semántico de «cutre», es decir, todas las palabras que han aparecido en las encuestas, es: desagradable, egoísta, deprimente, feo, roto, sucio, avaricioso, roñoso, gorrón, malo, pasado de moda, tonto, aburrido, que no gusta, triste, gris, ambicioso, desastroso, viejo, usado, pequeño, mal cuidado, estropeado, anticuado, asqueroso, oscuro, tacaño, ruinoso, despreciable, gitano, porquería, pobretón, agarrado, horrible, de mala calidad.

En la encuesta general, las definiciones, dadas por escrito, eran más elaboradas: «Cutre es lo sórdido sin llegar a la miseria. Estéticamente, cutre es lo sin brillo, sin estilo, pobretón, chato, falto de ideas.» «Cutre es una imperfección (deliberada o no) en un evento/lugar o cosa material. En cambio, lo hortera es una imitación con aire de solemnidad. Lo cutre es llevado conscientemente y lo hortera no. Una cafetería sucia es cutre. Si esa misma cafetería aspirase a ser estilo americano, sería hortera, porque queda en un quiero y no puedo.» «Miserable (cuartucho, cuchitril). Antónimo de hortera. Estética opuesta a la oficial.» «Cutre huele mal, cuchitril, tugurio, sorprende/impresiona. Es difícil de olvidar. Amarga la fiesta. Domingo, el día más cutre de la semana. Lo cutre es lo sordido.» «Tacaño, pobre, escaso, poco espléndido.» «Parecido con catre.» «Astroso, miserable, mugriento, con recochineo en lo más degradado. Tiene connotaciones de estética urbana, marginal y dura. Lo punk y lo cutre van muchas veces emparentados, pues lo punk sería una sublimación estética del feísmo cutre. Es opuesto a hortera, pues el hortera es el antiguo cateto o huertano que llega a la ciudad. Hortera es *light*, cutre es *hard*. Opuesto a cutre y hortera, existe lo dandy.» «En mi juventud (años treinta en Valladolid) llamábamos cutre a una tiendecita muy pequeña, mal iluminada, por eso asocio la idea a una especie de pobreza mal cuidada, a una casi suciedad, a una idea de pobretería.»

El diccionario de la RAE lo recoge con el significado de tacaño, y da como sinónimos cicatero, mezquino, miserable, ruin, sórdido, roña, roñoso, andrajoso y viejo.

Lo que defiendo es que por debajo de los usos hay una representación semántica básica, que permite entenderse, con un núcleo firme y márgenes borrosos.[2] Esa representación básica estaría por debajo de aparentes dislates lingüísticos y de las ambigüedades no explicables. Les pondré un ejemplo. Los semánticos anglófonos han estudiado los significados de la palabra *bachelor*, que significa «graduado del primer nivel, paje de un caballero, varón adulto no casado y foca que no copula durante el celo». Jakobson ha sugerido la posibilidad de que un único núcleo semántico profundo constituya la base de la aparente equivocidad de *bachelor*. Se trata de cuatro casos en los que el sujeto no ha llegado a la conclusión de su currículo, ya sea social o biológico. Ésa sería la *representacion semántica básica* de *bachelor.*

Sigamos con *cutre*. Hay una experiencia del hablante que ha oído, empleado, corregido esa palabra de manera informal y que está bastante de acuerdo con las ocasiones de usarla. El sujeto percibe una serie de datos (suciedad, descuido, mezquindad, ramplonería), pero en *cutre* los organiza de una manera especial. Lo sucio, en abstracto, produce repugnancia. No ocurre lo mismo con lo cutre porque, como hemos visto en la encuesta, puede resultar una característica apreciada, ya que tiene un componente estilístico importante. *Cutre* es la suciedad que se puede aceptar, de la misma manera que el feísmo es la estética de lo feo. En este desdoblamiento de la mirada, por el que lo feo, permaneciendo feo, puede percibirse como atractivo, está posiblemente la peculiaridad semántica de *cutre*. Se trata de una experiencia sentimental que integra muchos datos en una configuración nueva.

Éste es el tipo de *semántica psicológica, vivida,* que me parece interesante explorar. Es evidente que mantener el significado con estos grados de variabilidad puede producir problemas de comprensión, por lo que la lingüística, la lexicografía, como las demás ciencias, tienden a ir sustituyendo los *conceptos vividos* por *conceptos ideales,* bien definidos, precisos. Pero ese lenguaje ideal es una construcción secundaria y artificial.

La raíz del lenguaje es la vida, con su embarullada tenacidad.

3

Los diccionarios son testigos de ese esfuerzo por precisar y reforzar los aspectos comunes de los significados. Si se comparan los diccionarios antiguos y los modernos, se ve que éstos han ganado en rigor y precisión y han perdido en variedad, interés, vitalidad, costumbrismo, desenfado y arbitrariedad. Han sustituido los conceptos vividos por conceptos idealizados. En el *Nuevo diccionario de la lengua castellana* (1860), publicado en París por «una sociedad literaria», leemos la siguiente definición de *pudor*: «El honor de la mujer, por cierto colocado en muy resbaladizo y vidrioso declive, en harto periculosa pendiente, y ocasionada a insubsanable fracaso.» Ningún lexicógrafo moderno aceptaría una definición así, afortunadamente.

Al elaborar nuestro *Diccionario de los sentimientos* hemos utilizado sistemáticamente, como una de nuestras fuentes más divertidas, el *Diccionario nacional o gran diccionario clásico de la lengua española*, de Ramón Joaquín Domínguez, publicado en Madrid, en 1846/47, obra de la que se hicieron diecisiete ediciones en los cuarenta años siguientes. El autor nos cuenta su diccionario mental, exponiendo sus preferencias y tirrias. Tomaré como ejemplo la definicion de la palabra «don»:

> *Don:* Voz usada antiguamente antes del nombre apelativo de los príncipes y de los personajes más distinguidos de la encumbrada aristocracia; más tarde se hizo extensivo a todos los nobles y, por último, llegó a generalizarse en términos de que hoy se aplica indistintamente no sólo a aquéllos, sino a todos los que vulgarmente se llaman *personas decentes*, hasta el extremo de llevar mal algunos el que no se ponga el *don* antes de su nombre de pila, y no un *don* como quiera, sino un *Don* con mayúscula, como *Don Pánfilo, Don Protasio, Doña Cucufata, Doña Policarpa*, etc., máxime si aquéllos gastan un *pedazo* de levita, frá, gabán, etc., o cosa parecida, aunque vendan fósforos, y éstas un *bosquejo* de mantilla, con un pedazo de blonda, aunque vendan castañas.

Este diccionario no es el de la lengua castellana, sino el de la lengua de Domínguez, que hablaba castellano. Nos cuenta el Mundo vivido por este curioso personaje, revolucionario y progresista, organizador de la insurrección que se produjo en Madrid en la madrugada del 7 de mayo de 1848, durante la cual murió acribillado por los disparos de una patrulla de soldados. Su diccionario era biográfico, subjetivo e ideologizado. En su artículo *Dominación* escribe: «¿Cuándo se acabará en España la dominacion del sable?» Para muestra de su talante, valga la definición de *Revolucionario* como «el partido de las reformas liberales que exige el progreso de la civilización y las luces, la marcha del siglo y de las cosas». Tiene razón Manuel Seco al comentar: «¿No podríamos decir con toda verdad que Domínguez fue el lexicógrafo que murió luchando por sus propias definiciones.» Sin duda alguna: murió luchando por su propio Mundo.[3]

Estos diccionarios se han quedado, claro está, anticuados y desprestigiados. Los actuales intentan formalizar el lenguaje, subrayar los aspectos estructurales del léxico, definir las palabras según patrones muy estrictos y utilizando el menor número de vocablos posible. Por ejemplo, el Longman emplea sólo 2.000 palabras para definir 55.000.

A los que estamos fascinados por la selva del lenguaje, sin embargo, lo que nos interesa es asistir al paso desde la experiencia hasta el significado, del significado a los conceptos vividos mancomunados, y de éstos a los conceptos idealizados del diccionario. Es la gran parada del idioma, el desfile festivo. La exaltación del sol, del mar, la minuciosidad de los arbustos, el vértigo del abismo o del amor se va ahilando hasta aparecer en una frase. Nos interesa –y lo hemos intentado en esta obra– elaborar un «diccionario cognitivo». Hemos pretendido, en una primera fase, ver cómo es el mundo sentimental que está por debajo del despliegue léxico de nuestro diccionario. Después, comprobar si esa representación básica era exclusiva de nuestra lengua o universal. Así que hemos estado saltando continuamente de la experiencia al léxico, en un brinco de ida y vuelta.

Me apropio la idea de Van Ginneken: «La semántica es la parte de la lingüística que trata de aclarar sistemáticamente la historia de las palabras, de ordenar y clasificar su desarrollo, pretendiendo no sólo descubrir sus profundas causas psicológicas y sociales, sino también compararlas entre sí, para traer a la luz las leyes semánticas válidas en general. Pero, como las palabras no pueden existir ni desarrollarse más que a través de la psicología de los hombres y de su vida social, esas leyes serán psicológicas y sociopsicológicas.» Ya en 1897, Bréal había defendido la necesidad de estos estudios: «La lingüística», escribía, «habla al hombre de sí mismo. Le muestra cómo ha construido y perfeccionado, a través de obstáculos de toda naturaleza y a pesar de inevitables rodeos, incluso de retrocesos momentáneos, el más necesario instrumento de la civilización. Sólo la historia puede dar a las palabras el grado de precisión del que tenemos necesidad para comprenderlas.»

No se trata, sin embargo, de hacer un diccionario histórico, sino un diccionario genealógico. La genealogía hace referencia al paso desde la experiencia a la palabra. Situar el lenguaje dentro de un marco teórico fuerte, estudiarlo a partir de una teoría de la inteligencia, nos permite comprender más profundamente sus funciones, poderes y limitaciones. Por su parte, el análisis del lenguaje nos enseña muchas cosas acerca de cómo construimos el Mundo de la vida. Nos muestra las preferencias, los intereses, la evaluación, las relaciones, el sistema de normas, las costumbres de una sociedad. «El idioma de un pueblo nos da su vocabulario, y su vocabulario es una Biblia bastante fiel de todos los conocimientos de ese pueblo; sólo por la comparación del vocabulario de una nación en épocas distintas nos formaremos una idea de su progreso», escribió Diderot, en el artículo «Encyclopédie» de la *Encyclopédie.*

Volveré a la palabra *cutre.* La semántica genealógica debe poder explicar el paso desde el significado primitivo hasta el uso actual. Tacaño, que era el significado original de la palabra, es el que ahorra en exceso, no el pobre. Es el que tiene, pero no quiere dar ni gastar. Si va mugriento, raído, con ropas viejas, no es por necesidad sino como consecuencia de su vicio. Es la miseria incluida en un contexto deliberado, consentida y buscada. Las hambrunas africanas no son cutres, son terribles. A un poblado miserable, de una pobreza absoluta, no lo llamaríamos cutre hasta no ver a las mujeres leyendo el *Hola,* o a los hombres con un anillo gordo en un dedo meñique con la uña sucia. No lavarse es, simplemente, sucio. No lavarse pero darse desodorante es, en el común sentir de las encuestas, cutre.

En el fondo de la teoría del lenguaje que propongo yace la idea de que nuestro comportamiento lingüístico está dirigido desde la profundidad de los tiempos por motivos ya olvidados. De uno de mis maestros en lingüística, Pierre Guiraud, aprendí que todo lo que sucede en el lenguaje tiene un motivo, aunque a veces lejano, oculto y sorprendente. La necesidad de evitar equívocos, de refinar la comunicación, de presumir, de convencer, de simplificar fue creando variaciones, modos, formas lingüísticas que hoy nos parecen triviales aunque en su día fueron creaciones grandiosas de autores anónimos. Aun así, la ambigüedad permanece a veces de manera muy incómoda, como en la siguiente expresión: «Anoche Juan hizo el amor a su mujer. Carlos también.»

Por ejemplo, los especialistas en indoeuropeo han estudiado la aparición simultánea de la oposición *animado/inanimado* y la oposición *nominativo/acusativo*. A primera vista parece que ambos acontecimientos no están relacionados. Distinguir lo vivo de lo inerte es una distinción semántica. Distinguir el acusativo del nominativo es una distinción gramatical. A pesar de ello, todo hace pensar que ambos acontecimientos están relacionados, y eso es lo que me gustaría contar al lector para contagiarle mi sorpresa.

Resulta que en épocas muy antiguas los nombres aparecían en las frases sin desinencias, pura raíz, en cueros, vamos. Su función –si eran sujeto (nominativo) o complemento (acusativo)– se deducía del orden de la frase. Esto debió de provocar confusiones. «Sigue él ella» podía resultar una frase equívoca. ¿Quién seguía a quién? ¿Quién era el sujeto de la acción de seguir? En un principio la confusión sólo podía darse dentro de los nombres llamados «animados», ya que eran los únicos capaces de actuar y de ser sujetos de las acciones. Una piedra no podía mover nada. Los objetos inanimados eran siempre complementos. Las piedras eran siempre movidas. No tenía sentido decir que una piedra hacía algo. Entonces, era lógico que la marca del acusativo, su desinencia por ejemplo, que servía para distinguir la función de sujeto de la función de complemento, que nos indicaba quién seguía a quién, se añadiera, en primer lugar, a los seres animados, para distinguir con claridad sus dos funciones en la frase.[4]

Desde una perspectiva genealógica la humanidad aparece

como una minuciosa y tenaz trabajadora que perfila, corrige, perfecciona sus instrumentos lingüísticos. Se las ingenia para introducir mucha información en la palabra, para facilitar la comprensión y evitar los equívocos, inventa marcadores de género, de número, de persona. A mí me resulta una historia conmovedora y apasionante.

4

Esa representación semántica básica, que en su conjunto constituye un modelo de Mundo, es etiquetada, subrayada, analizada, dirigida en su construcción por el léxico, que va desplegando sus posibilidades y diseccionando sus coyunturas. Es un hecho evidente que la riqueza de un idioma aumenta sin parar. La nuevas palabras se crean por distintos motivos:

1) Porque aparece un nuevo objeto: *televisión, teléfono, internet.*

2) Porque aparece un nuevo concepto o una nueva metáfora: *transfinito, quark, ciberespacio.*

3) Porque una expresión se hace muy frecuente y la nueva palabra abrevia la expresión: *suegra* (madre de mi mujer), *friqui* (golpe franco indirecto).

4) Porque queremos decir lo mismo con un estilo distinto. Por ejemplo, el significado puede ser el mismo pero cambia nuestro juicio hacia él. Entre *hacer el amor* y *follar* hay una variación de estilo. El argot nos da información sobre el referente y sobre el modo como el emisor se refiere al referente.

5) Porque deseamos precisar una palabra anterior. Así aparecen los analizadores léxicos de un concepto. De *verde,* derivan *verde botella, verde rana*, etc. Éste es el proceso que más nos interesa para nuestro tema. Hay un proceso de análisis sentimental que nos permite distinguir modalidades, variaciones, escorzos de un sentimiento. Leo en un comentario al Libro de los Proverbios un análisis de la expresión «Temor de Yahvé». Oyéndola con oídos actuales –llenos de sutilezas– no escuchamos su sentido original. El progreso de las lenguas nos ha proporcio-

nado el utillaje necesario para expresar con más exactitud los matices del temor. Como traducción aproximada, aunque no exacta, de *yi'ra*, «temor», el comentarista propone «servicio», entendido del que se presta de buena voluntad; o «respeto», que se muestra en la obediencia a la autoridad; o mejor «acatamiento», que incluye en su concepto las dos ideas de respeto y servicio, que la expresión hebrea expresaba inseparablemente.[5]

En castellano, por poner un ejemplo fácil, el léxico de la tristeza se ha ido ampliando, aumentando en precision analítica o en variedad estilística. El *abatimiento* aparece en 1460, la *congoja* en 1465, la *consternación* a mediados del XVII, la *depresión*, en 1580, el *desconsuelo* hacia 1520, la *melancolía*, palabra de origen griego, cambia su significado parcialmente en el siglo XVII, *morriña* es documentada por primera vez en 1726, *murria* en 1611, y, como tristezas recientísimas, aparecen *nostalgia* en 1825 (en francés, en 1759) y *añoranza* en 1895.

5

El fenómeno contrario a esta ampliación del léxico se da cuando una palabra cambia de significado. Es como si la lengua se hubiera vuelto de repente mezquina y quisiera reciclar una palabra. ¿A qué se deben estos desplazamientos semánticos?

1) Cambia la naturaleza del referente, pero permanece la función. *Pluma* continúa designando el instrumento para escribir, que ya no es una pluma. *Fusil* designaba la piedra que servía para producir la chispa en los antiguos mosquetes. De ahí pasó a designar el instrumento entero, y el nombre se conserva aunque haya desaparecido la piedra que designaba.

2) Cambio del conocimiento del referente. Así cambia el significado de todos los términos científicos. Putnam da el siguiente ejemplo: Bohr empleó la palabra *electrón* para designar una partícula en 1900 y en 1934. ¿Significaban lo mismo? Parece que sí, y, sin embargo, lo que llamaba electrón en 1900 giraba alrededor del núcleo siguiendo una trayectoria y, por el

contrario, lo que llamaba electrón en 1934 no tenía trayectoria. ¿Son entonces términos equívocos? Ningún científico lo diría: un mismo interés temático une los dos significados de electrón.

Explicaré con otro ejemplo esta permanencia de un proyecto semántico que cambia, sin embargo, de contenido. Encuentro a un amigo y, recordando conversaciones de años anteriores, le pregunto: «¿Construiste por fin el bloque de viviendas en Madrid?» Me responde: «Sí, pero acabó siendo un bloque de oficinas en Barcelona.» Por un deseo de precisión le objeto: «Si no fueron viviendas y no fueron en Madrid, no es el proyecto a que me refiero. Es otro.» «No, es el mismo. Efectivamente proyecté un bloque de viviendas. Luego pensé reservar una planta para oficinas. Me gustó la idea y resolví dedicar todo el bloque a oficinas, pero, una vez tomada la decisión, pensé que Madrid no era el sitio ideal y lo construí en Barcelona.» ¿Quién tenía razón, mi amigo o yo?

6

Caeré en la tentación de contarles algunas historias de palabras, para aliviar la andadura. Los deslizamientos, ya lo he dicho, son a veces externos, casuales, y otras en cambio pertenecen al propio desarrollo del análisis del objeto designado. Un caso de evolución externa lo proporciona la historia de la palabra francesa *timbre,* que en la actualidad significa «sello de correos», pero que originariamente significaba «tripa». Es difícil adivinar los vericuetos que condujeron a la palabra de las manos del charcutero a las del cartero.

El caso es que las tripas pasaron a emplearse en los tambores, de donde salió *tímpano,* como membrana sonora (también *témpano).* Los tambores se representaban en los escudos nobiliarios y *timbre* pasó a ser un término heráldico. Cuando el escudo figuró en los sellos con que se autentificaban documentos, *timbre* pasó a significar «sello» (todavía en castellano se habla de «papel timbrado»), y cuando se estableció Correos, las estampillas heredaron la función que tenían los antiguos sellos nobiliarios.

Un caso distinto lo proporciona la palabra *melancolía*, en cuya historia hay un cambio en el contenido, es decir, un deslizamiento interno. Etimológicamente designa la locura furiosa provocada por la bilis negra *(melanós jolé)*, de la que habla el *Corpus hipocrático*. Se mantuvo así durante muchos siglos hasta que en el barroco la melancolía se puso de moda, deja de usarse como término médico y se convierte en una tristeza elegante. Con el romanticismo pasa a ser un dulce malestar. «Melancolía es la dicha de ser desdichado», escribió Victor Hugo. Paralelamente aparece la palabra *spleen*, que significa una tristeza dandy y poco trágica, y tiene también orígenes médicos. Procede de *esplenòs*, que significa «bazo».[6]

A veces se toma una parte del significado como si fuera el todo, con lo que se producen divertidas contradicciones. En este momento se usa en castellano la expresión «en lo más álgido de la discusión», queriendo designar la situación más acalorada. Sin embargo, *álgido* significa «el momento más frío». Entre ambos significados lo único común es el «más». O sea que lo que se acaba diciendo con el uso actual de esta palabra es «en el momento más discutido de la discusión».

Otro ejemplo parecido y curioso. Las palabras francesas *point, pas, personne* tienen ahora un significado negativo que no tenían en su origen, cuando significaban «punto», «paso» y «persona». Pero su frecuente uso en frases negativas *(Il n'avait personne)*, ha vaciado su sentido con la poderosa presencia de la negación. Esto resulta todavía más claro en *rien*. *Rien* deriva del latin *rem*, cosa. En francés antiguo se decía «la *rien* (cosa) que más amo en el mundo». En la actualidad ha perdido todo vestigio de significado positivo.

Estas aventuras convierten muchas veces la lexicografía en una comedia de las equivocaciones, lo que puede resultar demasiado tentador para cualquier cronista como yo. El cerrojo se llamó en latín *veruculum*, que dio en español antiguo *berrojo;* pero esta palabra nada decía a la comprensión popular. Como el instrumento servía para «cerrar», a esta voz se remitió por falsa etimología la insignificativa palabra *berrojo*, que así se llenó de significado: *cerrojo,* «lo que sirve para cerrar». *Blondo,* por ejemplo, significa «rubio»; pero en la mente de Meléndez Valdés se asoció a *blando y onda,* pasando a significar «ondulado y suave», como en el siguiente ripio:

> Tu vellón nevado
> de ricitos lleno
> cual de blonda seda,
> cuidadoso peino.[7]

Terminaré con un último y gracioso episodio, que podría titularse: ¿Por qué el hígado se llama higo? Hígado se decía en latín *iecur,* pero existía en Roma un plato de cocina especialmente apreciado, compuesto de hígado con higos: *iecur ficatum.* Para simplificar, los parroquianos pedían simplemente un *ficatum,* que acabó por designar no sólo todo su contenido, sino su ingrediente principal: «el hígado». Les había prometido que éste iba a ser el último ejemplo, pero acabo de recordar uno más gracioso todavía. En México, de tanto repetir «una cerveza fría», se ha simplificado a «déme una fría». Es decir, «fría» se ha convertido en sinónimo de cerveza, con lo que los bebedores que la prefieren del tiempo tienen que pedir «una fría del tiempo» o «una fría que no esté muy fría». El lenguaje no deja de producir sorpresas.

7

Las representaciones semánticas básicas y su despliegue léxico están conservados en la memoria. ¿Cómo es nuestra gramática mental? ¿Cómo es ese diccionario psicológico al que me he referido? Por de pronto, muy poco parecido a las gramáticas y a los diccionarios impresos, y algo más parecido a los diccionarios informáticos en forma de hipertextos, en los que navegamos a través de redes complejas de palabras, imágenes y sonidos.

Averiguar la estructura del léxico mental es una tarea detectivesca. ¿Cómo podemos introducirnos en las honduras de nuestra memoria? Elaborando hipótesis a partir de fenómenos observables. Lo que experimentamos nos permite adivinar lo que no experimentamos. Por ejemplo, el estudio de nuestras equivocaciones, de los lapsus o errores lingüísticos que cometemos, permite afirmar que nuestro léxico mental está parcialmente organizado a partir de los sonidos iniciales de las palabras, pero no de una manera estrictamente alfabética. Cuando confundimos una palabra con otra puede ser porque el comienzo sea parecido, pero también porque los acentos, las vocales intermedias o el final lo sean. Además, las confusiones se dan más por el significado que por el sonido, lo que demuestra que nuestro léxico mental está más complejamente organizado que los diccionarios.

Pero, sobre todo, es mucho más amplio. Contiene mucha más información sobre cada palabra, es decir, el concepto vivido es mucho más amplio y complejo que cualquier entrada léxica de un diccionario. Como señala Jean Aitchison, «no existe límite conocido para la información detallada que puede ser asociada con un ítem léxico». Esto es muy notable. ¿Es verdad que cada palabra es un cabo de hilo a partir del cual se puede sacar el ovillo completo del Mundo? La nube es esa forma esquiva que veo, atravesando el cielo como un rebaño, un dromedario, un platillo volador, pero es también la condensación de vapor de agua, la señal de la lluvia o de la tormenta, la que proporciona sombra, una lesión en un ojo, la sutil blancura dejada en el té por un chorrito de leche. Para los mayas, que creían que unas serpientes salidas de las montañas subían el agua a las nubes, eran gigantescas vasijas. Sí, creo que podría dar la vuelta al mundo en un vocablo.

El diccionario mental forma una red lingüística que subraya y enlaza nuestra representación mental del Mundo. Introduce orden en la barahúnda de nuestras imágenes. Nos ayuda a crear trampolines semánticos, mediante los cuales saltamos de un significado a otro. En esta conexión universal cada palabra activa un pequeño campo –el significado–, pero el resto de la memoria está presente como sonido de fondo, como referencia básica. Si leo el poema de Aleixandre:

Una pajarita de papel sobre el pecho
viene a decirnos que el tiempo de los besos ha llegado

comprendo cada una de las palabras y el significado literal, que como diría un positivista lógico no significa nada porque no tiene posibilidad de ser verificado. Pero lo que yo entiendo además es que ese poema hace resonar múltiples conexiones, connotaciones difusas, emocionales, metafóricas, que son como la onda de propagación de una piedra en un estanque. La pajarita de papel es un recuerdo infantil, y el pecho es el lugar del corazón. Cuando el corazón se siente infantil, juguetón y alegre, anuncia la llegada de una primavera amorosa: el tiempo de los besos.

En la poesía estimulamos la dispersión de los significados. En la ciencia, los concentramos. Es un fenómeno parecido a la atención. Activamos, restringimos, seleccionamos, reforzamos una parte de lo que estamos viendo (atención perceptiva) o una parte de lo que sabemos (comprensión lingüística). Pero el resto queda al fondo, como fondo. Luria, un neurólogo que estudió con gran perspicacia el lenguaje, explicó que tras cada palabra hay necesariamente un sistema de enlaces sonoros, situacionales y conceptuales. En los sujetos normales, los enlaces sonoros de la palabra están casi siempre inhibidos. La conciencia se desentiende de ellos, en beneficio de los enlaces semánticos. Hay, sin embargo, estados especiales de la conciencia en los que esta capacidad de selección desaparece y los enlaces sonoros empiezan a surgir con la misma probabilidad que los enlaces semánticos. Por ejemplo, en los estados de transición de la vigilia al sueño. Cita un texto de *Guerra y paz*, de Tolstói. Nicolás Rostov se está durmiendo y en su cabeza comienzan a aparecer distintas asociaciones. Mira al techo y ve unas manchas blancas que no sabe interpretar. Podrían ser un claro en el bosque, el resplandor de la luna o un resto de nieve, ¿o simplemente una cosa blanca?...

Debe de ser nieve esta mancha, una mancha de nieve, una mancha, «une tache» –pensó Rostov–... No, no es una tach... eres tú... Natacha, querida hermana, tus ojos oscuros... Natachaka... Natachakita... Tachka, pisada... Na-Tachka... desfilar, ¿por qué? Ah, los húsares, los húsares y sus mostachos... Los húsares van por Vitesk con sus mostachos, sí eso es, estoy pensando en ellos, que con sus tropas van a casa... Las tropas viejas, cansadas. Pero esto no tiene importancia, no, lo esencial –no recuerdo bien, en qué estaba pensando, sí, claro. Natachka, desfilar, sí, sí. Esto es.»[8]

Tolstói describe brillantemente la incapacidad de un sujeto agotado para seleccionar los enlaces. Lo difícil es explicar quién es ese sujeto que en condiciones normales se deja llevar sólo por los enlaces semánticos. Ejerce, al parecer, algún tipo de control. Puede decidir si estamos siguiendo el buen rastro o si nos estamos perdiendo. ¿Qué sucede psicológicamente cuando entre los múltiples enlaces de una palabra elegimos los acertados?

Lean el siguiente texto:

> La rueda delantera estalló. Detuvo el coche. Abrió el maletero. Sacó el gato y lo puso en el suelo. Siguió buscando. Dio una furiosa patada al coche. «¡Pues no puedo cambiar la rueda! Y además se me escapa el maldito gato de mi madre!» Y salió corriendo detrás del animal.

¿En qué momento ha cambiado el lector el significado de la palabra *gato*? ¿Cómo lo ha hecho? ¿Cómo ha sabido que era la elección correcta? Nuestro uso del lenguaje parece exigir la intervención de un supervisor, de un controlador. Pero ¿quién podría ser ese misterioso personaje? Sabemos que abandona su puesto en momentos de enfermedad, agotamiento, ebriedad o cercanos al sueño. Deberíamos lanzar una orden de busca y captura.[9]

Estas preguntas no pueden resolverse dentro de la lingüística, porque afectan a las estructuras básicas de nuestra subjetividad. Nuestra introducción al lenguaje se complica. Tal vez necesitemos una teoría del lenguaje que en vez de saltar a las cristalinas estructuras lingüísticas, profundice en esos misteriosos recursos, en esa sabiduría inexplicable que nos hace elegir acertadamente entre las proliferantes asociaciones de una palabra. No podemos saber cómo hablamos, cómo entendemos, cómo seleccionamos los significados, sin entrar a fondo en la psicología del lenguaje. La lingüística nos lleva más allá de la lingüística. Del cielo platónico de las formas sintácticas acabaremos cayendo en la selva de la vida diaria.

III. COMUNICACIÓN Y SIGNIFICACIÓN

1

Nacemos con ansias de aprender a hablar. Esta propensión es tan fuerte que puede alterar incluso el funcionalismo del cerebro. El lenguaje está ligado al hemisferio cerebral izquierdo, pero si durante el primer año de vida se tiene que extirpar todo ese hemisferio por razones terapéuticas, el niño conseguirá aún hablar bastante bien. A esa edad el cerebro es lo suficientemente plástico y el lenguaje lo suficientemente importante como para que la capacidad lingüística se transfiera de un hemisferio a otro.[1]

El lenguaje es un fenómeno social. Ha sido inventado, perfilado, transmitido durante miles de años por la especie humana, que, al mismo tiempo, ha ido transformando gracias a él sus propias estructuras mentales. El hombre es el animal que tiene *logos*. Habla. Esa habla nace en una situación social y, en una fantástica espiral ascendente, va haciendo posible nuevos modos de sociabilidad. Como escribe Halliday: «El lenguaje es controlado por la estructura social y la estructura social es mantenida y transmitida a través del lenguaje.»[2]

Hace años, Nicholas Humphrey, un divertido y competente psicólogo, mostraba su sorpresa al ver tan pensativos a los gorilas que estudiaba. ¿En qué emplearían tanto tiempo de aparente meditación? Llegó a la conclusión de que eran las complejidades sociales las que los traían a maltraer. Recientemente Dunbar ha propuesto que el tamaño relativo del cerebro aumenta con el tamaño de los grupos de que forman parte sus poseedores. Cuando el grupo aumenta, los miembros tienen que comprender y recordar un numero creciente de relaciones. El lenguaje proporcionó un modo para organizar eficazmente un grupo más amplio. En vez de mantener las relaciones en un nivel conductual, podían explorar, trabajar y controlarlo simbólicamente.[3]

Lo cierto es que la comunicación es un fenómeno de interacción que funda la sociedad. Sin ella no habría más que agrupaciones de mónadas sin ventanas, cerradas sobre sí mismas como las arenas de las playas. Cada miembro transmite y recibe información de los demás. Y gracias a esos mensajes continuos e incesantes se constituyen las redes de la colaboración o la discordia. Por el hecho de existir como seres que podemos ser vistos, oídos, olidos o tocados, estamos emitiendo continuamente información. Norbert Wiener, el padre de la cibernética, decía que la realidad es un conjunto infinito de mensajes lanzados «a quien pueda interesar». Esto es cierto: somos irremediablemente origen de información. Pero prefiero reservar el término *comunicación* para designar una emisión intencionada o innatamente guiada de informaciones.[4]

Nacemos con algunos sistemas expresivos dispuestos para actuar. El más importante es la expresión afectiva. El niño llora, sonríe, se agita inquieto si le impedimos moverse, pone cara de asco, hace pucheros, se sorprende, se asusta. Cada una de esas expresiones tiene una finalidad comunicativa. Gracias a ellas puede darse una sintonía entre él y su cuidador. Cuando no se da ese *fit*, ese acorde, como sucede en los niños difíciles o en las madres dificiles, se producen múltiples situaciones conflictivas y perjudiciales. Después de los trabajos de Paul Ekman sabemos que hay un repertorio de expresiones universalmente comprensibles: furia, miedo, risa, sorpresa, asco.

Pero el gran sistema de comunicación humana es el lenguaje. Gracias a él podemos argumentar y planificar. Nos permite transmitir información muy variada, de distintos grados de abstracción. Pero esa información tiene que ir codificada. Es decir, mientras que en la expresión emocional hay una sintonía establecida genéticamente, en el lenguaje el emparejamiento entre la expresión (significante) y el significado debe ser establecido, aceptado y conocido. La actividad semiótica de la inteligencia humana se encarga de esa peculiar tarea de crear códigos, sistemas estables de correspondencias entre significantes y significados. Es decir, la comunicación lingüística se basa en una previa actividad de creación de signos.

Parece que la capacidad y la necesidad de expresarse mediante signos es innata y poderosísima en nuestra especie. Schaller ha descrito el caso de un hombre absolutamente sordo, Ildefonso, que llegó a los 27 años sin adquirir ningún lenguaje convencional. Había crecido en un comunidad de trabajadores inmigrantes sin ser escolarizado y sin ningún contacto con signos de lenguaje natural. Era equilibrado, despierto y emocionalmente normal, era también capaz de usar y comprender gestos simples e imitaciones. Realizaba las tareas diarias, y se ganaba la vida como trabajador.

A Carruthers le parece dudoso que Ildefonso no tuviera ningún lenguaje. Algunos datos sugieren que podría haber desarrollado por sí mismo un sistema de gestos que poseyera las mismas propiedades de un lenguaje simple. Esto parece confirmado por la observación de Schaller de que entraba en animadas conversaciones con otros sordos adultos usando un variado repertorio de gestos. Susan Golding-Meadow y sus colegas han estudiado a niños sordos nacidos de padres que oían, pero que habían decidido que sus hijos no recibieran ninguna enseñanza por signos. Encontraron sin excepción que los niños desarrollaban espontáneamente un lenguaje gestual, tomando inicialmente los gestos de sus padres, pero sistematizándolos después y regularizándolos como un lenguaje genuino, con todas las propiedades de la morfología y la sintaxis que uno puede esperar de un niño de tres años. Lo cito como ejemplo de la arrolladora pasión por comunicarse que siente el ser humano.[5]

2

El fenómeno de la comunicación, de la transferencia de información, ha sido oscurecido por una mala metáfora. Hablamos del «contenido de una carta o de una frase». Esto nos hace pensar que al hablar entregamos al oyente un paquetito con lo que queremos decirle, igual que un corredor entrega el testigo al corredor siguiente. Esto es falso y peligroso. Lo que voy a defender es que el habla es ante todo un sistema de inducciones y seducciones. Al hablar no entregamos un objeto material, hecho, perfilado, a un sujeto que tiene que *comprenderlo*, es decir, cogerlo todo de una vez, o *asimilarlo*. La metáfora de la asimilación de conocimientos o de informaciones es, una vez más, estática y falsa. «No has digerido su argumento», decimos. Es como si la información fuera un alimento que hay que tragar y asimilar. Falso. También es contundente la metáfora de «los canales de comunicación», que sugieren la idea de un trasvase de información de un recipiente a otro. No suceden así las cosas. Lo que hago al hablar o al escribir es presionar para que el oyente realice unas operaciones a mitad de camino entre la inferencia y la adivinación y produzca un significado parecido al que yo deseo suscitar.

Un signo proferido es, ante todo, un instrumento para influir psicológicamente en la conducta, tanto si se trata de la conducta del otro como de la propia. El lenguaje nació en el mundo de la vida, que es atareado y práctico. Comenzó siendo usado para fines sociales –la colaboración, la advertencia, la amenaza, la enseñanza–, y sólo más tarde se convirtió en un instrumento para influir en uno mismo. La intención del hablante –señala Schlesinger– es primariamente imperativa: pretende dirigir la conciencia o la atención del oyente.[6]

El lenguaje –en la historia y en la biografía– experimenta un proceso continuo de alejamiento de la práctica. El bebé entiende las frases de manera distinta si está sentado o si está echado. Poco a poco va utilizándolo de forma menos circunstancial. La palabra se va haciendo cada vez más autónoma. Se aleja del estímulo inmediato, superpone al mundo perceptivo un mundo hablado, crea ficciones, miente, se distancia cada vez más del mundo de la experiencia inmediata. Reclama un estatuto de autonomía. Incluso puede decirse que en el lenguaje poético se convierte en protagonista. Ya no aspira a desaparecer para permitir que el significado brille más, sino que llama la atención del oyente sobre él mismo. A diferencia del procesamiento automático del lenguaje práctico, en el lenguaje poético la comprensión no está automatizada y la forma lingüística ocupa un primer plano. El caso de Mallarmé es prototípico por su exageración. Buscaba un lenguaje específicamente poético, donde, como dice Blanchot, «las palabras no deben servir para designar algo ni para expresar nada, sino que tienen su fin en sí mismas». Lo que dota a la palabra «rosa», esa arbitraria ensambladura de dos vocales y dos consonantes, de su única legítimidad y fuerza vital es, afirma Mallarmé, *«l'absence de toute rose»,* la ausencia de toda rosa.

Sé que los críticos literarios me mirarán displicentes cuando me oigan decir que estas cosas o son un disparate o son una vaguedad. No hay lenguaje autorreferente, cerrado, autónomo más que en el pensamiento de los que piensan al por mayor. O en los que se empeñan en usar un lenguaje también autorreferente. Aunque nos esforcemos por prescindir del significado de una palabra, siempre se queda allí, entre las vocales y consonantes que sin él se convierten en insignificante ristra de grafismos que no llegan ni siquiera a ser significantes. Por cierto, engarlitado en el garlito de la palabra sin referente, Mallarmé acabó diciendo que todo existía para convertirse en Libro. Conmigo que no cuente. Mallarmé podría ser el patrón de todos los disparates que la lingüística autónoma, desligada de la semántica, de los hablantes, de la comprensión, de la realidad, ha producido en este siglo.

Los animales guían su conducta por señales que reciben del medio y de su propio organismo. Las respuestas instintivas son disparadas por desencadenantes innatos. Como estudió Tinbergen, el cortejo de los gasterósteos comienza al percibir una mancha roja en la tripa de la hembra. El hombre no vive de señales sino de signos. Es animal de lejanías incluso en esto. La función de señalización, que es fundamental para los animales, es transformada por la significación, es decir, por la actividad de convertir algo en signo. La vida social crea la necesidad de subordinar la conducta de los individuos a las demandas sociales, y esto se hace por sistemas cada vez más simbólicos. El gruñido, el erizamiento del pelaje, los sonoros golpeteos que utilizan nuestros primos los orangutanes, señales de poderío y amenaza, son sustituidos por sistemas de signos, que amplían al mismo tiempo el ámbito de influencia y el ámbito de autonomía. La amenaza o el castigo dejan de ser los únicos reguladores del grupo. Aparecen la anticipación de fines, la persuasión, el engaño, la argumentación, la seducción o el derecho, todos ellos frutos inmediatos o demorados del lenguaje. «La adaptación activa de los seres humanos a su entorno», escribe Wertsch, «su cambio de naturaleza, no puede basarse en la señalización, en el reflejo pasivo de conexiones naturales de varias clases de agentes; requiere el establecimiento activo de aquellas conexiones que son imposibles con un tipo de conducta puramente natural. Los humanos introducen estímulos artificiales.»[7] Los signos son estímulos creados artificialmente, cuya finalidad es influir en la conducta, formar nuevas conexiones condicionadas en el cerebro humano.

En el principio no era el verbo, era la acción. Un énfasis –glorioso pero confundido– en los aspectos cognitivos de la inteligencia ha hecho olvidar que su principal función no es conocer, sino dirigir la conducta. Para comprender la grandeza, la profundidad, la eficacia real del lenguaje hay que sacarlo del diccionario e integrarlo en la tumultuosa corriente de la acción. Comparto por ello las opiniones de Höpp sobre la evolución del lenguaje. El desarrollo del habla habría comenzado con la «expresión monoverbal» como instrumento acústico del hombre «con ayuda del cual se movilizan las contribuciones individuales como acciones resonantes o integradas en la división del trabajo».[8] Es fantástico que algo inventado para conseguir matar un mamut se haya convertido en un sutil instrumento para decir: *Oh rosa, pura contradicción, ser sueño de nadie bajo tantos párpados*, y cosas así.

3

G. Révész propuso en *Origine et Préhistoire du langage* (1946) una teoría de los orígenes de la lengua. La función gramatical más antigua habría sido el imperativo. Después vendrían el indicativo y la interrogación. Ordenar, informar y recabar información son funciones de gran eficacia práctica. Son universales lingüísticos. No se ha encontrado hasta ahora ninguna lengua en la que no se puedan dar órdenes, declarar sucesos o hacer preguntas. «Las lenguas, por supuesto, difieren en la manera de expresar esas tres modalidades. El coreano, por ejemplo, presenta tres sufijos verbales que indican respectivamente los tres modos. Por ejemplo, el sufijo *-na* es declarativo, el sufijo *-ni* indica interrogación, y el sufijo *-ara*, imperativo.»[9]

¿Qué tiene esto que ver con la comunicación y sus avatares?

Al describir estoy transmitiendo información. Expreso cómo son las cosas, cómo sucedieron o cómo me pareció que sucedían. Es un discurso narrativo. Lo que pretendo comunicar es un estado de cosas. Podríamos decir que la danza de las abejas al volver de sus vuelos exploratorios señala, describe, dónde están las mejores flores. Acaso el primer signo comunicativo –mezcla de orden y de información– fue una indicación con el dedo. A este respecto les contaré un hecho curioso. En la actualidad hay un grupo de lingüistas ligeramente megalómanos que trabajan con la idea de que todos los idiomas proceden de una lengua común, una especie de primer lenguaje adánico. En un momento de exaltación, Shevoroshkin, Ruhlen y otros más se han dedicado a reconstruir las palabras ancestrales de los seis superlinajes lingüísticos que creen que existen, con el propósito de descubrir un antepasado común a todos ellos, la hipotética lengua de la Eva africana. Ruhlen ha propuesto 31 raíces distintas para ese lenguaje auroral. Una de ellas es *tik* («uno»), de la que proceden el protoindoeuropeo *deik* («señalar»), más tarde el latino *digit* («dedo»), el nilosahariano *dik* («uno»), el esquimal *tik* («dedo índice»), la palabra del lenguaje kede *tong* («brazo» o «mano»). Muchos expertos han criticado esta optimista investigación. Sólo la menciono como curiosidad y para llamar la atención sobre la importancia del indicar.[10] El niño aprende muy pronto a seguir una indicación, cosa que los animales son incapaces de hacer.

Pero la mera indicación es demasiado pobre. La historia del lenguaje podría contarse como el paso de la indicación a la descripción. John Macnamara, en su artículo «¿Cómo hablamos de lo que vemos?», ha estudiado el sorprendente paso de la visión a la palabra. La literatura nos brinda ejemplos magníficos. En *Du côté de chez Swann,* Proust nos cuenta el despertar de la vocación literaria de su protagonista. Un muchacho a quien deslumbraba la belleza de las cosas, y quería conservarla clara en la memoria.

> De pronto un tejado, un reflejo de sol en una piedra, el olor del camino, hacíanme pararme por el placer particular que me causaban, y además porque me parecía que ocultaban por detrás de lo visible una cosa que me invitaba a coger, pero que, a pesar de mis esfuerzos, no lograba descubrir.

Durante un paseo en coche de caballos le llena de exaltación la aparición y desaparición, siguiendo las vueltas y revueltas del camino, de los campanarios de unas iglesias.

> Sin decirme que lo que se ocultaba tras los campanarios de Martinville debía de ser algo análogo a una bonita frase, puesto que se me había aparecido bajo la forma de palabras que me gustaban, pedí papel y lápiz al doctor y escribí, a pesar de los vaivenes del coche, para alivio de mi conciencia y obediencia a mi entusiasmo... Me sentí tan feliz, tan libre del peso de aquellos campanarios y de lo que ocultaban que, como si yo fuera también una gallina y acabara de poner un huevo, me puse a cantar a grito pelado.[11]

Marcel quiere contarse, revelarse a sí mismo, lo que ve y siente. Sólo después podrá comunicar a los demás sus hallazgos.

4

La orden es un suceso comunicativo diferente. Transmite un contenido y una presión. El hablante tiene que poseer algún tipo de poder, propio o recibido, para enunciar un mandato. Mandar es poder mandar, esto es, tener poder o fuerza para hacerlo. «La superioridad, el señorío, se decía en latín *in manu esse* y *manus dare* –de donde viene nuestro vocablo *mandar*», escribe Ortega (VII, 219). Estar en las manos de alguien es la condición etimológica para poder mandar. Lo que pretende el sujeto mediante una expresión verbal es provocar una acción concreta en el oyente. Para ello enuncia una orden y deja en ella, como un componente del mensaje, indicios de su estatus. Hay, pues, un doble significado: el mandato y su imposición. Presten atención a esta dualidad. Una cosa es el contenido de la orden y otra el acto de mandar. Ya verán que esta distinción tiene mucha importancia. No sólo decimos cosas, sino que hacemos cosas al decirlas. Por ejemplo, mandar, prometer, engatusar, timar, enamorar.

Es comprensible que la orden fuera una función lingüística primitiva. Nuestros antepasados tenían que colaborar para sobrevivir en una naturaleza peligrosa y dura. Me parece interesante que los chimpancés entrenados para aprender y usar un lenguaje lo utilicen sobre todo para reclamar acciones. Según Greenfield y Savage-Rumbaugh, que estudiaron a Kanzi, un chimpancé adiestrado, sólo el 3 % de sus expresiones son declarativas. El otro 97 % son peticiones. Los niños autistas, que tienen graves problemas de comunicación, también expresan sobre todo demandas.

La tercera función de la que quería hablar es la petición. El niño llora públicamente para pedir algo. Llorar a solas es una conducta expresiva innata que se ha alterado culturalmente, perdiendo su carácter comunicativo. Sólo voy a fijarme en un tipo de petición –la pregunta–, que es una demanda de información. Se trata de un fenómeno paradójico. Al preguntar circunscribimos con precisión un vacío. Sentimos una carencia, una falta cuyo contenido desconocemos. No disponemos de los datos que precisamos. Entonces, buscamos la información, nos dirigimos a alguien para que satisfaga nuestras necesidades. El niño pequeño que necesita conocer muchas cosas bombardea a sus padres con continuas preguntas.

Es significativo que mientras enseña a hablar al bebé, el adulto utilice sobre todo preguntas y órdenes. Mientras que en una conversación familiar normal son preguntas entre el 1 %

y el 25 % del total de emisiones lingüísticas, en las que se dirigen al niño la proporción llega al 50 %.[12] Es como si estuviéramos reproduciendo en el niño lo que debió de ser el alba del lenguaje.

5

Éstas son las tres funciones lingüísticas, es decir, comunicativas, posiblemente más antiguas. Pero no he pretendido hacer arqueología. Me he detenido en ellas por un motivo especial que paso a explicarles. Hasta aquí he hablado de comunicación como textura de la relación social. Necesitamos transmitir y recibir información, ordenar la convivencia, buscar lo que necesitamos acudiendo a otros. Pero el caso es que no sólo hablamos a los demás, sino que continuamente nos estamos hablando a nosotros mismos. «El hombre es un diálogo interior», escribió Pascal. En nuestro interior nos transmitimos información y también nos damos órdenes y hacemos preguntas. Da la impresión de que el lenguaje no es sólo un medio para comunicarnos con los demás sino para comunicarnos con nosotros mismos. Y esto, a mí al menos, me resulta enormemente chocante.

¿Por qué? Sobre todo porque un diálogo exige la actuación de dos personas. ¿Estamos tan radicalmente divididos? Tomemos el caso de la pregunta por su especial rareza. ¿Por qué nos hacemos preguntas a nosotros mismos? ¿No es un comportamiento expletivo e inútil? Yo soy quien pregunta y yo soy quien responde. ¿A qué viene este juego de duplicidades? Daniel Dennet, un divertido e inteligente filósofo, se ha hecho la misma pregunta y la ha respondido conjeturando que a lo largo de la evolución el hombre se acostumbró a pedir ayuda a su prójimo, «hasta que una vez la criatura percibió que se había producido un "inesperado" cortocircuito en esa relación social. "Pidió" ayuda en una circunstancia inadecuada, cuando no había oyentes que pudieran escuchar y responder a su requerimiento ¡salvo él mismo! Cuando el hombre oyó su propia petición, la estimulación provocó la clase de respuesta "útil" que habría provocado la súplica de otro, y para su delicia la criatura *comprobó que había inducido la respuesta a su propia pregunta*. Había descubierto la utilidad de la autoestimulación cognitiva».[13]

En este caso la pregunta de un sujeto está dirigida a su propia memoria. Notable ocurrencia. El lenguaje nos permite dirigir la búsqueda expresando los límites de nuestros intereses cognitivos. Lo que parecía ser una función estrictamente social se ha integrado en el utillaje psicológico más personal. Hace navegable nuestra propia memoria. La palabra, signo inventado para influir en otro, se vuelve como un bumerán y acaba influyendo al propio hablante. Bonita jugada.

Con la orden pasa otro tanto. En *El misterio de la voluntad perdida* he hablado con detenimiento de la participación del lenguaje en la construcción de la autonomía personal. El niño aprende su libertad obedeciendo la voz de la madre. Lo que llamamos voluntad, ese conjunto de destrezas al servicio del sujeto y de su liberación, adviene al niño desde fuera. Al principio, el bebé atiende a las órdenes de la madre, que suelen ser llamadas de atención. La madre enhebra su palabra en la inestable atención del niño con una habilidad de costurera experta. El niño se suelta y ella lo enlaza de nuevo. La atención infantil es todavía precaria y resulta perturbada por cualquier otro estímulo. Por ejemplo, si al escuchar la voz el niño está realizando una acción, la inercia de lo que hace es demasiado fuerte y le impide cumplir la indicación verbal. Poco a poco aprende a ser un ejecutor más hábil de las instrucciones maternas.

Parece demostrada la relación entre el aprendizaje verbal y la ejecución de actos voluntarios. Los psicólogos soviéticos estudiaron las dificultades que encuentra el niño para obedecer una orden hablada. Los niños de siete meses son capaces de buscar con la mirada un objeto de acuerdo con una instrucción verbal, y antes del año ponen anillos en una pirámide siguiendo la instrucciones del adulto. A mediados del segundo año son capaces de cumplir instrucciones que requieren una acción aplazada, por ejemplo: «Cuando dé una palmada me traes la copa.» Pero al comenzar cada nueva actividad el niño tiene dificultades que el adulto debe ayudar a superar. Por ejemplo, al darle una orden aplazada, hay que advertirle: «Y ahora siéntate quietecito», o algo así. De lo contrario, cumplirá la orden inmediatamente. El poder estimulante del lenguaje es más fuerte que el poder inhibidor.

Estos estudios ponen de manifiesto la influencia de la palabra en la estructura de nuestra acción voluntaria, pero también la dificultad de ese aprendizaje. Obedecer una orden condicional («si se enciende la luz, mueve la bola») exige unas operaciones mentales muy complejas. Los niños menores de cuatro años, al oír la instrucción, actúan inmediatamente. Cuando oyen «luz» miran a la luz, y cuando oyen «mueve la bola», la mueven sin esperar más. Son incapaces de sintetizar la orden. Yakoleva concluye que hay que inducir en el niño una «excitación inhibitoria» para que sea capaz de responder correctamente a la instrucción condicional.[14]

El niño aprende así a unificar su conducta, a dirigir y controlar sus comportamientos de acuerdo con las órdenes transmitidas por el lenguaje. Se convierte en un yo ejecutor. Le falta dar el último salto, que le convertirá en autor de su propio papel, y en ese tránsito también le ayudará el lenguaje. El niño aprende a hablar y a darse órdenes a sí mismo. Me gustaría decir que «interioriza la voz de la madre», y lo haría si no temiera que se buscase en esta frase un significado psicoanalítico.

¿Se dan cuenta de que el lenguaje se está adueñando de los resortes más íntimos de nuestra personalidad? Me parece fascinante comprobar que una creación humana ha cambiado la propia creatividad del hombre. La especie humana se ha construido a sí misma mediante el lenguaje.

6

La tercera función del lenguaje, la informativa, también cumple funciones importantes en estratos profundos de nuestra subjetividad. Acompaña y subraya nuestras percepciones como el comentarista de fútbol acompaña las imágenes televisivas con ciertos datos y relaciones. Además explica la experiencia utilizando el saber lingüísticamente almacenado. Desde la actitud que tomamos damos un sesgo semántico a lo que sentimos, sesgo que puede ser poético, remordido, violento, displicente, irónico, desesperado.

Nos explicamos a nosotros mismos lo que nos pasa. Al hacerlo linealizamos la experiencia. Percibimos y sentimos en bloque, pero nos hablamos en líneas. Con ello hacemos pasar por la conciencia los significados implícitos, como quien desmadeja una madeja o saca las cosas de un arcón. De paso introducimos la experiencia en la red lingüística con sus enlaces, resonancias, ampliaciones, desviaciones y saberes.

Hay que reconocer a Freud y a sus seguidores su interés por el lenguaje. Consideraron que la verbalización era el camino por el que lo inconsciente podía arribar a la conciencia. El psicoanálisis comenzó siendo una curación por la palabra.

> Las palabras –escribió Freud– son la herramienta esencial para el tratamiento mental. Sin duda, a los legos les será difícil entender cómo es que pueden eliminarse las alteraciones patológicas y de la mente por medio de «meras» palabras. Sentirán que se les está pidiendo que crean en la magia. Y no estarán tan errados, puesto que las palabras que usamos en nuestra habla cotidiana no son otra cosa que una magia deslavada. Pero tendremos que hacer un rodeo para explicar cómo la ciencia se propone devolver a las palabras por lo menos una parte de su antiguo poder mágico.[15]

La cura depende de que el paciente acomode sus palabras en el «lugar correcto», de que las ponga en sonidos, en vez de permitir que queden atrapadas en el cuerpo. Freud utiliza una frase muy expresiva: *wenn man ihn dann nötigt, dieses Affekte Worte zu leihen*, la curación llega «si se le obliga a prestar palabras a su afecto». Lo que enferma al paciente es el silencio. El lenguaje es lo que proporciona el paso de lo inconsciente a lo consciente. En *El yo y el ello* (1923), Freud escribe: «La diferencia real que existe entre las ideas (pensamientos) inconscientes y preconscientes consiste en esto: en que las primeras se realizan en un material que sigue siendo desconocido; mientras que las segundas (preconscientes) se conectan, además, con las presentaciones en palabras.» Por eso la regla fundamental del psicoanálisis es «dígalo en voz alta», una frase que Freud y Jung utilizaron en su correspondencia. Esta regla era mucho más que una mera convención, de modo que ni el paciente ni el analista podrían soñar siquiera con prescindir de ella, como tampoco podrían pensar en bajarle al otro la luna.

¿Es verdad lo que dice Freud? ¿Es verdad que el lenguaje trae a la conciencia las noticias de nuestra inteligencia computacional, que es la lava que nos da a conocer las energías subterráneas? Los neurólogos han descubierto un fenómeno extrañísimo. Al separar quirúrgicamente los dos hemisferios cerebrales, cortando el cuerpo calloso que los une, los pacientes sólo tienen conciencia de los comportamientos regulados por el hemisferio izquierdo, que es el lingüístico. Mientras preparaba este capítulo he recordado con frecuencia la frase de Foster, que me parece muy seria a pesar de su aire de *boutade:* «¿Cómo voy a saber lo que pienso sobre una cosa antes de haberlo dicho?» El habla interior, las ocurrencias verbales nos hablan de nosotros mismos, sacan a la luz las oscuras demandas, nos revelan nuestras creencias, preocupaciones, preferencias. Esta manifestación de lo oculto, que sin embargo es lo más propio aunque esté escondido, constituye parte importante de la creación poética. Así habla Rilke en su *Réquiem para un poeta*:

> Sólo vemos tus versos, que, venciendo
> la inclinación de tu sentir, aún clavan
> las palabras que tú elegiste. A veces
> no pudiste elegirlas: un arranque
> se impuso como un todo, y lo decías
> como un encargo.

La palabra nos permite explicarnos la experiencia externa y la experiencia interna. Experimentamos en bloque y hablamos en líneas. El diccionario guarda bellas palabras para describir este tránsito: *discurso, discurrir, ex-plicar, ex-presar, ex-poner, con-secuencia, inferencia*. Un léxico fluvial y minero. *Ex-perimentar* significa lo que se ve en un viaje. Pues bien, el vehículo de ese viaje es la palabra. Frente a mí tengo un paisaje arbolado. Cipreses, alcornoques, encinas. Más allá, la llanura castellana, enrojecida por el sol naciente. Y detrás la línea azulada de la sierra que enlaza con la techumbre azul del cielo. El paisaje es un acontecimiento visual, sin duda alguna, y puedo analizarlo visualmente. Toda la información está ofrecida a mi mirada. ¿Es verdad lo que acabo de decir? Uno de los dogmas más equívocos de nuestra época sostiene que una imagen vale más que mil palabras. Se pone como ejemplo la fotografía de una niña vietnamita desnuda huyendo por una carretera después de un bombardeo. Nos aseguran que ninguna descripción literaria producirá una experiencia tan viva de los horrores de la guerra. Esto es una simpleza. En la fotografía no se ve la guerra. Se ve tan sólo la imagen de una niña. La guerra no se ve nunca, como nunca se ve una ciudad, un jardín, una exposición de cuadros. Éstos son conceptos que nos permiten interpretar las imágenes que vemos –y que son siempre concretas: unos muertos, una calle, unas plantas, unas pinturas– integrándolas en los modelos mentales que poseemos. La palabra nos permite analizar la imagen aprovechando todos los recursos de nuestra memoria lingüística.

Algo semejante ocurre respecto a nuestra experiencia interior. Sin la ayuda del habla interna, nuestra subjetividad permanecería inarticulada, empastada y borrosa. Estaríamos zarandeados por emociones innominadas que no entenderíamos. «No sé lo que significa que yo esté tan triste», gime Heine en un poema, y le comprendo. Necesitamos analizar nuestros propios sentimientos aprovechando los recursos que el lenguaje nos proporciona. Gracias a él podemos fijar la atención en nuestra propia vida consciente. Es el órgano de la reflexión. El léxico no es un repertorio de lindezas expresivas. Es ante todo una herramienta para analizar lo que experimentamos.

La articulación lingüística de nuestras emociones produce importantes consecuencias que demuestran hasta qué punto el lenguaje está presente en la urdimbre de nuestra intimidad. Según Pennebaker, cuando los individuos hablan o escriben sobre sucesos emocionales ocurren importantes cambios biológicos. Durante las pruebas en laboratorio, hablar acerca de traumas va acompañado de una sorprendente reducción en la presión sanguínea, tensión muscular y conductancia de la piel durante o inmediatamente después de la confesión.[16]

Eugenia Georges ha estudiado el significado dado a la confesión en las culturas que la consideran buena y en aquellas que la prohíben expresamente. Antropológicamente, la confesión es una terapia basada en el uso de la palabra y los símbolos. Puede ser laica o religiosa.[17] En Occidente la confesión ha sido tan importante que Foucault llegó a la llamar a los occidentales «animales confesantes».[18]

Hallowell estudió el papel de la confesión entre los ojibwa, un pueblo del Canadá. El curandero exigía al enfermo la confesión de las transgresiones a las normas culturales que había cometido. Para los ndembu de África occidental la confesión es también una técnica importante para la salud. En este caso el curandero exige la confesión no sólo del enfermo sino de sus familiares, vecinos y otros miembros de la comunidad. Creen que la enfermedad es un símbolo de que algo malo sucede en el cuerpo social.

En contraste con estas culturas hay otras que prohíben la exteriorización de las emociones. Unni Wikan, en su estudio *Managing Turbulent Hearts: A Balinese Formula for Living* (The University of Chicago Press, Chicago, 1990), cuenta que los balineses son socializados desde la infancia para no exteriorizar sus emociones negativas, como la tristeza o la furia. Se enseña a los niños que esas emociones pueden ser conquistadas con la estrategia de no prestarles atención o de olvidarlas, y también riéndose y haciendo bromas, incluso en las más sombrías circunstancias. Son técnicas que se consideran esenciales para *managing the heart*. Esto no es sólo bueno para la sociedad sino para la propia salud.

Kleinman ha escrito que mientras ejercía de psiquiatra en Taiwan fracasó al intentar que sus pacientes chinos hablaran acerca de sus emociones negativas. Se enseña a los niños desde la infancia a no atender a sus estados emocionales. Y acaban no pensando en términos introspectivos y perdiendo el lenguaje para expresar las emociones. Creen que la expresión de sentimientos puede alterar la armonía del cuerpo y conducir a la enfermedad. Kleinman transcribe una consulta de un psiquiatra chino que advierte a una mujer que sufre una depresión y ansiedad: «Tiene que contener su ira. Ya conoce el adagio: "Sé sordo y mudo." Trague las semillas del melón amargo. No hable.» Los psiquiatras americanos encuentran esas prescripciones superficiales, comenta Kleinman, porque están profundamente influidos por «los valores culturales occidentales sobre la naturaleza del *self* y sus patologías, que enfatizan un *self* profundo, oculto y privado».[19]

Con este repaso bibliográfico sólo he querido llamar la atención sobre la importancia que tiene la verbalización de lo que sucede más allá de la información en estado consciente.

7

Volvemos a la pregunta del principio. ¿Por qué nos hablamos? Piaget observó que hasta el séptimo u octavo año de vida el niño habla predominantemente para sí mismo. El lenguaje apenas tiene función comunicativa, es esencialmente monólogo, es egocéntrico. Un niño que esté jugando, por ejemplo haciendo construcciones con tacos de madera, desarrollará su actividad en silencio mientras no encuentre dificultades, pero si llegan, empezará a hablar. Hablará para sí. Vigotsky interpretó este fenómeno de distinta manera que Piaget. No es que el niño esté poco socializado, sino que está poco individualizado. La gran idea de Vigotsky fue comprender que todas las funciones psíquicas superiores surgen de una colaboración social. «El lenguaje interior», escribió, «surge de la diferenciación de la función originariamente social del lenguaje. El camino del desarrollo infantil no es la socialización que se va introduciendo poco a poco desde fuera, sino la progresiva individualización que se produce sobre la base de su esencia social.» La palabra, signo para la comunicación entre los seres humanos, se convierte en signo para la comunicación con uno mismo.

El individuo se encuentra con que conoce muy poco de lo que sucede dentro de él. Su memoria es un gigantesco mecanismo que guarda secretos temerosos o amables. Una compleja interacción de biología, memoria, expectativas produce alteraciones emocionales. El sujeto sólo conoce el resumen de esa información que pasa a estado consciente. Percepciones e imágenes, deseos y sentimientos, y palabras que puntúan, enfatizan, manejan todos estos contenidos, son los formatos principales de la información en estado consciente. Gracias a ellos conocemos lo que está sucediendo dentro de nosotros. Los investigadores de nuestra vida emocional insisten en que los sentimientos nos avisan del estado en que se encuentran distintos sistemas fisiológicos. Phillip Johnson-Laird y Keith Oatley han propuesto una teoría de las emociones como sistema de comunicación íntima. Suponen que la inteligencia humana es modular, es decir, está formada por módulos que gozan de cierta autonomía –perceptivos, memorias, destrezas motoras–, y que las emociones ponen en comunicación esos sistemas. Todo lo que aparece en la conciencia está puesto al servicio de todos los sistemas. Por eso nos permite un ajustamiento de la acción más adecuado y fino. El lenguaje cumple una función parecida. Nos hablamos para comunicarnos con nosotros mismos.

Bajtin se preguntó si la dialogicidad del lenguaje continuaba manifestándose en el lenguaje interior, que tiene lugar dentro de los límites del organismo, de una sola persona, de los férreos límites de la intimidad.

Contestar afirmativamente a esta pregunta –como hicieron Vigotsky, Bajtin y como hago yo– supone admitir que la mente «individual» es en realidad social, en su génesis y su funcionamiento. El lenguaje interior se origina por introyección del habla comunicativa, y de ella retiene sus propiedades. Los signos, en su carácter externo, son instrumentos objetivos de la relación con otros. Al volverse interiores se convierten en instrumentos internos y subjetivos de la relación con uno mismo. Ya no estoy dialogando con otro, sino conmigo. Y lo hago por medio de una herramienta social, que imprime toda su socialidad a mi actividad mental. «La conciencia», escriben Silvestri y Blanck, «aparece, entonces, como una *forma de contacto social con uno mismo.*»[20]

El habla se convierte en desvelamiento. Nos estamos moviendo en el filo de la navaja, en la cresta del tejado, donde la pelota puede caer a cualquiera de las dos aguas. ¿Personal o social? Mijaíl Bajtin apuesta por lo social: «Yo me conozco y llego a ser yo mismo sólo al manifestarme para el otro, a través del otro y con la ayuda del otro. Los actos más importantes que constituyen la autoconciencia se determinan por relación a la otra conciencia... Y todo lo interno no se basta por sí mismo, está vuelto hacia el exterior, está dialogizado, cada vivencia interna llega a ubicarse sobre la frontera, se encuentra con el otro, y en este intenso encuentro está toda su esencia... El mismo ser del hombre, tanto interior como exterior, representa *una comunicación más profunda. Ser* significa *comunicarse.*» Bajtin tiene razón, pero olvida que la sociedad ha ido presionando evolutivamente para permitir mayor autonomía personal. Lo que llamamos voluntad, que son destrezas que nos permiten liberarnos de coacciones, es también una creación social, inducida mediante el lenguaje.[21]

El lenguaje, que parecía ser un sistema colosal, eficacísimo, de comunicación social, se nos ha convertido en configurador de la subjetividad humana. Es la presencia de la cultura en las estructuras psicológicas. La individualidad crea la sociedad que a su vez crea la individualidad, en un proceso de causalidades recíprocas difícil de describir. La mejor ilustración es un inquietante dibujo de Escher, en el que una mano dibuja otra mano por la que al mismo tiempo es dibujada. Tenemos que averiguar de qué manera la inteligencia humana es capaz de realizar tan sorprendentes funciones. La lingüística adquiere su sentido más profundo al encuadrarla dentro de una teoría de la inteligencia. Navegamos hacia una teoría personalista del lenguaje, que lo devuelve al mundo de la vida real, donde hay personas que hablan, escuchan, entienden, malentienden, cantan, insultan, prometen, hacen declaraciones de amor, mienten.

IV. ¿PERO QUIÉN DEMONIOS HABLA?

1

> ¡Ah de la vida!... ¿Nadie me responde?
> ¡Aquí de los antaños que he vivido!

¿A quién increpa Quevedo? A su pasado. ¿Qué quiere de él? Que le responda. ¡Vaya pretensión! Cuando Quevedo se llama a sí mismo sólo puede responderle Quevedo. ¿No es verdad? Pues sí y no. Depende. ¿Quién habla cuando hablo? Yo. Sin duda. También cuando sueño soy yo quien sueña. Lo que no quiere decir que lo esté haciendo de una manera deliberada o voluntaria. Asisto a mi sueño como espectador-protagonista. Pues algo parecido me sucede muchas veces con el lenguaje. Soy espectador-protagonista de lo que digo.

Quedo en suspenso mirando el paisaje. Espero que se me ocurra una frase poética para ponérsela al lector como ejemplo de ocurrencia. No tengo ninguna idea de lo que va a surgir. Sólo pongo la intención. Miro el mar que está luminoso y engañador. Pienso: «El mar es brillante y falso como un halago.» Bueno, la aceptaré como frase poética para no hacer esperar más al lector. ¿Cómo he buscado esta expresión si no conocía lo que estaba buscando, si no existía? Hay una emergencia lingüística que hace que me sorprenda de lo que yo mismo escribo. Esto les pasa a muchos escritores y es la experiencia que está en el fondo de la idea de inspiración. Rilke contó que había escrito febrilmente las *Elegías de Duino* en tres días y tres noches, sin comer ni dormir, como en un trance huracanado.

El capítulo anterior ha planteado un problema de gran envergadura. El sujeto que habla parece ser el sujeto más profundo, más personal, más cercano y a la vez más lejano. Cuando digo «Yo creo-deseo-pienso que...», ese yo se alza como gran origen de la expresión y del contenido de la expresión, como la fuente de mis ocurrencias menos voluntarias. «*Je est un autre*», dijo Rimbaud, y tenía buena parte de razón. Éste es el primer problema del sujeto que habla: que está fuera del ámbito de mi conciencia, que sólo se delata cuando habla.

Hay un segundo problema. Nuestro hablar no es único ni uniforme. Dentro de cada uno puede habitar la discordia o la pluralidad. Freud señaló la presencia del superego, una voz coercitiva y ajena. Lacan dijo que el lenguaje nos habla. Si atendemos a nuestro comportamiento social, cada rol que jugamos produce su propio sistema de ocurrencias. Fernando Pessoa, con sus heterónimos, no hizo más que sacar partido estético a una habilidad común y poco extraordinaria. Fue un raro caso de despersonalización. Escribió:

> Habiéndome acostumbrado a no tener creencias ni opiniones, no fuera a debilitarse mi sentido estético, en breve terminé por no poseer ninguna personalidad, excepto la personalidad expresiva; me transformé en una mera máquina apta para expresar estados de espíritu tan intensos que se convirtieron en personalidades e hicieron de mi propia alma la mera cáscara de su apariencia casual.[1]

¿Es verdad que no tenemos una voz personal? ¿Es el lenguaje el que nos habla? ¿Es cierto que en nuestra conciencia resuena constantemente una polifonía? ¿Son realmente voces, es decir, están lingüísticamente formuladas? ¿Sean una o varias, cuál es su procedencia? ¿De donde vienen las frases?

Mi argumento se va a desarrollar en dos niveles. El primero, del que tratará este capítulo, es descriptivo. Las frases nos llegan a la conciencia elaboradas. El sistema lingüístico es uno de los grandes mediadores entre nuestra gigantesca maquinaria neuronal y la conciencia. No es el único. Los sistemas perceptivos, la imaginación y las emociones son otras vías de acceso.

Gracias a ellos somos conscientes del entorno, de nosotros mismos, de nuestros estados de ánimo, y podemos reproducir o cambiar informaciones perceptivas. La mediación lingüística es particularmente eficaz, como hemos visto en los capítulos anteriores, porque maneja irrealidades, por su capacidad explicativa, porque permite aprovechar individualmente las conquistas sociales y, sobre todo, porque interviene en la planificación del comportamiento. Gracias a la palabra aprendemos no sólo los conocimientos minuciosamente atropados durante generaciones, sino algo más importante aún: las estructuras psicológicas adquiridas a lo largo de la evolución.

El segundo nivel intentará explicar los fenómenos descritos. ¿Cómo tiene que ser una inteligencia para ser capaz de hacer cosas tales como hablar? Me ocuparé de ello en el capítulo siguiente.

Como verá el lector, el estudio del lenguaje que estoy haciendo nos va acercando cada vez más al sujeto hablante. Hemos dejado los aspectos más estructurales –la sintaxis y la semántica– y ahora nos internamos en la pragmática.[2] Pero se trata de una pragmática de doble dirección, que tiene que investigar cómo influye el lenguaje en la conducta personal y cómo influye en la conducta social. Hablamos siempre en un contexto íntimo o en un contexto público.

2

He de recordar aquí a Bajtin, que llamó la atención sobre «la personalidad hablante», sobre «la conciencia hablante». La pregunta que recorre toda su obra es: «¿Quién habla?» Para Bajtin no hay duda. Todo enunciado tiene un autor. Procede de una «voz». Esta afirmación ha parecido obvia hasta hace pocos años, cuando una serie de pensadores, más o menos posmodernos, comenzaron a defender la desaparición del autor, consecuencia obvia de la desaparición del sujeto. Con ello convirtieron una discusión lingüística en un debate metafísico de altos vuelos. En nosotros, dicen, habla un habla extraña, la resonancia de otras hablas. Nuestro textos, escritos o hablados, se disuelven en referencias a otros textos anteriores, y en ese juego de remisiones se pierde incluso la claridad del significado. Hay un espejeo incontrolable de mensajes cruzados. La noción de autoría se desvanece. Derrida avanza hacia la erradicación de la subjetividad individual en el proceso de comunicación. Sostiene la futilidad de buscar el significado detrás del texto o en el texto.

Quiero entrar en este debate, que está determinando una parte importante de nuestra cultura. No es indiferente que nos consideremos autores o que nos pensemos como centro efímero de una red de significados anónimamente proferidos. También ahora el lector notará que esta introducción a la selva del lenguaje es peculiar. Los lingüistas están preocupados por la relación significante-significado. Los psicolingüistas, por la relación entre mecanimos mentales y la producción y comprensión de signos. Los psicólogos culturales, por la relación entre sociedad y lenguaje. A mí me interesa sobre todo buscar la relación entre personalidad y lenguaje. ¿Cuál es la relación entre el sujeto y lo que dice? ¿Cuál es la relación entre el sujeto y lo que entiende?

Hay tres posibilidades:

1) Los enunciados no pertenecen a nadie, son estructuras autónomas, se dicen a sí mismos.

2) Los enunciados son sociales, frutos equívocos de una parentela anónima.

3) Los enunciados tienen un autor con nombre y apellidos.

Que los enunciados se dicen a sí mismos fue la idea de los estructuralistas –Lacan, Foucault, Lévi-Strauss, por ejemplo–, que proponen la reducción del sujeto humano a un «lugar anónimo» que debe ser investigado en la topología estructural de significantes. Para Lévi-Strauss, el lenguaje es un ser «dialéctico y totalizante», pero independiente de la conducta y de la voluntad.[3] El discurso de una sociedad no tiene emisor personal. Toda obra se basa en unas razones «absolutamente independientes, tanto de la conciencia que la ha creado como de la conciencia que la consume». En resumen, Lévi-Strauss niega de un modo radical la capacidad significante, original, histórica y creadora del sujeto, «insoportable niño mimado que ha ocupado demasiado tiempo la escena filosófica». Concluye: «Tal vez sea mejor ir más lejos aún, y prescindir del todo del sujeto pensante y proceder como si los procesos de pensamiento ocurriesen en el mito, en sus reflexiones mutuas y sus interrelaciones.»

Heidegger dice algo parecido, aunque por razones distintas: «El hombre ya no puede seguir siendo considerado el verdadero autor de sus pensamientos, sino que sólo es vehículo misionero de las palabras del Ser en sus respuestas pensantes. El Ser envía al hombre por el sendero de su pensar y al igual que una corriente subterránea le transporta a través de la historia. Esta corriente corresponde al mito.»

Estas cosas me suenan a mitologías. Lo que dice Lévi-Strauss es que la matemática piensa al matemático. Es un platonismo del significado. Toda la trigonometría estaría pensándose a sí misma en las cristalinas praderas de la idea. Toda la sintaxis desplegaría sus estructuras perfectas en un aire purísimo de nave espacial o de laboratorio. Sería bellísimo, pero no es real. No suceden así las cosas. No es el triángulo el que piensa sus teoremas, sino el geómetra el que va explicando lo implícito. No hay un triángulo abstracto sin una inteligencia que profiera ese significado. Después de oír estas cosas espero que comprendan que me interese más hablar del sujeto lingüístico que del lenguaje.

3

La segunda opción nos dice que los enunciados son pronunciados por la sociedad. Hay un habla común, una cháchara anónima, que repite lo que *se dice*. Este *se* impersonal de mil cabezas, ninguna declarada, susurra el contenido de las habladurías, de los lugares comunes, de los tópicos y frases de rigor. Heidegger hace muchos años dijo que suplantaban la comprensión verdadera. En efecto, los que se alimentan de tópicos tragan y vomitan una comida digerida en otro sitio.

Pero la constatación de este psitacismo, de este hablar a lo loro, no contesta a la pregunta ¿Quién habla?, sino a otra: ¿Quién dicta el contenido del habla? No se refiere al acto de hablar sino a lo dicho. Incluso la repetición más monótona es proferida por un sujeto hablante, un sujeto que puede estar alienado, enajenado, usurpado, colonizado por otras voces, por supuesto, pero que puede también no estarlo.

Lo que aparece aquí no es un hablar social, sino un hablar personal inerte, claudicado. Respecto al lenguaje, nos comportamos igual que respecto a la acción. Comprender este paralelismo es esencial para entender al sujeto hablante. Nacemos dependientes y tendremos que decidir si buscamos o no la autonomía. El yo que habla es, como el yo que actúa, plural o unificado, autónomo o sumiso, confuso o claro. Sartre hace en *El idiota de la familia* una descripción certera y cáustica del lenguaje inerte:

> La tontería es la idea convertida en materia o la materia que remeda la Idea. El Pensamiento se transforma por sí solo en un sistema mecánico y ocurre también que la mente es invadida por mecanismos autónomos. (...) A cada instante, no importa dónde, en el anonimato, se fabrica un sistema de palabras, se transmite de boca a oreja y, para términar, no puede dejar de venir a depositarse en mí. El sentido de cada palabra es la inerte unidad de su materia, la inerte trabazón de las palabras determina una contaminación pasiva de cada sentido por los otros, un pseudopensamiento se perpetúa en mi cabeza, cuyo aparente significado no disimula el profundo absurdo: pues no tiene otro fin que el de unir a los hombres, el de tranquilizarlos, permitiéndoles hacer el *gesto de acuerdo*; y ¿sobre qué podrían estar de acuerdo estos seres impenetrables y con intereses tan diversos, excepto sobre nada?[4]

La sociedad, pues, presiona para conseguir una homogeneidad. Sin duda, como veremos, necesitamos ponernos de acuerdo en muchas cosas. Pero ese acuerdo puede darse en el *modo de la sumisión* o en el *modo de la autonomía*. Algunas culturas –en el capítulo anterior mencioné las de Bali y Taiwan– eligen ser solidarios en el modo de la sumisión. Occidente ha elegido ser insolidario en el modo de la sumisión también. En este caso, la sumisión a los dogmas de la autosuficiencia y la desvinculación. Tal vez haya que buscar otro nuevo lenguaje: el de la solidaridad desde la autonomía personal. Lo que en términos lingüísticos querría decir la búsqueda de la comunicación desde la autenticidad de la voz propia.

4

La sociedad puede suplantar el habla personal por claudicación del sujeto. Claudicación que se produce de varias maneras: por pereza, sumisión, estupidez, cobardía, abandono. El habla del rebaño es siempre un habla desidiosa y pasiva. No hay que esforzarse en hablar ni hay que esforzarse en comprender. Una de las vías por las que la sociedad habla a través de los sujetos es, como hemos visto, proporcionando los contenidos del habla. Pero hay otra influencia más sutil, psicológica y lingüísticamente más interesante.

El habla interna, de la que tanto he hablado, puede ser un monólogo o un diálogo. A veces es un mero comentario o una queja o la rumia de una preocupación. En otras ocasiones adopta la estructura dialógica, que me permite manejar de manera más eficaz mis recursos. Me explico, me pregunto, me animo, delibero.

> Apenas comenzamos a reflexionar sobre un problema –comenta Bajtin–, apenas comenzamos a examinarlo con atención, y de pronto nuestro discurso interno –que a veces es pronunciado en voz alta– toma la forma de pregunta y de respuesta, de afirmaciones y de sucesivas negaciones. Para decirlo brevemente: nuestro discurso se fragmenta en intervenciones separadas, más o menos largas, toma forma dialógica. Esta forma dialógica es clarísima cuando debemos tomar una decisión. No sabemos cuál es la mejor solución. Comenzamos a discutir con nosotros mismos, comenzamos a convencernos de la exactitud de una decisión.[5]

Nuestra conciencia parece casi dividirse en dos voces independientes que se contraponen. Los griegos hablaban del *aner dipsijòs*, del hombre de doble mente, del irresoluto. Ésta puede ser sólo la voz de la deliberación. Debato conmigo como lo haría con un extraño. Pero en muchas ocasiones aparece una voz claramente distinta que me presenta exigencias, deberes, normas de acción.

> Siempre –comenta Bajtin–, una de estas voces, independientemente de nuestra voluntad y de nuestra conciencia, coincide con la visión, con las opiniones y con las valoraciones de la clase a la que pertenecemos. La segunda voz es siempre la voz del representante más típico, ideal, de nuestra clase.

Aquí, en un lenguaje tomado del marxismo, Bajtin está refiriéndose a fenómenos conocidos desde siempre y denominados de distinta manera. Los dos títulos más populares son *voz de la conciencia* y *superego*. Se trata de voces normativas, que introducen una nueva alteridad en mi conciencia. Bajtin piensa que a veces esa voz puede desaparecer y entonces la conciencia de una persona está habitada por voces disgregadas, y el sujeto es movido por inclinaciones e impulsos casuales, absolutamente irresponsables. Bajtin era muy duro con esos individuos:

> Aquí estamos en presencia de un fenomeno de desprendimiento ideológico del individuo del ambiente social, que habitualmente continúa con el completo desclasamiento del hombre. En condiciones sociales particularmente malas, esta separación del individuo del ambiente social ideológico que lo nutre puede además llevar finalmente al completo hundimiento de la conciencia, a la locura.

¿Lo que me interesa de la *voz de la conciencia* es que sea voz, que se manifieste lingüísticamente, que parezca ir a su aire, en contra a veces de la voz propia del sujeto? Kant hablaba de la «asombrosa facultad» de la conciencia moral, a la que describe como relación autorreferente. «Pone al hombre por testigo *contra o a favor de sí mismo*», escribe en *La religión den-*

tro de los límites de la mera razón. Pero le cuesta trabajo admitir que el juez y el acusado pudieran ser la misma persona y en la *Metafísica de las costumbres* juzga necesario referir la voz de la conciencia a la idea de un juicio de Dios. Es curioso que un hombre tan cauto como Kant diera tanta importancia a esa voz. Heidegger y Zubiri tambien han hablado de ella. Para Heidegger es una llamada con la que el ser-ahí se llama a sí mismo. Se convoca, desde su estado de caído en el «se», a sus «posibilidades más propias».

Confieso que no acabo de entender lo que dice Heidegger. Habla de una dualidad de voces en la conciencia individual. Una es la voz inauténtica –voz social, prestada, superficial, disipada en los acontecimientos cotidianos– y otra es la voz de la autenticidad. Pero ¿de dónde viene esta voz?

El diagnóstico de Freud –semejante al de Bajtin– es claro. Lo que resuena en ese tribunal o en esa expectativa de grandeza o en ese programa de superior nivel –dicho en los ramplones pero convenientes términos informáticos– es «la entidad más alta, el ideal del yo o superyó, la agencia representante de nuestro vínculo parental. Cuando niños pequeños, esas entidades superiores nos eran notorias y familiares, las admirábamos y temíamos; más tarde, las acogimos en el interior de nosotros mismos».

El superyó, en parte consciente, en parte inconsciente, es la internalización de las costumbres sociales transmitidas (primariamente) por los padres del niño. Erderly, que ha intentado dar una formulación cognitiva a las teorías de Freud, comenta: «Están en juego tres realidades a menudo conflictivas: la realidad biológica egoísta, la realidad de las pasiones (del ello); la realidad social o moral (la del superyó); y la realidad física. El yo tiene encomendada la tarea imposible de reconciliar las tres.»[6]

¿Qué problema real plantea esta escisión del sujeto entre una voz que propone y una voz que juzga o controla? ¿Cuáles son los mecanismos psicológicos de este inspector? ¿Puede ser esa voz una voz personal o nos encontramos con una nueva sumisión al habla social, esta vez por el circuito de la moral? Pero ¿qué puede significar «una voz personal»? Adelantaré mi respuesta: hablar con una «voz personal» es un acto de autonomía. La estructura de la acción libre se refleja en esa peculiar acción que es hablar. En ella encontramos una combinación de ocurrencias computacionales, criterio de selección y valentía. Enseguida se lo explico.

5

Comenzaré la explicación analizando un fenómeno extraño relacionado con el lenguaje: la hipnosis. Recuerdo la sorpresa que me llevé hace muchos años, cuando leí uno de los libros de psicología que iniciaron la revolución cognitiva –*Planes y estructura de la conducta*, de G. A. Miller, E. Galanter y K. H. Pribram– y tropecé con el siguiente texto: «Una de las siete maravillas de la psicología es que un fenómeno tan pasmoso como el de la hipnosis haya sido desatendido.» La concepción actual de la hipnosis es simple –continuaban–. Se basa en la sencilla creencia de que el sujeto quiere decir lo que dice cuando nos asegura que somete su voluntad a la del hipnotizador. Lo malo –comentaban– es que no sabemos lo que quiere decir *voluntad*.

> Los planes voluntarios más elaborados implican una explotación autoconsciente del lenguaje. El habla interior constituye el material del que están hechas nuestras voluntades. (...) Casi todos los psicólogos conductistas desde J. B. Watson han recalcado el hecho conocido de que la mayor parte de nuestra actividad planificada se representa subjetivamente como una escucha de lo que nosotros mismos hablamos. En realidad, la persona que está hipnotizada no está haciendo otra cosa que eso, pero con la siguiente excepción: la voz a la que escucha hablar de su *plan* no es la suya, sino la del hipnotizador. El sujeto hace entrega al hipnotizador de su habla interior.[7]

Parece que para conseguir el estado hipnótico hay que conseguir, en primer lugar, una intensificación del control verbal. Así lo describe Skinner:

Los procedimientos hipnóticos intensifican el control verbal para excluir otras formas de estimulación. El comportamiento, a menudo dramático, del oyente en estado de hipnosis es un caso extremo de instrucción. Las técnicas para inducir el estado hipnótico abundan en mandatos y las sugestiones hipnóticas tienen esa misma forma. Si le damos a un sujeto hipnotizado un papel y le decimos: «Esto es un paraguas», él transfiere lo que llamaríamos conducta hacia el paraguas a ese papel. Nuestra respuesta es una clase de definición o instrucción exagerada: «actúa como si esto fuera un paraguas». Si entonces le decimos «Está lloviendo», el sujeto puede transferir su conducta de dia lluvioso a la escena presente y quizá sostenga el papel como sostendría el paraguas.[8]

¿Quién está en estado hipnótico? ¿Quién abdica de su habla interior para entregarse a los planes del hipnotizador? Miller, Galanter y Pribram hablan de un misterioso acto de «consentimiento» imprescindible para ser hipnotizado. ¿Quién consiente? Parece que la estructura que dentro de nuestra mente esté a cargo de los sistemas de control de la acción. Pero no vayamos demasiado deprisa.

6

Las frases nos llegan armadas de punta en blanco. Al perspicaz William James le intrigó mucho ese fenómeno tan chocante, y lo describió tan bien que prefiero transcribir lo que dijo:

> ¿Nunca se ha preguntado el lector a sí mismo qué tipo de acto mental es su *intención de decir una cosa* antes de haberla dicho? ¿Es una intención completamente definida, distinta de las demás intenciones, un estado de conciencia, por tanto, absolutamente distinto?; y, además, ¿qué parte de él consiste en imágenes sensoriales definidas, bien de palabras, bien de cosas? ¡Casi nada! Reparamos en ello, y las palabras y las cosas acuden a nuestra mente. Desaparece en un instante la intención antici-

patoria, la adivinación. Pero a medida que van llegando las palabras que la reemplazan, se las va acogiendo con los brazos abiertos y se las acepta si coinciden con aquélla, y se las rechaza como equivocadas si no lo hacen. Por lo tanto, su naturaleza es de lo más positivo. Pero ¿qué podemos decir acerca de ella sin utilizar palabras que pertenecen a los posteriores actos mentales que las sustituyen? El único nombre que puede dársele es el de *intención de decir tal o cual cosa*. Podemos admitir que una gran parte de nuestra vida psíquica consiste en esas rápidas visiones, bajo una perspectiva premonitoria, de esquemas de pensamiento todavía no articulados.

Resumiré lo que dice James utilizando la terminología de mis otros libros: el yo que habla es la inteligencia computacional modulada por la inteligencia ejecutiva. Dicho así suena a acertijo, por lo que me apresuro a aclararlo.

Tenemos que admitir un mecanismo subjetivo productor de ocurrencias, lingüísticas y no lingüísticas. Es lo que llamo «inteligencia computacional» y también «yo ocurrente». Las cosas suceden allí, fuera del campo de nuestra conciencia. Es el nivel de nuestras operaciones mentales, que ejecutamos sin darnos cuenta. Me parece que fue el psicólogo John Kihlstrom quien acuñó la expresión «inconsciente cognitivo» para designar los procesos no conscientes con los que manejamos información, y cada día se habla más de él. Y también de «memoria implícita» y de «inconsciente emocional». No se puede identificar ninguno de estos conceptos con las teorías freudianas, a las que en parte corroboran y en parte desautorizan. Son conceptos que aspiran a ser empíricos y a dar una explicación científica de los fenómenos.

He utilizado repetidamente la palabra «ocurrencia», y lo he hecho a ciencia y a conciencia. No tiene antecedentes filosóficos y por ello la prefiero a otros términos tradicionalmente usados, como «contenidos de conciencia», «noemas», «especies», «representaciones mentales», «fenómenos» y otras muchas, que están a estas alturas demasiado comprometidas con su pasado. El *Diccionario de Autoridades*, por el que siento una gran debilidad, define así la ocurrencia: «Especie u ofrecimiento que ocurre a la imaginación.» Un siglo antes, Covarrubias incluía bajo ese término los ofrecimientos a la memoria. Actualmente podemos aplicar el nombre a todo tipo de acontecimiento mental que se hace consciente. Todo *ofrecimiento a la conciencia* es una ocurrencia.

Lingüísticamente, lo más interesante viene después, cuando los ilustrados redactores de 1737 definen la palabra *ocurrir:* «Venir a la imaginación una especie de repente y sin esperarla.» Y añade: «En este sentido es un verbo impersonal.» Esta afirmación es atractiva y misteriosa, como la entrada a la cueva del tesoro. Lo que nos dicen los autores del *Diccionario* es que las ocurrencias aparecen con una cierta *impersonalidad.*

Irrumpen. No son de nadie. Nada delata su origen. Son huéspedes accidentales que surgen en la noche, piden cobijo y, sin dar su filiación ni explicar su procedencia, desaparecen al alba. No somos dueños de nuestras ocurrencias, como no somos dueños de las golondrinas que habitan nuestro verano. El verbo se usaba en su forma transitiva: «Le ocurría el recuerdo de su amada.» Al parecer, según el lenguaje no podíamos hacer nada para guiar o controlar nuestras ocurrencias, que no son nuestras. Son impersonales.

Analicemos los sucesos conscientes. Reconozco sin dificultad dos tipos de ocurrencias. Unas se me imponen o se me resisten, y ante ellas me siento impotente. Pensemos, por ejemplo, en el habla de la preocupación. Espero el diagnóstico médico de una persona a la que quiero. Estoy inquieto y angustiado. Desearía no pensar en ello, puesto que lo único que puedo hacer es esperar. Un malestar en el estómago sirve de significante al objeto de mi temor. Me digo a mí mismo frases tranquilizadoras. «Tal vez no sea nada.» Es de noche. Me voy a dormir. Horas después, al despertarme, aparece de nuevo la preocupación. Ha sobrevivido al sueño. No puedo librarme de ella. Es mi preocupación, sin duda, pero yo no la suscito voluntariamente.

Otras ocurrencias *se me ocurren a mí,* son pleonásticamente mías. Suscito su aparecer, aunque por procedimientos que en general ignoro. Puedo recordar voluntariamente la imagen de mi perro o imaginar un encuentro en la cumbre entre Nerón y

Hitler para hablar de políticas demográficas. Incluso puedo inventar una frase ingeniosa: «El náufrago aterriza cuando llega a la playa.» O una frase poética: «Ese manso animal que ronronea cuando con tu mirada lo acaricias, es el mar.» En estas ocasiones me siento dueño de mi conciencia, dirijo su acontecer, soy el pirotécnico que enciende la mecha de sus fuegos de artificio, aunque, todo hay que decirlo, lo hago con la misma superioridad gansa con la que manejo un ordenador cuyo mecanismo desconozco.

La experiencia consciente va siempre un poco retrasada respecto de los acontecimientos neuronales. También la lingüística. Cuando hablo, las frases me llegan formadas, dispuestas ya para ser enunciadas. Aunque parezca un disparate, entonces me entero de lo que voy a decir o, al menos, de cómo voy a decirlo. Ya mencioné este problema al hablar de la comunicación conmigo mismo. Sin embargo, a partir de ese instante puedo dirigir mi elocución. «El buen Dios / la Musa / nos da gratuitamente el primer verso», escribió Valéry. «Pero a nosotros nos corresponde hacer el segundo, que debe rimar con éste y no ser indigno de su hermano.» «El comienzo verdadero de un poema (que no es necesariamente el primer verso) debe venir al autor como fórmula mágica, de la que ignora aún todo lo que abrirá.» «Ha de sacar provecho del accidente afortunado.» Esto sucede en la conversación poética o en una discusión del mercado.

7

¿De dónde vienen las ocurrencias? Tiene que ser de algún sistema automático y en gran medida autónomo, ya que las operaciones que las generan están fuera del campo de conciencia y conozco sólo el producto que resulta.

La más originaria fuente de ocurrencias es el cuerpo. Nos proporciona ocurrencias perceptivas internas y externas. Él nos introduce en el ámbito de las necesidades, los deseos, las tendencias, los valores. Nos corresponde tener una inteligencia encarnada. Cuando el nivel de cloruro sódico en el medio extracelular sube, el hombre experimenta una ocurrencia peculiar: siente sed. Hay casos de niñas cuyas glándulas adrenales segregan grandes cantidades de andrógenos, que se describen a sí mismas como «marimachos», prefieren los juegos de niños y eligen camiones y pistolas en lugar de muñecas.[9]

Otra fuente de ocurrencias, enlazada con la anterior, es la enfermedad. Las enfermedades mentales proporcionan un terrible ejemplo de cómo la inteligencia computacional produce ocurrencias forzosas. Tellembach, al describir las grandes depresiones, comenta que no es acertado decir que los pacientes hablan depresivamente. Sería mejor decir que la depresión habla por los pacientes, a la vista del rutinario despliegue del proceso patológico.

Los enfermos psicóticos que sufren alucinaciones interpretan como reales ocurrencias puramente mentales. Por ejemplo, oyen voces. Transcribo un ejemplo del estupendo libro de Castilla del Pino *Teoría de la alucinación*. Un paciente cuenta lo que oye:

> Son voces de niño y de mujer y también de personas mayores. Me dicen que soy un buen arquitecto, me dan ánimos. Ayer me decían: «Tú eres el mejor arquitecto de La Coruña, tú eres grande, tú tienes que animarte y lo conseguirás.» Pero también se meten conmigo o me dicen, por ejemplo: «Tienes que hundir a tu familia.» La voz es chillona, metálica, la que dice que hunda a mi familia... es una voz en off. Otro día me dijo: «Eres hijo natural de Franco, Franco no te quiere, te debes ir a París con Sartre, en tu casa hay un testamento con una finca que me había dejado mi padre, que tu hermano se ha quedado con ella, tu hermano es un drogadicto.» Pero esta noche fue el clan familiar el que, como si fuera un coro, decía: «Haz esto, haz lo otro», y luego le sucedió una especie de manifestación populachera, no podía ser otra cosa, los que decían: «Te necesitamos.»[10]

A veces los sistemas de ocurrencias forman figuras clausuradas y completamente autónomas, que se independizan dentro de la personalidad global. Me estoy refiriendo, como ejemplos extremos de un fenómeno más normal, a los casos de personalidad múltiple, que ha estudiado Hilgard.[11] Un caso bien documentado es el de Jonah, un hombre de veintisiete años que llegó al hospital quejándose de fuertes dolores de cabeza, frecuentemente seguidos de pérdidas de memoria. Los médicos descubrieron cambios radicales en su comportamiento, que al final fueron interpretados como tres estructuras relativamente estables y coherentes de personalidad. En resumen, en una misma persona convivían cuatro sistemas distintos de producción de ocurrencias. Cada uno de ellos tenía un modo distinto de interpretar la realidad y de responder al mundo. Y también de hablar.

El caso es que nuestra inteligencia computacional está produciendo ocurrencias sin parar. Si el lector quiere comprobarlo intente dejar en blanco su conciencia, paralice todos sus intereses, bloquee las imágenes y las palabras y espere. Antes de lo que cree se encontrará embarcado en algún discurso imaginativo o hablado que habrá aparecido subrepticiamente. Las ensoñaciones, que son discursos imaginarios muy organizados, aparecen también espontáneamente. Y por supuesto, los sueños. Es esta incansable proliferación de imágenes la que desean eliminar las técnicas yogas para unificar la conciencia.

8

Las ocurrencias pueden ser perceptivas, fantaseadoras, afectivas, lingüísticas. Voy a considerar que todas ellas son producto de un tipo de actividad, y que el origen de las ocurrencias habrá que buscarlo en el origen de la actividad que las produce. En el caso de las ocurrencias perceptivas podemos descubrir un proceso desencadenado por la acción de unos estímulos –los visuales, por ejemplo– sobre nuestros sistemas perceptivos. Si al mirar un objeto todos percibimos aproximadamente lo mismo es porque la percepción es una actividad encapsulada, poderosamente determinada.

Las otras actividades productoras de ocurrencias tienen un

origen más difuso. En todas ellas intervienen sistemas de motivación. Pondré dos ejemplos que se manifiestan en dos formatos expresivos distintos: las ensoñaciones diurnas y la preocupación. En ambos casos se hace presente un elemento afectivo: el deseo y la inquietud.

El sujeto, en muchas ocasiones sin darse cuenta, se encuentra siendo protagonista o espectador de una historia. El origen de esas ensoñaciones involuntarias está en el mundo afectivo. Los deseos y las emociones son el origen de la ensoñación que recibe su atractivo de ser simulacro consumatorio del deseo. Castilla del Pino, que se ha ocupado de las ensoñaciones en varios de sus libros, escribe:

> Los temas de las fantasías normales se refieren a una o más de estas áreas y/o subáreas en las cuales el sujeto se reconoce, a través del resultado de las interacciones precedentes, con una identidad negativa (o no suficientemente positiva, y en ese caso «quiere más», fantasea con «ser más»). La constancia temática de lo fantaseado revela el parámetro en el que el sujeto precisa, en su criterio *(el único válido al respecto),* de compensación sustitutoria. Esta fantasías constantes deben ser consideradas *fantasías básicas*. Frente a esta temática básica, nuclear, hay otros temas fantaseados escasamente duraderos, dependientes de la situación.[12]

Cuenta el siguiente caso:

> Concierne a un profesional libre al que me era dable observar por la calle con frecuencia en actitud abstraída, a veces musitando o gesticulando levemente. Cuando consultó tiempo después, me hizo ver que se entregaba a ensoñaciones de una naturaleza tal que constituían series, continuadas después de las interrupciones que las demandas de la realidad le imponían en su tarea cotidiana. Las fantasías trataban siempre, bien de representaciones teatrales, en las que declamaba y, por supuesto, era el primer actor, o representaciones taurinas. Cuando lo entrevisté acerca de este punto, recuerdo una frase que me impresionó grandemente en orden a la conciencia depreciada de

su frustracion del *self:* «Preferiría ser Manolete muerto que el que soy vivo.»[13]

Las ensoñaciones, el fantasear despierto, son una producción de ocurrencias muchas veces involuntaria. Nos esforzamos por concentrarnos en el estudio y cuando queremos darnos cuenta estamos embarcados en una historia irreal. El niño que juega, el vanidoso que se ve protagonista de escenas de triunfo, el miedoso que repite sin cesar la letanía de sus miedos, todos ellos fabulan historias con un automatismo que parece un subproducto de la emoción. El asombroso Aristóteles, al estudiar la ira, dice que le sigue siempre un cierto placer, «nacido de la esperanza de vengarse». Y añade, con sumo tino: «Es placentero, en efecto, pensar que se podrán conseguir aquellas cosas que se desean.» Por eso, el iracundo «ocupa su tiempo con el pensamiento de la venganza de modo que la imagen que entonces le surge le inspira un placer semejante al que se produce en los sueños» (*Ret.*, 1378 b).

9

Otra fuente de ocurrencias, en este caso verbales, es la preocupación, la resonancia en la conciencia de una inquietud, del miedo, de una anticipación amedrentadora del futuro, de una decisión que no se sabe tomar. Forman sistemas recurrentes, reiterativos, clausurados. Hay una necesidad de acción que no se cumple y que se enquista en un *piétiner sur place,* en un caminar sin avanzar. También aquí estamos acercándonos a un territorio cercano a las bases de la personalidad. Julius Kuhl y su equipo sostienen que en la personalidad hay una dimensión actividad-pasividad *(action and state orientation).* La preocupación es una de las características de la pasividad. «La información es procesada por periodos de tiempo mayores de lo necesario para la preparación de las actividades adecuadas al contexto.»[14] Podemos describir esas actividades en términos de procesamiento «pasivo». Los procesos analíticos se convierten en un fin en sí mismos. Parecen estar dirigidos a la acción, pero son un mero simulacro de deliberación.

La personalidad pasiva *(state orientation)* muestra una hiperactividad cognitiva *(rumination),* que también se ha encontrado en experimentos de indefensión aprendida, en estudios sobre depresión y en pacientes fóbicos durante las sesiones de terapia, y que tiene como manifestación más clara la cavilación, la rumia, que es una expresión lingüísticamente formulada, reiterativa, en el vacío, interminable.

De estos ejemplos sólo quiero sacar una conclusión. Una teoría del lenguaje tiene que adentrarse en el laberinto de la personalidad. La utilización del lenguaje, el estilo en que se emplea, la facilidad o la dificultad con que se pasa a la expresión, nos proporcionan datos importantes sobre una pragmática personal. Hay tal vez un modo femenino y un modo masculino de utilizar el lenguaje, como dice Deborah Tannen. Todo el mundo sabe que la furia es locuaz, y a veces la alegría, y de vez en cuando el amor. «De la abundancia del corazón habla la boca» es un proverbio muy viejo y muy sabio. Nótese que aquí no estoy hablando de los contenidos del hablar, sino de la relación del habla con la personalidad. Hay personas habladoras y personas taciturnas. Hay personas expresivas y personas secas.

10

Nos repetimos otra vez la pregunta del comienzo. ¿Quién habla? Por lo que hemos visto, el sujeto de la motivación. La motivación, sin embargo, es un sistema integrador. Es todo el sujeto el que tiene hambre, sed, miedo. Al mismo tiempo es dentro del sujeto donde aparecen voces discordantes, porque el sistema de deseos, de preocupaciones, de sentimientos no es coherente. Escuchamos la voz del miedo y la voz del heroísmo, la voz del abandono y la voz de la superación. La estructura del habla va a ser la misma estructura del sujeto. Pero ¿cuál es? El sujeto humano es un organismo dotado de sistemas para asimilar y elaborar información, acuciado por necesidades y expectativas, que a partir de la información en estado consciente ha perfeccionado unos sistemas de control. El lenguaje se inserta en esta estructura como el gran mediador entre el sujeto y la sociedad, como el gran mediador también entre las diferentes estructuras del sujeto.

La aparición de un deseo –de moverse, de comunicarse, de cualquier cosa– tiene como antecedentes la situación del sujeto, y la estructura de sus necesidades y tendencias. Una falta de deseos limita la capacidad de obrar. Una ausencia de deseos de comunicarse también disminuye las ocurrencias lingüísticas. Los enfermos que tienen alterada su capacidad apetitiva acaban sumidos en un mutismo por desinterés. La expresión comienza con la presencia de un determinado motivo: transmitir algo a alguien, pedir algo, aclarar una idea. Sin motivo, no puede tener lugar la alocución verbal.

> La base motivacional de la enunciación –escribe Luria– tiene una naturaleza doble. Por una parte, para que la enunciación tenga lugar el sujeto debe tener un determinado nivel de activación, es decir, el tono cortical necesario. Por otra parte, la base motivacional de la alocución debe consistir en el proyecto o idea inicial, que luego, a través del lenguaje interior predicativamente estructurado, se convierte en el esquema de la alocución verbal desplegada.[15]

Los enfermos con lesiones en el tronco cerebral que impiden la activación cerebral, no dicen nada. Se encierran en un mutismo por falta de ganas de decir.

Esos matrimonios taciturnos que vemos con frecuencia, callan no porque estén aquejados de un mutismo inevitable, sino porque carecen de toda motivación para hablar. El lazo entre el fondo del corazón y los automatismos lingüísticos se ha disuelto. No me resisto a copiar el poema en que dramáticamente lo contó Jacques Prévert:

Il a mis le café
Dans la tasse
Il a mis le lait

Dans la tasse de café
Il a mis le sucre
Dans le café au lait
Avec la petite cuiller
Il a tourné
Il a bu le café au lait
Et il a reposé la tasse
Sans me parler
Il a allumé
Une cigarette
Il a fait des ronds
Avec la fumée
Il a mis les cendres
Dans le cendrier
Sans me parler
Sans me regarder
Il s'est levé
Il a mis
Son chapeau sur sa tête
Il a mis
Son manteau de pluie
Parce qu'il pleuvait
Et il est parti
Sous la pluie
Sans une parole
Sans me regarder
Et moi j'ai pris
Ma tête dans ma main
Et j'ai pleuré.

Los psicolingüistas pasan por alto este punto. Uno de ellos escribe: «Supuesta una intención de comunicar, sobre la que no vamos a decir prácticamente nada –eso en todo caso correspondería a otras ramas de la psicología–, el hablante ha de seleccionar con exactitud qué es lo que quiere comunicar.»[16] Creo que si hacen eso pierden de vista el origen del habla.

Las motivaciones se concretan en proyectos, que pueden dar lugar a sistemas casi autónomos de producción de ocurrencias. Ése es el caso de los heterónimos de Pessoa, cuyas voces se despegan de la persona, como ocurre con los roles o con los yoes sociales que adoptamos de acuerdo con situaciones y fines determinados. Sin embargo, en último término, tenemos que entregar el control de la acción al proyecto poético, al rol social, a la situación. Nuestra habla personal se da en esos automatismos puestos en marcha por los sistemas de motivación, y en las decisiones que permiten la expresión, la evalúan, corrigen o bloquean.

El yo que habla es el mismo yo que actúa. Hablar es, por supuesto, una acción. Dentro de la estructura del sujeto, en la superior jerarquía nos encontramos los sistemas de control. Son los que en última instancia van a determinar el habla externa y parte de la interna. Lo más interesante es que, como hemos visto, el lenguaje colabora a la formación de esas estructuras. El niño aprende a darse órdenes. Pues bien, en esa estructura psicológica que permite la acción autónoma se funda también el conocido fenómeno de la voz de la conciencia, que es un elemento de evaluación.

En todo este proceso está presente la sociedad, por supuesto. Ella suscita preocupaciones, deseos, criterios de evaluación. Cuando estas coerciones son muy fuertes, el habla se hace desidiosa, mecánica, ecolálica. Gran parte del contenido de nuestras motivaciones, de nuestros proyectos y metas están inducidos por la sociedad en que vivimos. A través de las creencias, de la educación, de los sistemas de valores, de los premios y castigos, la sociedad, nuestra cultura, influye en nuestros sistemas de valoración y de paso a la acción. Pero no basta con mencionar esta ubicua influencia social. Es insuficiente decir que los seres humanos somos nódulos en una gigantesca, enrevesada, multidimensional red de relaciones. Necesitamos saber cómo se recogen, remansan, sedimentan esas presiones en los sistemas subjetivos, que son siempre individuales. He descrito en otro libro que tenemos que distinguir en cada sujeto humano una triple estructura: temperamento, carácter, personalidad. Traduciendo estos niveles al plano lingüístico podríamos hablar de las voces del temperamento, del carácter y de la personalidad.[17] Las voces del deseo, del hábito y de la voluntad.

V. LA INTELIGENCIA LINGÜÍSTICA

1

¿Cómo ha de ser la inteligencia humana para poder realizar los alardes lingüísticos que he descrito en las páginas precedentes? Esta pregunta la he repetido desde el principio, pero a estas alturas del libro tengo que formularla de otro manera: ¿Cómo es el sujeto lingüístico? ¿Cuáles son sus estructuras reales? Hablando del lenguaje nos hemos convertido en espeleólogos de la subjetividad. Vamos con ello contracorriente. En las postrimerías del siglo, la palabra, gran constructora, se ha convertido en disolvente. La filosofía posmoderna ha diluido el sujeto en discursos y los discursos en otros discursos. Un texto de la novela de David Lodge *¡Buen trabajo!* (Anagrama, 1996, p. 39) satiriza esta diseminación del yo textualizado:

> «Según Robyn (o, más concretamente, según los escritores que han influenciado el pensamiento de ella en tales cuestiones), no existe nada parecido a ese «yo» en el que se funda el capitalismo y la novela clásica, es decir, un alma o una esencia finita, única, que constituyera la identidad de una persona. Hay solamente una posición supeditada en una maraña infinita de discursos: los discursos del poder, el sexo, la familia, la ciencia, la religión, la poesía, etc. Y, por esta misma razón, no existe un autor, es decir, la persona que origina una obra de ficción *ab nihilo*. Cada texto es un producto de intertextualidad, un tejido de alusiones a otros textos y citas de los mismos, y para repetir las famosas palabras de Jacques Derrida (al menos famosas para personas como Robyn), *«il n'y a pas de hors-texte»*, no hay

nada aparte del texto. No hay orígenes, tan sólo hay producción, y producimos nuestros «egos» mediante el lenguaje. Nada de «*eres lo que comes*», sino «*eres lo que hablas*» o más bien «*eres lo que te habla*», es la base axiomática de la filosofía de Robyn.

El yo puede convertirse en su agenda telefónica. Disolver el sujeto en discursos hablados en otros sitios o en otros tiempos es posible desde el punto de vista psicológico. Todo proceso de adoctrinación pretende conseguirlo. Las masas fusionadas por el enardecimiento que gritaban «Heil Hitler» altavoceaban la consigna inducida. Eran la voz de su amo. Demostraban que una posibilidad del yo es abdicar del yo y de la voz personal. A veces la naturaleza favorece por caminos extraños esta unificación del habla. Según *Time* (6-4-81), en York, Inglaterra, viven las gemelas Chaplin, Greta y Freda, que parecen actuar como si fuesen una única personalidad hablante. Cada una puede terminar la frase que otra empezó, o pueden hablar a la vez diciendo lo mismo con un desfase apenas perceptible. No las conozco y no sé qué decirles.

En el texto de Lodge hay una observación muy perspicaz: las teorías posmodernas no hablan del origen, se limitan a estudiar lo que está plasmado en un libro. Son teorías de ratas de biblioteca, dicho sea con perdón. En una estantería borgiana las palabras remiten a palabras, los libros a libros, los autores a autores, en una suplantación sistemática, refinada y exangüe. Espero que ahora comprendan mejor mi plomizo interés por restaurar el nexo entre la palabra y la experiencia. No hay que estudiar el lenguaje en los libros, sino en la vida de los hombres. De lo contrario podemos convertir todo lo real en irrealidad. No olvidemos que éste es el gran poder del lenguaje. Tiene razón Alan Megill cuando escribe: «Si se adopta la concepción según la cual todo es discurso, texto o ficción, la realidad entera se trivializa. Seres humanos reales, que realmente murieron en Auschwitz o Treblinka, se convierten también en discursos.» En la irrealidad del habla todo se adelgaza, pierde urgencia, se vuelve irreal, acaba en simulacro, y nos anima a pensar que si se cambia el discurso se ha cambiado la realidad, lo que por desgracia es falso. Estas confusiones se evitan si atendemos al origen de las cosas, incluido el lenguaje. Por esta razón el pensamiento ultramoderno es genealógico. Las cosas reciben su significado de su genealogía. Son el momento actual de una trayectoria que arranca del pasado y va hacia el futuro. El sentido de las creaciones humanas está en su génesis subjetiva. Tengo que invitarles a remontar el curso que lleva desde las grandes catedrales lingüísticas hasta los humildes picapedreros que las construyeron. O sea, hasta ustedes y yo.

2

El sujeto humano es una franja de luz reflexiva en un universo de oscuridad. Me da vergüenza advertirles que se trata de una metáfora. Poseemos una inteligencia computacional que trabaja bajo la línea de flotación de la conciencia. El maravilloso lenguaje marinero llama «obra viva» a la parte del barco que está bajo el agua, y «obra muerta» a la parte visible. En el sujeto humano sucede algo parecido: la parte viva, la que mantiene el barco a flote, aguanta las tarascadas del mar profundo, soporta las presiones y rompe el inacabable mar, está por debajo de la conciencia. A veces, alguno de sus logros asciende a la superficie y pasa a estado consciente. La conciencia no es un escenario donde aparezcan cosas. No es tampoco un actor que ejecute actos. Es algo más sencillo y más misterioso. Por mecanismos que desconocemos, parte de la información que manejamos aparece en estado consciente. Lo que llamamos conciencia no es más que un estado de la información poseída, que se caracteriza porque a partir de ella puedo controlar mi conducta de otra manera: aprovechando mejor la memoria, analizando la información perceptiva, buscando salidas, demorando la respuesta.

Las reacciones no conscientes escapan al control del sujeto. Desconozco, por ejemplo, cómo responde mi sistema arterial a la redacción de este capítulo. La aventura evolutiva ha privilegiado los sistemas de control conscientes, porque son más de fiar que los inconscientes. Podemos conducir el coche automáticamente mientras el trayecto es sencillo, pero cuando surge un problema, cuando el vehículo derrapa o el coche de delante frena bruscamente o hay hielo, tenemos que prestar toda la atención posible, y al hacerlo somos más conscientes de lo que ocurre y podemos someter nuestras acciones al control de esa mirada perspicaz. Cuando soñamos, estamos en un estado intermedio. Alguna información pasa a estado consciente, pero sin que pueda utilizarla. Estoy preso del sueño, mientras que en el estado de vigilia puedo suscitar nuevas ocurrencias, controlarlas y dirigirlas. Es como si esa emergencia consciente, esa brillante lava amanecida, me sirviera de maravilloso punto de apoyo para mover la parte ignota de mí mismo, para poner en marcha la gran sala de máquinas de mi subjetividad.

Cuando lo consigo, aparece lo que he llamado «inteligencia ejecutiva», que puede influir en la fuente de ocurrencias de la que depende sin saber cómo lo hace. Sus funciones son muy pobres, pero muy eficaces: inhibe la respuesta, evalúa las ocurrencias, las acepta o las rechaza. En este último caso puede pedir a la inteligencia computacional soluciones de repuesto.

Ésta es la estructura básica del sujeto. ¿Cómo se modela al tratar con el lenguaje? Ante la complejidad y novedad de los mecanismos lingüísticos caben dos posturas. Una es apelar a una facultad nueva, maravillosa, que apareció de repente por una mutación y aquí sigue. Otra es intentar explicar los prodigiosos fenómenos del habla a partir de mecanismos más humildes y comunes.[1] Éste es el camino que voy a explorar. Para ello necesitamos saber cómo trabaja la *inteligencia computacional*, fuente de nuestras ocurrencias. Vamos, pues, a abandonar los sofisticados territorios de la sintaxis, la semántica, las grandes creaciones poéticas, para descender hasta el humilde terreno de los movimientos físicos.

¿Por qué descender tanto? ¿Puede haber acaso alguna semejanza entre jugar al tenis y mantener una conversación? Creo que sí. Son dos procesos que generan acciones. Ahí es donde tenemos que descender: al origen de la actividad productiva. A la matriz de los actos. Cada uno de nosotros puede producir un número ilimitado de expresiones, a partir de un número limitado de palabras. Cada uno de nosotros puede producir un número ilimitado de movimientos, a partir de un número limitado de músculos. Hablar y jugar al tenis son comportamientos voluntarios construidos sobre automatismos formidables de los que depende su eficacia. Mientras el agonista juega o habla, el protagonista observa y prepara su respuesta. Arbib ha estudiado las analogías entre los esquemas de control del movimiento y los esquemas lingüísticos. Y no es el único investigador interesado en esta relación. No les parece casual que el hemisferio izquierdo sea la sede del lenguaje y de las destrezas manuales. Kimura sostiene que la lateralización –el encomendar esas funciones a uno de los hemisferios cerebrales– fue primero un mecanismo para proporcionar a las manos un mejor control, y sólo secundariamente para hablar. Tal vez nuestro primer lenguaje fuera el gesto. Las apraxias –la incapacidad de realizar determinados movimientos– van frecuentemente acompañadas de afasias –trastornos del lenguaje–, y resultan de lesiones en el córtex asociativo izquierdo. Steklis, Harnad, Corballis, y otros muchos, sostienen ideas parecidas. En las notas encontrarán las referencias.[2]

Lo que resulta pasmoso es la capacidad de generar novedades, sean físicas o mentales. El afán por aclarar este prodigio constituye la grandeza de la obra del infatigable Chomsky. Por debajo de todos los sistemas generativos parece haber una capacidad de análisis y combinación regida por reglas. Ray Jackendoff, un gran lingüista y un apreciable psicólogo, encuentra estos elementos en el lenguaje y en la acción física.[3] No me extraña, porque ambas actividades son acciones a secas y tienen que compartir un mismo sino. Los bailarines clásicos trenzan sus melodías corporales a partir de un pequeño repertorio de posiciones básicas. Los compositores componen sus proezas con unas pocas notas y unas cuantas reglas. Y lo mismo hacen los jugadores de ajedrez. Y todos lo hacemos al hablar. Puedo nombrar algunos aspectos del paisaje que tengo ante mí: árbol, aire, sol, reflejar, mover, crecer. Y luego combinarlos descriptiva o poéticamente. El aire mueve los árboles. El sol los hace crecer. El aire mueve el sol reflejado en el árbol. El sol hace crecer el aire. El árbol soleado crece con el aire. Los reflejos hacen crecer al sol. El aire es un reflejo, el sol es un reflejo, el árbol es un reflejo. El árbol es un sol crecido reflejado en el aire. Y después vendrían las interrogativas y las pasivas y los imperativos y los subjuntivos y las condicionales y las subordinadas. Toda la pirotecnia de este sorprendente juego de artificio.

Aquí se acaba el introito. Hay que emprender la investigación. Comenzaremos por lo más simple. Vamos a ver cómo funciona el sistema generador de los movimientos voluntarios.

3

Comenzaré analizando una acción lenta. De repente me acuerdo de que no he regado mis semilleros de petunias. Dejo de escribir, me levanto, bajo las escaleras, salgo al jardín... Congelaré la imagen aquí para no ir demasiado deprisa. ¿Cómo me he levantado? ¿Qué movimientos he hecho? ¿Cómo he retirado la silla de la mesa? No lo sé. Todo funciona como si al proponerme un fin –salir a regar los semilleros– hubiera puesto en funcionamiento un *esquema de acción* que me ha conducido hasta donde he congelado la imagen: a la entrada del jardín.

Al levantarme, mi cuerpo ha realizado los movimientos adecuados sin que yo tuviera que decidir conscientemente si comenzaría a andar con el pie derecho o con el izquierdo. Yo no sé cómo tienen que contraerse o descontraerse los músculos de las piernas. Ni los movimientos que tengo que hacer para mantener el equilibrio. A lo sumo decido el estilo general de la acción: si me levanto brusca o pausadamente, si rodeo los muebles o salto por encima de ellos. Los centros de regulación muscular hacen lo demás. Han aprendido a realizar *esquemas de movimientos*, que son el elemento invariante en una multiplicidad. Me explico. Una misma acción puede realizarse de muchas maneras diferentes, cada una de las cuales pondrá en juego distintos sistemas musculares. Por ejemplo, cuando un sujeto aprende a escribir la «A», no adquiere un mero adiestramiento muscular, sino un saber-hacer analógico, abstracto, esquemático, que puede ejecutarse con una gran variedad de modalidades. Sabrá escribir la «a» en un papel o en la pizarra, con letras pequeñísimas o enormes, verticales o inclinadas. Incluso será capaz de escribirla con la mano izquierda. En cada uno de esos casos los movimientos corporales serán completamente distintos, a pesar de lo cual el resultado se mantendrá invariable: habrá escrito una «A».

Parece, pues, que el proyecto controla desde una olímpica distancia el desarrollo de la acción, porque no tengo que elaborar planes conscientes especiales para levantarme y dirigirme al jardín. Entrego el control de la acción a automatismos corporales muy perfectos: incorporarme, andar, sortear los obstáculos. Los estudios de Bernstein sobre la coordinación y regulación del movimiento nos han enseñado la complejidad de esos simples actos que con tanta facilidad ejecutamos. Toda acción, desde andar hasta componer poemas, se realiza con la ayuda de esos dóciles sirvientes.[4] Cuando ponemos en marcha un automatismo muscular, se produce un movimiento que continuamente va siendo comparado con un patrón. Si el movimiento es correcto, continúa; si es incorrecto –por ejemplo, cuando se pierde el equilibrio o se tropieza–, el sistema se encarga de corregirlo.

El niño es muy torpe para coger y para lanzar una pelota (y para hablar). Carece de esquemas musculares lo suficientemente flexibles para *acomodarse* a su trayectoria, y también para *acomodar* el lanzamiento a sus deseos. Ya les advertí que la palabra *esquema* reaparecería. Con esta palabra se designa, en este caso, un hábito muscular que permite realizar con soltura un movimiento. Desde un punto de vista fisiológico es un conjunto de patrones neuromusculares. Hasta aquí hay parecidos evidentes con el lenguaje. También poseemos esquemas lingüísticos que nos permiten «acomodar» nuestra interpretación a lo que alguien nos dice o «acomodar» nuestra expresión a lo que queremos decir. Sigamos con el movimiento. Poco a poco el niño va adquiriendo más habilidad. Ni siquiera tendrá ya que pensar cómo acomodar su movimiento a la trayectoria de la pelota. No me propongo escribir un tratado de gimnasia –aunque teniendo el precedente de Valéry no me importaría–, sólo quiero subrayar que se trata de una habilidad aprendida y que podemos interpretarla en términos de construcción de esquemas musculares.

Como les decía, sin que nos demos cuenta el sistema nervioso compara los movimientos musculares realizados con el proyecto muscular en curso, pero además de ese chequeo rutinario la inteligencia realiza otro de mayor nivel, por el que *evalúa* si el plan se está realizando de manera adecuada, si es eficaz o si conviene introducir variaciones. Ahora que acabo de salir al jardín me doy cuenta de que ha comenzado a llover y vuelvo a casa para coger un paraguas. Después prosigo el plan: llego al invernadero, compruebo que los semilleros están suficientemente húmedos y cancelo mi proyecto. No los riego.

Ésta es la estructura de toda acción voluntaria, sea montar en bicicleta o escribir *La montaña mágica*: hay un proyecto, una orden de marcha, una serie de operaciones automatizadas o conscientemente dirigidas, una continua comparación con el plan previo, que lleva a una evaluación tras la cual la acción continúa o se corrige. Superada la evaluación, se extiende el finiquito, que es la orden de parada. *Planear, ordenar, ejecutar, comparar, evaluar, parar*. Esto es todo. En cada tarea, los esquemas, planes, movimientos, problemas, soluciones, evaluaciones, serán distintos. Lo único que permanece estable es la estructura.

4

Estamos investigando la *inteligencia computacional*, la sala de máquinas de nuestra subjetividad, para descubrir cómo funcionan los sistemas generativos. Uno de ellos es el sistema productor de movimientos. Ahora pasaremos a otro: la *imaginación*.

El interés por las imágenes mentales ha fluctuado mucho a través de los años. Las imágenes han sido intensamente estudiadas, después proscritas, ahora recuperadas de nuevo. Ya se sabe que la psicología es una ciencia veleidosa, zarandeada por filias y fobias. Entre el lenguaje y la imagen mental hay una radical diferencia. Las imágenes no están relacionadas arbitrariamente con las cosas, mientras que las palabras sí lo están. Aquéllas, podríamos decir, son una representación analógica. Éstas, digital.

Podemos actuar con las imágenes como actuamos con los objetos reales. Imaginarse a uno mismo haciendo algo puede sustituir de alguna forma la actividad real. Richardson describe un experimento en el que se solicitó a los sujetos que practicasen mentalmente un ejercicio gimnástico en barras paralelas. Al día siguiente ejecutaron realmente el ejercicio. Las personas con mejores imágenes mentales tuvieron un mejor rendimiento que los que habían tenido una puntuación baja en los tests de capacidad de formación de imágenes. Se obtuvieron resultados similares en baloncesto.[5]

Hay diferencias en la vivacidad de las imágenes y en el nivel de control que puede ejercerse sobre las transformaciones de imágenes. Pero según Kosslyn, uno de los autores a los que debemos que la imaginación haya recuperado respetabilidad científica, la formación de imágenes mentales no es una destreza aislada, sino un conglomerado de distintas capacidades, como la de rotar imágenes, la de inspeccionarlas, la capacidad para captar diferentes partes de una imagen al mismo tiempo, etc. Las personas pueden ser buenas en una de estas habilidades y malas en otras.

Kosslyn añade una precisión importante: las imágenes comparten con la percepción algunos mecanismos cerebrales y, por lo tanto, pueden interferir con las percepciones correspondientes.[6] Al imaginar, lo que estamos haciendo es desencadenar internamente acontecimientos neuronales que en el proceso perceptivo están disparados desde fuera.

Al hablar de los conceptos vividos mencioné que su contenido estaba compuesto por palabras e imágenes. Ha sido Paivio quien ha estudiado este doble código. El axioma principal de la teoría del código dual es que hay dos clases de fenómenos, manipulados cognitivamente por dos subsistemas separados, uno especializado en la representación y procesamiento de la información no verbal de objetos y acontecimientos, y otro especializado en el tratamiento de la información lingüística. Las rosas de mi jardín no se confunden con las rosas que he leído en Juan Ramón Jiménez o en Rilke.

Lo que llamamos *imaginación* es la capacidad de generar imágenes de origen perceptivo, introducir variaciones, manejarlas, crear otras nuevas. Es un término que no me gusta porque se ha hecho muy confuso. Se utiliza indebidamente para designar todo lo que tiene que ver con la invención y la creatividad. Las razones de este error merecen ser consideradas. Hemos ampliado el concepto de *imaginación* porque lo hemos hecho coextensivo del reino de la percepción, que es un modo de experiencia muy amplio. Percibimos objetos, ciertamente, pero también percibimos sucesos. Y esto es una experiencia mucho más compleja que ver una mesa o una torre. Implica, por ejemplo, la comprensión de relaciones. Les relataré una escena que presencié hace poco.

Estaba sentado en la terraza de un café. Frente a mí había una pareja joven. La muchacha tenía agarrada la mano del chico, que acariciaba con gran ternura. El muchacho tenía un cigarrillo en la otra mano, y distraído miraba pasar la gente. Recordé el tristísimo poema de Aleixandre:

> Hermoso es el reino del amor
> pero triste también.
> Porque el corazón del amante
> triste es en las horas de soledad
> cuando a su lado miran los ojos queridos
> que inaccesibles se posan sobre nubes ligeras.

El muchacho quiso continuar tomando su café. Tenía dos posibilidades: dejar el cigarrillo en el cenicero o separar la mano de las manos acariciadoras de la muchacha. Prefirió hacer esto último.

¿Qué es lo que yo realmente había visto? Una serie de acontecimientos visuales. Dos figuras que hacen una serie de movimientos. Pero en la percepción de esas señales he «comprendido» una situación. La breve y vulgar historia de un desencuentro. La caricia, la distracción, el desdén. Inevitablemente la percepción va más allá de los datos sensibles. *Beyond the Information Given*, más allá de la información dada, se tituló un famoso libro que renovó el estudio de la percepción.

Esta experiencia por la que comprendo situaciones es en su origen perceptiva y, por lo tanto, puede ser reavivada por la imaginación. Pero no es solamente perceptiva, sino conceptual, afectiva, inferencial, y por eso desborda la simple imaginación. Mejor sería llamarla *fantasía,* y está en el origen de nuestra capacidad narrativa, es decir, inventora de narraciones. Es un sistema generativo distinto, donde se entremezclan imágenes, modelos de situaciones, palabras. En él se unifican los dos grandes códigos señalados por Paivio: el imaginario y el lingüístico. Y un tercero que no tuvo en cuenta: el afectivo. También guardamos información afectivamente codificada.

5

Para explicar cómo funciona la inteligencia lingüística he mencionado otros sistemas generativos: el movimiento, la imaginación, la capacidad narrativa. Ha aparecido varias veces la palabra *esquema,* y es hora de aclarar lo que significa. De un tiempo a esta parte la noción de esquema ha invadido los libros de psicología y últimamente los de lingüística. Parece imposible que hayamos vivido durante siglos sin este concepto. Hace referencia a destrezas innatas o aprendidas que nos capacitan para hacer cosas: pintar, escribir, hacer encaje de bolillos o jugar al billar.

El término *esquema* no me gusta. Es demasiado estático. Lo he usado por inercia durante muchos años, pero al fin me decido a sustituirlo por *matriz,* que es una palabra de maravillosa complejidad semántica. Lugar de la generación, molde para fabricar objetos, sistema de cálculo que indica el orden en que hay que realizar determinadas operaciones, resguardo de una operación comercial. Sin embargo, introducir un nuevo término puede producir confusión, así que voy a aparear el viejo y el nuevo y utilizar la expresión *esquemas matriciales.*

Es evidente que no extraemos del medio toda la información posible, sino sólo la que sabemos extraer. En este instante atraviesan mi despacho millones de radiaciones portando información que no percibo. Sin ir más lejos, todas las frecuencias de radio o de televisión. Asimilamos desde lo que conocemos o hacemos, y a este «desde» podemos llamarlo «esquema matricial». El recién nacido capta de la realidad lo que le permite su breve repertorio de esquemas sensoriomotores. Las cosas se pueden coger, agitar, chupar: éste es todo su Mundo.

Los sistemas de producción de significado, a los que me he referido hace un par de capítulos, pueden considerarse también esquemas. Cada patrón perceptivo desde el que reconocemos la nueva información funciona como tal. Unas veces son aprendidos y otros están genéticamente determinados.

Lo que permite a un director de orquesta captar los más sutiles matices sonoros son los mismos órganos auditivos comunes a todos los mortales, dirigidos y perfeccionados por una información aprendida. Los esquemas son, pues, una realidad híbrida, mezcla de fisiología e información. Neisser, uno de los grandes psicólogos de este siglo, los define así: «Estructura psicológica, verosímilmente con sede neuronal, modificable por la experiencia, capaz de aceptar información y de dirigir las actividades del organismo.»[7]

Los esquemas matriciales tienen dos características de enorme importancia para el lenguaje: son *sistemas de asimilación* y *sistemas de producción*. Sabemos cosas y sabemos hacer cosas. Comprendemos y hablamos. Esta actividad de los esquemas sirve para explicar la productividad de nuestra inteligencia, que es extremadamente dinámica. Completamos información, llenamos huecos, sacamos inferencias. Incluso nuestra memoria, esa fantástica capacidad que ha sido objeto de todo tipo de ofensas, es creadora.[8]

Los expertos en Inteligencia Artificial han elaborado modelos de memoria activa basados en lo que llaman «sistemas de producción». Un sistema de producción es un artilugio maravillosamente sencillo y eficaz. Es una secuencia condicional. «Si A, entonces B.» Observe el lector que se trata de una estructura lógica muy poderosa. Si se cumple la condición se dispara el proceso. Es pasmoso lo que un experto puede hacer con esta pequeñez. Newell y Simon, los padres de la criatura, mantuvieron que el conocimiento está representado por un vasto conjunto de reglas condicionales –sistemas de producción– que se activan cuando aparece la condición.

Imaginemos un sistema de producción sintáctico. «Si usa el verbo *dar* tiene que especificar sujeto, complemento de persona y complemento de cosa.» En los ordenadores, estas reglas son extremadamente eficaces, pero lo que me interesa averiguar es si estos sistemas de producción podrían estar instalados en nuestra memoria. Hay al menos cuatro sistemas orgánicos que funcionan de manera semejante: el reflejo, los condicionamientos, los mecanismos instintivos, los hábitos. Disparan la acción o al menos la facilitan. Lo cierto es que nuestra memoria, gracias a su estructura activa, a su repertorio de esquemas verbales y perceptivos, puede hablar e imaginar, convirtiéndose en un yo ocurrente que profiere sin parar, estemos despiertos o dormidos, frases, imágenes, ensoñaciones. Me atrevería a decir que el yo es un surtidor, si no fuera una frase tan cursi.

6

Estos esquemas matriciales, como era de suponer, no están aislados sino que forman modelos complejos. Otro término que conviene recordar: *modelo*. Es un esquema matricial complejo donde se integran informaciones. Nuestra memoria léxica está organizada en modelos.[9] De hecho, algunos diccionarios comienzan a utilizarlos como técnica lexicográfica. Roger C. Schank ha propuesto una teoría que me parece muy sugestiva. Comenzó sus investigaciones intentando explicar el proceso de comprensión de un texto, algo nada fácil de hacer. Parece claro que según vamos leyendo anticipamos lo que vamos a leer. Necesitamos poseer estructuras de conocimiento de alto nivel que «generen expectativas sobre lo que va a venir». ¿Cómo podemos realizar esas anticipaciones? La única solución posible es que poseamos una representación de todo el proceso, de manera que podamos recorrerlo en cualquier sentido. Por ejemplo, conozco bien lo que significa «comer en un restaurante». Se trata de un guión que articula comportamientos. Si leo la frase: «En el restaurante tardaron mucho tiempo en traernos la carta», puedo comprenderla porque conozco la secuencia de actos a que se refiere. Los guiones nos permiten completar las informaciones fragmentarias y hacer inferencias. Es decir, pasar de lo que conozco a lo que no conozco. Me importa subrayar que no se trata de organizar una información estática en «escenas», en vez de en «redes». Estos «modelos narrativos» son dinámicos, es decir, producen historias, completan el proceso a partir de la información recibida, hacen inferencias y aventuran hipótesis. Son modelos amartillados y se disparan.

Según Schank, el niño aprende muy pronto modelos narrativos. A los 2,6 años ya es capaz de exponer el guión de «ir de compras a una tienda». A los 4 años tiene muchos guiones bien desarrollados. Cuenta:

> A esa edad mi hijo J. mostraba un claro conocimiento de determinados guiones. Un día, al volver de hacer compras, en vez de abrir la puerta, meter el cochecito con el niño dentro de casa y volver por las cosas, invertí el orden, metiendo primero las cosas en casa. J. se enfadó enormemente por eso. Tal *ritualización* es un fenómeno bien conocido. Los guiones situacionales estándar no son adquiridos de manera útil probablemente hasta los 2 años.[10]

Bruner ha señalado que continuamente estamos anticipando la realidad:

> El sistema nervioso almacena modelos del mundo que giran a una velocidad mayor que la del mundo real. Si lo que impresiona nuestros sentidos se ajusta a la expectativa, al estado previsto del modelo, podemos dejar que nuestra atención se debilite un poco, que se fije en cualquier otra parte, incluso que se duerma. Si el ingreso de información transgrede la expectativa, el sistema se pondrá en alerta. Todo ingreso de información, por consiguiente, debe concebirse como algo compuesto no sólo de los estímulos producidos por el ambiente sino también de indicaciones concomitantes de su conformidad o discrepancia con respecto a lo que estamos esperando. La virtud de esos modelos consiste en que nos permiten guardar una enorme

cantidad de información en la mente mientras prestamos atención a un mínimo de detalles.[11]

Aunque sólo es una suposición, se ajusta bastante a los hechos. Podríamos decir que para los niños la definición de un objeto es, aparte de su descripción física, idéntica al lugar que ocupa en un guión. En sus primeras experiencias, el niño define los objetos estableciendo un guión inicial. Parece que los episodios formados por secuencias de acciones son el factor crucial de la memoria. Lo cierto es que recordamos con mucha facilidad argumentos, melodías, poemas, sistemas significativos amplios.

7

Considerar los modelos narrativos como sistemas de producción nos permite explicar la facilidad con que producimos historias de manera automática. El mecanismo de la invención de delirios o de la formación de sueños, del que ya he hablado, tiene que fundarse en esta incesante actividad productora. Continuamente anticipamos sucesos, completamos huecos, prevemos consecuencias. No sólo mantenemos la memoria del pasado, sino también la memoria del futuro. Conservamos los planes vigentes. Damos órdenes a nuestra memoria para que nos recuerde mañana alguna cosa. Otras veces, como en el caso de las preocupaciones, la memoria se encarga de recordárnoslas una y otra vez, en contra de nuestros deseos. La memoria produce sin parar ocurrencias, y esta proliferación no interfiere en nuestra actividad gracias a la existencia de sistemas inhibitorios. Alexander R. Luria mostró que algunas lesiones cerebrales se acompañan de la «emergencia incontrolada de recuerdos». Lo que hacemos en estado de vigilia es controlar la proliferación de ocurrencias. Vuelvo a llamarles la atención sobre la enigmática acción de estos sistemas inhibitorios, que evitan que la generatividad se desparrame incontrolada e ineficazmente.

Jerome Bruner cree que el aprendizaje del habla infantil está dirigido por ese impulso a construir narraciones. El principal interés lingüístico del niño se centra en la acción humana y sus consecuencias. Agente y acción, acción y objeto, agente y objeto, acción y localización, poseedor y posesión constituyen la mayor parte de las relaciones semánticas que aparecen en la primera etapa del lenguaje.

Es muy interesante observar cómo los niños aprenden a contar sucesos. Katherine Nelson publicó los soliloquios que mantenía una niña desde los 18 meses hasta los tres años.[12] Emily parecía muy interesada en fijar y expresar el orden de los acontecimientos y su importancia para el narrador/protagonista. En primer lugar, consiguió un dominio cada vez mayor de formas lingüísticas que le permitían alinear y secuenciar sus relatos de «lo que había pasado». Sus primeros relatos comenzaban ligando los sucesos mediante simples conjunciones. Luego empezó a usar adverbios temporales, como «entonces», para pasar finalmente a utilizar las partículas causales, como los porqués.

Sorprende este interés infantil por ordenar los acontecimientos, hasta el punto de autocorregirse a veces con respecto a qué o quién precedió o siguió y a qué o a quién. Al fin y al cabo sólo estaba hablándose a ella misma. William Labov, en su artículo sobre la estructura de las narraciones, dice que el significado de lo que ha sucedido está estrictamente determinado por el orden y la forma de la secuenciación. Éste parece ser el significado que buscaba Emily, pero no olvide el lector esta actitud de evaluar las propias expresiones. Volveremos a encontrarla. El yo que habla es el yo que selecciona y decide.

8

¿Son estos datos compatibles con los que nos proporciona la lingüística. Charles Fillmore, un gran experto, inventor de la llamada «gramática de casos», sostiene que el lenguaje está organizado alrededor del verbo y de todas sus circunstancias: agente, acción, dirección, localización, etc. Llegó a conjeturar que esta gramática podría ser la abstracción lingüística de algún tipo de comprensión conceptual previa de los argumentos de la acción, que sirve para organizar nuestra experiencia sobre la actividad humana.

Lo cierto es que el lenguaje parece que se organiza en modelos y que estos modelos son narrativos. Y esto se ve con claridad al analizar los verbos, cuya complejidad es uno de los grandes alardes de la inteligencia. El verbo contiene un significado y unas instrucciones de uso. Saberlo es saber utilizarlo. Nos impone un sujeto y una serie de complementos. La creencia de que los verbos son todopoderosos es compartida por muchos lingüistas, para los cuales forman la categoría más importante del lenguaje. En algunas lenguas la riqueza morfológica del verbo es descomunal. Por ejemplo, en el kivunjo, una lengua bantú. Para no abrumarles sólo les mencionaré sus tiempos verbales: sucesos ocurridos hoy, más temprano en el día de hoy, ayer, anteayer, en un pasado remoto, habitualmente, sucesos aún no terminados, consecutivos, hipotéticos, futuros, en tiempo indeterminado, aún no ocurridos y que suceden de vez en cuando. En fin, que la conjugación de un verbo alcanza el medio millón de formas, según Pinker.[13] Fastuoso.

Toda oración tiene que tener un verbo, pero no todas necesitan tener un sustantivo. No es de extrañar que los afásicos manejen mejor los sustantivos que los verbos, dada la superior complejidad de éstos, su inextricable mezcla de semántica y sintaxis. Cuando el hablante produce una frase, toma enseguida un verbo que proporciona el marco sintáctico para el resto de la frase. Y en este marco se van integrando las otras palabras. Bien, pues este marco es un «modelo».

Me interesa describir cómo están organizados estos modelos léxicos. Comenzaré con un ejemplo. El verbo *dar* está incluido dentro de un modelo: la acción por la que la propiedad o uso de una cosa pasa de una persona a otra. Este modelo implica una serie de informaciones: las cosas tienen dueño, sólo las personas pueden ser dueños, el dueño posee el objeto, la posesión es una relación del sujeto con el objeto, el uso suele seguir a la propiedad, el dueño/propietario puede transferir la propiedad o el uso a otra persona por diversos medios. Aquí es donde entra el despliegue léxico: *dar, regalar, prestar, alquilar, vender, ceder, subas-*

tar, trocar, canjear son formas voluntarias de transmitir la propiedad. El *robo*, la *incautación*, la *expropiación* son modos no queridos por el dueño. Como verá el lector, una simple inspección del diccionario nos permite hacer una teoría de los modos y maneras como puede transferirse la propiedad de una cosa.

Nuestra investigación sobre el léxico de los sentimientos parece corroborar esta idea narrativa de la representación semántica básica. Dos grandes especialistas, Anne Wierzbicka y Algirdas Greimas, consideran que el significado de los sustantivos que designan sentimientos son «planes narrativos abreviados».[14] Un suceso cambia el estado afectivo de una persona, produciendo determinadas manifestaciones y despertando en ella el deseo de realizar algún comportamiento. Una ofensa produce malestar, agitación, deseos de venganza. A este argumento lo llamamos *furia*. Según los antropólogos, una de las funciones del léxico emocional es organizar las conductas. Puede hacerlo porque su estructura semántica es argumental.

Otro ejemplo que confirma la teoría de los esquemas matriciales/modelos linguísticos nos lo proporcionan las metáforas que están por debajo de un gran número de expresiones. Fue Lakoff quien llamó la atención sobre este asunto.[15] Las dificultades respiratorias han servido como base figurativa para algunas palabras que expresan sentimientos: *congoja, anhelo, ansia, agobio, angustia*. María Moliner define *ansia* como un malestar físico que se manifiesta principalmente como respiración jadeante. *Anhelo* guarda la huella de su antepasado latino *an-helare*, respirar con dificultad. Covarrubias da una explicación de esta falta de resuello apelando a la prisa del deseo. Anhelar «vale tanto como respirar con dificultad, cuando un huelgo se alcanza a otro, lo cual acaece a los que se han fatigado mucho corriendo o saltando o haciendo otro ejercicio violento. Dícese de los ambiciosos que anhelan por los grandes lugares o dignidades, por la vehemencia con que los procuran, y la diligencia demasiada que ponen en conseguir sus pretensiones». *Angustia* deriva del latín *angustia*, estrechez, opresión. También *agobio* significa «sofocación», y la *congoja* es un sentimiento que ahoga. Procede del latín *congustia*, angostura.

9

Al buscar en qué consisten las representaciones semánticas nos hemos encontrado con la representación de un Mundo en la memoria. Sólo me queda explicar que los modelos narrativos son dinámicos, están organizados jerárquicamente y representan la totalidad del mundo. El sujeto «consiste» en un mapa cognitivo/operativo de enorme complejidad. Utilizo la rara expresión «consistir en la memoria» para subrayar que no tiene que ir a buscar nada en su memoria, porque es en la memoria donde está.

Esto no nos extraña de la memoria muscular pero sí de la que consideramos mental. Al jugar al tenis no decimos que la percepción de la pelota va a la memoria para buscar allí el golpe adecuado. La secuencia es distinta: el jugador ha puesto todo su organismo bajo el control del proyecto de jugar, y desde su memoria anticipa la trayectoria de la pelota y aplica los programas motores más adecuados automáticamente. No tiene conciencia de deliberar sobre el asunto aunque todos los modelos de juego que ha aprendido, perfeccionado, rutinizado durante los entrenamientos están funcionando. Se limita a concentrarse en el estímulo, olvidando los complicados procesos musculares de que está siendo protagonista. Sus movimientos se realizan porque en cada momento su cerebro dispone de información sobre su situación corporal, y sus posibilidades, y también evalúa, por sistemas precisos de retroalimentación, el modo como está realizando el movimiento. Sin duda alguna, el tenista puede, mientras juega, reflexionar sobre su estrategia, decidir que debe subir a la red o que su contrincante falla las voleas. Pero aquí está funcionando ya otra memoria.

Lo que admitimos en el plano muscular –que hemos de tener presente todo nuestro esquema corporal para poder movernos–, nos cuesta trabajo aceptarlo en el plano cognitivo, lo que no parece justificable. Creo que es necesario admitir que tenemos siempre presente, activado aunque en la penumbra, un modelo completo de la realidad, igual que tenemos un esquema de la posición corporal. Ese mapa cognitivo que, como he dicho, es un conjunto jerarquizado de esquemas representativos, mezcla de fisiología e información, funciona de manera análoga a como lo hacen los sistemas musculares. Desconozco las relaciones que guardan entre sí los 792 músculos que tengo y, por supuesto, ignoro cómo se organizan las habilidades motoras que poseo, cada una de las cuales pone en juego complejas interacciones. Lo mismo ocurre con los esquemas cognitivos, que me sirven para conocer mi situación, orientarme no solo física sino mentalmente, o para explicar fenómenos tan notables como «echar en falta», «sorprenderme», «reírme de un chiste» o «tener algo en la punta de la lengua».

He dedicado este capítulo a los sistemas generativos del sujeto inteligente, y a algunos lectores les habrá parecido que he descuidado un aspecto importante del lenguaje: la comprensión. No sólo producimos frases sino que también comprendemos las frases ajenas. Pero la comprensión no es otra cosa que un sistema generador de significados inducidos por una expresión percibida. Cuando leo un texto no recibo pasivamente una información, sino que recreo la información, por un complicado juego en el que interviene también la creación de modelos. Ya lo explicaré con más calma.

Todas estas precisiones acerca de la inteligencia, de las estructuras cognitivas que fundan el lenguaje, han sido necesarias para poder explicar más tarde fenómenos de una enrevesada complejidad. ¿Cómo aprendemos el lenguaje? ¿Cómo se nos ocurren las frases y cómo las construimos? ¿Cómo entendemos lo que nos dicen? Éstos son temas clásicos de la psicolingüística. Los estudiaré en los próximos capítulos.

VI. EL HABLA CREADORA

1

En el capítulo anterior he hablado de los procesos generativos de la inteligencia computacional, haciendo hincapié en sus eficaces automatismos. Pero esa explicación sólo parece servir para los usos más ramplones del lenguaje, no para los alardes creadores. Averiguar si así es como ocurren las cosas es importante porque desde hace muchas páginas está planteada la cuestión de si podemos ser autores de nuestra habla o somos meros altavoces de un habla social.

Hay, en efecto, un uso del lenguaje rutinario y ciego. Los procedimientos automáticos son tan poderosos que el ser humano puede recalar en un uso ecolálico o estereotipado del lenguaje. Luria ha descrito los efectos de lesiones bilaterales en los lóbulos frontales, encargados de planificar. En esos casos, la conducta activa dirigida a un fin está sustituida por la repetición ecopráxica (imitativa) o estereotipada (perseverativa) del sujeto. Por lo general, los afectados están acostados en silencio, no hacen ningún intento de comunicarse con otras personas, no les hacen peticiones ni preguntas. A diferencia de los enfermos con afecciones profundas del tronco cerebral, estos sujetos responden con facilidad a las preguntas que les formulan y no manifiestan ningún defecto gramatical en la estructura de la elocución. Sin embargo, las respuestas toman habitualmente la forma de repeticiones ecolálicas de la pregunta o son sustituidas por la reproducción inerte de una respuesta que ya han dado. Por ejemplo, a la pregunta: «¿Cómo se siente usted?», responden: «¿Cómo se siente usted?» o «¿Cómo me siento?», y luego callan.

Incluso cuando el enfermo contesta: «Me siento bien», pone en evidencia rasgos morfológicos parciales de ecolalia. Pero cuando la pregunta exige salir de los límites de la simple repetición, por ejemplo: «¿Qué ha habido hoy en el almuerzo?», el enfermo sólo puede repetir: «¿Qué ha habido hoy en el almuerzo?»[1]

Si queremos que la teoría de la producción lingüística sea convincente, debemos poder explicar comportamientos más brillantes. ¿Es posible comprender la actividad creadora a partir de esos humildes automatismos? Los expertos no son muy optimistas acerca de nuestro conocimiento de tan misteriosos procesos. «Prácticamente todo lo que uno puede decir sobre la producción del lenguaje debe ser considerado especulativo», escriben Fodor, Bever y Garret.[2]

Y Chomsky dice algo parecido: «En varios apectos, no estamos más cerca que antes de poder dar una solución verdadera a los problemas clásicos. Por ejemplo, las cuestiones centrales relativas al aspecto creador del lenguaje siguen siendo tan inaccesibles como siempre.»[3] No soy tan pesimista y creo que podemos aclarar parte del problema.

Crear es someter las operaciones mentales a un proyecto creador. ¿Qué define un proyecto creador? En primer lugar, que goce de autonomía. Que se libere de la rutina, del automatismo o de la copia. Ha de guiarse por un proyecto que aleje al sujeto de su zona de desarrollo previsible. Lo fantástico es que la inteligencia humana funciona con proyectos muy vagos, como el que mantenía Valle-Inclán cuando se empeñaba en «unir palabras que nunca estuvieron unidas». O Rilke al considerar que el destino del poeta es decir, «pero decir así, como jamás las cosas mismas creyeron ser en su intimidad».

Todo proyecto contiene un objetivo, meta o fin que pretendemos alcanzar, pero ¿qué conocemos de un objetivo cuando nos lo proponemos? Al empezar a hablar tenemos una representación muy vacía del tono, del tema, de la intención. Las frases vienen y al hacerse conscientes las evalúo, preciso, corrijo. Es decir, el habla es un proceso de autocorrección continua, como lo es el movimiento.

Compararé de nuevo un diálogo con una partida de tenis. Cada jugador tiene una meta –jugar y ganar– y un lenguaje –las reglas del tenis– y unas destrezas personales –los automatismos musculares– y un esquema de selección –su estilo de jugador, su idea de lo que es un buen tenis–. Al golpear la pelota, cada jugador determina en parte la respuesta del contrario, que pone en juego toda su habilidad para responderle bien. Los complicadísimos automatismos musculares funcionan enviando continuamente información sobre el estado de los músculos. El jugador planea velozmente el golpe que va a dar mientras corre por la pelota. Corrige su plan al ver al jugador descolocado. Intentará un globo en vez de una dejada. Los sistemas musculares, cuyo funcionamiento desconoce, entran en acción.

En nuestro diálogo íntimo sucede lo mismo. La primera ocurrencia, da igual que sea una frase, un proyecto artístico o un plan para el fin de semana, arriba a la conciencia de repente, como elemento de un incesante proceso que comienza con el nacimiento. Las ocurrencias surgen de otras ocurrencias o de estímulos internos o de estímulos externos. Debemos interpretar el proceso educativo como la construcción de un sistema de ocurrencias. Motivación, sentimientos y ocurrencias van muy unidos. La creación artística, donde el fenómeno es más lento que en la formación de una frase, nos proporciona ejemplos de esta emergencia de un proyecto. Por eso voy a tomarla como organismo de disección.

Valéry decía que «puede empezarse un poema o una obra musical a partir de masas emotivas y estados inarticulados». Julien Green confiesa que cuando comenzó *Adrienne Mesurat*, la patética historia de un espejismo amoroso, no sabía cuál sería el tema, ni el argumento, ni nada. Sólo tenía una imagen del personaje, Adrienne, mirando las fotografías de familia colgadas en la pared de la sala, en «*le cimetière*».

> Cuando comencé *Adrienne Mesurat* escribí al azar la primera página, el resto siguió y mis personajes me condujeron. Pero yo cogí la pluma sin conocer una palabra de la novela. Lo mismo me ocurrió con *Leviathan*. Una idea muy vaga del libro me vino una tarde, viendo en una cantera de Passy un montón de carbón que luego describí. Ése fue el desencadenante.

García Márquez ha contado cómo se le ocurrió la idea de escribir una novela sobre los dictadores caribeños. A finales de 1958, estando en Venezuela, asistió a la fuga del dictador Pérez Jiménez. Por primera vez era testigo de la caída de un dictador de América del Sur. Ha descrito una imagen que le impresionó.

> Periodistas y fotógrafos esperábamos en la antesala presidencial. Eran cerca de las cuatro de la madrugada cuando se abrió la puerta y vimos a un oficial, en traje de campaña, caminando de espaldas, con las botas embarradas y una metralleta en la mano. Pasó entre nosotros, los periodistas, caminando de espaldas, apuntando con su metralleta y manchando la alfombra con el barro de sus botas. Bajó la escalera, tomó el auto que lo llevó al aeropuerto y se fue al exilio. Fue en ese instante en que aquel militar salía del cuarto donde se discutía cómo iba a formarse definitivamente el nuevo gobierno, cuando tuve la intuición del poder, del misterio del poder.[4]

Pocos días después le vino la idea de escribir la novela del dictador latinoamericano. En el comienzo del habla creadora hay una ocurrencia aceptada.

2

Es notable que todos podamos continuar una frase o el comienzo de un relato. Compruébelo el lector completando las que siguen:

«Las lejanas colinas me recordaban...»
«No podría decirle nada de...»
«Una vez, estando en mi despacho...»

¿Cómo lo hacemos? Cada comienzo sirve de estímulo para activar modelos apropiados. ¿Qué me pueden recordar las colinas? Un viaje, otras colinas, una película, un decorado teatral, un amor montañero. La cantidad de cosas sobre las que no puedo decir nada es tan abrumadora que sería aburridísimo mencionarlas. En mi despacho ocurren sucesos cotidianos y algunos menos frecuentes. El modelo que *selecciono* sirve de proyecto de frase. Los automatismos lingüísticos –como hacían los automatismos musculares en el tenis– producen la frase con mecanismos de corrección por parte del sujeto.

También tenemos una gran facilidad para continuar narraciones. Louis Aragon comenzó varias de sus novelas a partir de una frase casual. Contó el proceso en un curioso libro titulado *Je n'ai jamas appris à ecrire ou les incipit.*[5] El desencadenante de su novela *Les cloches de Bâle* fue una frase suelta, aleatoria e insignificante, que le vino a la cabeza: «Nadie se rió cuando Guy llamó papá a M. Romanet.» El autor ignoraba cómo se le había ocurrido la frase, pero recordaba claramente que le había hecho reír. ¿Por qué? Porque de golpe la consideró el comienzo de una novela y le hizo gracia la seriedad envarada que percibía en el espacio abierto por aquel arranque casual. Describió así la continuación de la anécdota:

> Desde el momento en que supuse que era el principio de una novela surgieron varias preguntas (¿nadie? ¿Guy? ¿M. Romanet?, etc.). Pero para contestarlas necesitaba saber, en primer lugar, ¿dónde? (estábamos). De ahí la segunda frase, no menos extravagante que la primera, si se piensa que tiene como razón de ser explicarla: «Era antes de cenar, cerca de las capuchinas, alrededor de la mesita pintada en que se veía un pescador de cangrejos jugando a las bolas con un domador de osos, que un artista, al parecer danés (como el perro de la villa verde), había decorado para pagar la cuenta, siempre es igual...» Con eso había situado la escena en el tiempo, a una hora vaga, cuando se va a pasar al comedor, pero todavía se está fuera en una terraza, o en un balcón, o en un jardín. Me incliné inmediatamente por esta última hipótesis, puesto que enseguida precisé: cerca de las capuchinas.

En este texto se ve cómo el autor se hace las preguntas pertinentes para continuar el relato. Busca información y la memoria le proporciona distintas alternativas. Los autores se hacen preguntas continuamente. Cuenta García Márquez que escribió la primera frase de *Cien años de soledad* y después se preguntó: ¿Y ahora qué carajo sigue?

En el campo abierto por la ocurrencia primera, por la frase emergente, por el vago deseo, comienzan las actividades de búsqueda y tanteo. Las frecuentes pausas que hacemos al hablar están al parecer dedicadas a estas actividades de planificación, búsqueda y corrección, actividades que se dan en todo trabajo creador. Pondré un ejemplo tomado de *Poética musical* de Ígor Stravinski:[6] «Toda creación supone en su origen una especie de apetito que hace presentir el descubrimiento. A esta sensación anticipada del acto creador acompaña la intuición de una incógnita ya poseída, pero ininteligible aún, y no será definida más que merced al esfuerzo de una técnica vigilante» (p. 55). «La facultad de crear nunca se nos da sola. Va acompañada del don de observación. El verdadero creador se conoce en que encuentra siempre en derredor, en las cosas más comunes y humildes, elementos dignos de ser notados» (p. 58). «Un compositor preludia de igual modo que un animal hurga. Uno y otro hurgan porque ambos ceden a la necesidad de buscar. ¿A qué responde esa investigación en el compositor? ¿A la regla que lleva en sí como un penitente? No: es que anda en busca de su placer. Va tras una satisfacción que sabe que no ha de encontrar sin esfuerzo previo. No nos esforzamos para amar, pero amar supone conocer, y para conocer hay que esforzarse» (p. 59).

A veces, la ocurrencia inicial viene de fuera, de un encargo, como en el caso de la *Sinfonía de los salmos*, que Stravinski cuenta en *Crónica de mi vida.*[7] Quería componer una obra sinfónica y por ello aceptó el encargo que le hicieron. A continuación, como siempre, el tanteo y la búsqueda: «Quise crear un todo orgánico sin conformarme a los diferentes esquemas adoptados por el uso, pero conservando el orden periódico por el cual la sinfonía se distingue de la suite». Tenía que elegir el material sonoro con que iba a construir su obra. Sería una obra de gran desarrollo contrapuntístico. «Finalmente, fijé un conjunto coral e instrumental en que estos dos elementos estarían elevados al mismo rango sin ninguna predominancia de uno sobre el otro.

En esto, mi punto de vista sobre las relaciones mutuas de las partes instrumental y vocal coincidía con el de los antiguos maestros de la música contrapuntística que, ellos también, los trataban como iguales y ni reducían el papel de los coros a un canto homófono, ni la función del conjunto instrumental a la de acompañante.»

El habla creadora es una ocurrencia aceptada seguida de una búsqueda consciente.

3

Las operaciones productoras de lenguaje están automatizadas, como las productoras de imágenes, fantasías, sueños, alucinaciones. Hablamos en sueños y en algunos estados cercanos al coma. Lo primero que posee un buen escritor es el poderoso deseo de escribir, después una mayor riqueza de automatismos y, por último, un eficaz criterio de selección. Al creador se le ocurren más cosas y mejores. Un escritor va eligiendo y fortaleciendo sus hábitos expresivos. Umbral ha querido hacer en *Los cuadernos de Luis Vives* la arqueología de su prosa. «El idioma, para el escritor, más que un instrumento es una salvación. El afán que ponía en perfeccionar mi estilo era el que ponía en salvarme.»[8] Hay un tesonero esfuerzo por construir esas fascinantes habilidades creadoras. Valéry, que reconocía que las primeras ocurrencias de un poema eran «un accidente afortunado» del que había que sacar provecho, añadía que la tarea del poeta era «imitar, hacer habituales y funcionales los hallazgos que en principio eran azarosos».

Los autores, pues, aprenden automatismos estilísticos originales. Impostan su propia voz. El peligro está en mecanizar demasiado la producción. Todo estilo acaba copiándose a sí mismo. Ígor Stravinski contó la habilidad de Auden para escribir versos bajo pedido con la misma facilidad con que otros hablan en prosa.[9] Se pueden fomentar las habilidades ingeniosas. Por ejemplo, entre los chamulas de Chiapas, México, se valoran mucho los duelos verbales. El jugador inicia una frase que tiene un significado aparente y otro oculto (casi siempre sexual); su oponente debe replicar con una frase que tenga un cambio de sonido mínimo respecto del primero y que también tenga un significado oculto. Si no puede dar una respuesta apropiada, pierde.

Pero después el creador tiene que seleccionar. Como explicó Valéry:

> El escritor verdadero es un hombre que no encuentra sus palabras. Entonces las busca. Y, buscándolas, las encuentra. Trabajo una estrofa. No estoy satisfecho diez veces, veinte veces, pero de tanto volver sobre ella, sin cesar, me familiarizo no con mi texto, sino con sus *posibilidades*.

Es muy interesante esta mención a las posibilidades que encuentro también en un texto de Arnold Schoenberg:

> El mayor talento de un compositor es el de prever el más remoto futuro de sus temas y motivos. Ha de ser capaz de conocer de antemano las consecuencias que hayan de derivarse de las cuestiones planteadas por su material y organizarlo todo de acuerdo con ello. El que lo haga de manera consciente o subconsciente es asunto secundario. Basta con que el resultado lo demuestre. Por tanto, no hay que asombrarse como de un acto genial cuando el compositor, al presentir que habrá de aparecer más tarde la irregularidad, se desvía ya desde el principio de la simple regularidad. Un cambio súbito y sin preparación en los principios estructurales perjudicaría el equilibrio.[10]

Guarden en su memoria de trabajo esa referencia a la posibilidad, mientras continúo hablando de la selección. Valéry sabía de qué hablaba porque de algunos de sus poemas, es el caso de «La jeune Parque», hizo más de cien borradores. Eliot, en uno de los versos de sus «Cuatro cuartetos» ensayó las frases «al ocaso», «la primera luz débil», «después del fin de la linterna», «linterna apagada», «linterna retirada», «tiempo de linterna», «el crepúsculo», «la hora temprana», «oscuridad antes del día», antes de aceptar «ocaso menguante».[11] Wordsworth estuvo corrigiendo durante cincuenta años un par de versos de un poema titulado «The Growth of the Poet's Mind». Por si tienen curiosidad, les daré la primera versión y la última:

> *The soul of man is fashioned and built up*
> *Just like a strain of music.* (1798)
>
> *Dust as we are, the inmortal spìrit grows*
> *Like harmony in music.* (1850)[12]

Está claro. Las ocurrencias aparecen con facilidad, pero es preciso seleccionarlas. La estructura del habla que describí hace un par de capítulos se cumple también en estos alardes del estilo.

A veces los poetas tienen sistemas de selección muy propios. Eliot se apoyaba en su oído, es decir, en aquello que describió como la interdependencia del ritmo y la dicción. De hecho, lo que llamaba la «imaginación auditiva» fue siempre su facultad más poderosa, el instrumento más sutil y complejo de su trabajo poético. Abandonarlo suponía siempre un grave riesgo. Con frecuencia le sucedió al componer los «Cuatro cuartetos», lo que le hacía caer en la monotonía o la trivialidad. Pero casi siempre logró recuperarse durante la revisión, eliminó pasajes que eran rítmicamente flojos y alteró palabras e imágenes que no daban apoyo a la cadencia y a la estructura subyacentes.[13]

Cada artista ha de tener su propia norma. «*J'ai seul la clé de cette parada sauvage*», escribió Rimbaud. En 1912, cuando Picasso llegó a un acuerdo con Kahnweiler para venderle toda su producción a precios fijados por tamaños, la única condición que puso es que él –Picasso– sería el único que podría decidir si un cuadro estaba terminado. «*Vous vous en remettez à moi pour decider si un tableau est terminé.*» Siempre pensó que *Las señoritas de Avignon* era un cuadro sin terminar. Flaubert dice en una carta: «¡Qué gran escritor sería yo si consiguiera escribir con el estilo que tengo en la cabeza!»

Este proceso de producción –*brainstorming* podríamos llamarlo– y de selección se da en todas las actividades creadoras. El compositor norteamericano Roger Session describe a los compositores como seres que tienen siempre patrones, tonos, ritmos musicales en la cabeza. Muchos de ellos valen muy poco, pero permiten al compositor revisar, seleccionar, mezclar. Según Copland, la idea musical inicial llega al compositor como un don, en forma muy parecida a la escritura automática. Stravinski decía que los acordes más complejos de su obra habían aparecido de forma inexplicable y que él se había limitado a aceptarlos con gozo.

Tal vez Rilke tuviera razón al explicar la aparición de un verso:

> Para escribir un solo verso, hay que haber visto muchas ciudades, muchos hombres y muchas cosas; hay que conocer a los animales, hay que haber sentido el vuelo de los pájaros y saber qué movimientos hacen las flores al abrirse por la mañana. Hay que tener recuerdo de muchas noches de amor, todas distintas, de gritos de mujer con dolores de parto y de parturientas, ligeras, blancas y dormidas, volviéndose a cerrar. Y haber estado junto a moribundos, y al lado de un muerto, con la ventana abierta, por la que llegarán, de vez en cuando, los ruidos del exterior. Y tampoco basta con tener recuerdos. Hay que saber olvidarlos cuando son muchos, y hay que tener la inmensa paciencia de esperar a que vuelvan. Pues no sirven los recuerdos. Tienen que convertirse en sangre, mirada, gesto; y cuando ya no tienen nombre, ni se distinguen de nosotros, entonces puede suceder que, en un momento dado, brote de ellos la primera palabra de un verso.

La estructura del lenguaje –una fuente computacional de ocurrencias, una actividad de búsqueda y un sistema de evaluación y control– se da también en un discurso que parece tan lógico, determinado y riguroso como el matemático. Poincaré, un gran matemático que estuvo muy interesado en investigar los procesos creativos, escribió:

> ¿Qué es la creación matemática? No consiste en hacer nuevas combinaciones con entidades matemáticas que ya se conocen. Cualquiera podría hacerlo, pero las combinaciones así rea-

> lizadas serían infinitas en número y la mayoría de ellas no tendrían el menor interés. Crear consiste en no realizar combinaciones inútiles y en efectuar aquellas que son útiles y que sólo son una reducida minoría. La invención es discernimiento y elección. Inventar, ya lo he dicho, es elegir; pero quizá la palabra no sea totalmente exacta. Le hace pensar a uno en un comprador frente al cual se dispone un gran número de objetos y que los examina, uno tras otro, para efectuar una elección. Aquí las muestras serían tan numerosas que no bastaría toda una vida para examinarlas. No es éste el estado real de las cosas. Las combinaciones estériles ni siquiera se aparecen a la mente del inventor. Nunca aparecen en el campo de su conciencia combinaciones que no sean realmente útiles, excepto algunas que rechaza pero que hasta cierto punto tienen las características de combinaciones útiles. Todo sucede como si el inventor fuera un examinador para el segundo grado, que sólo tuviera que preguntar a los candidatos que hubieran superado un examen previo.[14]

El físico y biólogo Leo Szilard insistió en algo parecido: «El científico creativo tiene muchas cosas en común con el artista y el poeta. El pensamiento lógico y una capacidad analítica son atributos necesarios para un científico, pero no son ni mucho menos suficiente para la obra de creación. Aquellas ideas que en ciencia han llevado a un descubrimiento importante no derivaban de manera lógica del conocimiento preexistente: los procesos creativos en los que se basa el progreso de la ciencia operan a nivel del subconsciente.»

Esta capacidad tan sorprendente de la *inteligencia computacional* se pone de manifiesto en el caso de los *idiots savants*. Son niños, a veces de nivel intelectual muy bajo, que tienen una increíble capacidad para hacer cálculos. Una historia bien documentada es la de dos gemelos retrasados llamados Charles y George, que fueron estudiados por William Horwitz y sus colaboradores. Eran capaces de calcular el día de la semana que correspondía a cualquier fecha en un plazo de 6.000 años. También respondían si se les preguntaba en qué años el 21 de abril cayó en domingo, y cosas por el estilo. Hasta donde Horwitz pudo averiguar, ninguno de los gemelos conocía los pasos que seguía para enfrentarse a esas preguntas. Frases como «Lo sé», y «Lo tengo en la cabeza» eran lo único que se obtenía tras un paciente interrogatorio.

Bernard Rimland pagó a Benj Langdon, un licenciado universitario, para que aprendiera uno de los métodos conocidos para calcular fechas, con la esperanza de que pudiese proporcionar alguna pista sobre las habilidades de George y Charles. No sacó nada en claro, pero sí se produjo un resultado fascinante que nos indica el poderío de la inteligencia computacional.

> A pesar de la prodigiosa práctica de Langdon –escribe Rimland–, fue incapaz, durante largo tiempo, de igualar la velocidad de las operaciones de los gemelos. De pronto se dio cuenta de que sí podía hacerlo. De algún modo, para sorpresa de Langdon, su cerebro había automatizado los complejos cálculos, había absorbido con tanta eficacia la tabla que tenía que memorizar que la habilidad de calcular fechas se había convertido en una segunda naturaleza y ya no tenía que realizar las diversas operaciones.[15]

Volvamos a los criterios de selección. ¿Cuál puede ser su funcionamiento psicológico, su estructura subjetiva? Son operaciones de comparación con un patrón, sin duda, pero con un patrón muy peculiar. Los antiguos hablaban del juicio de gusto, y los filósofos medievales consideraban, con razón, que lo propio del artista era juzgar. Todos nuestros sistemas de preferencias funcionan de manera semejante. Somos seres evaluadores. Como he estudiado en *El laberinto sentimental,* nuestros estilos sentimentales –y el estético puede incluirse entre ellos– son complejas estructuras que descubren valores, nuevas posibilidades en la realidad. Resulta interesante comprobar que este criterio sentimental-estético funciona también en la ciencia. Poincaré decía que el inconsciente, productor de las ocurrencias matemáticas, no era capaz de determinar si una idea era correcta o no, por eso sus propuestas muchas veces no son ciertas. Pero esas ideas, en cambio, tienen siempre el sello de la belleza matemática. Al parecer el inconsciente tiene un eficacísimo criterio estético.

Es intrigante que estas preferencias, estos criterios de selección, tengan especial eficacia para negar. Rechazan con innegable certeza. Esto ya lo había observado Bergson respecto a la intuición filosófica, esa experiencia totalizadora que, según él, está en la base de un sistema. «La intuición prohíbe», escribió. «Antes de ver una cosa clara, lo que se ve claro es que hay algunas maneras de las que no puede ser en absoluto.»

Recupero ahora el tema de la posibilidad que habían enunciado Valéry y Schoenberg. Según la obra o la frase se va desplegando, se convierte también en criterio de su propia continuación, porque abre unas posibilidades y cierra otras. Julien Green lo ha contado con gran precisión:

> No sé nunca por adelantado cuál va a ser el tema de mi novela. Veo con claridad a los personajes y descubro con bastante rapidez de lo que son capaces, pero me falta tiempo y mucha paciencia para llegar a conocer las relaciones que existen entre ellos, los sentimientos que experimentan unos hacia otros, los actos a que los impulsan estos sentimientos; en una palabra, el tema. Sé, por supuesto, que dado el carácter de mis personajes no puede haber más que un tema posible; quiero decir con esto que mis personajes deben realizar ciertos gestos y no otros, pero ¿qué gestos? Los conozco a medida que escribo mi libro. Sucede que al principio de la novela me equivoco completamente: escribo veinte o treinta páginas antes de darme cuenta de que he emprendido un camino equivocado, que fuerzo a los personajes a hacer lo que no quieren, que les hago hablar con una voz que no es la suya. Es preciso que me detenga y que comience otra vez hasta que *algo me advierte que estoy en lo cierto*.

No olvide el lector que estamos estudiando la creación artística como un modelo ampliado y lento del habla creadora. Las actividades generativas las realiza la inteligencia computacional y son evaluadas por criterios que tienen la característica de un programa de superior nivel. Éstos permiten la salida de la ocurrencia, la bloquean, cancelan la actividad o piden a la inteligencia computacional que produzca nuevas ocurrencias ya dirigidas. Así funciona también el lenguaje. Ray Jackendoff, un lingüista del que ya les he hablado, dice que a la pregunta ¿Quién habla?, hay que contestar: «Quién selecciona.» Tiene razón. Pueden ver sus argumentos en *La conciencia y la mente computacional*, Paidós, Barcelona, 1998.

4

Hay una pretensión de buscar la voz propia que es meramente estilística, literaria. No me parece que escribir bien sea lo más importante de la vida, pero voy a utilizar esa actividad como una gran metáfora, luego les diré por qué. Vivir es como escribir: una sabia o torpe mezcla de determinismo e invención. Ésta es la metáfora. El lenguaje nos impone sus estructuras fijas sin remedio. Si no las aceptamos, escribir es una caprichosa e inútil gesticulación, pero si nos limitamos a seguir sus eficaces rutinas caemos en un automatismo indolente. La creación literaria sortea con habilidad ambos peligros y es por ello una bella metáfora del quehacer vital. Cada vez que producimos una frase expresiva, no mecánica ni casual ni ecolálica, estamos ejecutando un acto de liberación y alterando lujosamente las leyes físicas y psicológicas que rigen la caída de los graves. Encomendamos el control de nuestra acción a los valores elegidos. En fin, que mantener un buen estilo en el escribir o en el vivir es un alarde de talento creador.

Había quedado en explicarles por qué dejo que esta metáfora me arrastre. Es una artimaña para recordar una verdad de perogrullo que ha de ser urgentemente recordada, repensada, asumida en la actualidad: que somos autores de nuestra biografía y nos pertenece para bien o para mal el *copyright*. Aquí se acaba la metáfora y empieza la literalidad. El lector tiene derecho a decirme que no somos autores y que nuestras obras son hijas de la situación y del carácter. Puede aducir que las circunstancias –que son un determinismo exterior– y las pulsiones –que son un determinismo íntimo– dejan poco sitio a la libertad creadora, que no pasa de ser un breve hiato locuaz abrumado por tanta coacción. Pero cuanto más se empeñe en convencerme de ello, con más energía se está refutando, porque si quiere argumentar con brillantez, escogiendo la formulación más contundente, sosegando la impaciencia y buscando con tesón la claridad, estará negando con sus actos lo que sus conceptos pretenden demostrar.

Sin embargo, el hombre, que es un ser de empeños y claudicaciones, renuncia con facilidad a su condición de autor para convertirse en robot, plagiario, altavoz, correveidile, esparcidor de rumores, vozdesuamo, balador de cosas oídas y no comprendidas. Produce entonces un abajamiento de nuestro Mundo mancomunado. Cae en el lenguaje desidioso.

Éste es el mensaje deprimente que están lanzando todos los exquisitos que afirman sus yoes de ornitorrinco disolviendo al sujeto en un enredo textual. Frente a la claudicación de estos capitanes arañas, que puede consolidarse, reivindico la posibilidad y la necesidad de un sujeto hablante animoso y creador. Tarea es de cada uno intentarlo. Por lo que a mí respecta, si pudiera elegir una voz propia, elegiría sin duda la que está sugerida por el género en que me muevo con más comodidad, el ensayo. Sería una voz nacida de un tenaz deseo de conocer, de aprovechar las otras voces que han dicho cosas interesantes, para aprender de ellas, criticarlas, usarlas, rechazarlas. Sería una voz que intentaría explicar lo que considero que es verdad, y la exaltación, el pasmo, la diversión, el sobresalto que me produce ese conocimiento. No sé si lo conseguiré, pero, al menos, me esforzaré en ello. Por mí que no quede.

VII. LA COMPRENSIÓN Y LA HERMENÉUTICA

1

La lingüística padece con frecuencia un raro tipo de parálisis. Queda pasmada ante la prestancia de la estructura del lenguaje y se olvida de los actos que están haciéndola posible. Se mueve entonces en un terreno fantasmagórico, borgiano. Es como si decidiera vivir en un diccionario o en una enciclopedia y pensara que allí está todo. Una palabra es aclarada por otras palabras que a su vez son aclaradas por otras palabras. El lingüista encuentra allí su esterilizado paraíso. El diccionario es autosuficiente, puro, completo, perfecto, navegable, interminable, tranquilizador. Es el mundo platónico pasado por la imprenta. La realidad, la basura biográfica, los hablantes y los oyentes quedan lejos. El significado de una palabra, decía Pierce, es una cadena infinita de palabras. Si esto es así, un diccionario es un infinito enredo de infinitas cadenas de infinitas palabras. No lo creo. En algún momento el diccionario tiene unos términos que sólo se pueden aclarar remitiendo no a una palabra sino a una experiencia. Estos lingüistas encantados con su ombligo acaban por dar la razón al exabrupto de Neruda:

> Libro, tú no has podido
> empapelarme,
> no me llenaste
> de tipografía,
> de impresiones celestes,
> no pudiste
> encuadernar mis ojos,

salgo de ti a poblar las arboledas
con la ronca familia de mi canto,
a trabajar metales encendidos
o a comer carne asada
junto al fuego en los montes.

Convertir el lenguaje en un dominio autónomo ha traído malas consecuencias. Nos ha impedido comprender la actividad, el dinamismo, la pulsión, el laboreo que hay en todas sus funciones. «El signo», escribe Hörmann, «se ha autonomizado: un proceso que la lingüística está ahora pagando muy caro.»[1]

En este libro estoy intentando devolver el lenguaje a su lugar: el Mundo de la vida. Pretendo estudiar las actividades que inventan, usan, cambian, engrandecen, degradan el lenguaje. Toda idolatría me parece peligrosa. También la de las palabras. Convertimos algo en ídolo cuando después de inventarlo nos olvidamos de que lo hemos hecho, y al encontrarlo de nuevo caemos en pasmo, reverencia y adoración. Ya les he hablado de Mallarmé, el idólatra.

El proceso de autonomización del lenguaje ha hecho que hablemos del significado como de algo que estuviera pegado a la palabra como una etiqueta o como la dirección en una carta. «A significa B.» Pero es evidente que no significa lo mismo una palabra leída que una palabra pronunciada. «Te amo», leída, es una expresión que puede analizarse lingüísticamente. Dicha, es un acto de un sujeto que expresa una declaración, que es falsa o verdadera, precipitada o seria. ¿Comprender es captar el significado de un signo o captar la intención de una persona? ¿Qué hago al hablar? Al decir una frase trivial: «Cada día te pareces más a tu madre», puedo estar haciendo un acto de crueldad. La frase es meramente informativa, pero el acto lingüístico es malintencionado.[2]

Una parte importante de la investigación reciente sobre «teoría del discurso» versa sobre el hecho de que a menudo la interpretación de las intervenciones en el contexto de la conversación difiere radicalmente del significado que se extraería de las mismas oraciones aisladas. Deborah Tannen ha estudiado la comunicación entre matrimonios.

> Se suele pensar que las parejas que viven juntas y se aman llegan a comprender recíprocamente los respectivos estilos conversacionales. No obstante, la investigación ha mostrado que la interacción repetida no conduce necesariamente a una mejor comprensión. Por el contrario, puede reforzar juicios erróneos acerca de las intenciones de la otra persona e incrementar las expectativas de que ésta se comporte como antes.[3]

Comprender lo que otros dicen parece un proceso más pasivo que hablar, pero, como ya he dicho, esta opinión sólo muestra lo peligrosas que son las malas metáforas. Hablamos del significado como si estuviera «contenido» en la frase, o en el texto, con lo que la comunicación se convierte en un intercambio de mercancía. Brandsford se encrespa contra los que expresan o tácitamente piensan que la frases «transportan un significado». «Sólo las personas poseen significados, y los *inputs* lingüísticos actúan meramente como claves que la gente puede utilizar para recrear y modificar su conocimiento previo del mundo.»[4]

Cualquier expresión se convierte así en una incitación, una ayuda más o menos eficaz, para que el oyente genere los significados apropiados. Si es capaz de hacerlo correctamente, entenderá la frase. Si no puede hacerlo, no la comprenderá o caerá en malentendidos. Conviene recordar la afirmación de Uhlenbeck: «Cada frase individual, incluso la de apariencia más trivial, tiene que ser interpretada por el oyente con la ayuda de datos extralingüísticos.»[5]

Una frase no es sólo un acto lingüístico gramatical, sino también un acto cognitivo. Se llama *hermenéutica* la ciencia de la interpretación y de la comprensión de textos, y no me extraña nada que uno de sus fundadores, Scheleimarcher, la definiera como «el arte de evitar el malentendido». Dado que con mucha facilidad estas equivocaciones envenenan la vida de los hombres, conviene estudiar cuidadosamente los procesos de comprensión.

2

Utilizamos la palabra *comprender* en ocasiones variadas. Comprendemos el comportamiento de alguien cuando somos capaces de representarnos su porqué y su para qué. Comprendemos una situación cuando hemos encajado aspectos que parecían incongruentes en una red de relaciones que nos permite dar razón de esas apariencias. Comprendemos una demostración cuando somos capaces de realizar por nuestra cuenta el paso de las premisas a la conclusión. Comprendemos una frase cuando integramos todos sus elementos en una representación semántica unificada, es decir, en un modelo.

Las frases sencillas proporcionan la representación inmediatamente. «La taza está sobre la mesa» suscita con facilidad una representación de la situación. De ella podemos sacar consecuencias. La taza está por encima del nivel del suelo. La mesa sostiene la taza y es lo que la expresión ha querido subrayar. Si sólo hubieramos querido informar de la situación de la taza podríamos haber dicho: «Está en la mesa.» Pero otras veces el mensaje es menos habitual o está codificado de forma extraordinariamente enrevesada, de modo que aunque podamos leer todas las palabras nos cuesta representarnos su significado global. En el ejemplo siguiente ninguna palabra ofrece dificultades, pero sólo cuando seamos capaces de responder a la pregunta que plantea podremos decir que hemos comprendido su enunciado:

Si la prueba que usted resolvió antes de resolver la prueba A era más difícil que la prueba que resolvió después de resolver la prueba que resolvió antes de resolver la prueba A, ¿era la prueba que resolvió antes de resolver la prueba A más difícil que la prueba A?

¿Qué dificultad hay en comprender esta frase? El galimatías de «antes de» y «después de». Hagamos una sencilla transformación. ¿Cuál es la prueba que está después de la que está antes de A? A. En cuanto hacemos el cambio, la pregunta es fácil de contestar. Si la prueba que resolví antes de A era más difícil que A, ¿era la prueba que resolví antes de A más difícil que A? Evidentemente sí. El galimatías es una tautología.

En muchas ocasiones, como sabemos todos los profesores, la falta de comprensión de un alumno se debe a que hemos codificado la información de una manera aparentemente sencilla, pero que resulta inservible como pista para la reconstrucción del significado.

Este ejemplo nos sirve para señalar que hay distintos niveles de comprensión. Cualquier persona que sepa español ha comprendido léxicamente el ejemplo. Pero se trata de una comprensión superficial, que no nos permite sacar conclusiones, responder a preguntas, introducir la información dentro del conjunto de conocimientos, captar las relaciones e implicaciones del enunciado. Les pondré otro ejemplo, esta vez sacado de las matemáticas. «Un número elevado a cero es igual a la unidad»:

$$a^0 = 1$$

Esta fórmula se puede repetir y aplicar como se aplican la mayor parte de las técnicas de cálculo que se aprenden. ¿En qué consiste comprenderla? Por de pronto en saber qué demonios significa elevar algo a la potencia cero. Habíamos aprendido que elevar un número a una potencia es multiplicarlo por sí mismo. ¿Y elevarlo a la potencia cero? ¿Multiplicarlo cero veces? Entonces no hemos ejecutado ninguna potenciación. En este caso la dificultad para comprender está en ese cerito puesto como una carga sobre la chepa de la a. ¿Qué es un cero? Por de pronto, lo que resulta de restar de una cantidad una cantidad igual. Mi cuenta corriente se queda a cero si saco el importe del saldo. Esta génesis del cero me resulta útil para resolver el misterio de la fórmula... siempre que sepa que para dividir potencias de la misma base (en este caso a) se restan los exponentes. O sea que el cerito enigmático es el resultado de una resta, que es, a su vez, una división. Por ejemplo:

$$a^3 : a^3 = a^{3-3} = a^0$$

Todavía no parece que el misterio se haya resuelto. Tenemos que recordar que esa resta «significa» una división, y que el resultado de dividir dos números iguales es la unidad. Ahora espero que si no se han perdido en la explicación hayan comprendido el significado de la fórmula.

¿Qué he hecho? Fundamentalmente he aplicado conocimientos previos que tenía. Así funcionan todas las comprensiones. Los significantes que percibo se vuelven significativos cuando aplico a ellos conocimientos que poseo previamente. Si no los poseo o no los aplico por pereza o incapacidad, no comprenderé. Si aplico unos conocimientos incorrectos, malentenderé la expresión.

3

Para descansar del bello pero frío lenguaje matemático nos detendremos un momento en la poesía. Vicente Aleixandre escribe en *La destrucción o el amor*:

> De nada sirve que una frente gozosa
> se incruste en el azul como un sol que se da,
> como amor que visita a humanas criaturas.

El texto me resulta incomprensible porque no consigo producir una representación plástica o conceptual donde situar las afirmaciones del poema. En tal situación puedo hacer dos cosas: o afirmar que no significa nada o hacer un acto de fe en el poeta y seguir buscando.

Carlos Bousoño ha tenido fe y ha proseguido el análisis.[6] Descubre que Aleixandre utiliza para crear la visualización de irrealidades una transgresión sintáctica, que consiste en cambiar el lugar en que se colocan normalmente los dos planos de una imagen poética, el real R y el imaginario I. En vez de decir R como I (labios como espadas, el amor o la destrucción) dice I como R (espadas como labios, la destrucción o el amor). En el poema del ejemplo, según Bousoño, utiliza esa técnica. Restituyendo las imágenes a su lugar natural, la transcripción significativa del poema sería:

> De nada sirve que un sol que se da
> se incruste en el azul como frente gozosa,
> como amor que visita a humanas criaturas.

Esta versión me da pistas suficientes para producir un modelo de mundo donde encajen las expresiones. Puedo pensar en el sol brillando en el azul como si fuera una frente gozosa, y también como la manifestación del amor que visita diariamente a las humanas criaturas. Y entender que el poeta lo considera un acontecimiento inútil.

4

Los psicolingüistas han elaborado complejas teorías para explicar cómo comprendemos una frase. Son teorías inductivas. Parece que para entender una frase tenemos que romper el flujo sonoro, reconocer las palabras, tener algún sistema de acceso al léxico, otro de estructuración sintáctica, y un sistema de generación de hipótesis sobre lo que la frase puede indicar.

En primer lugar, hay que comprender la palabra. Como hemos visto, el significado vivido de la palabra es un complejo de informaciones verbales, imágenes, fragmentos de memoria episódica, fragmentos de memoria semántica, sistema de relaciones, trozos de metáforas. Son frecuentes las homonimias –palabras diferentes cuyo significante es idéntico *(gato/herramienta, gato/animal)*–. El oyente ha de decidir el significado correcto y el tipo de relaciones conveniente. Los neurólogos saben que en caso de alteraciones mentales los enfermos son incapaces de inhibir las asociaciones incorrectas. Y lo mismo sucede en estados crepusculares, antes del sueño o después de haber tomado drogas. ¿Cómo se realiza el control en las situaciones de lucidez completa? Por de pronto, las asociaciones semánticas priman sobre las simplemente fonéticas. Pero, además, hay que admitir una capacidad general para seguir el significado del discurso, que va marcando el tono de la interpretación. El modo de leer una obra científica no es igual al modo de leer un poema o de entender un chiste. Tiene que haber un cambio en el estilo de reconstruir el significado. Tomemos como ejemplo un chiste infantil:

–Le vendo un coche.
–¿Y para qué quiero un coche vendado?

Este breve diálogo puede interpretarse como una mera equivocación lingüística o como un suceso cómico. En cada momento del discurso el oyente tiene que ir descifrando señales que le dicen si ha de incluir la palabra dentro de un modelo de relaciones semánticas estrictas, metafóricas, cómicas. La ironía, por ejemplo, plantea serios problemas de comprensión. La definición clásica de la ironía es: «manera de expresar una cosa que consiste en decir lo contrario de lo que aparentemente se dice». Por ejemplo, decir como piropo ¡Fea! El problema que plantea la ironía es que no suele ofrecer, salvo en casos muy obvios, claves para descubrir que es una ironía. Por eso el irónico –personaje que no goza de mi simpatía– sale indemne de cualquier situación, ya que, en último extremo, puede aducir que estaba ironizando o ironizando sobre una ironía anterior o ironizando sobre la ironización de una ironía anterior. Hay una ironía infinita que acaba aniquilando todo posible significado y todo posible entendimiento.

El problema más difícil de explicar es el llamado círculo de la comprensión. Sólo puedo decidir el significado de la palabra a partir de la comprensión del contexto, pero sólo puedo comprender el contexto si he decidido correctamente el significado de la palabra. Ténganlo presente.

Después de la comprensión de la palabra viene la comprensión de las estructuras sintácticas. La lingüística a partir de Chomsky distingue la estructura sintáctica superficial de la frase y la estructura gramatical profunda, que es común a las distintas lenguas y que refleja las estructuras lógicas fundamentales que están tras la oración. Se considera que la comprensión de la frase es la transición de las estructuras sintácticas superficiales a las estructuras sintácticas profundas y desde ahí hacia la descripción semántica. A veces, sobre todo en las oraciones que tienen incrustadas oraciones o en las que incluyen relaciones de comparación, como el ejemplo que he puesto al comienzo de este capítulo, puede resultar enormemente complicado.

El último paso es la comprensión de un texto. Todo texto es incompleto y exige inferencias continuas. No hay texto autosuficiente. Vigotsky, en uno de sus trabajos iniciales, analizó la estructura psicológica de la comprensión de una fábula de Tolstói, *La corneja y las palomas*, trabajo que posteriormente retomó Luria:[7]

> Una corneja oyó que daban muy bien de comer a las palomas, por lo que se pintó de blanco y voló hacia el palomar. Las palomas pensaron que era también una paloma y la recibieron bien. Sin embargo, no pudo contenerse y dio un grito como una corneja. Entonces, las palomas comprendieron que era una corneja y la echaron del palomar. Regresó con los suyos, pero entonces éstos no la reconocieron y tampoco la quisieron acoger.

Comentaré solo la primera frase, distinguiendo los significados explícitos y los implícitos, que pondré entre paréntesis:

> *Una corneja oyó que daban muy bien de comer a las palomas* (y las envidió), *por lo que se pintó de blanco* (decidió parecerse a una paloma para que no la reconocieran) *y voló hacia el palomar* (para comer tan bien como las palomas).

No he comentado la expresión más compleja: *por lo que*. Hace referencia a la motivación de la corneja: pensando que si conseguía hacerse pasar por una paloma podría beneficiarse de ese mejor trato... Está claro que nadie puede comprender esta frase si no posee un modelo de funcionamiento de la mente humana (en este caso la corneja es una antropomorfización).

Se ha comprobado que los niños tienen desde muy pequeños una teoría de la mente que les permite comprender las intenciones de los demás, y que éste es un paso importante en el proceso de comprensión. Saben que los adultos quieren comunicarse, saben que su conducta está guiada por deseos, intenciones, proyectos, y esos saberes los utilizan para interpretar esos ruidos aún confusos que escuchan. Los niños autistas son incapaces de comprender que esos objetos móviles que se mueven a su alrededor son subjetividades deseantes, expresivas, que están intentando comunicarse con él, y, en consecuencia, ellos no se comunican.

Lo que resulta evidente es que para comprender un discurso hay que apelar a un conjunto de conocimientos estructurados desde donde se pueden asimilar las nuevas informaciones.

> El plano discursivo –leo en uno de los mejores libros sobre psicología del lenguaje escritos en castellano– constituye el punto de encuentro principal entre los mecanismos específicamente lingüísticos y los sistemas de pensamiento más globales, que se basan en procedimientos generales de inferencia y en bases también generales de conocimientos sobre el mundo, que están representados en el sistema cognitivo. Cuando se estudian los procesos reales de comprensión de textos y discursos, se revelan con especial nitidez los puntos de sutura del sistema del conocimiento lingüístico con el sistema de conocimiento a secas.

La comprensión del discurso se guía desde fases muy tempranas por las representaciones semánticas acerca de las situaciones a que éstos se refieren. Entran en juego los modelos de funcionamiento del mundo que guardamos –amartillados, prestos para ser disparados por un estímulo lingüístico– en la memoria. Si alguien nos dice: «El cliente pagó exactamente la cuenta. El camarero se cabreó», podemos comprender la expresión porque conocemos el modelo a que hace referencia. Los camareros no esperan exactitud sino propina. Afortunadamente, construimos con gran habilidad escenarios mentales apropiados para entender –o para malentender– lo que oímos. Y esas representaciones dirigen el procesamiento posterior del discurso.

He de decir que las tareas de comprensión las hace la inteligencia computacional. No puedo decidir comprender una cosa.

Sólo puedo mantener el empeño. El momento de comprensión surge de repente, como una «vivencia del ¡ajá!, del ¡eureka!», como un *insight*, como caer en la cuenta. Es un bello ejemplo de las relaciones –colaboradoras y conflictivas– entre la inteligencia computacional y la inteligencia ejecutiva. Esta última sólo puede rechazar la claudicación y pedir más actividad a la inteligencia computacional. Hecho lo cual, tendrá que esperar a que la inteligencia computacional caiga del guindo.

5

La patología de la comprensión nos ayuda a precisar las distintas operaciones que realizamos sin darnos cuenta. Una lesión local en las zonas secundarias de la corteza temporal izquierda da lugar a una alteración en la audición de las palabras. Los pacientes dejan de reconocer las palabras individuales, aunque captan bien la entonación y el tono emocional que se oculta tras él. Perciben los esquemas generales lógico-gramaticales en que se basa la melodía del habla, pero no saben cuál es la letra de esa música.

En cambio, una lesión en las regiones parietales inferiores y parietoccipitales del hemisferio izquierdo, que realizan la conversión de la información, llegada sucesivamente, en esquemas simultáneos, da lugar a fenómenos completamente distintos. Los enfermos comprenden cada una de las palabras, pero no pueden integrarlas en esquemas semánticos profundos, en las representaciones básicas. Es como si el paso desde la expresión al recuerdo de la experiencia estuviera cortado. Entienden cada una de las palabras de la frase: *En la rama del árbol hay un nido de pájaro*, pero no pueden unificarlos en un significado coherente. Sin embargo, a pesar de la dificultad o incluso imposibilidad de captar el significado de las estructuras sintácticas, tales enfermos perciben el sentido general de la comunicación que, al parecer, puede captarse gracias a suposiciones generales y no exige el análisis preciso de las estructuras gramaticales. Fenómeno interesante (y espero que esta impresión no sea un mero llevar agua a mi molino). Lo que para mí significa la conducta de esos enfermos es la posibilidad de activar todo un modelo semántico, una representación básica entera, a partir de una palabra. No es que adivinen, es que su inteligencia les permite reconstruir, azarosamente, desde luego, una hipótesis significativa a partir del indicio solitario y perdido de una palabra que captan en una niebla de incomprensión. Lo que el observador percibe es que el paciente parece comprender una frase que en estricto sentido le resulta gramaticalmente incomprensible. En el ejemplo anterior, puede «suponer» algo sobre un pájaro en un árbol.[8]

Las lesiones en el lóbulo frontal provocan otras incapacidades. Se mantienen intactas la capacidad léxica y sintáctica, pero la comprensión del sentido de la comunicación desaparece o se hace inestable, porque en el fondo es una tarea de perseverancia y tenacidad. Se pierde el proceso de análisis activo del texto y el paciente deja de tener control sobre el curso de su actividad. A causa de esto, la auténtica interpretación de la comunicación se sustituye fácilmente por asociaciones secundarias que aparecen sin control o por estereotipos inertes. En estos casos el paciente no regresa al texto original. Se hace incontrolable. Los enfermos pierden sus planes originales, las acciones dirigidas a un objetivo y con ello las estrategias de resolución de problemas, incluida la comprensión de una comunicacion. No lo olviden: comprender es tarea de perro perdiguero: seguir la pista y tenacidad.

Si a un enfermo de este grupo se le propone la repetición de una larga historia, empieza a repetirla correctamente; sin embargo, el proceso activo de la adecuada comprensión del sentido es muy inestable y fácilmente es alterado por asociaciones incontrolables. Transcribo el modo como un paciente de estas características contaba la fábula de la corneja y las palomas:

> La corneja quiso comer bien... sabía que daban muy bien de comer a las palomas... se tiñó con un colorante de anilina (mira a la examinadora)... se hizo tirabuzones.... y voló hacia la casa donde vivían las palomas... allí la vida era difícil para ella

(mira a su alrededor)... cogió una apendicitis... y el doctor K la operó... estaba en la cama... nuestro pequeño pájaro, la corneja... muy triste y pálida.... y el cirujano la miró y sintió cariño por ella y le propuso que fuera su esposa.... pues... voló a algún lugar... son cosas de mujeres.... pero allí no fue admitida... y se quedó entre el cielo y la tierra (Luria, p. 185).

6

Hay que reconocer que la hermenéutica, la teoría de la comprensión, ha cogido el toro por los cuernos. Ha planteado con claridad el problema más endiablado. Cada palabra sólo puede entenderse desde la frase, que a su vez sólo puede entenderse a partir de la palabra. Una frase sólo se puede comprender desde su contexto, que a su vez sólo puede comprenderse desde la frase. Para ponerles un ejemplo más elemental: una de las mayores dificultades al enfrentarse con un idioma nuevo es la de reconocer en el flujo sonoro dónde empieza y termina una palabra. Puedo entender una frase escrita y ser incapaz de reconocerla por el oído. Resulta que sólo reconociendo la palabra puedo separarla del continuo sonoro, pero sólo después de haberla separado puedo reconocerla.

La tarea de reconocimiento se hace por un proceso de hipótesis que se corroboran o se invalidan. Un notable trajín. Lo más probable es que esas hipótesis consistan en la activación de un modelo que lleva ya una estructura sintáctica profunda.

Quien pretende comprender un texto –explica Gadamer, el gurú de la hermenéutica– realiza siempre un primer proyectar. Tan pronto aparece en el texto un primer sentido, el intérprete proyecta enseguida un sentido del todo. El proyecto se hace desde conocimientos previos y tiene que ser revisado continuamente.

El que intenta comprender está expuesto a los errores de opiniones previas que no se comprueban en las cosas mismas.

> Elaborar los proyectos correctos y adecuados a las cosas, que como proyectos son anticipaciones que deben confirmarse en las cosas, tal es la tarea constante de la comprensión. Aquí no hay otra objetividad que la convalidación que obtienen las opiniones previas a lo largo de su elaboración.[9]

La comprensión comienza interpretando el texto desde nuestras creencias previas. La etimología de la palabra es muy plástica. Com-prender es como abrazar. La comprensión más perfecta sería la del pulpo, que, hasta donde llego, es el mejor especialista en el abrazo. Lo malo es que, en el caso de la comprensión, se trata de un pulpo que no es consciente de sus tentáculos. O sea, dicho en román paladino, que con frecuencia comprendemos desde los prejuicios que tenemos (los tentáculos), que son modelos interpretativos muy poderosos pero muy poco de fiar.

No hay duda. Necesitamos distinguir entre lo que una expresión *dice*, es decir, la significación lingüística de un enunciado, y lo que *ha transmitido* o *comunicado*. Los que conozcan algo de estos asuntos reconocerán aquí la propuesta de Grice.[10] Una propuesta, por cierto, muy bien educada y cortés.

7

¿Por qué hay personas tardas en comprender? Algunas veces no se comprende porque faltan los conocimientos necesarios para descifrar las claves. Voy a contarles un chiste:

> Un judío ortodoxo recibe la noticia de que su hijo se ha hecho cristiano. Desolado, va a buscar consuelo en su amigo Isaac.
>
> –Amigo Isaac, estoy angustiado. Mi hijo se ha convertido al cristianismo.
>
> –¡Qué me vas a decir a mí! –contesta Isaac–. El mío también. Y cristiano fervoroso.
>
> Ambos deciden ir a buscar consuelo en su rabino.
>
> –Rabino, estamos muy tristes porque nuestros hijos se han hecho cristianos.

Esperaban comprensión y apoyo, pero lo que encontraron fue un rabino desesperado:

–¡Qué me vais a decir a mí! –dijo–. Mi hijo también es cristiano. Y además se ha hecho cura. Lo único que podemos hacer es orar a Yahvé para que nos ayude en este trance.

Los tres judíos ortodoxos se postraron de rodillas y rezaron al Altísimo: «¡Oh, Yahvé! Estamos consternados porque nuestros hijos se han hecho cristianos.»

En ese momento se oyó una tremenda voz desde lo alto que decía:

–¡Qué me vais a decir a mí!

Está claro que este chiste resulta incomprensible para quien no sepa nada de teología cristiana –que Cristo es hijo de Yahvé–, por lo que es un buen ejemplo de los requisitos de la comprensión. Pero he de confesar que he puesto este ejemplo con una doble intención. Me interesa mucho averiguar cómo comprendemos un chiste, porque me parece tarea de extremada dificultad. Decimos que hay personas sin sentido del humor, que no captan el significado de las ingeniosidades. ¿Qué les pasa?

Intentaré seguir el proceso de comprensión del humor estudiándolo en los niños pequeños. El chiste supone una violación de las expectativas, una irremediable sorpresa. El discurso no sigue la vía prevista, descarrila, organiza estropicios sin cuento. La secuencia previsible se rompe, como en el caso siguiente:

Una niña dice:

–Mamá, ¿cuando sea mayor me casaré y tendré un marido como papá?

La mamá, sonriendo:

–Claro que sí, mi amor.

–¿Y si no me caso, seré una solterona como la tía Ernestina?

–Sí, querida.

–¡Ay, qué dura es la vida de las mujeres, mamá!

Este suceso puede comprenderse de manera realista, y entonces resulta trágico, no cómico. Es verdad que en la vida real puede darse la trágica alternativa entre la aspereza y la soledad. Por eso, para interpretar la afirmación de la niña como un suceso cómico hay que instalarse en la irrealidad, hay que sintonizar afectivamente con él. Françoise Bariaud, autora del mejor estudio que conozco sobre la génesis del humor en el niño,[11] explica que la comprensión del chiste tiene dos etapas: la percepción de lo inesperado y su evaluación. Hace después una finta interesante y lista. Antes de hablar de la comprensión, habla de la incomprensión. ¿Por qué una persona no entiende un chiste? Hay una incomprensión de origen cognitivo –como en el chiste sobre los judíos ortodoxos– que es fácil de explicar. El oyente no dispone de los conocimientos necesarios para saber de qué va la cosa. Se queda, pues, in albis. Más interesante es la incapacidad emocional. El sujeto que encuentra divertido un chiste tiene que percibir la incongruencia y, además, adherirse a ella. Tiene que entrar en el juego. Los niños nos instruyen adecuadamente sobre esto. La sorpresa sólo les resulta graciosa si la experimentan en un contexto afectivo de seguridad y juego. De lo contrario, puede resultarles turbadora.

Hace unos días presencié una escena curiosa en un aeropuerto. En una de las salas de espera había dos paseantes disparejos. Un niño de unos tres años muy divertido al separse de su madre y un hombre de edad algo más que madura alto y obeso. Al encontrarse con el niño hizo un gesto cómico, a lo Frankenstein. El niño se rió, volvió junto a su madre, pero se separó enseguida. La escena se repitió, y el niño volvió al regazo de su madre y a separarse de él. Pero a la tercera vez, cuando se repitió la misma escena, o al menos eso es lo que yo vi, el niño de repente se echó a llorar y se refugió definitivamente en las faldas de su madre. ¿Qué había sucedido? Rothbart propone que en la percepción de lo cómico hay un «juicio acerca de la seguridad» de la situación. Alan Sroufe, un conocido especialista en psicología infantil, indica que «las cosas que hacen los progenitores que tienen más probabilidad de producir risa en el niño son las mismas cosas que casi seguramente le arrancarán lágrimas si las hace un extraño».[12]

Bergson, un personaje de extremada perspicacia, advirtió

que la comicidad exigía una cierta anestesia afectiva. Para considerar divertida la siguiente greguería: «Al amputado de los dos brazos le han dejado en chaleco para toda la vida», hay que no ser el amputado ni prestar demasiada atención al amputado. Quien escucha un chiste sintiéndose afectado por su contenido lo interpretará de forma realista, o sea, no cómica. En una investigación llevada a cabo por Levine y Redlich[13] sobre una población de adultos (enfermos y no enfermos), con la ayuda de estímulos humorísticos muy cargados de significación agresiva o sexual, resultó que, con un nivel de inteligencia equivalente, algunos adultos no comprendían el significado humorístico, que para los demás era muy claro. Se sentían agredidos por el argumento, y esta irritación bloqueaba cualquier otra interpretación.

No pretendo aclarar el misterioso fenómeno de la comicidad, sino poner un contundente ejemplo de la incapacidad de los paradigmas cognitivos para explicar la comprensión de un texto, de una situación, de una persona. Interpretamos las palabras desde nuestros conocimientos lingüísticos, y también desde nuestros prejuicios, y también –lo que supone una complicación añadida– desde nuestro estado afectivo. Sometida a tantas coacciones, barco zarandeado por tantas mareas, vientos, mares de fondo, oleajes, la comprensión resulta una actividad tan improbable como la buena navegación. Sólo los que sepan aprovechar las caprichosas bandadas de los vientos y las aguas mantendrán el rumbo. Zafándome de la metáfora: comprender es una tarea de inteligencia, astucia y tesón. La lingüística al uso se nos está quedando cada vez más pequeña.

8

Ya saben que la pragmática estudia los «actos de habla». Podemos pronunciar una frase con diferentes intenciones. Cuando un niño se asoma a la ventana, ve el paisaje acolchado por la nieve y dice a su madre: «Está nevado», puede estar informándola, expresando sorpresa, o intentando convencerla de que no debe ir al colegio. La intención del hablante forma parte del significado total del suceso lingüístico.

Me sorprende comprobar que la pragmática sólo se ha ocupado de los «actos de habla» y no de los actos de comprensión. Pero si comprender es reconstruir un significado a partir de pistas gramaticales, es preciso considerarlo también un acto, y por lo tanto necesitamos elaborar una pragmática de la comprensión. Al escuchar o leer un discurso, podemos adoptar distintas actitudes, ejecutar actos distintos. De la misma manera que hay intenciones del hablante, hay intenciones del oyente. Y pueden ser buenas o malas.

Podemos dividir los actos de comprensión en tres grupos: los que tienen intención recta, los que tienen intención oblicua y los que tienen intención inventiva.

El acto con intención recta aspira a entender, e implica una actitud de objetividad y paciencia. Hay que poner la inteligencia entera –el conocimiento, el afecto y la voluntad– al servicio de lo escuchado, poniendo entre paréntesis los prejuicios y sentimientos que pueden empañar la visión. La comprensión se convierte así en un proyecto intelectual que compromete a toda la personalidad, que ha de estar dispuesta a rendirse a la evidencia. Mi maestro Husserl dedicó gran parte de su vida a describir esa mirada heroica, empeñada en no violentar lo dado. La comprensión exige el ascetismo del desprendimiento y de la paciencia. Como ambas virtudes han perdido su significado original, que era poderoso y enérgico, intentaré recuperar su vigor con dos textos de Rilke, uno en que elogia el respeto a lo dado, y otro en que critica la impaciencia. El primero está tomado del réquiem para la pintora Paola Modersohn-Becker, que pintaba bodegones y figuras y autorretratos:

> Eso lo entendías: frutas plenas.
> Las ponías en fuentes ante ti
> y medías su peso con colores.
> Y como frutas viste a las mujeres,
> y a los niños lo mismo: desde dentro
> movidos a su forma de existir.

Y al fin también te viste como fruta,
te mondaste de tus vestidos, puesta
la mirada, dejada enfrente, enorme,
y sin decir «soy yo», sino «esto es».
Tan sin deseo fue al fin tu mirada,
y tan sin nada, tan de veras pobre,
que no te deseó ni a ti: era santa.

El reproche está dirigido al poeta Wolf Graf von Kalckreuth, suicida:

¿Y por qué no esperaste a que su peso
se hiciese insoportable? Entonces cambia,
y si pesa es porque es de veras. Mira,
tal vez se enguirnaldaba ante tu umbral
el pelo cuando tú diste el portazo.
¡Cómo cruza ese golpe por el mundo
cuando el viento cruel de la impaciencia
en algún sitio cierra una apertura!

Los actos de comprensión con intención oblicua no se someten al texto, sino que lo utilizan. Instrumentalizamos el habla recibida cuando no escuchamos para entender sino para encontrar un dato que nos interesa –y desdeñamos los otros–, o cuando buscamos argumentos para rebatir, confirmación de agravios, armas de combate. También cuando adoptamos una actitud malévola, irónica, desconfiada o cínica. Cada una de ellas puede falsear el mensaje por selección de lo entendido. A veces, como en el caso de los cínicos, su sistemática apuesta por la interpretación negativa, devaluadora o despreciativa llega a considerarse el colmo de la perspicacia. Es una muestra de degradación cultural que la bella palabra *ingenuo*, que significaba «hombre libre», haya pasado a significar «hombre crédulo». Un deslizamiento semántico tan bochornoso como el que ha convertido la «inocencia» en sinónimo de «debilidad mental».

La comprensión con intención inventiva se da en el trato con textos artísticos o poéticos. El receptor puede suplir entonces la indeterminación de lo recibido prolongándolo con frutos de su propia cosecha. La reconstrucción del significado se convierte en recreación, en un recreo, vamos.

En la página 67 he dado sin quererlo un ejemplo de comprensión inventiva. He citado de memoria un verso de Aleixandre, y al comprobar la cita he visto que mi memoria había hecho una versión distinta. Desconozco las razones. Mi lectura recordada ha reconstruido así el poema: «Una pajarita de papel sobre el pecho / viene a decirnos que el tiempo de los besos ha llegado.» Pero el poema de Aleixandre dice:

> Un pájaro de papel en el pecho
> dice que el tiempo de los besos no ha llegado.

Creo que mi memoria ha prolongado, ampliado, corregido el poema original. Es posible que, como dice Aleixandre, un pájaro de papel, mero simulacro, sin vida, sin encanto, sin alegría, diga que no ha llegado el tiempo de los besos. Pero una pajarita de papel, ¡ah, una pajarita de papel tiene que anunciar todo lo contrario!

VIII. LOS LENGUAJES FRACASADOS

1

Este capítulo es una meditación sobre la torre de Babel, un mito que nos habla de la incomunicación, la discordia y la confusión de lenguas. No es un fenómeno históricamente datado, sino atemporal y ubicuo. Los pueblos se entienden y se malentienden, los seres humanos se entienden y se malentienden, cada uno de nosotros, respecto a nosotros mismos, incomprensiblemente, nos entendemos y nos malentendemos. La torre de Babel es un mito terrible y verdadero. A lo largo de este libro les he contado la historia circular del lenguaje. El ser humano crea el lenguaje que le crea como ser humano. Esta esencial autorreferencia, este sacarse del pantano tirándose de los propios pelos, como dicen que hizo el barón de Munchäusen, nos concede una grandeza precaria y vulnerable. Con extremada facilidad se apagan los altaneros fuegos que altaneramente encendemos.

Decir que el lenguaje juega –o mejor, debería jugar– a favor de nuestra grandeza o de nuestra felicidad parece una afirmación vaga y presuntuosa. Creo que es una impresión equivocada. La invención, el desarrollo, el perfeccionamiento del lenguaje, esa minuciosa tarea que ocupó durante decenas de miles de años a nuestros antepasados, tenía una finalidad práctica y felicitaria. Pero su propia eficacia le ha permitido independizarse, hacerse flexible como las herramientas multiuso, ser utilizado para cualquier cosa, convertirse en máquina guerrera de enfrentamiento, separación y desdicha. Nacido para expresar y comunicar, puede hacerse el gran posibilitador de la mentira, el malicioso correveidile, la astuta celestina. Siendo un medio de unión, puede cambiar de función y esgrimirse como arma de desunión.

Algo así sucede con el uso nacionalista del lenguaje. El idioma deja de ser medio de comunicación y se convierte en símbolo de identidad nacional, de afirmación cultural, de integración hacia dentro y segregación hacia fuera. Adquiere una comunicabilidad empequeñecida y cautelosa. Se convierte en lenguaje críptico, restringido, reservado para los cofrades.

La utilización nacionalista de la lengua no es un problema lingüístico sino pragmático. ¿Podemos entendernos con distintos lenguajes? ¿Hay que tender a una *lingua franca* que nos una y a una diferenciación cultural que nos identifique? El problema del idioma se incrusta dentro de un problema más amplio. Como vamos a ver en este capítulo, los fracasos lingüísticos a que me refiero no tienen solución lingüística. Ésta ha sido una de las sorpresas con que me he tropezado al escribir este libro. El lenguaje sólo puede cumplir sus funciones apelando a circunstancias extralingüísticas. La gramática puede enfrentarse a los problemas objetivos que dificultan la comunicación. Por ejemplo, puede solucionar el problema de las expresiones ambiguas. Pero la comunicación no es un intercambio de paquetitos gramaticales, sino una persona-en-situación relacionándose con otra persona-en-situación. La comprensión, en este caso, va más allá de los mecanismos psicolingüísticos.

El caso de la India me parece de enorme interés. No en vano es el paraíso de los sociolingüistas por su riqueza y complejidad. Nadie sabe exactamente cuántas lenguas se hablan dentro de sus fronteras. Las opiniones discrepan. Según Khubchandani existen unas 200 lenguas clasificadas; según el censo de 1961, habría 1.652 lenguas, cosa que parece exagerada (210 lenguas sólo tienen uno o dos hablantes). Al conseguir la independencia en 1947 se planteó un serio problema lingüístico y nacionalista. El inglés no se menciona en la Constitución, pero de hecho se usa como lengua de gobierno en el ámbito federal. La Disposición VIII, una parte de la Constitución de la India, enumera 14 lenguas como «las lenguas de la India». En el momento de la independencia la necesidad de mantener las tareas de gobierno impuso el mantenimiento del inglés. Los intereses nacionalistas, por su parte, dictaban que se adoptara como lengua una lengua indígena hindú. El hindi aparecía como el mejor candidato,

Su elección, sin embargo, ofendió los sentimientos nacionalistas de algunas regiones. El tamil y el bengalí tenían tradiciones literarias muy ricas y en opinión de sus hablantes merecían ser lenguas nacionales. En 1967 se aprobó una ley que permitía tanto el uso del hindi como del inglés. Fue una solución para proteger el nacionalismo global frente a los sentimientos nacionalistas de los grupos que lo componen.

La India está subdividida en dos clases de unidades políticas, estados y «territorios de la unión» administrados por el poder central. Los estados se establecieron por motivos lingüísticos. La mayoría de la población de cada estado habla la misma lengua, aunque ninguno de ellos es estrictamente monolingüe. «Esta libertad de usar y desarrollar las lenguas estatales tiene algo de riesgo calculado. Por un lado, como la lengua puede ser un símbolo de nacionalismos dentro de la nación, dar tal libertad puede alentar sentimientos nacionalistas separatistas en el nivel de los estados. Por otro lado, tratar de suprimir las lenguas regionales podría haber causado agudos resentimientos. Fasold piensa que «hay razones para creer que la diversidad lingüística no es tanto una amenaza política en la India como lo sería en Europa».[1]

Después de la independencia, el gobierno federal tomó una postura pluralista respecto a las lenguas que debían usarse en la enseñanza. La política oficial sigue la llamada «Fórmula de las Tres Lenguas». En la enseñanza secundaria se deben enseñar tres lenguas: la regional, el hindi y el inglés.

Esta incursión en la política lingüística sólo pretende ampliar las ondas que la palabra produce al caer en el estanque de la vida humana. Lo que en su origen era esencial al lenguaje –ser un medio de entendimiento– queda enterrado por una función distinta: ser símbolo de identidad. Zarandeado por oleajes encontrados, por mareas de intereses, por prejuicios y violencias, la comprensión se convierte en una pretensión extralingüística. Se lo diré, aunque se asusten: en la vida diaria, zona conflictiva siempre, la comprensión deja de ser un fenómeno psicológico y lingüístico y se convierte en una exigencia ética. Nos podemos malentender usando la misma lengua y podemos comunicarnos usando lenguas distintas. Todo depende de si existe o no un proyecto de entendimiento que vaya más allá del lenguaje.

2

La palabra fracasa cuando no cumple su cometido y no sirve ni para comunicar ni para entenderse ni para organizar eficazmente el propio yo. Unas veces la culpa la tiene el hablante, porque es confuso, reservado, mentiroso. Otras, el fallo procede del receptor, que no es capaz de comprender, que se empantana en malentendidos. Frecuentemente la culpa es de ambos, como en los casos de incomunicación entre parejas, donde entre otras cosas hay una asoladora pereza de expresarse y una hostilidad que cierra los caminos de la comprensión. Dejemos los enfrentamientos grupales y vayamos al infierno de la incomunicación personal.

Los fracasos del lenguaje son especialmente dolorosos allí donde las expectativas eran más altas. Por ejemplo, en la vida familiar. Como ha señalado Aaron Beck, «aunque la parejas piensen que hablan el mismo lenguaje, lo que *dicen* y lo que sus compañeros *oyen* suelen ser cosas muy diferentes».[2]

Desde el punto de vista del emisor, los grandes obstáculos son el desinterés o la incapacidad para hacerse comprender, la reserva y la mentira.

Hacerse entender supone la pretensión de conseguirlo y el deseo de que la otra persona entienda. Consiste en dar las pistas suficientes para que el oyente pueda reconstruir lo que quiero decir, lo que me exige averiguar dónde está la otra persona, cuáles son sus presuposiciones, sus expectativas, sus creencias, y situar mis pistas allí donde pueda encontrarlas enlazando con el dinamismo propio de su vida. Exige también insistir hasta conseguirlo. Hay personas incapaces de linealizar lo que piensan o sienten. Suelen decir con frecuencia: «No sé cómo explicarme.» Son mentes inarticuladas, para quienes la comunicación es casi un imposible.

A veces hay un voluntario mutismo que se convierte en medio para la dominación. La parquedad en el hablar puede ser un instrumento de poder. Yamada sostiene que los hablantes japoneses prefieren no hablar en situaciones de potencial enfrentamiento, pues el habla se considera una debilidad.[3] Y análoga interpretación atribuyen Lehtnen y Sjavaara a los silencios finlandeses.[4] Pondré como ejemplo de las violencias del silencio unos fragmentos de una escena más larga de la obra de Erica Jong *Miedo a volar*: Una pareja vuelve del cine. La mujer se queja al marido:

> –¿Por qué me atacas? ¿Qué he hecho?
>
> Silencio.
>
> –¿Qué he hecho?
>
> Él la mira como si el hecho de que ella no lo sepa fuera otra ofensa.
>
> –Mira, ahora vete a dormir. Olvídalo.
>
> –¿Olvidar qué?
>
> Él no dice nada.
>
> ....
>
> –Fue algo de la película, ¿no?
>
> –¿Qué? ¿De la película?
>
> –La escena del funeral... El muchachito que mira a su madre muerta. Algo viste tú allí. Fue cuando te deprimiste.
>
> Silencio.
>
> –Bueno, ¿no *fue eso*?
>
> Silencio.
>
> –Oh, vamos, Bennett, me estás poniendo *nerviosa*. Por favor, dime algo, por favor.

Deborah Tannen, al comentar este diálogo, sostiene con razón que el marido no es el único culpable del silencio. La actitud suplicante de la mujer le anima a enrocarse en su postura. El diálogo, situación lingüística originaria, manifiesta el complejo y a veces turbio conjunto de influencias que rige nuestro hablar.

Entre hombres y mujeres de nuestra cultura hay distintas expectativas respecto a la conversación, lo que suele producir desajustes graves en las parejas. Leslie Brody y Judith Hall afirman que la mayor prontitud con que las niñas desarrollan las habilidades verbales las hace más diestras en la articulación de sus sentimientos y más expertas en el empleo de las palabras, lo cual les permite disponer de un elenco de recursos verbales mucho más rico. Según estos investigadores, «los chicos que no suelen recibir ninguna educación que les ayude a verbalizar sus afectos, suelen mostrar una total inconsciencia con respecto a los estados emocionales, tanto propios como ajenos».[5]

A los chicos se les educa para la autosuficiencia y a las chicas para mantener una red de relaciones. Como señala Deborah Tannen en *You Just Don't Understand*, esta diferencia de perspectiva les lleva a esperar cosas distintas de una simple conversación, ya que el hombre se contenta con hablar de algo mientras que la mujer busca una mayor conexión emocional.

Todo esto supone que las mujeres tienden a llegar al matrimonio con un mayor dominio de sus emociones, mientras que los hombres lo hacen con una escasa comprensión de lo que esto significa para la estabilidad de la relación. De hecho, un estudio efectuado sobre 264 parejas ha revelado que para las mujeres el principal motivo de satisfacción de una relación es que «exista una buena comunicación en la pareja».[6] Desde el punto de vista de la esposa, la intimidad conlleva, entre otras muchas cosas, la capacidad de abordar cuestiones muy diferentes y, en especial, de hablar sobre la relación misma. La mayor parte de los hombres, por el contrario, no acierta a comprender esta demanda y suelen responder algo así como «Yo quiero hacer cosas con mi mujer, pero ella sólo quiere hablar».

Durante la época del cortejo los hombres, sin embargo, se hallan más predispuestos a entablar ese tipo de diálogo, interés que va disminuyendo. Esta lenta escalada del silencio masculino puede originarse en parte por el hecho de que al parecer los hombres son más optimistas sobre la situación real de los matrimonios, mientras que las mujeres son más sensibles a los aspectos problemáticos. En general, las mujeres afrontan con más facilidad que los hombres las disputas. Ésta es al menos la conclusión de Robert Levenson, de la Universidad de Berkeley, tras estudiar a 151 parejas que llevaban mucho tiempo casadas. La mayor parte de los maridos tenían una especial aversión a las disputas matrimoniales, algo que para las mujeres no suponía ningún problema.[7]

3

La reserva es otra actitud que dificulta la comunicación. Diane Vaughan, una socióloga que ha estudiado lo que ocurre cuando las relaciones dejan de funcionar, sostiene que el *desacoplamiento* de una pareja se inicia siempre con un secreto. El distanciamiento comienza unilateral y silenciosamente: alguno de los dos se siente insatisfecho y no dice nada. Como no quiere decir nada hasta estar absolutamente seguro o absolutamente harto o desesperado, construye un mundo privado en el que poder guardar su intimidad. Es refugio, centro de conspiración y arsenal.

El secreto permite que uno piense las cosas, haga planes y, en general, resuelva qué hacer sin dar oportunidad a la otra persona para intervenir en la situación. Suele parecer increíble que dos personas puedan vivir juntas y que una de ellas se distancie tanto sin que la otra lo perciba. Los miembros de una pareja que se separa suelen manifestar que no eran conscientes o que sólo eran vagamente conscientes de que las cosas se hubieran malogrado. Lo que ha ocurrido, según Vaughan, es que ambos han sido cómplices de un encubrimiento.[8]

Kierkegaard habló de la reserva en *El concepto de la angustia,* oponiéndola a la libertad, que es comunicación. La sobrecogedora perspicacia psicológica de este danés atormentado me anima a transcribir alguno de sus textos:

> La libertad es siempre comunicativa. La no-libertad, por el contrario, se encierra cada vez más dentro de sí misma y no desea tener ninguna comunicación. Indicios de esto se pueden observar en todas las esferas. Ello se revela en las grandes pa-

siones, cuando éstas en su profundo desconcierto introducen la táctica del silencio. Así las cosas, basta que la libertad se ponga un poco en contacto con dicha clausura para que ésta se angustie. El lenguaje habitual encierra a este propósito una expresión altamente reveladora, a saber, cuando acerca de alguien se dice que «se le traba la lengua». El ensimismamiento es cabalmente mutismo; el lenguaje y la palabra son, en cambio, lo salvador, lo que redime de la vacía abstracción del ensimismamiento (...). Es necesario que el niño sea edificado en la idea del ensimismamiento noble y elevado, a la par que se le arma contra los peligros del falso ensimismamiento.

El bien –dice Kierkegaard– es apertura. La palabra que usa, *Aabenbarelse*, viene de *aaben*: abierto, franco, sincero y, también, descubierto, revelado. El tema le parece inagotable. «¿Qué sería si lo quisiéramos describir a fondo, o si se rompiera el silencio del ensimismado para que todos pudiéramos escuchar sus monólogos? Pues el monólogo es cabalmente su lenguaje habitual; por eso se dice del ensimismado, cuando se le quiere caracterizar, que es un hombre que habla consigo mismo.»[9] En otro lugar, Kierkegaard estampa una frase contundente que resume toda su idea de la reserva: «Quien tenga un secreto que no se case.»

4

La mentira es un claro obstáculo no para la comprensión del discurso, sino para la comprensión del sujeto que habla. La función comunicativa del lenguaje se basa en dos presupuestos: lo que me dicen tiene un significado; lo que me dicen es verdadero. Al ser consciente de que puede no serlo, se desarrollan todos los mecanismos de la desconfianza.

¿Es posible engañar? Gergen, un cualificado representante de la psicología social, sostiene que no es posible. «La suposición del engaño o fraude depende de una creencia gemela en “narraciones verdaderas y honestas”.» Si esta presunción es puesta en tela de juicio, como hace el propio Gergen, el engaño se vuelve problemático. «Un individuo es fraudulento cuando es conocedor de la verdad e intencionalmente oculta o distorsiona este conocimiento al comunicarse con otros.»[10] Reconoce que durante siglos se ha considerado que mentir es una capitulación ante las bajas inclinaciones, una traición a la naturaleza propia más profunda, como sostuvo Kant. Socava la confianza o la fe común necesaria para la buena marcha de la sociedad y destruye la base misma de la relación humana, inclusive la posibilidad tanto de la justicia como del amor.

Gergen considera que éstas son creencias infundadas. Se basan en una interpretación psicológica del individuo aislado, fundamentalmente solitarias. Los conceptos de autoconocimiento e intención han de ser puestos en tela de juicio:

> Para el construccionista esta exigencia es la más acuciante de todas, dado que el concepto de falsedad depende en cuanto a su inteligibilidad de un concepto de verdad. Sin una suposición firme del hecho de «decir la verdad», ¿cómo podríamos identificar qué es «decir una mentira»? Pero el concepto de verdad es problemático. Es poco el apoyo que cabe dar a la suposición de que el lenguaje puede reflejar o ser un espejo de los estados de cosas independientes. Si el lenguaje no representa lo que es en realidad –ni exacta ni inexactamente–, sale perjudicado el enfoque tradicional del lenguaje como portador de verdad. Y si el lenguaje no es portador de la verdad, entonces ¿qué significa decir una mentira? ¿Cómo puede uno engañar o embaucar si no existe ninguna exposición que justifique visiblemente lo que es una representación exacta? (p. 335).

Les dije al principio que las teorías sobre el lenguaje podían ser peligrosas. Ésta lo es. El lenguaje –asegura– no puede ser un espejo ni reflejar las cosas que existen. Es un mero tejido conversacional, que define sus reglas culturalmente. Esto es un pobrísimo análisis del lenguaje. Durante decenas de páginas he intentado mostrar que el lenguaje brota de y se refiere a la experiencia. Se funda en significados prelingüísticos que pueden, sin duda, estar culturalmente determinados, lo que no impide que, como veremos en el capítulo próximo, haya zonas de confluencia, de solapamiento, de universalidad.

Además, Gergen confunde la transmisión de un error con la mentira. La mentira es el acto voluntario de expresar lo contrario de lo que creo. Podría yo pensar que el mundo es una tortuga de veinticinco patas, lo cual aparentemente es erróneo, y al decir a alguien, con ánimo de ocultarle mi creencia, que es una esfera que gira alrededor del sol, estar mintiendo al decir sin embargo una proposición verdadera. Mentir es un acto de habla independiente de la información que se transmita.

Supongo yo que Gergen confunde la mentira con la *self-deception*, con el autoengaño, asunto que Daniel Goleman ha estudiado en *El punto ciego*. En ese caso, la mentira no va dirigida a otro, sino a uno mismo, con lo que es posible que no haya mentira, sino simplemente error.

Otra equivocación de Gergen se refiere a la verdad. Sigue manteniendo la idea de verdad como adecuación de una afirmación lingüística a una realidad inalcanzable. Los escépticos griegos ya vieron que resultaba difícil encontrar un criterio para esta verdad. Para saber si lo que digo se adecua a lo que existe fuera de mi discurso, tendría que estar al mismo tiempo dentro y fuera de mí mismo, lo que resulta problemático.

La verdad –como veremos más adelante– es un proceso de crítica y corroboración de las ideas que tenemos. Las palabras no son representantes de las cosas, son afirmaciones que se refieren a las cosas y que por procedimientos complejos, difíciles, costosos, vamos afinando, perfilando, corroborando. Las afirmaciones de Gergen caen bajo la crítica que puede hacerse a gran parte del pensamiento posmoderno, y que Alan Sokal llevó a cabo con gran ingenio. Este físico de la Universidad de Nueva York, harto de un «relativismo cultural que trata las ciencias como unas "narraciones" o construcciones sociales entre otras»,[11] envió a una revista de sociología cultural –*Social Text*– un artículo titulado: «Transgredir las fronteras: hacia una hermenéutica transformativa de la gravitación cuántica». El texto estaba plagado de disparates físicos, pero aderezado con citas de los gurús del posmodernismo. El artículo fue aceptado. Más aún, se publicó en un número especial concebido como una respuesta a las críticas emitidas por algunos científicos sobre la teoría de la ciencia posmoderna. Pocos días después, el mismo Sokal descubrió que su artículo era una parodia, lo que desencadenó una gran debate en los medios de comunicación.

El propósito de convertir todo en lenguaje autosuficiente, en discurso cerrado sobre sí mismo, ajeno a la verdad, desenganchado de una realidad inexistente, produce efectos que serían esperpénticos si no fueran peligrosos. Mencionaré un ejemplo. En 1996, Bélgica vivió el drama de unos niños desaparecidos y asesinados. Una comisión parlamentaria investigó los posibles fallos habidos en la actuación policial, lo que provocó un enfrentamiento entre un gendarme (Lesage) y un magistrado (Doutrèwe) sobre un asunto de gran relevancia para la depuración de responsabilidades. Se trataba de saber si el gendarme había transmitido un informe al magistrado. Aquél afirmaba y éste negaba. Un antropólogo de la comunicación, Yves Winkin, profesor de la Universidad de Liège, fue interrogado por uno de los principales periódicos belgas[12] sobre esta cuestión. Su opinión fue tajante:

> Pienso que todo el trabajo de la comisión reposa sobre una presuposición que hay no una verdad, sino la verdad, y que si se se presiona con la suficiente energía, acabará por salir.
>
> Sin embargo, antropológicamente, sólo hay verdades parciales, compartidas por un número mayor o menor de personas, un grupo, una familia, una empresa. No hay verdad trascendente. No creo que el juez Doutrèwe o el gendarme Lesage oculten nada: dicen los dos la verdad.
>
> La verdad está siempre ligada a una organización en función de los elementos percibidos como importantes. No es sorprendente que esas dos personas, que representan universos profesionales muy diferentes, expongan cada uno una verdad diferente.

Los ultramodernos, que admitimos la posibilidad de un conocimiento verdadero, aunque arduo y precario, pensamos que existe el error y la mentira. Negarlo es, entre otras cosas, injusto con los que sufren la aspereza de lo real y las crueldades del engaño. Álvaro Pombo, en el cuento titulado «Las luengas mentiras»,[13] ha dado una descripción patética del poder confundente de la mentira, que acaba convirtiéndose en una infección proliferante que se reproduce sin parar. Un estudiante dice a la familia de su novia que ha terminado la carrera de arquitectura cuando en realidad le quedaban dos asignaturas. Esta pequeña inexactitud acaba emponzoñando toda su vida matrimonial, porque la existencia entera tiene como finalidad ocultar la mentira dicha, lo que irremediablemente produce más mentiras. En ese caso todo el lenguaje queda prostituido, incluso el lenguaje interior.

5

Desde el punto de vista del oyente, la incomprensión es la principal dificultad para la comunicación. Haré un breve repertorio de obstáculos, aplicados a situaciones especialmente complejas, dolorosas o destructivas: las familiares.

1) Interpretamos las palabras sin darnos cuenta de que estamos interpretándolas. Creemos percibir objetivamente «su verdadero significado». Pero nunca conocemos directamente las intenciones de una persona, ni sus estados de ánimo. Siempre estamos interpretando señales. Una vez más citaré a Rilke: «Los sagaces animales ya notan que no estamos muy confiadamente en casa en el mundo interpretado.» La comprensión, lo repito una vez más, es siempre reconstrucción privada a partir de pistas públicas.

2) Usamos nuestro propio sistema de códigos, nuestras creencias o prejuicios para descifrar dichas señales. «La manera de evaluar una situación», dice Beck, «depende por lo menos en parte de las creencias subyacentes. Esas creencias están insertadas en estructuras más o menos estables, denominadas esquemas, que seleccionan y sintetizan los datos que ingresan.» Un malentendido surge cuando la interpretación que doy a un mensaje, utilizando mis sistemas de comunicación, mi estilo cognitivo y afectivo, no se corresponde con el que el hablante pretendía comunicar. «Las parejas malavenidas manifestaban la misma clase de distorsiones cognitivas que mis pacientes de-

primidos o ansiosos. Al igual que ellos, las parejas tendían a fijarse en lo que estaba mal en sus matrimonios y a descuidar o no querer ver lo que iba bien.» Lo que sucede con esta confusión de códigos es que «aunque las parejas piensen que hablan el mismo lenguaje, lo que *dicen* y lo que sus compañeros *oyen* suelen ser cosas muy diferentes».[14]

3) Es probable que haya diferencias culturales importantes en el modo de comprender una conversación. Las diferencias fundamentales podrían ser:

a) Las mujeres parecen considerar las preguntas como medio para mantener una conversación, en tanto que los hombres las consideran como peticiones de información.

b) Las mujeres tienden a tender puentes entre lo que su interlocutor acaba de decir y lo que ellas tienen que decir. Los antropólogos Daniel Maltz y Ruth Borker señalan que las mujeres emiten esas expresiones de realimentación para significar: «Estoy escuchando.» Son más propensas que los hombres a enviarlas y también esperan recibirlas.[15]

c) Las mujeres parecen interpretar la agresividad de su interlocutor como un ataque que rompe la relación. Los hombres, en cambio, toman la agresividad como una simple forma de conversación.

d) Las mujeres tienden a discutir sus problemas, compartir experiencias y brindar seguridad, están más dispuestas a compartir sentimientos y secretos. Los hombres rehúyen hablar sobre temas íntimos y tienden a oír a las mujeres (y también a los otros hombres) que discuten problemas con ellos, como si hicieran explícitas demandas de soluciones en vez de buscar un oyente solidario.

4) Toda comunicación es evaluada en dos planos: cognitivo y afectivo. En un plano podemos comprenderla y en otro no. Patricia Noller señaló que las parejas con matrimonios desgraciados eran menos perspicaces en descifrar lo que querían decir sus cónyuges. Sin embargo, descifraron sin dificultades los mensajes de extraños. Con facilidad se mezclan los dos planos: «Si me amaras no me contradirías».[16]

5) La comprensión, como señalaron los hermeneutas, es una hipótesis interpretativa que tiene que irse confirmando. Lo

malo es que con frecuencia un sujeto sólo admite la información que corrobora su opinión previa. Éste es el sistema de perseveración de los prejuicios. La comprensión es un proyecto, no una captación súbita y definitiva. El sentido crítico, la diligencia y la paciencia son elementos imprescindibles.

6

Hasta aquí he separado los fallos en el hablar y los fallos en el comprender. Pero con frecuencia lo que sucede es un fracaso en la comunicación, donde cada participante colabora en extender y profundizar la ceremonia de la confusión. Este aspecto relacional, sistémico, de la comunicación ha sido brillantemente estudiado por la escuela de Palo Alto.[17]

Laing ha contado un ejemplo de infierno comunicacional:

> Un hombre siente que su esposa no le comprende. ¿Qué puede significar esto? Podría significar que él cree que ella no comprende que él se siente abandonado. O él puede creer que ella no comprende que él la ama. O bien podría ser que él cree que ella cree que él es mezquino, cuando él simplemente quiere ser cauteloso; que él es cruel, cuando él sólo quiere mostrarse firme; que él es egoísta, cuando sólo quiere evitar que lo usen como un felpudo.
>
> Su esposa puede sentir que él cree que ella cree que él es egoísta, cuando lo único que ella quiere es que él sea un poco menos reservado. Ella puede creer que él cree que ella cree que él es cruel, porque ella siente que él siempre toma todo lo que ella dice como una acusación. Ella puede creer que él cree que la comprende, cuando ella en realidad cree que no ha empezado siquiera a verla como a una persona real, y así sucesivamente.[18]

Estos sistemas recursivos de incomunicación se autoalimentan, como en un matrimonio mal avenido porque uno se calla y el otro se irrita por el silencio. Las discusiones consisten en un intercambio monótono de estos mensajes: «Me retraigo porque estás siempre de mal humor»; «Estoy siempre de mal humor porque te callas». En teoría podrían desmontarse con un cuidadoso trabajo de análisis de lo que se dice, pero el nivel afectivo es demasiado alto, y entran en funcionamiento sistemas de defensa o miedo a herir. Mencionaré una conversación citada por Watlawick:[19]

Marido: Una larga experiencia me ha enseñado que si quiero mantener la paz en casa no debo oponerme a que las cosas se hagan como ella quiere.

Esposa: Eso no es cierto. Me gustaría que mostraras un poco más de iniciativa y decidieras por lo menos algo de vez en cuando.

Marido: ¡Por amor de Dios! Supongo que ahora se refiere a que siempre le pregunto qué es lo que *ella* quiere. Por ejemplo, ¿Dónde te gustaría ir esta noche?, o ¿Qué te gustaría hacer este fin de semana? Y en lugar de comprender que sólo quiero ser amable con ella, se enoja.

Esposa: (al terapeuta) Sí. Lo que él todavía no comprende es que si una escucha eso de «*cualquier* cosa que quieras hacer, querida, está bien para mí» un mes tras otro, una comienza a sentir que *nada* de lo que uno quiere le importa.

El mismo Watlawick transcribe el diálogo de una pareja que lleva casada veintiún años. El marido es un hombre de negocios con éxito. La mujer se queja de que en esos años no ha sabido lo que su marido pensaba de ella.

Psicoterapeuta: ¿Así que usted dice que no recibe de su esposo las señales que necesita para saber si usted se está comportando bien?

Esposa: Exactamente.

Psicoterapeuta: ¿La critica Dan cuando lo merece, quiero decir, en forma positiva o negativa?

Marido: Rara vez la critico

Esposa (simultáneamente): Rara vez me critica

Psicoterapeuta: Bien, ¿cómo sabe usted...?

Esposa (interrumpiéndole): Él elogia (breve risa). Verá usted, eso es lo más confuso... Suponga que yo cocino algo o lo quemo; bueno, entonces él dice que está «muy, muy rico». Después, si hago algo que está muy rico, entonces dice que está «muy, muy rico». Le dije que no sé cuándo algo está rico, que no sé si me critica o me elogia. Porque él cree que al elogiarme puede hacer que yo me supere, y cuando merezco un cumplido... Él siempre me hace elogios, así es, de modo que yo pierdo el valor del elogio.

7

Ya he mencionado las incomprensiones entre grupos, en las familias, pero también hay fracasos al interpretarnos a nosotros mismos. Todos nos contamos nuestra historia a nuestra manera. Seleccionamos lo que nos sucede de acuerdo con un marco interpretativo previo. Nos vemos seguros o inseguros, avergonzados, perseguidos, claudicantes, sin amor. «En su esfuerzo por dar un sentido a su vida», escribe White, «las personas se enfrentan con la tarea de organizar su experiencia de los acontecimientos en secuencias temporales, a fin de obtener un relato coherente de sí mismas y del mundo que las rodea.»[20] Estas autobiografías para uso propio acaban modelando las vidas y las relaciones.

Unamuno contó la historia de Abel Sánchez, un hombre mortificado por la envidia. El envidioso vigila las venturas del envidiado, rebaja sus méritos o, al contrario, los ensalza desmesuradamente para tranquilizar su conciencia. Construye alrededor de él un mundo especial, una narración sesgada, en el que todos los indicios sirven para robustecer su creencia. Vive en su sentimiento, identificado con él, absorto en él, sin capacidad para dar un paso atrás y observarse. Cree que percibe cuando en realidad interpreta. Joaquín de Montenegro, el personaje de la novela de Unamuno, arrebatado por su pasión, no cree que sea envidia lo que siente. Piensa que percibe objetivamente la malignidad de sus envidiados: «Ellos se casaron por rebajarme, por humillarme, por denigrarme; ellos se casaron para burlarse de mí; ellos se casaron contra mí.»

Posiblemente Ernest Hemingway, que acabó suicidándose, se contó su vida de una manera tiránica para sí mismo. Durante toda su vida se sometió a demandas inalcanzables, se obligó a sí mismo a realizar proezas extraordinarias, que constantemente menospreciaba.[21] Franz Kafka se contó su vida como un irremediable naufragio en la vergüenza, producido por la figura cruel de su padre. En una carta a Milena escribe el conmovedor apólogo de la alimaña del bosque:

> Es más o menos así: yo, alimaña del bosque, antaño, ya casi no estaba más que en el bosque. Yacía en algún sitio, en una cueva repugnante; repugnante sólo a causa de mi presencia, naturalmente. Entonces te vi, fuera, al aire libre: la cosa más admirable que jamás había contemplado. Lo olvidé todo, me olvidé a mí mismo por completo, me levanté, me aproximé. Estaba, ciertamente, angustiado en esta nueva, pero todavía familiar, libertad. No obstante, me aproximé más, me llegué hasta ti: ¡eras tan buena! Me acurruqué a tus pies, como si tuviera necesidad de hacerlo, puse mi rostro en tu mano. Me sentía tan dichoso, tan ufano, tan libre, tan poderoso, tan en mi casa... pero, en el fondo, seguía siendo una pobre alimaña, seguía perteneciendo al bosque, no vivía al aire libre más que por tu gracia, leía, sin saberlo, mi destino en tus ojos. Esto no podía durar. Tú tenías que notar en mí, incluso cuando me acariciabas con tu dulce mano, extrañezas que indicaban el bosque, mi origen y mi ambiente real. No me quedaba más remedio que volver a la oscuridad, no podía soportar el sol, andaba extraviado, realmente, como una alimaña que ha perdido el camino. Comencé a correr como podía, y siempre me acompañaba este pensamiento: «¡Si pudiera llevármela conmigo!», y este otro: «¿Hay acaso tinieblas donde ella está?» ¿Me preguntas cómo vivo? ¡Así es como vivo!

Es probable que Milena le acariciara con verdadero amor, pero tal interpretación no cabía dentro de la historia que Franz Kafka estaba contándose a sí mismo.

Este fracaso para contarnos nuestra vida empantana la existencia en la desolación. No somos capaces de comunicarnos bien con nosotros mismos. Nos explicamos mal lo que sucede. Experimentamos acritud, vergüenza, desprecio, o también orgullo, satisfacción y soberbia. En algunos casos estas narraciones son tan dañinas que la terapia intentar generar relatos alternativos que permitan al sujeto atribuir nuevos significados a los hechos de su vida.

El modo como nos contamos nuestra historia tiene también importancia política y social. Edward Bruner ha investigado pueblos indígenas americanos, demostrando cómo la interpretación de sus actuales circunstancias vitales cambió radicalmente con la generación de un nuevo relato, que propuso una historia y un futuro alternativos. En las décadas de los 30 y los 40, el relato dominante acerca de los indígenas norteamericanos interpretaba el pasado como glorioso y el futuro como asimilación por una nueva cultura. Tanto los antropólogos como los indígenas interpretaban la actualidad como la expresión de un proceso de ruptura y desorganización, como un estado de transición en el camino de la gloria a la aculturación. Pero en la década de los 50 surgió un nuevo relato, que explicaba el pasado como explotación y el futuro como resurgimiento. La situación no cambió, pero sí la interpretación de esos hechos.[22] La lectura nacionalista de la historia es un ejemplo muy actual.

8

Hemos hablado de los fracasos del lenguaje. Son, en realidad, fracasos de los protagonistas del acontecer lingüístico. Era de esperar que así fuera. Ya les advertí que me interesaba elaborar una teoría del lenguaje que pivotara sobre el sujeto hablante. Es un paso más en el empeño de recuperar la ejecutividad, el protagonismo del sujeto humano. Toda la gran arquitectura del lenguaje es mero significante si no tiene un sujeto que lo vivifique. Esto amplía el ámbito de la hermenéutica. No es un ordenador quien interpreta: es un ser humano con preferencias, precipitaciones, intereses, que se cansa, que claudica o que se esfuerza hasta la extenuación. El afán de expresar y el afán de comprender acerca el lenguaje a los territorios de la ética.

Éste ha sido el camino seguido por la ética discursiva. Hacer que el campo de la pragmática lingüística y el campo de la ética colaboren es el proyecto fundamental de Habermas. Pretende fundar una ética en las condiciones inevitables del habla. «El concepto de acción comunicativa presupone el lenguaje como un tipo de proceso de entendimiento en el curso del cual los partícipes, al referirse al mundo, establecen unos ante otros pretensiones de validez que pueden ser aceptadas o discutidas (...). Entenderse *(Versständigung)* es un proceso de acuerdo *(Einigung)* entre sujetos capaces de acción y lenguaje.» Lo que no lleve a ese entendimiento es una profanación de las condiciones que el habla tiene que cumplir: inteligibilidad, veracidad, verdad.

Sospecho que Habermas pone los bueyes delante de la carreta. El lenguaje es una herramienta con muchos usos. Uno de ellos, enormemente sensato, sin duda, es el de llegar a un consenso práctico sobre nuestras normas de acción. Un consenso alcanzado en una situación ideal de comunicación donde cada participante pudiera defender sus intereses y, se supone, atender a los argumentos de los demás.

Ésta es una situación sin duda deseable, pero tan difícil, que no puede fundar una ética sino que ha de estar fundada por una decisión ética previa: la de procurar entendernos cuando tantas cosas nos animan a no hacerlo. Buscar la situación ideal, argumentar con la paciencia necesaria, y estar dispuestos a aceptar los argumentos ajenos, implica ya casi un estado de santidad.

IX. EL LENGUAJE Y LA REALIDAD

1

Quedan ya muy lejos las cristalinas estructuras de la sintaxis. Estamos en el mundo de los seres hablantes que se entienden y malentienden, que pueden usar el lenguaje para la comprensión o el engaño. A lo largo del libro han ido surgiendo problemas que desbordaban la lingüística tradicional. ¿Es posible tener un habla auténtica o somos meros transmisores de contenidos que se producen en otro sitio? ¿La fuente de nuestras ocurrencias, incluidas las lingüísticas, está en nosotros o somos meros altavoces que reproducen pensamientos ajenos? La solución que he dado no vale sólo para el lenguaje. Todas las funciones de la inteligencia tienen un uso sumiso y un uso autónomo. La autonomía –la capacidad de liberarse de la modorra, la rutina, la copia, el abandono– se logra siempre esforzadamente. Los caminos de la creación lingüística son los mismos caminos de la invención de la autonomía o de la dignidad o de la verdad.

Queda por analizar un problema de gran envergadura: la relación entre el lenguaje y la realidad, que es otra forma de designar el problema de la verdad. Últimamente la noción de verdad está en entredicho. La realidad se aleja cada vez más, se desvanece, y es sustituida por narraciones y lenguajes. Hemos reducido todo a discursos sobre todo. El descomunal prestigio dado al lenguaje produce de rebufo el descrédito de la realidad y la devaluación de la noción de verdad. El ataque se ha realizado desde muchos ángulos. «La realidad no existe, lo único que hay es el lenguaje y de lo que hablamos es del lenguaje, hablamos en el interior de él», escribe Foucault. Watlawick se pregunta si la realidad es real, y responde que no. Sólo hay sistemas de comunicación. Luhman define la sociedad no como una agrupación de seres humanos sino como un sistema autopoiético de comunicaciones. Vattimo, con esa ingravidez que le caracteriza, escribe:

> En la sociedad de los medios de comunicación, en lugar de un ideal de emancipación modelado sobre el despliegue total de la autoconciencia, sobre la conciencia perfecta de quien sabe cómo están las cosas, se abre camino un ideal de emancipación que tiene en su propia base, más bien, la oscilación, la pluralidad y, en definitiva, la erosión del mismo «principio de realidad».[1]

No podía faltar en este cónclave J. F. Lyotard, para quien vivimos presos en la heterogeneidad de juegos de lenguaje, sin posibilidad de encontrar denominadores comunes (metaprescripciones) universalmente válidos para todos los juegos.

Nelson Goodman saca las consecuencias de estas posturas: «No existe un "Mundo real" único preexistente a la actividad mental humana.» Al crear mundos no estamos construyendo sobre la realidad, sino sobre mundos creados por otros. Y ningún mundo es más real que los demás. «Una vez abandonada la idea de una realidad prístina, perdemos el criterio de correspondencia como modo de distinguir los modelos verdaderos de los modelos falsos del mundo.»[2] Puede haber verdades contradictorias. Cada una de ellas será verdadera en un mundo diferente. Gergen y los constructivistas van en la misma línea:

> Los términos y las formas por medio de las que conseguimos la comprensión del mundo y de nosotros mismos son artefactos sociales, productos de intercambio situados histórica y culturalmente y que se dan entre personas. La descripciones y las explicaciones ni se derivan del mundo como tal, ni son el resultado inexorable y final de las propensiones genéticas y estructurales internas del individuo.[3]

Lo que llamamos objetividad no es más que una costumbre lo suficientemente estable. En fin, que la verdad se ha convertido en la vejez del error. En el error convertido en costumbre.

Los antropólogos han aportado su granito de arena al descrédito de la realidad. La diferencias culturales son tan sorprendentes, estimulantes, divertidas, que admitir algún tipo de uniformidad, universalidad o comunidad les parece cicatero y vulgar, una patológica ceguera hacia la diferencia. Sospecho que a veces se pasan de la raya en su entusiasmo y acaban admitiendo la imposibilidad de que unas culturas entiendan a las otras. Eso les sucede con frecuencia a los psicólogos culturales. Esta nueva modalidad psi pretende luchar contra lo que considera un platonismo inaceptable de la psicología occidental, pretendidamente científica –o sea, imperialista–, que afirma que los mecanismos de la mente humana son comunes a todos los hombres. Como dice Robert A. Shweder, uno de los más elocuentes y competentes culturalistas: «La psicología cultural es el estudio del modo como las tradiciones culturales y las prácticas sociales expresan y transforman la psique humana, de donde no resulta una unidad psíquica para la humanidad sino una diversidad étnica de mente, *self* y emociones.»[4]

Su afirmación principal es que no vivimos en la realidad, sino en mundos intencionales diferentes. Hasta aquí estoy de acuerdo. Pero añade que no hay razón para admitir que la identidad de las cosas permanezca fija y universal a través de los mundos intencionales, y esto me parece desmesurado.

En los primeros capítulos les advertí que, en efecto, cada uno de nosotros constituía su Mundo privado, pero que ese Mundo, gracias a las múltiples interacciones sociales y en especial a las lingüísticas, se iba convirtiendo en Mundo mancomunado. Si Shweder tiene razón y cada cultura forma un mundo intencional distinto, y el lenguaje se refiere forzosamente a ese mundo intencional, la comprensión de los lenguajes ajenos, de los mundos ajenos, de las intenciones, esperanzas, temores ajenos resulta imposible. Y esto es más grave de lo que parece porque el concepto de cultura es muy acomodaticio. Puedo pensar que la vecinita de enfrente tiene una cultura distinta de la mía y que, por lo tanto, no hay entendimiento posible entre dos modos autorreferentes y cerrados de entender la vida. La distancia entre los vecinos de la misma escalera puede ser tan infranqueable como la que se da entre Oriente y Occidente. Aunque para los antropólogos resulte una diferencia menos emocionante.

2

Saquemos más conclusiones de lo anterior. Una vez convertido todo en lenguaje, hemos reproducido la torre de Babel a escala metafísica. Cada lenguaje es autosuficiente, cerrado sobre sí mismo e intraducible. «Algunos pensamientos no pueden pensarse en cualquier lenguaje», escribió la poetisa rusa Marina Tsvietáieva. Es decir, no hay significados independientes del idioma en que se expresan. La pretensión occidental de alcanzar una verdad universal era eso, una pretensión occidental y etnocéntrica. Un tipo más de imperialismo también, como dice Feyerabend.

La idea es muy vieja. Ya en el siglo XVIII Johann Gottfried Herder mantuvo que el pensamiento es idéntico al lenguaje y que, por lo tanto, varía de un lenguaje a otro y de una nación a otra. «El espíritu humano piensa con palabras (...) ¿Qué es pensar? El lenguaje interior... Hablar es pensar en voz alta.» En consecuencia: «Cada nación habla de acuerdo con la manera como piensa, y piensa de acuerdo con su forma de hablar.» Los pensamientos, por lo tanto, no pueden transmitirse de un lenguaje a otro puesto que dependen del lenguaje en que han sido formulados. No hay forma de salir del lenguaje y no hay más que lenguajes concretos; luego, al parecer, sólo existen mundos culturales incomunicables.

Es una pretensión inútil, nos dicen, pretender salir de nuestra cultura. En ella nacemos, y sólo a través de ella encontramos la realidad. Incluso lo que llamamos ciencia no es más que la ideología de la cultura que ha salido triunfante. La verdad científica no tiene que ver con el conocimiento sino con el poder. Foucault *dixit*.

¿Pero no podemos traducir un lenguaje a otro? Pues no, porque para traducir tendríamos primero que poder definir las palabras, y esa confianza también se ha perdido. Muchos lingüistas, psicólogos y filósofos aseguran que no se pueden definir y lo hacen con una cierta alegría. Lyon comienza su discusión de este problema con unas líneas de *Hamlet*:

> Para definir la verdadera locura,
> ¿qué otra cosa habría que ser sino loco?

y luego, reflexionando sobre el significado de una palabra concreta como *mesa* y *silla,* comenta: «La cuestión de la definición es más compleja –y mucho más interesante– de lo que la gente cree. La locura puede ser no sólo definir *locura* sino cualquier palabra.»[5]

Y añade: «Hemos llegado a la conclusión de que la mayor parte de las palabras de uso diario –palabras que denotan clases culturales y naturales– son necesariamente algo indeterminadas en su significado, y, por eso, por razones teóricamente interesantes, indefinibles.» El nuevo eslogan «contra las definiciones» se proclama incluso en algunas publicaciones académicas.[6] Como escribe mi admirada Anna Wierzbicka, «ha emergido un nuevo clima de opinión en el que cualquiera que intenta definir algo corre el riesgo de ser considerado anacrónico, desconectado de la actualidad intelectual. Para estar *in*, un semántico debe hablar de parecidos de familia, prototipos y pensamientos borrosos».[7]

¿La investigación sobre el léxico afectivo nos permite decir algo sobre estas cuestiones? Sí. Creo que estas posturas son más erróneas que verdaderas. Y creo, además, que derivan de una mala comprensión de las relaciones entre el lenguaje y la experiencia. Lo que voy a defender es que el lenguaje nos permite ir más allá del lenguaje: a la experiencia. En segundo lugar, que nos permite ir más allá de nuestra cultura. En tercer lugar, que nos permite ir más allá de nuestro mundo privado.

3

Mi primera tesis es: *El lenguaje procede de la experiencia y remite a la experiencia.* ¿Cómo aprende el niño a hablar? Macnamara señala: «Los niños aprenden su lenguaje determinando primero, independientemente del lenguaje, el significado que el hablante intenta suscitar, y elaborando luego la relación entre significado y lenguaje.»[8] Desde que nacen están profiriendo significados perceptivos y sentimentales.

> Los niños –escribe Bloom– aprenden que se actúa sobre objetos, que la gente o los objetos móviles hacen cosas, que objetos y eventos existen, dejan de existir y retornan. Ésta es la base de la experiencia perceptiva-cognitiva en los primeros años, y por lo tanto no debería sorprender que tales sean las cosas de las que los niños suelen hablar en sus primeras charlas. Pero mientras que los niños necesitan aprender un código lingüístico para *hablar* sobre estos fenómenos, el conocimiento del código no es necesario para *entender* tales relaciones.»[9]

Esta prelación del significado respecto al lenguaje se ha confirmado en otro interesante campo. Los investigadores que enseñan el lenguaje a chimpancés se han sorprendido al ver que nuestros inteligentes primos pueden generalizar los signos que aprenden. Por ejemplo, Washoe –uno de esos listísimos animales que se pasean por las páginas de los libros de psicología– aprendió el signo «abrir» y espontáneamente lo generalizó a multitud de situaciones: puertas, cajones, grifos, botellas, cajas. Es evidente, dice Hörmann, que Washoe asigna el signo recién adquirido a algo que ya poseía. A falta de algo mejor, llamaremos a esto estructura cognitiva.

Tal comportamiento nos hace cambiar la dirección de las preguntas. En vez de preguntarnos cómo aprende el niño lo que significa una palabra, debemos preguntar, como hace Nelson, «¿Cómo aplica el niño (o Washoe) palabras a sus conceptos?».[10] Esto se puede aplicar también a las frases. ¿Cómo asigna el niño expresiones a los significados? La experiencia nos empuja hacia una semántica generativa. Lo que está en el origen de la palabra, de la frase, del discurso, es el significado. La estructura profunda, de donde va a salir la estructura lingüística perceptible, superficial, comunicable, es semántica.

Sin embargo, es evidente que el lenguaje va a dirigir la atención del niño forzándole a proferir significados. Así es como se transmite la cultura, mediante instrumentos lingüísticos inventados para ello. Queda claro que el lenguaje determina nuestro modo de conocer, de pensar, de creer, puesto que es el privilegiado medio con que conformamos nuestras facultades psicológicas y nuestro saber, pero ¿hasta qué punto?

4

En el siglo pasado tuvo mucho éxito la tesis de Humboldt, quien afirmaba que la lengua organiza la realidad en distintas categorías gramaticales y determina por tanto un pensar y un percibir según la particular organización de su léxico. Whorf retomó la idea, afirmando que el lenguaje determina nuestras percepciones.[11] En los últimos tiempos, la filosofía posmoderna, como les he repetido hasta el aburrimiento, ha afirmado que los límites de nuestro lenguaje son los límites de nuestro pensamiento. Miramos la realidad con nuestras gafas lingüísticas y no podemos evitar sus distorsiones. Todo es según el color del cristal con que se mira, o sea, del idioma que se hable.

¿La investigación sobre el léxico de los sentimientos apoya o contradice esta opinión? Creo que muestra su falta de justificación. Comenzaré mi argumento refiriéndome a un ejemplo más sencillo que el vocabulario sentimental: los nombres de los colores. Durante un siglo este asunto ha atraído la atención de los etnógrafos, intrigados por las diferencias que encontraban en las distintas culturas. El léxico del color es un dominio semántico de extraordinario interés porque permite estudiar con precisión los tres niveles del lenguaje: la segmentación léxica (es decir, la manera como se han dividido los colores para nombrarlos), la percepción subjetiva (el significado, la experiencia designada) y el fenómeno físico (el referente). Se lo explicaré con calma.

Para la física, los colores son franjas del espectro electromagnético. Es más exacto decir que esa radiación es el desencadenante físico de la experiencia del color, pero dejémoslo así. Lo que para nosotros tiene importancia es que el espectro de los colores es un continuo en el que se puede medir la longitud del desencadenante de cada experiencia cromática, el referente del nombre que la nombra.

Por si tienen curiosidad les doy las longitudes de onda de los distintos colores con su denominación en castellano:

1. Rojo	800-650 mμ
2. Anaranjado	650-590 mμ
3. Amarillo	590-550 mμ
4. Verde	550-490 mμ
5. Azul	490-460 mμ
6. Añil	460-440 mμ
7. Violeta	440-390 mμ

Las lenguas han segmentado léxicamente ese continuo de diferentes maneras. Kristol afirma que las lenguas románicas distinguen diez campos de color: blanco, negro, rojo, azul, verde, amarillo, gris, marrón, rosa y violeta. Añade que los términos *marrón, rosa y violeta* no existieron en el período del latín clásico, sino que son innovaciones comunes a las lenguas románicas.[12] Otras lenguas han segmentado de manera diferente, con mayor o menor generosidad. El caso más notorio de tacañería es el de los dani de Nueva Guinea, que con sólo dos palabras designan el deslumbrante despliegue cromático entero.

Advertiré, porque tiene importancia para el argumento de este libro, que en algunas lenguas muertas, como el latín, resulta muy difícil saber qué colores designaban algunas palabras. Aulo Gelio, escritor romano del siglo II d. C., nos dio en su obra *Noctes atticae* una serie de definiciones de colores que nos resulta difícil comprender. Por ejemplo, el campo semántico que va del amarillo al rojo está representado por un conjunto de palabras que causa perplejidad: *rufus, xanthos, kirros, flavus, ful-*

vus. Para aclarar los significados expone los casos en que se usa cada palabra, con lo que consigue confundirnos del todo. *Rufus* (¿rojo?) es el color del fuego, la sangre, el oro y el azafrán. Dice que *xanthos*, que quiere decir «de color de oro», es una variedad del rojo, lo mismo que *kirros*, que sería un amarillo naranja. *Flavus* es también una variante del rojo, asociado al oro, al grano en sazón y al agua del río Tíber, pero, para rematar este enredo, lo usa también para designar una mezcla de rojo, verde y blanco, y lo asocia al color del mar y a las ramas del olivo. Por último, *fulvus* es el color normal de la cabellera del león; Aulo Gelio lo aplica también al águila, al topacio, a la arena y al oro.

Los expertos dicen que el ojo humano puede percibir siete millones de matices de color. Afortunadamente no tenemos un nombre para cada color, lo que haría angustioso el aprendizaje de esta lección de vocabulario. Según el inventario de Angela Bidu-Vrancenau, en francés están lexicalizados alrededor de 126 colores y en rumano 260. De ellos, una minoría (23 en francés) son nombres de colores simples (amarillo, rojo, verde, etc.), otros son derivados (azulado, verdoso) y un grupo más amplio está compuesto por nombres de objetos, a los que se considera poseedores de un color típico (violeta, naranja, fresa).[13]

Después de estas curiosidades, volvamos a las preguntas esenciales. ¿Qué extrañas propensiones indujeron al latino a ordenar los colores de una manera que nos parece tan extravagante, y al dani a ser tan roñoso? ¿Segmentamos arbitrariamente el continuo cromático? ¿Está determinada esa segmentación léxica por nuestro modo de percibir o, al contrario, nuestra percepción está determinada por el vocabulario de nuestra lengua? Como si fuera un periodista concienzudo, me interviuvaré con orden.

Primera pregunta. ¿Determina el lenguaje nuestra percepción del color? Los experimentos realizados por Eleanor Rosch demuestran que no. A pesar de la pobreza de su vocabulario, los dani reconocían los colores de un modo muy similar a como lo hacen los occidentales. Por lo tanto, las diferencias en la estructura de la designación de los colores no guarda paralelo con las diferencias perceptivas o de almacenamiento en la memoria o de grado de acceso a su recuerdo. «El léxico codifica aspectos del color que ya son notorios para el sujeto, en lugar de volver notorios esos aspectos», resume Howard Gardner.[14]

Segunda pregunta. ¿Hacemos, entonces, la segmentación de forma arbitraria? La diferencias en el modo de designar los colores son tan grandes que hicieron pensar que eran en efecto arbitrarias, y que nada nos compelía a categorizar los colores de un modo u otro. En 1961, H. A. Gleason, al comienzo de su *Introducción a la lingüística descriptiva* (Gredos, 1971), escribía: «Hay una gradación continua del color desde un extremo a otro del espectro, pero un norteamericano que lo describiese enumeraría los tonos como rojo, naranja, amarillo, verde, azul, morado o algo por el estilo. No hay nada inherente, ni en el espectro ni en la percepción que de él tienen los humanos, que obligue a esta división.»

Esta idea cambió en 1969 con los estudios de Brent Berlin y Paul Kay. Tras examinar más de 90 idiomas señalaron un conjunto de criterios lingüísticos para seleccionar los términos que designan en cada lengua los colores básicos. Afirmaron que hay a lo sumo once categorías de colores básicos, aunque no todos los idiomas las tengan (rojo, verde, azul, amarillo, negro, blanco, gris, naranja, púrpura, marrón, rosado). En todos los idiomas encontraron ejemplos mejores o peores de cada categoría, como si estuvieran organizadas alrededor de focos. También descubrieron que fuera cual fuera el número de palabras para nombrarlos, el léxico abarcaba/designaba todo el espacio cromático. Además hicieron una afirmación intrigante que he tenido detrás de la oreja al investigar el vocabulario sentimental. Cuando el léxico aumenta, es decir, cuando se inventan términos de colores, las nuevas palabras aparecen en el mismo orden en los diferentes idiomas. Es como si se fueran descubriendo según una precisa rutina, de acuerdo a un caerse del guindo por etapas.[15]

Al parecer tenemos una predisposición natural para organizar los colores en un número de categorías básicas que no son arbitrarias sino naturales. Esta categorización cognitiva es independiente de la lingüística. Dentro de estas clases naturales, es decir, de aquellas agrupaciones que hacemos aparentemente forzados por la realidad, una lengua despliega su abanico léxico de forma distinta, movida por su interés, su riqueza cultural, sus necesidades. Los ganaderos, por ejemplo, han inventado su propio léxico de colores: alazán (caballo color canela), berrendo (el toro que tiene manchas de distinto color que el resto de la piel), bragado (reses y caballerías que tienen de distinto color la cara interna del muslo). El léxico del color no determina la experiencia cromática, pero su composición nos muestra los intereses de esa cultura. Hay sociedades perspicaces y sociedades modorras, al parecer.

5

Al menos en los colores parece que hay categorías naturales. ¿Sucede lo mismo en dominios más complejos? Pondré un ejemplo que encantará a los kantianos. Ya saben ustedes que Kant mantuvo que la «causalidad» era una categoría a priori, previa a la experiencia. Hace bastantes años, el barón Michotte, un estudioso belga de la percepción, demostró que cuando los objetos se mueven unos con respecto a los otros *vemos* la causalidad. Si un objeto se mueve hacia otro, establece contacto con él, y se ve al segundo objeto ponerse en movimiento y proseguir la trayectoria, *vemos* que un objeto lanza al otro. «Vemos la causa», decía Michotte.

Los filósofos que me lean responderán que la conclusión es precipitada. Hume ya advirtió que esas impresiones eran mero fruto de la asociación. Aprendemos a unir esos dos fenómenos –la llegada y la partida– y a esa costumbre la llamamos causalidad. Para responder a esta objeción de Hume, Alan Leslie repitió los experimentos de Michotte con bebés de seis meses. No crea el lector que preguntaba al niño sobre el apriorismo de la causalidad. No. Los psicólogos infantiles son muy astutos. Han aprendido a medir las señales de sorpresa que muestra el niño cuando se enfrenta con lo inesperado. Si se le presenta algún acontecimiento que viola las reglas de la causalidad, el niño se sorprende mucho. Y parece que seis meses de edad es un lapso demasiado corto para aprender esa constancia de la naturaleza.[16]

Ya es hora de volver a nuestro asunto. ¿Qué ocurre con el léxico afectivo? ¿Puede aplicarse a este lábil y laberíntico dominio lo que hemos descubierto en el cromático? ¿Hay categorías naturales o sólo categorías culturales?

El estudio del léxico castellano nos ha permitido descubrir de manera inductiva unas *representaciones semánticas básicas* correspondientes a sentimientos, que después han sido analizadas léxicamente. Por ejemplo, el sentimiento de pérdida o los sentimientos desencadenados por un obstáculo que se opone a nuestros planes o por la presencia de un peligro o por la aparición de un objeto al que deseo unirme.

No he puesto nombre a estas *representaciones básicas*, porque eso supondría ya lexicalizarlas desde una lengua concreta. En castellano, por ejemplo, la *representación semántica básica de pérdida* es denominada con los siguientes términos: *tristeza, melancolía, congoja, abatimiento, desconsuelo, pena, pesar, desolación, nostalgia,* etc.

Es muy posible que estas palabras no tengan correspondencia exacta en otros idiomas, pero la *representación semántica básica* parece que sí. Es decir, en todas las lenguas aparece una constelación de palabras que tienen como elemento común ser la respuesta afectiva a una pérdida, a la brusca interrupción de mi esperanza. R. D. Morice ha comparado la palabra inglesa *sad* («triste») con las correspondientes en idioma pintupi, un lenguaje aborigen australiano, que son las siguientes:

Watjilpa: preocupación por el país y por los familiares. Se enferma preocupándose por ellos. El paciente puede ser consolado por otras personas o por el médico de la tribu. Myers describe el significado de esta palabra así: «El núcleo de este concepto se refiere a la separación de objetos o personas familiares, y de los lugares y personas entre las que uno ha crecido y donde uno se siente seguro y confortable. En las historias recogidas, los pintupi hablan de sus viajes y de la *watjilpa* que les hace volver a su país. Un amigo, que no ha visto su tierra en mucho tiempo, me explica: "Cierro mis ojos y veo ese lugar. Es muy verde. Hay una roca y una colina donde acostumbraba a jugar. Todo esto me pone *watjilpa."*» Está claro que esta palabra se encuentra muy cerca de nuestra *nostalgia*, que significa etimológicamente el dolor que impulsa a regresar a la patria. Los diccionarios del siglo XIX lo consideraban casi una enfermedad, como los pintupi. Domínguez define la nostalgia así: «Especie de enfermedad causada por un deseo violento de volver a la patria, al país natal. El nostálgico comienza a sentir un decaimiento y tristeza que le consume lentamente, después suele presentarse una fiebre hética que conduce por lo regular a la muerte.» En inglés la palabra *homesick*, la enfermedad del hogar, tiene la misma connotación.

Morice comenta que hay otras palabras sinónimas *–wurrkulinu, yirraru–* y Myers cree que esto «apoya la general convicción de todos los observadores de que los pintupi están fuertemente apegados a su país y a su familia, y que ese apego forma parte de su cultura».[17]

Me confieso adicto a la poesía de lo minucioso. Es una de las pasiones que me han llevado a la filología, ciencia del leer y del escuchar cuidadoso. Me gustaría transmitir al lector este amor por el ejemplo, el caso, el detalle. Ninguna corroboración es suficiente para que comprenda cómo cada léxico puede analizar de manera diferente una misma representación semántica básica, me referiré a la comparación que hace Anna Wierzbicka entre el término inglés *sad* y *tjituru-tjituru* una palabra del lenguaje pitjantjatjara, muy parecido al pintupi. Cliff Goddard la traduce por «desdichado, descontento, triste». Significa la respuesta sentimental desagradable ante algo malo que ha sucedido. Wierzbicka dice que traducirlo por *tristeza (sadness)* no es exacto porque *tjituru-tjituru* implica siempre una causa conocida, lo que no sucede con *tristeza;* además, la tristeza puede sentirse por algo que sucede a otra persona, mientras que *tjituru-tjituru* está desencadenado por el fracaso de deseos concretos que afectan a la persona que lo siente.

Cada cultura ha analizado los sentimientos de acuerdo con su peculiar entendimiento de la vida. Puesto que uno de los encantos de la antropología es viajar, viajemos. Levy, al estudiar los términos tahitianos que designan la tristeza, advierte que «no hay ningún término que no sea ambiguo para representar la tristeza, la nostalgia o la soledad. La gente denomina una situación en la que yo supondría que están tristes o deprimidos como "sentirse alterados" *(pe'ap'a)*, como sentir un peso *(toiaha)*, estar fatigados *(haumani)*». Parece que confunden la tristeza con la fatiga, concluye. Conclusión bastante torpe porque en castellano las palabras *pesar o abatimiento* tienen un contenido metafórico muy parecido y significan una variedad de la tristeza.[18]

Catherine Lutz, que ha defendido la imposibilidad de pasar de un lenguaje a otro, cree que se pueden comparar los léxicos emocionales describiendo los problemas sociales, los conflictos, los significados existenciales que están por debajo del léxico. A eso me refiero al hablar de *representaciones semánticas básicas*. Descendemos desde el lenguaje hasta la experiencia. Clifford Geertz, otro culturalista empedernido, advierte que los problemas humanos son constantes, y eso hace que todas las culturas se parezcan, pero que cada sociedad los resuelve a su manera, lo que hace que se diferencien. Pues bien, Catherine Lutz señala alguno de esos problemas universales que presionan sobre el léxico emocional:

1) El conflicto entre las metas de los diferentes actores o la violación por los otros de las normas culturales.

2) La propia violación de las normas culturales o su anticipación.

3) El peligro, físico o psicosocial, para el ego.

4) La pérdida de relaciones significativas o la amenaza de tales pérdidas.

5) La recepción de recursos, incluyendo los tangibles (comida) y los intangibles (afecto, alabanza, etc.).[19]

El lenguaje, el léxico, la sintaxis, la pragmática, son la maravillosa pirotecnia consciente de la experiencia.

6

Segunda tesis: *El lenguaje nos permite salir de la cultura.* La tesis anterior dejaba un cabo suelto. Defiendo que es posible salir del lenguaje hasta la experiencia que es previa al lenguaje, pero aquí puedo pecar de ingenuo al admitir que hay una experiencia no lingüísticamente determinada. ¿No es eso caer en el angelismo de un conocimiento sin presuposiciones? Tiene razón Umbral cuando escribe:

> Paseaba yo al atardecer por la orilla del agua, frente a esas puestas de sol marinas que la literatura y el arte han estropeado para siempre, porque todo el mundo ha conocido estos espectáculos naturales a través de un cuadro o de un poema, antes que en la naturaleza, y así, el poniente nos remite siempre a un poniente literario. El mar y el atardecer son ya una cosa libresca y da una especie de vergüenza interior amarlos. La cultura, segunda naturaleza, pasa así a ser la primera. Se han escrito libros y poemas para evocarnos el mar, y ahora, a la vista del mar, lo único que evocamos es un libro.[20]

Es verdad, la cultura nos abre unas puertas y nos cierra otras. No es posible un adanismo intelectual. Pero sí es posible una cuidadosa vuelta a la experiencia, un estudio atento de la genealogía de nuestras creencias, una ascética corroboración de las evidencias, de las que no podemos prescindir y en las que no podemos confiar.

El lenguaje también nos proporciona medios para ir más allá de la cultura. Por la misma razón que el léxico nos permite ir más allá del léxico. Puedo afirmar una palabra, pero también puedo negarla. Por ejemplo, Matoré pretendió hacer una lexicografía sociológica intentando «explicar una sociedad partiendo del estudio del vocabulario». Dividió el periodo que va desde el Renacimiento a las postrimerías del siglo XIX en once generaciones y se aprestó a buscar las palabras clave: *honnête-homme*, en el XVII; *philosophe*, en el XVIII. Interesante, sin duda, pero superficial.[21] Mayor relevancia tienen los discursos en que esas palabras se incluyen, donde pueden ser aceptadas o rechazadas, alabadas o vituperadas. Los poetas, que siempre han intentado ir más allá del léxico, se las han ingeniado para romper sus fronteras. Vicente Aleixandre, por ejemplo, lo hace utilizando un curioso tipo de negación:

> La cintura no es rosa,
> no es ave, no son plumas.
> La cintura es la lluvia.
>
> ....

Por mis venas no nombres, no agonía
sino cabellos núbiles circulan.

....

Pero el mar es distinto.
No es viento, no es su imagen.
No es el resplandor de un beso pasajero,
ni es siquiera el gemido de unas alas brillantes.

Después de esta posada poética continúo el argumento. No podemos comenzar ninguna investigación en un completo vacío conceptual. Tenemos que pensar en un lenguaje. Sin embargo, es importante que intentemos distinguir lo que en nuestro aparato conceptual está determinado por nuestra cultura específica, y lo que razonablemente podemos considerar simplemente humano.

Como seres humanos no podemos colocarnos fuera de todas las culturas. Nacemos navegantes, embarcados, guiados por corrientes que desconocemos y timoneles lejanos. Sólo podemos pensar el origen del río mientras estamos siendo arrastrados por una corriente que no podemos remontar. Pero eso no significa que estemos inevitablemente presos de una cultura determinada. El esfuerzo de la razón, esa capacidad tan denostada, se endereza a la consecución de verdades o de propuestas supraculturales. Siento mucho tener que conducir al lector por los abruptos senderos de una teoría de la verdad, pero es irremediable a la vista de la campaña de descrédito que esta noción está soportando.

Los críticos de la noción de verdad crean primero un monigote y luego se dedican a zurrarle. La verdad no es esa luz absoluta, completa, catedralicia, perfecta, plena, eterna, que atacan. La verdad es una humilde lucha por tener opiniones cada vez mejor fundamentadas, corroboradas minuciosamente. No es nada grandioso. El interés del ser humano por la verdad no estuvo dirigido por un enloquecido, soberbio y glorioso afán de conocimiento, sino por algo más utilitario: era importante saber qué setas eran comestibles y qué setas eran venenosas, por ejemplo.

Toda experiencia perceptiva nos proporciona dos cosas: información sobre lo que se percibe y una seguridad adicional sobre la certeza de lo que se percibe. Aquí reside el principio de todos los principios críticos, que puede enunciarse así: «Todo lo que se presenta como evidente a un sujeto, exige ser admitido como verdadero.» Esto quiere decir que si Sartre percibía el árbol como realidad nauseabunda, tuvo que admitir que era una realidad nauseabunda. Hölderlin, por su parte, se vio obligado a afirmar que el árbol no era nauseabundo, pues lo veía como la expresión de la divina Naturaleza. Ambos respetaron sus propias evidencias y expusieron sus verdades.

A renglón seguido del principio de todos los principios, hay que enunciar el segundo principio de todos los principios: «Cualquier evidencia puede ser tachada por una evidencia de fuerza superior.» La innegable evidencia de que el Sol se mueve en el cielo, es anulada por otra evidencia más vigorosa, que nos dice que es la Tierra la que se mueve alrededor del Sol.

Así pues, la *evidencia*, fundamento de nuestras certezas, es un fenómeno *noérgico:* es una fuerza que se impone al pensamiento. Todas las evidencias tienen energía impositiva, pero no todas tienen la misma energía. La experiencia del error se basa en la percepción de una evidencia más fuerte que nos hace «caer en la cuenta» de la debilidad de nuestras evidencias anteriores.

Descubrir la verdad sería sencillo si cada evidencia nos diera a la vez información sobre su «fuerza de evidencia», que es la que nos proporciona garantía. Entonces, no nos equivocaríamos nunca. Pero no ocurre así; cada evidencia reclama nuestro asentimiento completo. El Sol se mueve en el cielo, la luz no es material, los colores son cualidades primarias de los objetos, el marxismo es la filosofía verdadera, el marxismo no es la filosofía verdadera, los judíos son seres humanos, los judíos son homúnculos. Mientras vivimos una evidencia estamos sometidos a su influjo. Toda evidencia es irrebatible desde sí misma, por lo que sólo otra evidencia nueva, más poderosa, puede desalojarnos de la anterior. El fanático, que está enclaustrado en una evidencia, ha de rechazar el trato abierto con las ideas y con la realidad, porque tiene miedo de que otra evidencia pueda resquebrajar la seguridad blindada que precisa para sobrevivir.

Cada cultura –y cada sujeto– se apropia de la realidad por medio de sus experiencias cognitivas y valorativas, con las que constituye su Mundo. El solapamiento que existe entre los distintos Mundos personales –sobre todo en lo referente a elementos perceptivos y valores sociales vigentes–, eso que he llamado Mundo mancomunado, no debe hacernos olvidar que son mundos *privados,* que han sido constituidos por la actividad del sujeto, aunque esa actividad se reduzca a aceptar ideas comunes.

Hay unas verdades propias de nuestro Mundo personal, que están fundadas en evidencias privadas: las llamo *verdades mundanales,* y en ese terreno es válida la noción de verdad como perspectiva. Si me apuran podría admitir una noción de *verdades culturales,* que serían las compartidas por un grupo social. Cada pupila descubre un mundo, por decirlo con afectación orteguiana. Pero nuestro trato con la verdad no se agota en esas *verdades mundanales* o *culturales*. La dinámica del «ensayo y error» fue, antes que un método científico, una constante de la historia humana. Sólo la civilización, que tiende a nuestro alrededor una tupida red de protección, nos permite jugar con la noción de verdad. No es más que una impostura, porque todo defensor de las *verdades mundanales* o de las *verdades culturales* cuenta con alguien que domine las verdades reales, aunque sea el fontanero.

No fueron los científicos occidentales los que se empeñaron en proponer una verdad supracultural. Es el propio dinamismo de la vida cotidiana lo que impulsa a salir de la verdad vivida, privada, *mundanal,* para buscar un suelo más firme y compartido. A las verdades que quiere conseguir, más allá del ámbito privado, más allá de la cultura, las llamaré *verdades reales,* porque pretenden ir más allá del Mundo privado, del Mundo mancomunado.

Es preciso advertir que las *verdades mundanales* son verdades, aunque sean privadas. Y que las *verdades culturales* también lo son, aunque sean facciosas. Expresan aspectos vividos de la realidad y son irrebatibles mientras permanezcan recluidas en su mundo. Si Sartre sintió náuseas ante la fecundidad de la naturaleza y si la proliferación de formas vegetales le pareció obscena y superfetatoria, los demás sólo podemos hacer un comentario de perogrullo: si lo sintió, lo sintió. No tiene vuelta de hoja. Si su pupila nos enseñó a ver el magnífico bosque con repugnancia, eso tenemos que agradecerle, supongo. Tan sólo hay que evitar que esa verdad privada salga de su mundo sin tener un permiso de exportación que nos indique si es mercancía en tránsito, en depósito o para exposición. Para evitar las equivocaciones, debemos marcar las *verdades mundanales* y las *verdades culturales* con un *copyright*, un *made in*; en suma, con un indicativo personal o cultural.

Ejemplos: «El hombre es una pasión inútil» (VMS: verdad en el mundo de Sartre). «El hombre es imagen de Dios» (VMF: verdad en el mundo de Francisco de Asís). «Lo bello es el comienzo de lo terrible» (VMR: verdad en el mundo de Rilke). «La belleza es una promesa de felicidad» (VMN: verdad en el mundo de Nietzsche). «El hombre fue creado a imagen de Dios» (VMB: verdad en el mundo bíblico). «El sentimiento más desagradable es el sobresalto» (VMB: verdad en el mundo balinés). «El fútbol debe cambiar las reglas para dejar de ser un juego donde haya ganadores y perdedores» (VMT: verdad en el mundo de los tangús).

La confusión que pueden producir tan contradictorias frases desaparece al marcarlas con el «indicativo personal o cultural». Cada autor y cada cultura nos han contado su propia solución al problema de la vida, enriqueciendo de esta manera el repertorio de nuestras posibilidades. Nos proporcionan órganos de visión suplementarios. Ocurre, sin embargo, que *ver* se dice en griego *skeptomai*, y que con esta inmersión en el ver nos sumergimos a la vez en el escepticismo. Existen tantas formas de ver, y tan sugestivas, que el contemplador pasa de una a otra, duda, se desorienta, y no sabe en qué mundo quedarse. Inquieto ante tantas solicitaciones, el hombre ha buscado el modo de eliminar los *indicativos personales* o, en otras palabras, ha buscado *verdades reales* para saber a qué atenerse.

Esta verdad real es de superior nivel que la mundanal, lo cual le permite dominarla e integrarla. En efecto, que la naturaleza sea repugnante no es una verdad real, pero el enunciado que dice «Sartre percibió la naturaleza como repugnante», sí lo es. Para aclarar la constitución de los Mundos personales y culturales, las interacciones de todos ellos, y de todos ellos con la realidad, para encontrar la solución a las paradojas de la verdad, hay que brincar fuera del Mundo personal; fuera de los Mundos culturales y hablar, una vez más, el metalenguaje de una teoría de la inteligencia creadora que, al estudiar la *verdad real* de la subjetividad humana y de su libertad encarnada, permita una teoría de la verdad como perspectiva, que no sea perspectivista, que se deslumbre ante la inventiva del ser humano, ante sus diferencias, pero sin perder de vista lo que nos integra en una comunidad de entendimiento.

7

Vuelvo al lenguaje. ¿Tenemos medios lingüísticos para sobrevolar las culturas? Sí. Hay, en primer lugar, universales lingüísticos. En 1957, Martin Joos hizo una revisión de las tres décadas anteriores en investigación psicolingüística y concluyó que «las lenguas parecían diferir unas de otras sin límite alguno y de manera impredecible». Ese mismo año apareció la obra *Estructuras sintácticas*, donde Chomsky afirmaba que si un científico marciano visitara la Tierra llegaría a la conclusión de que, al margen de la diversidad de vocabularios, todos los terrícolas hablábamos una sola lengua. ¿Quién tiene la razón?

En 1963, el lingüista Joseph Greenberg estudió una muestra de 30 lenguas muy heterogéneas procedentes de los cinco continentes, entre las que figuraban el serbio, el italiano, el euskera, el finés, el japonés, el birmano, el malayo, el maorí, el maya y el quechua, y en su primera investigación, centrada en el orden de palabras y morfemas, descubrió nada menos que cuarenta y cinco universales.

> Desde entonces –escribe Pinker– se han descubierto muchos más. Los universales se encuentran en todos los aspectos del lenguaje, desde la fonología (por ejemplo, si una lengua tiene vocales nasales también las tendrá no nasales) hasta el significado de las palabras (si una lengua tiene la palabra *morado* para nombrar un color, también tendrá la palabra *rojo,* y si tiene el nombre *pierna*, también tendrá *brazo.*)[22]

Mi admirada Anna Wierzbicka ha investigado durante más de treinta años los primitivos semánticos comunes a todas las lenguas. En sus últimas formulaciones admite un repertorio de 55 primitivos semánticos, que formarían un metalenguaje universal con el que podrían definirse las palabras de cualquier lengua. En la aspereza de una compleja teoría lexicográfica, brilla, como el sol a través de la enmarañada selva, el optimismo tenaz de una investigadora que confía en la posibilidad del entendimiento entre los seres humanos. Aunque en un libro resuenan mal los aplausos, permítanme que la aplauda.

8

Tercera tesis: *El significado de las palabras puede ser definido con la precisión suficiente para poder usarlas y entenderlas.*

Uno de los dogmas de nuestro tiempo dice que las palabras no pueden ser definidas. «*Don't ask for the meaning, ask for the use*» es otra de sus formulaciones. No preguntes por el significado, pregunta por el uso.

La concepción moderna es que las palabras no pueden ser definidas porque el significado codificado en el lenguaje humano es esencialmente *fuzzy*, borroso, como es el pensamiento humano en general. A veces se reconoce que por «razones prácticas» las definiciones pueden ser necesarias, pero esa «tarea práctica» es mirada como pedestre y dejada a los lexicógrafos. Los teóricos, se supone, tienen cosas más altas que atender.

> Sorprendentemente –escribe Anna Wierzbicka–, nadie parece creer que las definiciones de los diccionarios sean buenas, pero tratar de mejorarlas o desarrollar métodos para hacerlo parece que no es ni necesario ni posible; en cualquier caso, no es nada en lo que haya que esperar que los teóricos del lenguaje tengan interés. Esas tareas no parecieron despreciables a Leibniz, Spinoza, Hume o Sapir, pero están por debajo de la dignidad de la mayor parte de los teóricos del lenguaje de la segunda mitad del siglo XX.[23]

Me encanta esta guasa fina. En el actual clima de opinión, incluso los teóricos que no defienden la borrosidad del pensamiento afirman que las palabras no pueden ser definidas adecuadamente, y presentan ese descubrimiento como una buena noticia o al menos como algo por lo no que no hay que preocuparse. Por ejemplo, Chomsky escribe: «Cualquiera que haya intentado definir una palabra con precisión sabe que es un asunto extremadamente difícil. Las definiciones ordinarias de un diccionario no consiguen caracterizar el significado de la palabras.» Esto es sin duda cierto, pero Chomsky continúa: «La velocidad y la precisión de la adquisición del vocabulario no deja alternativa real a la conclusión de que el niño tiene de alguna manera conceptos previos a la experiencia con el lenguaje, y que está aprendiendo básicamente etiquetas para conceptos que forman ya parte de su aparato conceptual. Ésta es la razón de que las definiciones de los diccionarios puedan bastar para su propósito aunque sean tan imprecisas; esa aproximación basta porque los principios básicos del significado de la palabra son conocidos por el usador del diccionario, como lo son por el aprendiz del lenguaje, independientemente de cualquier instrucción o experiencia.»

Es posible que los lingüistas, fascinados por la claridad de los sistemas formales, sientan una irrefrenable pasión por las definiciones. Pero las palabras son signos que representan significados vividos a los cuales pretenden llevar a un nivel común, necesario para entenderse. Las connotaciones personales de un término son inabarcables. Las connotaciones culturales de una palabra también lo son. Pero la palabra es sólo una herramienta para construir el entendimiento. Y la inteligencia puede manejarla con la suficiente habilidad para conseguirlo.

¿Cómo puede definirse una palabra? Describiendo la figura que dibuja sobre el fondo de la representación semántica básica, explicando su sintaxis, detallando los usos lingüísticos, las ampliaciones metafóricas, los rasgos estilísticos. Vuelvo a decir que la definición de una palabra no es un mero procedimiento para sustituir una palabra por otra, sino un conjunto de información lo suficientemente amplia y exacta como para que el oyente o aprendiz pueda reconstruir el significado.

Más que una definición nos interesa una descripción que integre el significado mancomunado y los usos. Entonces veremos que el significado nuclear se convierte en *sentido* al usarlo en determinados contextos. Podemos, por ejemplo, describir la *representación semántica básica* que integra las palabras *alegría, felicidad, contento, happiness, content, Freude, Glück, joie, felicità, bonheur, scastliv* (ruso), *szcse'sliwy* (polaco). Todas estas palabras tienen en común que mencionan un estado de satisfacción producido por la consecución de alguna meta o la experiencia de algún placer. Pero cada palabra introduce un análisis diferente de ese núcleo básico.

Mencionaré a modo de ejemplo las diferencias entre *felicidad, alegría* y *contento.*

La *alegría* es un estado de ánimo que se caracteriza por la satisfacción de haber conseguido algo. Lleva aparejada la euforia, el bienestar, la tendencia a reír. «Sentimiento que produce en alguien un suceso favorable o la obtención de algo que deseaba» (María Moliner). Dilata el alma, pues «como nace de la consecución del deseo, se ensancha y abre el corazón para recibir la cosa amada» (Covarrubias). Es «júbilo y contento interior del ánimo acompañado con señas exteriores, especialmente en el semblante, que manifiestan el regocijo del que la tiene, en que se diferencia del gozo que se puede tener interiormente sin que en lo interior se publique y se manifieste» (Autoridades). «... estado de ánimo habitual del que tiene tendencia a reír y encuentra fácilmente motivos para ello» (Moliner). Se aplica también al carácter. Decimos: Es de carácter alegre.

Contento: «El que se contiene en sí y no va a buscar otra cosa» (Covarrubias). Indica sentirse satisfecho con lo que se tiene. Anda a medio camino entre la alegría y la resignación. No se emplea para designar un carácter.

Felicidad: «La dicha o prosperidad de que uno goza» (RAE, 1791). Situación del ser para quien las circunstancias de la vida son tales como las desea. No se dice de caracteres. Ya Domínguez denunciaba el uso excesivo de esta palabra. «Comúnmente se abusa de esta palabra en sentido de que se aplica a cualquier cosa que place, agrada, ocasiona deleite, etc., por efímero y momentáneo que sea el gusto recibido, el placer experimentado, lo que se goza, lo que se posee.»

¿Cómo se usan estas palabras? Supongamos que vemos a unos niños jugando muy divertidos. Podemos decir:

Los niños estaban jugando muy contentos.
Los niños estaban felices jugando.

Pero no decimos *Los niños estaban muy alegres jugando*. Esta expresión supone un júbilo especial, que va más allá de la satisfacción, la diversión y el esparcimiento.

Otro ejemplo. A la pregunta: ¿Te gustaría cambiar de trabajo?, contestaríamos: *No, estoy contento donde estoy.* O a lo sumo: *No, estoy feliz en este puesto.* «Feliz» parece ya en español un poco exagerado.

En inglés, en cambio, *happy* se ha empequeñecido y se puede decir: *I am happy with the present arrangement.* Me siento feliz con este acuerdo. En cambio, en otras lenguas las palabras relacionadas con «alegría» son más cotidianas que las relacionadas con la felicidad. *Glück, heureux, felicità*, el ruso *scastliv* o el polaco *szczr' sliwy* tienen, según Wierbicka, un significado más rotundo, porque son estados que llenan todas las aspiraciones del sujeto, sin dejar espacio para otros deseos.

A partir de una *representación semántica básica* –la satisfacción o agrado producido por algo que causa placer o que satisface un deseo–, las lenguas van lexicalizando, analizando aspectos, que después adquieren otra nueva modificación con el uso.

9

He defendido que la representación semántica estaba organizada en modelos narrativos. El léxico sentimental es un ejemplo extraordinariamente claro. Cada representación semántica básica cuenta un modelo de historia, que es posteriomente modalizado, cambiado, precisado, por el despliegue léxico. Pondré como ejemplo la experiencia de un *obstáculo en la consecución de nuestros planes o de nuestras aspiraciones y deseos.* Puede desencadenar un sentimiento de decepción, de tristeza, de resignación o, por el contrario, un deseo de destrozar el obstáculo, de librarse de él, de desahogar el sentimiento actuando.

Éste es el esquema narrativo de casi todos los sentimientos. Se parte de un estado inicial, sobre el que actúa un desencadenante (por ejemplo, una ofensa) que produce un estado sentimental (furia) vivido como desagradable. Ese sentimiento tiene un dinamismo propio, dirigido contra la causa del malestar. Incita a la acción, despertando un deseo (la venganza). Si el deseo se cumple, el sujeto se desahoga y vuelve al estado inicial (apaciguamiento)

Esta historia básica es analizada con gran minuciosidad en castellano.

Las dos familias de palabras más cercanas entre sí son *ira* y *cólera.* Ambas cuentan la misma historia: la acción de un sujeto libre, que podría haberla evitado, perjudica al protagonista de la narración sentimental, que la interpreta como *ofensa, agravio o menosprecio.* En los diccionarios castellanos aparecen relacionadas con el deseo de hacer daño al culpable, con la venganza.

El *despecho* y la *indignación,* palabras que pertenecen a la misma representación semántica, cuentan otras historias. También son irritaciones violentas que buscan la revancha, pero aunque han sido muchas veces confundidas con la ira, las diferencia el desencadenante. El despecho es una historia que comienza con el desengaño y la frustración. Domínguez lo relaciona con la envidia y define el despecho como «pesar de que otro sea preferido, le aventaje a uno, se luzca y arranque aplausos humillando al émulo». La palabra procede de *despectus* («desprecio» y «lo que se mira desde arriba»), y en varios diccionarios se pone en relación con el fracaso en los empeños de la vanidad. Otros –por ejemplo el *Diccionario de Autoridades*– lo relacionan con la desesperación, y ciertamente hay algo más intenso, profundo y terrible en el despecho que en la ira. Covarrubias también se refiere al despecho como «un cierto modo de desesperar». «El despechado es infeliz», dicen los ilustrados redactores de *Autoridades.*

Si el despecho es la manifestación trágica de la ira, la *indignación* es su forma generosa y moralizadora. Generosa porque, como ya señalaron Descartes y Spinoza, la indignación puede relacionarse con el mal realizado a otro. Moralizadora porque el desencadenante suele ser algo injusto. Domínguez la relaciona con el desprecio hacia el objeto o el comportamiento indignante y, si tenemos en cuenta su parentesco con *indigno* o *indignidad*, es fácil ver la tonalidad ética dada en esta nueva historia del enfado.

Ya he dicho que las palabras que designan sentimientos nos cuentan una historia condensada, pero enfatizan alguno de los aspectos del proceso: el desencadenante, el estado, las manifestaciones, la conducta incitada. Las variaciones léxicas que he mencionado insisten sobre todo en el desencadenante, en la causa que lo provoca, aunque en el despecho, esa forma colérica de la desesperación, los diccionarios apuntan que actúa irracionalmente, es decir, nos cuentan algo del comportamiento que suscita. Las historias que voy a contar ahora tienen también el desmelenamiento violento de la sinrazón. Me refiero a la *furia*, el *furor*, la *rabia*, la *saña*, y desearía contagiar al lector mi fascinación ante el poderío analítico del lenguaje. Todas ellas son historias apasionadas, que pueden comenzar como las historias anteriores, con una ofensa, frustración, desengaño, desprecio o injusticia, pero que añaden una forma violenta de enfrentarse contra el culpable o contra cualquier obstáculo. Esta violencia las enlaza con la *impetuosidad* y también con la *agresividad*. Los etólogos y los antropólogos se han percatado de que la ira y la agresividad se confunden fácilmente. Para acabar de enredar más la madeja he de advertir que la agresividad se confunde a veces con la valentía. El castellano no podía dejar de tener en cuenta esta relación y el léxico señala la proximidad entre el valor y la ira mediante la palabra *coraje*.

Coraje es un estado de ánimo violento, producido por algo que nos contraría y que podría haberse evitado. Para Covarrubias significa *ira violenta*, pero este significado se ha diluido, hasta el punto de que sólo queda constancia de él en la expresión familiar *me da coraje*, donde tiene un significado cercano a *rabia* o *rabieta*. En cambio, para compensar este empequeñecimiento, ha adquirido mayor intensidad su significado de «actitud decidida y apasionada con que se acomete al enemigo y se arrostra una dificultad o un peligro».

Esta enérgica acometividad la tiene tambien *furia*, cuya historia es la siguiente: una acción produce en el sujeto un movimiento grande de ira que se manifiesta en una gran agitación exterior, en una «prisa, velocidad, vehemencia», dice Domínguez, y en una pérdida de dominio. Una de las situaciones en que esta furia se manifiesta es en el ataque o la batalla, por lo que pasó a significar «ímpetu o violencia con que se ataca una cosa».

La historia del *furor* es ligeramente distinta porque subraya más claramente el aspecto de locura y arrebato. *Autoridades* lo define: «En su riguroso significado vale por locura confirmada, enajenación total de la mente.» El *Panléxico* nos proporciona un enlace interesante: «Si sus acciones tienen un punto de contacto muy próximo con las bestias feroces, entonces el furor toma forma de rabia.» Y cuando se excede en la venganza, se convierte en *saña*.

Hasta aquí, las historias del enfado han contado una misma historia pero enfatizando dos momentos distintos del proceso: el desencadenante y la manifestación del sentimiento, el desahogo furioso, rabioso o sañudo. Pero ¿qué ocurre cuando la ira no se desahoga? ¿Qué sucede si el encolerizado no puede dar rienda suelta a su furor? En ese caso, según el diccionario, la ira se mantiene embalsada y, si el olvido o el perdón no obran como láudano benefactor, la ira puede mantenerse, si no es muy intensa, como *resquemor*, pero con el normal peligro de supurar, de enconarse. Si esto sucede se convierte en *rencor*, que es, como dice Covarrubias, «enemistad antigua e ira envejecida, que en latín se dice odio». En el recorrido sentimental de la ira llegamos a un campo distinto, más frío y torvo, que es el odio.

Vayamos a otras culturas lejanas en busca de despliegues léxicos de esta misma *representación semántica*. ¿Cómo han analizado seres humanos tan distantes en el espacio o en el tiempo cultural el complejo universo sentimental? El término ilongot *liget* y el ifaluk *song* suelen traducirse por *anger*, ira. Wierzbicka cree que las diferencias son cualitativas y que se trata de conceptos distintos. *Liget* tiene un carácter competitivo relacionado con la envidia y la ambición, referencia que no está sugerida en la ira. Además, señala que la ira implica un sentimiento negativo hacia otra persona, lo que no sucede en *liget*. Sin embargo, esas características de *liget* que son intraducibles con la palabra *ira/anger* me recuerdan la expresión *furia española*, que es una agresividad deportiva que no tiene por qué ir acompañada de malos sentimientos.

Tampoco la palabra ifaluk *song* puede traducirse por *ira/anger*. *Song* es un sentimiento que responde a una mala conducta de alguien. El ofendido la manifiesta con el fin de cambiar la conducta del ofensor. Es pues una furia justificada. Se parece a *ira/anger* por su desencadenante pero se diferencia porque se dirige a la persona por un camino indirecto. El ofendido puede dejar de comer o incluso intentar suicidarse para conseguir que el culpable se dé cuenta de la maldad de su acción. Es una especie de *indignación* manifestada por otros medios. Wierzbicka menciona, como otro ejemplo de este mismo campo, la palabra polaca *ziosc*, que no tiene ninguna connotación moral, que es la respuesta a una frustración y puede aplicarse a los animales o a la rabia infantil.

¿Significan lo mismo *anger, liget, song, ziosc, furia?* No. ¿Tienen un núcleo común? Sí. Lo que he llamado una *representación semántica básica.*

Cada una de estas representaciones admite gran número de variantes léxicas. Es difícil traducir las palabras de un idioma a otro, pero la permanencia de esa representación semántica básica permitiría estructurar todas las lenguas alrededor de ellas. Cada idioma aportaría una matización, nuevos enlaces, valores distintos, intensidades diferentes, todo dentro de un modelo narrativo compartido. Como ocurre en la música, escuchamos aquí innúmeras y bellísimas variaciones sobre un mismo tema: la experiencia.

10

El léxico, como he explicado, no es el único sistema de información que nos proporciona un lenguaje. Hay también sistemas metafóricos que nos permiten conocer los modelos conceptuales inventados por una cultura. El de la furia es especialmente rico.

La furia es calor. Hay dos versiones de esta metáfora, una en la que el calor se aplica a un líquido y otra a un sólido. Cuando se aplica a un líquido se entiende que está dentro de un recipiente. El cuerpo es un recipiente para las emociones. Nos llenamos de indignación, nos invade el terror. Es además un recipiente cerrado. Cuando la furia aumenta, hervimos de indignación, nos calentamos, sube la presión y, en el caso extremo, la furia explota y suelta todo lo que había dentro.

Cuando el calor se aplica a un sólido, aparecen el fuego y las emociones arrebatadoras, enrojecidas.

La furia es una energía. Nos zarandea. Es una fuerza enemiga, a la que nos rendimos o que nos vence.

La furia es una enfermedad. Hace perder el control, podemos volvernos locos de ira.

Estas concepciones metafóricas dejan, por supuesto, su huella en el léxico, mediante las catacresis, es decir, gracias a las metafóras lexicalizadas que nos proporcionan indicios para reconstruir las experiencias básicas de un modo de entender la realidad. El estudio de las metáforas en idiomas distintos nos proporciona importante información sobre el lenguaje y sobre la experiencia de la realidad. Tal vez haya unas figuras universales, una común poetización de la experiencia, una tenaz búsqueda de lo real a través de lo irreal. Ya hablaremos de ello en el volumen siguiente.

11

Para que el lenguaje sirva como medio de comunicación tenemos que pasar de los conceptos vividos a los conceptos mancomunados y, si es posible, a los conceptos idealizados, sueño de todo lexicógrafo. ¿Es posible este paso? Creo que sí, con tal de que cambiemos nuestra forma de concebir la definición.

Hace años, Vladímir Prop estudió los cuentos populares rusos y llegó a la conclusión de que había un número limitado de argumentos –algo parecido a las *representaciones semánticas básicas*–, que después florecían en centenares de relatos diferentes –algo parecido al despliegue léxico– porque cambiaban los protagonistas, las anécdotas del cuento, el modo de desenlace.[24] Hemos pensado que los sentimientos también podrían estudiarse así, ya que son historias concentradas. Una representación semántica común se bifurca, trifurca, polifurca en distintos términos.

Creo que este modelo se puede generalizar. Necesito explicarles dos términos utilizados por los lingüistas: sintagmático y paradigmático. Las notas sintagmáticas se unen copulativamente (el carbón es negro y sólido y combustiona). Las notas paradigmáticas son variaciones disyuntivas (el carbón es vegetal o mineral). El argumento de un sentimiento, su representación semántica básica, sería una línea vertical que contaría el argumento, una cadena sintagmática. Sobre cada paso se injertarían, perpendicularmente, las distintas variaciones de los desencadenantes, de las intensidades, de las manifestaciones. Es decir, la pluralidad paradigmática. Les pondré como ejemplo la definición de árbol. En negrita van las notas sintagmáticas, que cuentan el núcleo semántico arbóreo. Las notas horizontales son las excluyentes pluralidades paradigmáticas.

Raíces subterráneas o aéreas o acuáticas.

+

Tronco/o troncos/con corteza gruesa/fina/utilizable (como el corcho)/no utilizable, marrón/gris/plateada/etc.

+

Hojas o acículas, perennes/caedizas, verde oscuro/verde claro/rojizas/etc., lanceoladas, etc.

+

Copa redondeada/cónica, grande/pequeña, etc.

+

Reproducción gimnospermas/angiospermas, etc.

+

Utilización madera/frutos comestibles/decoración, etc.

Estos dos ejes se pueden precisar hasta que se termine en una descripción cuidadosa de cada ejemplar. Las combinaciones posibles entre los distintos elementos sintagmáticos (verticales, conjuntivos) y los paradigmáticos (horizontales, disyuntivos) son numerosísimas. El conjunto de ambas dimensiones formaría el concepto vivido. Las combinaciones lexicalizadas no tendrían que ser, por supuesto, todas las posibles.

12

Termino. Las prédicas sobre la incomunicabilidad de los lenguajes son una claudicación precipitada. Derivan de una mala comprensión de lo que es el lenguaje, una mera herramienta, y de la capacidad de la inteligencia para superar las limitaciones de esa utillería.

Desde el punto de vista de la lingüística personal que he presentado, el entendimiento, la comprensión, la autenticidad del lenguaje son aspectos que desbordan la lingüística tradicional y caen en un terreno cercano a la ética. A mí esa derivación no me extraña. La primera función de la inteligencia es dirigir el comportamiento para salir bien librados de la situación en que estamos. Esta afirmación no nos lleva a la ciencia sino a la ética. En ella termina el modelo de inteligencia que defiendo, y que comienza en la neurología. La lingüística, la ciencia que estudia esa maravillosa creación de la inteligencia humana que es el lenguaje, tiene fácil acomodo en ese marco amplio y generoso de la inteligencia ética.

EPÍLOGO

Hay una pregunta que todo investigador debe hacerse. ¿He llegado a donde estoy porque la realidad o los argumentos o el poderío de la corroboración me han llevado, o he hecho una hábil chapuza, un cambalache de ideas, un juego de palabras, una selección de datos para conseguir «demostrarme» lo que quería? Freud descubrió que sus pacientes tenían sueños freudianos y los pacientes de Jung sueños jungianos.

Nuestro inconsciente, al parecer, está especialmente dotado para acomodarse a las preferencias propias o ajenas. Las posibilidades de autoengaño son sutiles, solapadas, astutas, listísimas.

¿A cuento de qué vienen estas cautelosas reflexiones? A cuento del cuento con que siempre tropiezo cuando escribo. Nunca quiero escribir sobre ética por variadas razones –una de ellas es que no es mi especialidad– y siempre acabo haciéndolo. De dos cosas una. O arreglo las cosas para que así resulten o las cosas son así.

He comenzado desde una teoría del lenguaje, del signo, para irme adentrando cada vez más en las complejidades del sujeto. Al final he llegado a la conclusión de que era necesario elaborar una lingüística personalista, o una teoría del sujeto lingüístico. El lenguaje como estructura formal o incluso como herramienta para transmitir información puede estudiarse con independencia del sujeto que lo usa. No es inverosímil que los ordenadores utilicen lenguajes con ese propósito. Pueden producir frases y asimilarlas y reutilizarlas, lo que es una forma de comprenderlas. Los ordenadores han encontrado cierto éxito en el análisis sintáctico, es decir, en los dominios formales y próximos del aspecto *codificativo* del lenguaje, es decir, lo que en el lenguaje es tratado como un código. Pero han fracasado en los aspectos más cotidianos y menos formalizables del *uso* del lenguaje. Ha aparecido de nuevo la fórmula general de la Inteligencia Artificial: «Lo que es difícil para el hombre es fácil para el ordenador, y lo que es fácil para el hombre es dificil para el ordenador.»

Uno de los factores del fracaso es haber visto al lenguaje sólo como un código. Pero al transferir esta noción a los ordenadores se tropieza con problemas insolubles. Lejos de reducirse a un código de comunicación transparente, está claro que el uso del lenguaje, la producción y la comprensión de las frases apelan a conocimientos no lingüísticos e implican procesos inferenciales y afectivos.

El lenguaje es mucho más que un perfectísimo código. Forma parte de la estructura de nuestra inteligencia. Ejerce una función de comunicación más profunda, más variada que la mera transmisión de informaciones. Es la presencia de la sociedad en nuestra subjetividad personal, nos pone en comunicación con nosotros mismos, es la base de nuestro comportamiento voluntario, nos relaciona con los demás, hace posible nuestros afectos y funda las grandes creaciones humanas que ennoblecen nuestras vidas, por ejemplo, el derecho.

En las comunicaciones con nosotros mismos y con los demás, el lenguaje se manifiesta como indicio de las intenciones del hablante. La pragmática, la parte de la lingüística que estudia el lenguaje-en-situación, comenzó estudiando la diferencia que había entre lo que dice una frase o un discurso y el acto de un sujeto que lo profiere. Cuando una persona pregunta a su pensativa pareja «¿En qué estás pensando?», y ésta responde con un gesto de displicencia «En nada», la significación de su expresión está clara: ha dicho que ningún pensamiento, imagen, sentimiento, palabra pasaban en ese instante por su conciencia. Pero el acto de habla puede haber sido una excusa, una simulación, una mentira. Entonces, el contenido puramente semántico no basta para establecer la comunicación. Hay una transferencia de significado lingüístico, pero no hay comunicación entre la persona que se reserva o miente y la persona que escucha.

Desde este punto de vista, el lenguaje adquiere una nueva densidad, una profundidad intranquilizadora, desasosegante. Es el sujeto quien está profiriendo el acto, y esa incardinación en el sujeto, cuyos avatares he pretendido contar, confieren al acto del habla un espesor ético. La comunicación deja de ser una propiedad del producto lingüístico para convertirse en un conjunto de operaciones de la inteligencia –la producción del lenguaje y la comprensión del lenguaje–. Pero aún tenemos que ir más allá. El habla es nuestro gran medio de comunicación con los demás y con nosotros mismos. Cuando este gigantesco utensilio falla, se entorpece la relación exterior y la relación interior. Esto puede suceder por fallos gramaticales, técnicos, que son lo que hasta ahora ha estudiado la lingüística. ¿Cómo eliminar las ambigüedades de la expresión? ¿Cómo hacer que una frase sea gramatical, es decir, correcta? Pero de esta manera estamos manteniendo el lenguaje en el mundo de las esencias. Cuando bajamos al Mundo de la vida, donde se dan las comunicaciones reales, el lenguaje empieza a embarullarse, a complicarse con comportamientos de los sujetos. Se malea, se pierde, se extravía, se amolda, engaña.

Conseguir este último nivel de comprensión es una finalidad de la inteligencia lingüística. Es verdad que los mentirosos, timadores, lavadores de cerebros, usan el lenguaje con gran habilidad. ¿Cómo podemos decir que no se comunican si son los grandes comunicadores? Conviene hacer aquí una precisión de suma importancia para nuestra vida real. Respecto al habla ajena –y a la nuestra propia–, tenemos que utilizar una serie de criterios. Unos se refieren al contenido de la expresión «No estoy pensando en nada», en el ejemplo anterior. Tengo que comprenderla a nivel del código, lingüísticamente, para poder seguir adelante. Si ese contenido es proposicional, aseverativo, podemos evaluar su verdad o falsedad. Pero para comprender exactamente la expresión tenemos que conocer cuál es la intención del hablante, no sólo la representación que ha pretendido transmitir, sino por qué ha hablado, por qué lo ha hecho de esa manera y en ese momento. Puedo querer molestar a un envidioso contándole el éxito de una persona. Al parecer estoy sólo informándole de lo sucedido, pero lo que estoy haciendo es otra cosa: vengándome de un agravio anterior.

La evaluación de estos comportamientos lingüísticos excede el campo de la lingüística tradicional, incluida la pragmática. El último capítulo de una teoría del lenguaje debe ser una ética lingüística. La competencia comunicativa no se reduce a una mera ampliación semántica de la competencia lingüística, sino que posee funciones propias, tales como producir actos de habla, posibilitar la traducción entre lenguajes, permitir el entendimiento intelectual, ofrecer una base para romper y cambiar convenciones lingüísticas, y dar cauce a la reflexión sobre el lenguaje desde el lenguaje sin incurrir en un círculo vicioso.

No. Creo que no he traído subrepticiamente las aguas a mi molino. Una vez más, descubro lo que hace unos años me produjo una monumental sorpresa: que la función principal de la inteligencia humana no es conocer, ni crear, sino dirigir el comportamiento humano para salir bien librados de la situación. Es, pues, una función ética. Si no les gusta, no es culpa mía.

Notas y tango bibliográfico

TANGO BIBLIOGRÁFICO

Confieso que me cansan las bibliografías al uso, aunque reconozco que es necesario documentar cualquier dato porque hay mucho mangante en el mundo intelectual. Pero el cementerio de obras y autores me aburre y deprime como todos los cementerios. En este libro he referenciado con exactitud académica todas mis citas. Y lo he hecho en persona, sin la ayuda de «negro» alguno (viático frecuente en estos asuntos de aparente trámite académico). Cumplo así con un deber de honestidad científica. Pero no puedo ocultarles que mi trato con los libros es pendenciero, amoroso, tierno, cruel, despreciativo y venerante. Desde mi adolescencia me he empeñado en escribir responsablemente de cosas que no sabía, lo que me ha exigido estudiar mucho para no ser un sinvergüenza. He hecho de la impertinencia virtud. Todos mis libros están acabados con la lengua fuera, con la fatiga del perro perdiguero que está a punto de caer derrengado después del esfuerzo. Y supongo que con el resoplido de satisfacción y petulancia con que el montañero salva el último pedrusco.

Esta insensatez en el empeño ha hecho que mi relación con los libros sea una historia de tango. Me explico. El tango es una ejemplificación del mito del eterno retorno o, al menos, del retorno sin más. La protagonista de este avatar, casi siempre desventurado, es la mujer, tratada en el tango con una adoración temerosa, es decir, de misa negra. La mujer –en mi caso los libros, no pierdan el hilo metafórico– aparece siempre dos veces en el tango. Una en su plenitud, cuando es capaz de ejercer toda la estupefaciente esgrima de la seducción. Otra, después, al final de la historia, cuando ya está convertida en cachivache («¡Que por este cachivache sea lo que soy!», llora la víctima de un tango famoso). Entonces, sola, fané y descangayada, muestra a las claras lo injustificado de aquella primera fascinación. Feynmann, un premio Nobel de física –los premiosnobeldefísica suelen ser gente seria– contaba que la relación de un científico con una teoría es muy semejante a la que se tiene con la mujer amada. Uno resulta deslumbrado por su atractivo y cuando descubre sus defectos ya está demasiado enamorado de ella –mujer y teoría– para abandonarla.

El lector, en este caso yo, que ve los amores desde lejos, comprende la fascinación pero no sufre por el abandono. Así soy de cruel con los libros. Lo que aprendo de ellos me sirve en muchos casos para desdeñarlos cuando vuelvo a leerlos, cosa que suele ocurrir con agotadora frecuencia.

En mi corazón guardo hacia esos callados maestros una gratitud remordida, muy parecida a la que los malosbuenos hijos deben de sentir hacia sus padres, porque cuanto mejor hayan ejercido su tarea más se van a independizar de ellos. Esta actitud de cordial distanciamiento tiene una ventaja: los libros que permanecen, aquellos cuyo fulgor resiste la relectura, quedan en mi vida como cimiento cordial e imprescindible de mi futuro.

La historia reciente de la psicología se presta muy bien a esta estructura narrativa de tango, porque está llena de esplendores y decadencias. El cognitivismo arrumbó el conductismo cuya altanería conocí, pero ahora Bruner, uno de los padres de la criatura, dice que el cognitivismo se ha perdido en un ordenador y ya no se lo encuentra. Lo cuenta en *Actos de significado*, Alianza, 1991. He visto el desprecio hacia Piaget por parte de la psicología anglosajona, la posterior admiración y ahora otro posible crepúsculo. Viví el auge de la psicología factorial y su ocaso. Ahora emergen las psicologías culturales, la psicología social, la psicología del discurso. No tardaremos mucho en ver también su decadencia. Asistí a la glorificación y al denuesto de la sintaxis –Chomsky–; a la glorificación y crítica de la semántica –las semánticas generativistas–, a la glorificación por ahora vigente de la pragmática –Austin, Searle, Grice– y también al triunfo y al fracaso de la filosofía del lenguaje natural, de la que Rorty escribió una melancólica oración fúnebre en 1990: «Lo que me parece más sorprende de mi ensayo de 1965 es lo en serio que me tomaba el fenómeno del "giro lingüístico", lo importante que me parecía.» «Las controversias que discutí con tanta seriedad en 1965 ahora me parecen decididamente antiguas (Rorty, R.: *El giro lingüístico*, Paidós, Barcelona, 1990, p. 159). Podría ponerles muchos ejemplos más.

Contarles estas historias biobibliográficas no es académicamente serio. Se lo advierto porque voy a tomarme muchas licencias. Al fin y al cabo no hablo de letra impresa, sino de creencias, valores, ideas, errores, dudas, choques, perplejidades. Pero estoy seguro de que al lector no académico le interesará contemplar la obra desde las bambalinas, aunque sea para vivir el barullo previo a la subida del telón. Así que me he decidido por una solución ecléctica. Cada capítulo de este apéndice documental tendrá una primera parte rigurosa y estricta, llena de referencias bibliográficas, y una parte lunfarda y golfa donde les contaré el tango de este libro, o sea, una historia de amores y desdenes. Juzguen con rigor la primera, y diviértanse con la segunda.

NOTAS A LA INTRODUCCIÓN

1. Sasnuma, S.: «Kana and Kanji Processing in Japanese Aphasic», *Brain and Language*, 2, 1975, pp. 369-382.

2. Tannen, D.: *You Just Don't Understand: Women and Men in Conversation*, William Morrow, Nueva York, 1990 (trad. esp.: *¡Tú no me entiendes!*, Círculo de lectores, Barcelona, 1992), y *Género y discurso*, Paidós, Barcelona, 1996.

El análisis de las conversaciones, dice Tannen, muestra que hombres y mujeres utilizan el lenguaje con propósitos diferentes. En caso de conflicto, por ejemplo, la mujer habla porque su forma de elaborar los problemas es formulándolos lingüísticamente. No pide consejo, quiere hablar. En cambio, por regla general, los hombres prefieren resolver sus problemas en silencio. Cuando una mujer comunica un problema a su pareja, ésta suele pensarlo y dar una solución. La mujer puede irritarse ante tal falta de comprensión, con lo que el hombre suele llegar a la conclusión de que lo mejor es no hablar.

3. Quinn, N.: «Convergent Evidence for a Model of Marriage», en D. Holland y N. Quinn: *Cultural Models in Language & Thought*, Cambridge University Press, Cambridge, 1987.

4. Bruner, E.: «Ethnography as Narrative», en V. Turner y E. Bruner (comps.): *The Anthropology of Experience,* University of Illinois Press, Chicago, 1986.

5. Rule, C.: «A Theory of Human Behavior Based on Studies of Non Human Primates», *Perspectives in Biology and Medicine,* vol. X, 1967, pp. 153-176.

6. Tannen, D.: «Indirectness in Discourse: Ethnicity as Conver-

sational Style», *Discourse Processes*, 4, 1981, pp. 221-228, y *Género y discurso*, Paidós, Barcelona, 1996, p. 43.

7. «El hablante nativo ha adquirido una gramática sobre la base de unos datos muy restringidos y deteriorados; la gramática tiene consecuencias empíricas que sobrepasan grandemente esos datos» (Chomsky, N.: *Language and Mind*, edición ampliada, Harcourt Brace Jovanovich, Nueva York, p. 27). Como observa el mismo Chomsky en una de sus «*Russell Lectures*» titulada «On Interpreting the World», ni siquiera un neopositivista como Bertrand Russell pudo dejar de reconocer la agudeza de tal problema, habiendo planteado esta interrogación en su libro *Human Knowledge: Its Scope and Limits*»: «¿Cómo puede suceder que los seres humanos, cuyos contactos con el mundo son tan breves, personales y limitados, sean, sin embargo, capaces de conocer tanto como conocen?»

Chomsky ha tratado este asunto en *El conocimiento del lenguaje*, Alianza, Madrid, 1989. Lo llama «el problema de Platón» o «el problema de la pobreza del estímulo» (p. 21).

8. Chomsky, N.: *Aspects of The theory of Syntax*, The MIT Press, Cambridge, 1965, p. 3.

9. Mill, J. S.: *A System of Logic*, I.IV, cap. 4.

10. Austin, J. L.: «Un alegato en pro de las excusas», en *Ensayos filosóficos*, Alianza, Madrid, 1989, p. 174.

11. Heidegger, M.: *Del camino al habla*, Ediciones del Serbal, Barcelona, 1979.

BIOBIBLIOGRAFÍA

Los inicios

Edmund Husserl y Noam Chomsky están en el origen de esta obra. Ambos son autores de ida y vuelta, de admiración y crítica, protagonistas pues de este tango bibliográfico. A Husserl le reprocho que desdeñase la ayuda que la ciencia podía proporcionar a sus análisis de la conciencia. A Chomsky su emperramiento por los componentes formales del lenguaje. Gran parte de la lingüística moderna sufre lo que podríamos llamar «síndrome de Shylock». El protagonista de *El mercader de Venecia* vio frustrados sus planes porque fue incapaz de cortar una libra de carne que no contuviera ni una gota de sangre. Los lingüistas sufren una decepción semejante al pretender estudiar el lenguaje sin considerar nada que sea extralingüístico. Consiguen con cierta facilidad esa autonomía mientras se enclaustran en disciplinas fácilmente formalizables, como son la fonética o la sintaxis, pero se enredan en problemas insolubles cuando tienen que estudiar el significado.

Hans Hörmann, en su estupendo libro *Querer decir y entender*, Gredos, Madrid, 1982, se hace eco del desasosiego que hay en la lingüística. Una de las razones que da es que «los modelos y teorías están alcanzando un nivel cada vez mayor de complicación en el que lo admirable está a un paso de lo ridículo» (p. 9). Hay un abismo entre la teoría y la realidad. Hjelmslev aspiraba a un «álgebra del lenguaje», Harris preconizaba procedimientos mecánicos de análisis y Chomsky está muy cerca de una lingüística matemática.

El lenguaje que pretende describir la lingüística general no es el lenguaje del que se hace uso, sino algo así como *el lenguaje en sí*. Se supone que es el correlato de la competencia lingüística, pero no acabo de saber muy bien si esta competencia es una noción real o un constructo teórico. Es verdad que se han producido muchas variaciones en la gramática generativa y que últimamente Chomsky ha introducido dos nociones interesantes, que resuelven en parte este problema: lengua exterior y lengua interior (*Conocimiento del lenguaje*, Alianza, Madrid, 1989). Aun así, creo que tiene razón Schlesinger cuando apunta que si la competencia es gramatical, no basta para constituir ella sola la competencia del usuario. Hay que añadirle otras competencias: semántica, pragmática, comunicativa. Me parece que en el deslumbrante intento de Chomsky se estudia un lenguaje en el que, como dice Hörmann (p. 75), la función comunicativa y la intención comunicativa no desempeñan ningún papel. Esto lleva a algo ya defendido por la lingüística estructuralista de cuño bloomfieldiano: el rechazo de todo lo que tenga que ver con «significado». Pero ¿cómo se puede estudiar un lenguaje insignificante? No se puede.

Mis recelos

Mi desconfianza hacia los formalismos como culminación de la tarea científica procede de Husserl, quien explicó sus razones en el espléndido libro titulado *La crisis de las ciencias europeas y la fenomenología transcendental*, Crítica, Barcelona, 1991. Su tesis es que si la ciencia pierde de vista su origen, la subjetividad que la inventa, comprende y perfecciona se torna incapaz de comprender lo que hace, el sentido de su actividad. Y entonces se deshumaniza. Estoy de acuerdo. La lingüística se ha deshumanizado, y dada la importancia que el lenguaje tiene en la construcción de nuestra intimidad y de nuestra vida social, esa deshumanización puede, además de hacernos perder la esencia del habla, influir sobre la manera de entendernos a nosotros mismos.

El triunfo de la lingüística estructural –sería mejor decir «formal», ya que toda gramática es estructural– dejó fuera la semántica –lo que a mi juicio amputaba insoportablemente las funciones del lenguaje– sólo porque era un territorio poco formalizable. Acopiaré algunas opiniones de ilustres especialistas. Martinet: «El léxico parece mucho menos reducible a modelos estructurales que la fonología y la gramática, una vez que se han examinado los términos de parentesco, los numerales y algunos más.» Ullman: «La razón por la que la semántica no ha conseguido adaptarse a la nueva perspectiva estructuralista es fácil de ver: el vocabulario no es reducible a una descripción exahustiva y ordenada con los mismos métodos que la gramática y la fonología de una lengua. Excepción hecha de algunos dominios como la gama de los colores, los grados militares, la red de relaciones familiares, está constituida por el amontonamiento poco organizado de un número infinitamente grande de elementos.» Guiraud: «Un campo lexicológico no constituye un organismo (una estructura) en el mismo grado que un sistema fonológico, donde cada término asume una función común *necesaria* para el conjunto» (puede verse un buen resumen de estos problemas en Mounin, G.: *La sémantique*, Éditions Payot & Rivages, París, 1997).

Un descubrimiento

Como yo venía de la teoría de la inteligencia, me parecía claro que el significado es el fundamento de toda actividad inteligente, y que el fundamento de la lingüística tenía que ser la semántica. Por eso me alegró descubrir la obra de Ronald W. Langacker *Foundations of Cognitive Grammar*, Stanford University Press, Stanford, 1987, 2 vols., que introducía la lingüística dentro del ámbito cognitivo y negaba que tuviera que ser formalizable. «El tema fundamental de la teoría lingüística», escribe Langacker, «es la naturaleza del significado y cómo tratar con él. Es evidente que el significado es un fenómeno cognitivo y tiene que ser analizado como tal. La gramática cognitiva identifica significado y conceptualización (explicada como proceso cognitivo). Al hacerlo, entra en conflicto con la gran tradición de la teoría semántica (parte de la cual puede leerse como un elaborado intento de evitar esta cuestión), en particular con muchas variedades de semánticas formales basadas en las condiciones de verdad.»

Animado por este encuentro, comencé a buscar otros autores que se movieran en esa misma orientación y, no sé si por un efecto óptico o porque así son las cosas, me pareció encontrar muchos.

En un sentido amplio podríamos incluir a Dwight Bolinger por su esfuerzo para elucidar el valor semántico de los morfemas. A Wallace Chafe por su interés en construir una alternativa al paradigma generativo. Charles Fillmore por sus contribuciones a la semántica, especialmente con relación a los «marcos» *(frames)*. A Lakoff, que ha insistido en la necesidad de un acercamiento a la estructura gramatical cognitivamente fundado, en la importancia de hacer una teoría natural del lenguaje, en la centralidad de la metáfora para el lenguaje y para nuestra vida mental, y en la no autonomía de la gramática. Investigaciones recientes sobre las expresiones locativas, llevadas a cabo por C. Brugman, A. H. Herskovits y L. Talmy pueden considerarse cognitivas. Terence Moore y Christine Carling también han insistido en la falta de autonomía de las estructuras lingüísticas. Los escritos sobre lenguaje de Piaget van también en esta dirección.

Philip N. Johnson-Laird, un estupendo psicólogo que se mueve con soltura en el amplio campo de las ciencias cognitivas, ha escrito un voluminoso libro con George A. Miller, otro prestigioso psicólogo, titulado *Language and Perception*, Cambridge University Press, Cambridge, 1976. Pretendieron fundar un nuevo campo lingüístico, al que llaman *psicolexicología*: «Lexicología es la teoría que fundamenta la lexicografía; psicolexicología es la lexicología basada sobre la psicología, sobre cómo trabaja la mente del usuario del lenguaje» (p. vi). Intentan responder a una pregunta indispensable: ¿Cómo surgen los significados lingüísticos a partir de los significados perceptivos? Ray Jackendoff es otro personaje de mi tango bibliográfico, que me admira y enfurece a la vez. Ha elaborado una interesantísima semántica cognitiva, estudiando la relación entre la estructura semántica y la estructura conceptual, en *Semantics and Cognition,* The MIT Press, Cambridge, 1983, y *Semantic Structures,* The MIT Press, Cambridge, 1990. Mi crítica a Jackendoff viene por su teoría de la inteligencia computacional, en la que niega la eficacia de la conciencia. «El ser consciente de una entidad E no puede tener "en sí mismo" ningún efecto en la mente computacional.» «La conciencia no es buena para nada.» (*Consciousness and the Computational Mind*, The MIT Press, Cambridge, 1987, pp. 24-27.) La clara conciencia de falsedad –e incluso de irritación– que me produce la lectura de estos textos demuestra la falsedad de su aseveración. El ser consciente de ellos ha resultado eficaz, entre otras cosas, para moverme a buscar argumentos en su contra. Pero este asunto no corresponde al presente libro, así que lo dejo.

Acabo de recibir un libro dirigido por Michael Tomasello, *The New Psychology of Language,* Lawrence Erlbaum, Mahwah, 1998, que recoge artículos de autores cercanos a la lingüística cognitiva. Langacker escribe: «Interpreto el término *conceptualización* ampliamente como incluyendo cualquier clase de experiencia mental. Esto incluye: 1) las antiguas y nuevas nociones; 2) no sólo los "conceptos" abstractos o intelectuales sino también las experiencias sensoriales, motoras y afectivas; 3) las concepciones que no son instantáneas sino que se despliegan a traves de un procesamiento temporal; 4) todas las aprehensiones del contexto físico, social, cultural y lingüístico. Lejos de ser estática o solipsista, la conceptualización se considera una actividad dinámica realizada por las mentes que interactúan con sus entornos.»

El léxico emocional

Mientras leía libros de lingüística para preparar *Teoría de la inteligencia creadora,* creció mi interés por los sentimientos y su vocabulario. Encontré muchas referencias léxicas, y ello me llevó a pensar en realizar un estudio léxico de semántica afectiva. Mi interés aumentó al escribir *El laberinto sentimental*. Me di cuenta de que el vocabulario de los sentimientos estaba muy bien estudiado y, además, en culturas muy distintas, lo que me permitía aprovechar este asunto no sólo para una investigación de campo semántica y léxica, sino tambien para intentar una aproximación intercultural a la semántica, asunto que estará cada vez más en el candelero. Últimamente se han realizado muchos estudios sobre el léxico emocional en culturas lejanas. Unos se ocupan de todo el campo emocional (Briggs, Gerber, Lutz), otros de unos pocos sentimientos (Abu-Lughod, Myers, Rosaldo):

Abu-Lughod, L.: *Veiled Sentiments: Honor and Poetry in a Bedouin Society*, University of California Press, Berkeley, 1986.

Myers, F. R.: «Emotions and the Sef: a Theory of Personhood and Political Order among Pintupi Aborigines», *Ethos*, 7, 1979, pp. 343-370

Rosaldo, M. Z.: «The Shame of Headhunters and the Autonomy of Self», *Ethos,* 11, 1983, pp. 135-151.

Briggs, J.: *Never in Anger: Portrait of an Eskimo Family*, Harvard University Press, Cambridge, 1970.

Lutz, C.: *Unnatural Emotions,* The University of Chicago Press, Chicago, 1988.

El resultado, después de muchas idas y vueltas, es el segundo tomo de esta obra, escrito con Marisa López Penas. La lexicografía plantea problemas muy serios, así que intenté una formación lexicográfica acelerada. No es un esfuerzo inútil porque el léxico es el nexo entre el mundo del significado y el mundo de la expresión.

Otro descubrimiento

En esta fase, mi gran descubrimiento fue Anna Wierzbicka, a mi juicio la más valiente e inventiva semántica y lexicógrafa de nuestro tiempo. Polaca de nacimiento, trabaja en el Departamento de Lingüística de la Australian National University en Canberra. La primera obra suya que leí fue *Semantics, Culture, and Cognition,* Oxford University Press, Nueva York, 1992, libro que me fascinó y que recomiendo a todos los lectores que sientan pasión por el lenguaje, aunque no sean lingüistas. Se trata de un estudio de los conceptos, de sus variaciones culturales y de su definición. Es un libro de altísima calidad y de gran ánimo.

Wierzbicka defiende la existencia de unos primitivos semánticos transculturales, gracias a los cuales pueden definirse los términos de cada idioma en un metalenguaje universal. Posteriormente leí *Semantics. Primes and Universals*, Oxford University Press, Oxford, 1996. Me interesó y divirtió mucho el capítulo titulado «Contra "Contra las definiciones"» («Against "Against Definitions"»), una crítica de la furia contra las definiciones que conmueve los tranquilos campos de la lexicografía.

Por último, estudié un libro espléndido que trata un tema de gran relevancia: *Cross-Cultural Pragmatics. The Semantic of Human Interaction,* Mouton de Gruyter, Berlín, 1991. Era la primera obra que leía sobre las variaciones culturales de los actos de habla y me sorprendió. Como de pragmática hablaré más tarde, no me extiendo en el comentario.

Lo que pretendía sobre todo en esta nota era aplaudir.

Un desdén posiblemente injusto

Confieso mi simpatía por Wittgenstein y mi recelo ante tantos wittgensteinianos que repiten siempre las mismas coplillas: las que hablan de juegos de lenguaje y de parecidos de familia. Creo que esta última es superficial y falsa, aunque conozco la influencia que ha ejercido, por ejemplo, en la teoría de los prototipos de Eleanor Rosch, que goza –a mi juicio también de manera infundada– de gran predicamento como explicación de la estructura del mundo conceptual.

Jerrold J. Katz, uno de los grandes lingüistas actuales, ha dedicado la mayor parte de su libro *The Metaphysics of Meaning,* The MIT Press, Cambridge, 1990, a estudiar si Wittgenstein había triunfado en su empeño de eliminar todas las teorías del significado en las que las cuestiones metafísicas tuvieran significado. Advierte que su estudio parte de una noción del significado y de la filosofía completamente opuesta a la de Wittgenstein. «Primero: la teoría define los límites del lenguaje de una manera que permite que las sentencias metafísicas sean significativas; es decir, proporciona un fundamento semántico para la metafísica. Segundo la teoría difiere en aspectos importantes de las teorías que Wittgenstein explícitamente consideró al elaborar sus críticas de las teorías del significado; lo que aumenta las posibilidades de revelar alguna limitación en el alcance de sus argumentos» (p. 7). Considera que esas críticas sólo sirven contra las teorías de Frege, Russell o las de su propio *Tractatus*.

Critica también el naturalismo de Wittgenstein cuando dice que lo que puede ser dicho, puede ser dicho sólo en proposiciones de la ciencia natural. «El naturalismo contemporáneo está basado en los argumentos de Wittgenstein y Quine contra las teorías intensionales del significado, y, puesto que los argumentos de Quine también fallan, no hay un buen argumento que soporte el naturalismo contemporáneo» (p. 15).

Los argumentos de Katz tranquilizan un poco mi conciencia. Para tranquilizarme más, leo en un libro recientísimo de Stuart Shanker –*Wittgenstein's Remarks on the Foundations of AI*, Routledge, Londres, 1998–, otra crítica de la teoría de los parecidos de familia, que concluye: «Wittgenstein parece contentarse con describir las variadas "redes complicadas" que comprende el lenguaje y dejar ahí el asunto. Para la ciencia cognitiva, la contribución de Wittgenstein a la teoría de los conceptos se reduce a una nota a pie de página y, ocasionalmente, a un epigrama» (p. 196).

Los actos de habla

Al intentar hacer una lingüística cognitiva y humanista, ¿no la estoy convirtiendo en pragmática? La separación entre semántica y pragmática es artificial. Como he explicado, hay una semántica general, que trata del signo, del significado y de los distintos tipos de textos, y que se especializa después en sintaxis, léxico y pragmática. Citaré un texto de Langacker: «La gramática cognitiva, más que imponer límites artificiales, señala una gradación entre semántica y pragmática, y también entre lingüística y conocimiento general.» Considera que las expresiones evocan (más que contienen) los significados, que emergen mediante un elaborado proceso de *construcción del significado* utilizando todos los recursos

–lingüísticos, psicológicos y contextuales–. Incluso en el nivel léxico, los significados son variables y maleables. El enfoque *enciclopédico* (Haiman, Langacker, Wierzbicka) trata los ítems léxicos como puntos de entrada en una vasta red conceptual». («Conceptualization, Symbolization, and Grammar», en M. Tomasello: *The New Psychology of Language,* Lawrence Erlbaum, Mahwah, 1998).

Lo que enlaza el lenguaje con el sujeto son los actos de habla (y los de comprension del habla, aspecto descuidado en la pragmática). La sintaxis y la semántica se ocupan de la oración, la pragmática del enunciado, que es el producto tangible del acto de habla.

Los actos de habla tienen una intención: pedir, comunicar, ordenar, etc. (aspecto ilocutivo), que motiva la producción de un enunciado (aspecto locutivo). Tienen también unos resultados (aspecto perlocutivo). Ejemplo: Insulto (locutivo), deseo de dejar constancia del desprecio (ilocutivo), el insultado se enfada (perlocutivo).

NOTAS AL CAPÍTULO I

1. Thoits, P. A.: «Coping, Social Support and Psychological Outcomes. The central Role of Emotions», en P. Shaver, (ed): *Review of Personality and Social Psychology, Emotions, Relationships and Health*, Sage Pub., Beverly Hills, 1984.

2. Ellis, A.: «El amor y sus problemas», en M. E. Bernard y A. Ellis: *Aplicaciones clínicas de la terapia racional emotiva*, DDB, Bilbao, 1990, p. 51.

3. Chomsky define la competencia lingüística como *innate cognization, tacit knowledge, unconscious knowledge, unconscious cognization.*

Katz distinguió entre el *tacit knowledge of an ideal speaker* (conocimiento tácito de un hablante ideal) –la descripción del cual constituye el objetivo de la gramática– y la competencia de un hablante individual, entendiendo esta última como un «constructo» más psicológico que lingüístico, que identifica con lo que está a disposición del niño, lo que por cierto resulta problemático (*The Philosophy of Language*, Nueva York, 1966). Schlesinger distingue entre una *communal grammatical competence* (una competencia gramatical común) y una *individual grammatical competence* (competencia gramatical individual).

4. Winters, M.: «Subjonctif et réseau», en *Communications*, 53, 1991, pp. 155-171. El número esta dedicado a la semántica cognitiva.

5. Este asunto ha sido muy bien comentado por Ronald W. Langacker. Critica el furor formalista de muchos gramáticos, defendiendo el carácter figurativo, simbólico de toda la gramática.

«La gramática cognitiva hace una afirmación que golpea en el mismo corazón de la hipótesis de la sintaxis autónoma: afirma que la misma gramática tiene una *imagic function* y que en gran parte posee un carácter figurativo. La gramática (como el léxico) encarna una imaginería convencional. Con esto quiero decir que estructura una escena de determinada manera para sus propósitos de expresión lingüística, enfatizando ciertos aspectos a expensas de otros, viéndola a partir de cierta perspectiva, o construyéndola en términos de una cierta metáfora.» Considera que dos frases toscamente sinónimas, con las mismas palabras pero diferentes estructuras gramaticales, son semánticamente distintas. Por ejemplo: *He sent a letter to Susan* y *He sent Susan a letter* le parecen dos frases que presentan una misma escena por medio de imágenes diferentes (*Foundations of Cognitive Grammar*, Stanford University Press, Stanford, 1987, vol. I, p. 38).

6. Hörmann, H.: *Querer decir y entender,* Gredos, Madrid, 1982. Mantiene que la capacidad de proferir significados es previa al lenguaje. Aparecen en primer lugar núcleos prelingüísticos. El origen del lenguaje depende de la capacidad para reconocer patrones recurrentes. «El hombre posee la capacidad de instaurar lo permanente en medio de la fuga de los fenómenos y, más tarde, también en la fuga de los sonidos lingüísticos» (p. 432).

7. Pessoa, F.: *Poesía,* Alianza, Madrid, 1986, p. 24.

8. La teoría del segundo sistema de señales fue propuesta por Pavlov. Un buen resumen de sus ideas en V. M. Alcaraz: *La función de síntesis del lenguaje,* Trillas, México, 1980.

9. Bronowski, J.: «Human and Animal Languages», en *To Honor Roman Jakobson*, La Haya, París, 1967, vol. I, 381.

10. Nelson, K.: *El descubrimiento del sentido*, Alianza, Madrid, 1988, p. 20.

BIOBIBLIOGRAFÍA

En el parvulario

Ya les dije que pretender escribir un libro sobre un asunto que se desconoce exige estudiar mucho para no ser un desaprensivo.

Esto de estudiar me sigue pareciendo una de las actividades intelectuales más satisfactorias, aunque se trate de los arduos libros de lingüística, así que me fui contento al parvulario. Yo había estudiado con cierto detenimiento libros de psicolingüística, atendiendo especialmente a la neurología y al aprendizaje infantil. Conocía bien la obra de Bruner, Piaget, Vigotsky, Luria. De estos cuatro, por cierto, los que han soportado mejor las relecturas son los dos últimos. Creo que Piaget ha metido en una vía peligrosa a la psicología de la inteligencia al insistir sólo en la dimensión cognitiva y no en la motivacional y sentimental. Y las últimas obras de Bruner me han parecido inclinadas hacia un culturalismo excesivamente alegre.

Conocía también las obras clásicas de filosofía del lenguaje: Cassirer, Bühler, los filósofos del lenguaje natural, la obra de semióticos como Eco o Greimas. Por supuesto, también las obras de los fundadores de la pragmática: Austin, Searle, Grice, Sperber, Wilson. Y su ampliación dentro de las teorías de la acción comunicativa: Apel y Habermas, por ejemplo. Había estudiado las tribulaciones de los sistemas de Inteligencia Artificial para lidiar con el lenguaje. Me habían interesado mucho las obras de Schank, Abelson y Winograd. Conocía la obra de Saussure, Martinet, Hjemslev, Pottier, Coseriu, Guiraud, Benveniste, pero como diletante. Me habían sido de mucha utilidad el *Diccionario de términos filológicos*, Gredos, Madrid, 3.ª ed., 1990, de Fernando Lázaro Carreter, y *Semiótica. Diccionario razonado de teoría del lenguaje*, Gredos, Madrid, 1982, de A. J. Greimas y J. Courtés, que me parece que lo mezcla todo. Pero mi formación lingüística era, a la vista está, fragmentaria y desordenada. Así que necesitaba el parvulario para estudiar unas cuantas introducciones generales a la lingüística, llenar mis vacíos y ponerme al día.

Disfruté mucho con la apabullante *Lingüística estructural* de Rodríguez Adrados –un especialista en gramática griega, que después pasó a la lingüística indoeuropea y de allí a la lingüística general– porque está escrita con buen estilo, sabiduría y pasión. Da una visión general de las distintas escuelas. «Creemos que en buena medida las distintas escuelas lingüísticas exponen doctrinas que son menos contradictorias de lo que piensan sus exponentes: nuestra intención es ordenarlas en forma coherente que utilice los resultados logrados aquí y allá para dar un cuadro de conjunto de la organización total de la lengua. Solo la escuela de Copenhague ha intentado fundar una doctrina lingüística que abarque todos los aspectos de la lengua; y como dicha doctrina, aparte de representar más bien un esquema general apenas desarrollado en la práctica, es en buena medida contraria a la del presente libro (por su excesivo formalismo, su afirmación de que la «sustancia» no pertenece a la lengua y ésta puede estudiarse sin contar con ella y por su excesivo alejamiento de la realidad lingüística), a ello se debe que las propuestas de esta escuela reciban aquí menos atención» (p. 10).

Me pareció muy bien que criticase a las escuelas danesa o glosemática, y americana o descriptivista por querer prescindir del significado. Descubre «lo que hay de falsa seguridad en las fórmulas aparentemente inexpugnables de la Gramática Transformacional» (p. 25). «La simbolización, que es una ventaja desde el punto de vista de la exposición de hechos no excesivamente complejos y de la formulación de reglas generales, se convierte a veces en una especie de fetiche, un fin en sí que causa gran daño debido a la creencia instintiva de que sólo lo simbolizable es real y todo lo simbolizable responde a una realidad bien definida y fijada para siempre. El peligro que envuelven las palabras es menor que el de los símbolos. En vez de utilizarlos para exponer una teoría, se utilizan con la idea de que sólo con ellos se crea una teoría más perfecta y completa que las anteriores: lo que en cierta medida no es verdad» (p. 432). Estoy completamente de acuerdo. Lanza también un viaje jabalino a Chomsky: «Su idea de lo que es una lengua es excesivamente pobre y primitiva. Lo que da es un análisis escolar de la lengua, más una Semántica esquemática y abstracta, considerada por él como independiente.» Su teoría «contiene graves errores y es sobre todo intolerable el absolutismo con que cree poder prescindir de los infinitos estudios realizados sobre la lengua desde otros puntos de vista» (p. 435).

Me fue de gran utilidad el *Curso Universitario de Lingüística general*, Síntesis, Madrid, 1994, 2 vols., de Juan Carlos Moreno Cabrera. Me pareció un buen libro de texto, aunque con demasiadas diferencias en el grado de dificultad de la exposición. Tiene ejercicios muy interesantes y una estupenda bibliografía comentada. Sin embargo, creo que voluntariamente ha empobrecido la idea de semántica, porque, aunque reconoce que hay otras opciones –la semántica de las situaciones y la semántica cognitiva–, elige una concepción veritativa-funcional que amputa el campo y acerca excesivamente la semántica a la lógica. «Empezamos por decir que el concepto de verdad/falsedad es fundamental para establecer una semántica oracional. Si hay algo que podemos decir con seguridad, es que estas entidades lingüísticas exhiben la propiedad de ser verdaderas o falsas. Esta propiedad no la presenta ninguna parte de la oración que no sea la oración misma» (p. 39). «Si, siguiendo la propuesta de Donald Davidson, al estudiar el significado de las oraciones lo hacemos en términos de la determinación de su valor de verdad, estamos restringiendo fuertemente lo que habitualmente se entiende por *significado* de una oración. (...) Es evidente que la teoría del significado oracional que obtendremos será parcial, pero no lo es menos que ello contribuirá al menos a poner en claro parte de lo que habitualmente se entiende por significado, aplicado a las oraciones» (p. 42). No pretende describir el entendimiento real por parte del hablante del significado de una oración, sino las propiedades formales de la semántica oracional.

Como en este libro defiendo una semántica cognitiva, no tengo que extenderme más en esta crítica. Mencionaré sólo un comentario de John Lyons: «Puede aceptarse que, si una oración tiene condiciones veritativas, saber su significado equivale a saber qué estado del mundo viene a describir (en el supuesto de que se emplee para emitir una aseveración). Pero de ahí no se sigue, de ninguna manera, que todas las oraciones tengan condiciones veritativas y que su significado esté totalmente condicionado por la verdad» (*Introducción al lenguaje y a la lingüística*, Teide, Barcelona, 1984, p.149). El uso característico de las oraciones no declarativas de diversos tipos –especialmente las imperativas o interrogativas– no expresa aseveraciones, y aun así, a menos que estemos dispuestos a aceptar una noción absurdamente estricta de significado, hemos de admitir que son no menos significativas que las oraciones declarativas.

De todas formas, Moreno defiende una idea total del lenguaje que me interesa: «Una vez establecidas las propiedades formales del fenómeno significativo, hay que volver a las raíces de donde proviene el carácter denotativo y referencial del lenguaje: esas raíces están en el acto comunicativo.» Estoy de acuerdo.

Este mismo autor tiene también una *Introducción a la lingüística*, Síntesis, Madrid, 1997, con un enfoque tipológico y universalista que enlaza con mis preocupaciones interculturales.

La *Introduccion al lenguaje y a la lingüística* de John Lyons, Teide, Barcelona, 1984, es una obra sencilla, fácil de leer, que presenta los principales temas de la lingüística, a excepción de la pragmática. La *Semántica lingüística*, Paidós, Barcelona, 1997, de este mismo autor, me parece una obra de referencia. Me ha interesado mucho su análisis de la «subjetividad y la acción locutiva» (pp. 359-365). Se lamenta de que los trabajos de semántica escritos en inglés se preocupan poco del fenómeno de la subjetividad. «Comparten el prejuicio intelectual y objetivo de que la lengua es, en esencia, un instrumento para la expresión del pensamiento proposicional (...) coinciden en no prestar atención alguna al componente no proposicional de las lenguas o en despreciar su importancia.» Lo que interesa más en particular al lingüista es la *subjetividad locutiva*: la subjetividad del enunciado, la expresión de uno mismo en el uso de la lengua. Hablaré más tarde de esto.

Es completa, y tiene mucha información, lo que a veces la hace poco clara, la *Lingüística general* de Angel Alonso-Cortés, Cátedra, Madrid, 1993.

Utilísimo, aunque desordenado, me pareció el *Panorama de la lingüística moderna de la Universidad de Cambridge,* compilado por Frederick J. Newmeyer, Visor, Madrid, 1992, 4 vols.

También estudié con gran interés el libro de W. O'Grady, M. Dobrovolsky y F. Katamba (eds.), *Contemporary Linguistics*, Longman, Londres, 1997. Me parece una buena introducción a la lingüística. Un mero repaso al índice pone de manifiesto las ramificaciones que esta ciencia va teniendo. Estudia la fonética, la fonología, la morfología, la sintaxis, lo que llama *interfaces* entre cada una de estas ramas, la semántica, el estudio del cambio lingüístico, la clasificación de lenguajes, las relaciones entre cerebro y lenguaje, la psicolingüística, es decir el estudio del procesamiento del lenguaje, la adquisición del lenguaje y la emergencia de la gramática, la adquisición del segundo lenguaje, la sociolingüística, la escritura, la comunicación animal, y tiene un capítulo sobre lingüística computacional. Está claro que falta una sección dedicada a la pragmática, lo que pone de manifiesto una de las cuestiones más controvertidas de la lingüística actual: la situación y amplitud de la pragmática.

La lingüística está fragmentándose en una gran variedad de subespecialidades. Por ejemplo, la lingüística textual, que no estudia el léxico, ni la oración, sino formaciones lingüísticas mas amplias, que plantean problemas distintos. Una introducción publicada en castellano es la de Robert-Alain de Beaugrande y Wolfgang Ulrich Dressler: *Introducción a la lingüística del texto*, Ariel, Barcelona, 1997. Para una introducción a la pragmática, el libro de M. V. Escandell Vidal *Introducción a la pragmática*, Ariel, Barcelona, 1996. Y; por supuesto, la obra de Víctor Sánchez de Zavala, más complicada de leer: *Hacia la pragmática (Psicológica)*, Visor, Madrid, 1997. La lingüística computacional, es decir el tratamiento dado por la informática, proporciona información muy interesante. Un resumen de la situación actual puede verse en *Computational Psycholinguistic*, Taylor and Francis, Londres, 1996, editado por Ton Dijkstra y Koenraad de Smedt.

La sociolingüística es otra disciplina en ascenso. Estudia la función social del lenguaje, el plurilingüismo, la disglosia, las actitudes lingüísticas, la elección de lengua, el cambio o la conservación de un idioma, la planificación y normalización lingüística, el empleo de la lengua en la educación. Algunos de estos temas están siendo muy debatidos en nuestro país. Procuré informarme en libros como *La sociolingüística de la sociedad*, de R. Fasold, Visor, Madrid, 1996, *Understanding Language Change*, de A. M. S. McMahon, Cambridge University Press, Cambridge, 1994, y *La planificación lingüística y el cambio social*, de R. L. Cooper, Cambridge University Press, Madrid, 1997.

Dentro de un enfoque cognitivo del lenguaje, con muy buena información de las últimas modalidades de la gramática generativa, el libro de M. Fernández Lagunilla y A. Anula Rebollo, *Síntesis y cognición*, Síntesis, Madrid, 1995.

¡Ah, la gramática!

La palabra «gramática» conserva para los miembros de mi generación un sabor de escuela. En aquellos tiempos de brasero y catecismo no existían la semiótica ni los sintagmas. La gramática española era una asignatura humilde, menestral y utilitaria. Había en el mercado formularios de cartas de amor y nos enseñaba ortografía Miranda Podadera. A estas alturas todavía me sorprende ver la gramática de mi infancia convertida en una señora muy enseñorada. No se confundan. No hay en mí menosprecio, sino todo lo contrario. Me acomete la sorpresa y admiración que uno sentiría al saber que aquella muchachita cetrina y tímida que se sentaba en el pupitre de al lado se ha convertido en una diva.

¿Qué es la gramática? A. Greimas y J. Courtés, en su diccionario de semiótica, dicen que «gramática» era un término antiguo y peyorativo (en la medida en que remitía a la gramática normativa), pero que recientemente ha sido revalorizado por la gramática generativa. En otras épocas designaba a toda la lingüística. Generalmente se entiende por gramática la descripción de los modos de existencia y de funcionamiento de una lengua natural. Pero la acepción de este término varía con frecuencia de una teoría a otra. Chomsky fue, creo, el que puso la gramática en el centro de interés del pensamiento contemporáneo. La gramática es el saber tácito que tiene el hablante de una lengua, su competencia. En un segundo nivel es la explicitación de ese saber: la teoría del lenguaje, lo que prescribe la gramaticalidad de una expresión.

Las gramáticas pueden ser prescriptivas, descriptivas y explicativas. También puede considerarse la gramática como un dominio independiente o como un dominio incluido dentro del más amplio territorio de la cognición humana.

La gramática es personaje de un contratango. Su segunda aparición ha sido más brillante y seductora que la primera.

NOTAS AL CAPÍTULO II

1. En un pasaje de la *General estoria* (GE, 1.61 a 43) «palabras y costumbres» sirven para traducir el término *idiomata*. Muy interesante me ha resultado el libro de Hans-J. Niederehe *Alfonso X el Sabio y la lingüística de su tiempo*, SGEL, Madrid, 1987, de cuya pagina 77 tomo esta referencia.

2. La noción de *representación semántica* ha sido manejada por la semántica generativa, que borra la distinción entre sintaxis y semántica. Apareció como una reformulación del concepto de *estructura profunda* de Chomsky. «Solo un nivel de *representación semántica* es capaz de alcanzar el poder explicativo que se puede esperar de un nivel subyacente» (Galmiche, M.: *Semántica generativa*, Gredos, Madrid, 1980, p. 74). Fillmore intentó dar a esta noción un cierto soporte formal, introduciendo categorías semánticas como «agente», «instrumento», «beneficiario», etc., que deben representar los *conceptos universales* implicados en la utilización de la lengua. Si la lista de los casos, su denominación, puede variar de una lengua a otra, las diferentes maneras de utilizar estas formas superficiales deben ser las mismas; en términos más generales, las lenguas en cuanto medios de comunicación han de responder a necesidades universales, en la medida en que tienen que permitir a los usuarios identificar «los tipos de juicio que son capaces de hacer a propósito de los acontecimientos que se desarrollan a su alrededor». Dicho de otro modo, si es posible descubrir un «dativo agente personal» en una lengua y un «ablativo agente personal» en otra, hay probabilidades de que la noción «agente personal» desempeñe una función en todas las lenguas» (p. 79).

El análisis sintáctico franquea un umbral más allá del cual la noción de estructura sintáctica se esfuma detrás de la *estructura semántica.*

3. Seco, M.: «Ramón Joaquín María Domínguez» y «La definición lexicográfica subjetiva en el Diccionario de Domínguez», en *Estudios de lexicografía española*, Paraninfo, Madrid, 1987.

4. Rodríguez Adrados, F.: *Lingüística indoeuropea,* Gredos, Madrid, 1975.

5. *La Sagrada Escritura*, BAC, Madrid, 1969, p. 443.

6. Klibansky, R., Panofsky, E., Saxl, F.: *Saturno y la melancolía*, Alianza Editorial, Madrid, 1991.

7. Lázaro Carreter, F.: *El dardo en la palabra*, Círculo de Lectores, Barcelona, 1997.

8. Luria, A. R.: *Lenguaje y conciencia,* Pablo del Río Editor, Madrid, 1980.

9. Dan Sperber y Derdre Wilson –*La relevancia*, Visor, Madrid, 1994– plantean el problema de la interpretación enfatizando dos asuntos descuidados por otros autores: la elección de las premisas para el proceso de inferencia en que consiste la interpretación, y la parada del proceso de inferencia.

La neurolingüística nos proporciona datos importantes para el tratamiento de este problema. Las lesiones en los lóbulos frontales, estructuras encargadas de la planificación, produce alteraciones muy graves. «Estos pacientes no disponen de ninguna idea, no tienen ningún plan principal y mucho menos un programa estable y, a pesar de tener totalmente conservada la capacidad verbal, la ejecución de la tarea es sustituida por la implantación de impresiones secundarias o de estereotipos inertes.» «En los pacientes con un síndrome de desinhibición (típico del síndrome frontal basal) la producción verbal es más rica, pero tampoco llega a ser desarrollada y planificada y el paciente frecuente y rápidamente entra en el ciclo de los enlaces secundarios descontrolados o en los estereotipos» (Luria, A. R.: *Fundamentos de neurolingüística,* Toray-Masson, 1980, p. 49).

Estas lesiones impiden atenerse al programa propuesto y caen bajo la influencia de factores colaterales, perdiendo, de este modo, su carácter selectivo voluntario (Luria, A. R.: *El cerebro humano y los procesos psíquicos*, Fontanella, Barcelona, 1979, pp. 147 y ss).

El léxico mental

Durante muchos años, el conductismo psicológico influyó también en la teoría del significado. Al no poder hablar de hechos mentales, el significado de una palabra era la conducta que suscitaba. La crítica de Chomsky permitió hablar de acontecimientos mentales sin necesidad de enrojecer. La lingüística se convertía en una rama de la psicología.

El léxico mental comenzó a interesarme hace muchos años cuando leí por casualidad la obra de Jean-François le Ny *La sémantique psychologique,* PUF, París, 1979. Creo que la leí porque me pareció que estaba en la órbita de Piaget, que era el autor que entonces me interesaba. Me llamaron la atención afirmaciones que en esa fecha sonaban aún extrañas: «No debemos temer afirmar que no puede existir un estudio semántico que no sea, en definitiva, de naturaleza psicológica» (p. 13). «Consideramos que una de las vías más prometedoras para la semántica psicológica es tratar los significados como una subcategoría de los recuerdos» (p. 100). El libro no acabó de convencerme porque caía en una especie de psicologismo que resultaba detestable para un husserliano confeso como era yo por aquellas fechas. Una cosa son las operaciones psicológicas y otras los significados que producen. Precisamente esa distinción permite que nos entendamos, es decir, que varios de nosotros, mediante operaciones reales psicológicas distintas, pensemos el mismo significado. El número tres, sin ir más lejos.

Los lingüistas, en especial los interesados por la lexicografía, están prestando cada vez más atención al léxico mental. Por ejemplo, el modelo lexemático-funcional de Martin Mingorance, en el que el léxico mental constituye un tipo de gramática nuclear que codifica la diversa información lingüística: pragmática, semántica, sintáctica y morfológica (Martin Mingorance, L.: «Functional Grammar and Lexematics», en J. Tomaszczyk y B. Lewandowska-Tomaszczyk: *Meaning and Lexicography*, John Benjamins, Amsterdam). Son propuestas influidas por Coseriu, Dik y toda la semántica cognitiva.

El significado

Entiendo por «significado», en sentido amplio, una información organizada, unificada y separada del resto de las informaciones, es decir, diferenciada, seleccionada, abstraída de lo demás, y unificada, organizada, identificada consigo misma. Este aislamiento y esta identificación se realizan por un acto del sujeto que está mas o menos determinado por el estímulo. Mediante ese acto, que convierte el estímulo en «objeto», la información se convierte en «irrealidad», en identidad ideal. ¿Por qué? Porque mantiene su identidad en el flujo de las sucesivas apariciones (es decir: veo una cosa desde muchas perspectivas); porque mantiene su identidad aunque se dé en múltiples actos reales (es decir: cada vez que oigo un cuarteto de Beethoven percibo «lo mismo», aunque en diversos actos perceptivos); y, por último, porque puedo manejar esa información en estado exento mediante la memoria, la imaginación o el pensamiento. Conservo la expresión «dar significado» para subrayar que la objetivación, la aprehensión de lo percibido, depende de un acto, y que puedo dar varios significados perceptivos a un patrón estimular que actuaría como significante. También la mantengo para indicar que el campo de los significados no comienza con el lenguaje.

¿En qué consiste el acto de dar significado? Describiré dos procesos, a título de ejemplo.

Primero: Se realiza mediante esquemas innatos o biológicamente adquiridos. Un esquema es una acción o una información vivida que nos permite asimilar información nueva. Este acto de aimilación es un acto de donación de sentido. Piaget estudió, por ejemplo, los esquemas sensoriomotores con los que el niño nace y que le permiten asimilar, de una manera muy elemental, la realidad que le rodea. Los animales nacen con esquemas que les permiten reconocer enemigos. El acto de reconocimiento es también un acto de donación de significado, por eso se lo confunde a veces con la percepción. Todo reconocimiento sensible es percepción, pero no toda percepción es reconocimiento, porque, de serlo, deberíamos nacer con una dotación completa de esquemas perceptivos.

Segundo: Esquemas prácticos de asimilación. Son una ampliación de los sensoriomotores. Éstos son esquemas de acción que permiten el reconocimiento de parecidos funcionales. Por ejemplo, agarrar, golpear, tirar son esquemas que dan significado a las cosas, que se vuelven agarrables, golpeables o golpeadoras, tirables. Se trata de significados vividos que funcionan como patrones de reconocimiento, sin necesidad de ser objetivados.

Éstos son actos psicológicos de donación de significado. La gran habilidad de la inteligencia humana consiste en poder manejar esos eslabones de información con independencia de su origen, fuera de su contexto inicial. El signo, que es una herramienta mediadora, nos permite movilizar los contenidos significativos.

Los significados se convierten en lingüísticos cuando son enlazados convencionalmente con un significante. Dicho esto, conviene hacer algunas precisiones terminológicas.

Significado lingüístico = constructo hipotético que explica todos los usos de una palabra. Psicológicamente es un esquema matricial que permite asimilar información y producir información. Hay un significado vivido privado, un significado vivido mancomunado y un significado idealizado. El significado vivido mancomunado es el que nos permite la comunicación. Esta idea de significado se acerca a la de Putnam, para quien el significado de una palabra consiste en el conocimiento sobre los referentes de las palabras compartido por la gente. La lexicografía pretende idealizar, esquematizar, precisar, definir este significado mancomunado. El núcleo significativo constituye la *denotación* de una palabra. Los aspectos relacionados asociativamente forman la *connotación* de la palabra. Mientras la denotación se comunica intencionadamente, la connotación no.

Significado comunicacional = sentido = Significado lingüístico + situación.

Situación = contexto lingüístico + contexto extralingüístico + intenciones del hablante.

El significado y la referencia

Los filósofos del lenguaje han dado muchas vueltas a la diferencia señalada por Frege entre el *referente* y el *significado*. El referente de una palabra es la entidad real que la palabra designa, mientras que el significado es la manera en que se produce esa designación. Pondré un ejemplo clásico. «El lucero vespertino» y «el lucero matutino» son dos expresiones que tienen distinto significado, pero el mismo referente: el planeta Venus. La oración «El lucero vespertino es el lucero matutino», aunque sea verdadera, no tiene el mismo estatus que la oración, igualmente verdadera. «El lucero vespertino es el lucero vespertino». Esta oración es una tautología. En cambio, la primera es una verdad científica.

Estos ejemplos ponen de manifiesto un fenómeno interesante. Podemos referirnos a un mismo objeto de distintos modos, es decir, a través de rasgos, imágenes o significados diferentes. La expresión «el vencedor de Austerlitz» significa «el general que venció en la batalla de Austerlitz». La expresión «el derrotado en Waterloo» significa «el general que perdió la batalla de Waterloo». Si nos preguntamos por el nombre de esos generales descubrimos que se trata de la misma persona: Napoleón. Tenemos, pues, que distinguir el plano de las significaciones y el plano de los objetos que se nos dan a través de las significaciones. Pondré un caso muy sencillo: «Ayer no vino, le estuve esperando allí dos horas.» Comprendo el significado de la frase, pero para entenderla del todo tengo que preguntar: «¿A quién te refieres?» «¿Dónde estabas?» Mientras no conozca la respuesta, comprenderé el significado, pero sin conocer el referente. Lyons indica que la referencia se hace mediante los nombres, los pronombres, los demostrativos. Es decir, que hay términos encargados de expresarla. El sujeto de una oración sería el anclaje del significado en el referente.

Podemos decir muchas cosas de un objeto. La descripción de ese objeto puede mostrarnos su relación con el significado. Hay objetos que sólo existen en el significado: por ejemplo, algunos objetos poéticos. Son la significación dada en la expresión poética. Su traducción es imposible. Otros objetos son construidos a través de los significados lingüísticos, como los personajes de una novela, pero poco a poco van consiguiendo una consistencia objetiva, que prescribe en parte los acontecimientos del relato. Algunos objetos, los de la matemática por ejemplo, tienen un carácter de esencias ideales o conceptuales que les confiere una independencia notable. En otras ocasiones, el objeto se da extralingüísticamente, por ejemplo en la percepción.

El tipo de relación que guarda el objeto con el significado es asunto de singular relevancia. Pongamos como ejemplo la teología. Podemos comenzar con una definición: «Dios es el ser mayor que el cual nada puede pensarse», como dijo San Anselmo. A partir de aquí puedo elaborar toda una teología en el plano del significado. No puedo apelar al objeto porque no le conozco. Sólo hago un despliegue a partir de la definición. Otra cosa sucede cuando una persona –Santa Teresa, por ejemplo– dice que ha tenido experiencia del objeto –Dios– e intenta describir su experiencia. El problema más grave de la teología es saber si su referente está desligado de la significación o si nace y muere con ella.

Hay un texto de San Buenaventura que me parece extraordinariamente moderno aunque fuera escrito hace más de siete siglos. Dice así: «Lo que es posible significar es posible también pensar. Hase de decir que una cosa puede pensarse de dos maneras: con simple pensamiento o con pensamiento acompañado de consentimiento *(assensu)*. Con simple pensamiento tanto puede ser pensado lo falso como lo verdadero. Con pensamiento acompañado de asentimiento no se piensa sino lo verdadero o lo verosímil. El primer pensamiento puede extenderse hasta donde pueda extenderse la palabra, mas el segundo pensamiento no se extiende a tanto. Y de esta forma de pensamiento hablan San Anselmo y San Agustín; y de este mismo pensamiento se dice que no es posible pensar que Dios no existe» (*Cuestiones disputadas sobre el misterio de la Trinidad*, I, 1, ad 4).

Computación o cultura

En la actualidad hay una polémica entre psicólogos cognitivos y psicólogos culturalistas sobre el origen del significado. Bruner, Gergen, Harré, Shweder y otros muchos antropólogos y psicólogos sociales defienden que los significados se crean en la interacción social. Como he citado sus obras en esta notas, me ahorro repetirlas aquí. El resto de las escuelas admiten que el significado es una creación personal. Creo que es una polémica estéril porque cada contendiente se mueve en un nivel. El contenido significativo mancomunado se forma en la interacción. Pero el acto de proferir un significado –aunque sea un significado aprendido– es individual.

NOTAS AL CAPÍTULO III

1. Al parecer, el hemisferio derecho procesa el lenguaje de modo distinto. Utiliza exclusivamente los mecanismos semánticos, teniendo dificultades para descifrar las claves sintácticas. Acerca de la lateralidad cerebral y el lenguaje puede verse J. M. Ranklin, D. M. Aram y S. J. Horowitz, «Language Ability in Right and Left Hemiplegic Children», *Brain and Language*, 14, 1984, pp. 292-306. Tambien M. Dennis, «Language Acquisition in a Single Hemisphere: Semantic Organization», en D. Caplan (comp.), *Biological Studies of Mental Processes*, MIT Press, Cambridge, 1980.

2. Halliday, M. A. K.: *Language as Social Semiotic: The Social Interpretation of Language and meaning*, Arnold, Londres, 1978.

3. Dunbar, R. I. M.: *Primate Social Systems*, Croom Helm, London, 1990.

4. Watzlawick llega a definir como comunicación todo comportamiento que se produce en presencia de otro. Con esto se diluye su significado. Watzlawick es otro personaje de este tango bibliográfico. Leo con fruición sus libros. He aprendido mucho de él y de todo el grupo de Palo Alto y, sin embargo, me parece que están equivocados. Creo que la influencia de Bateson no les ha favorecido. Bateson fue una figura brillante, pero desordenada. Desorden y ciencia no casan bien.

Wiener ha criticado esa idea omnicomprensiva de la comunicación. Se opone a utilizar ese concepto para la mera realización por un observador de inferencias sobre algo, y afirma que «la comunicación implica: a) un sistema de señales compartido socialmente, esto es, un código; b) un encodificador, que hace público algo a través de este código, y c) un descodificador que responde sistemáticamente a este código» (Wiener, M., Devor, S., Rubionow, St., Geller, J.: «Non Verbal Behavior and non Verbal Communication», *Psychol.* Rev., 1972, 79, pp. 185-214).

5. Carruthers, P.: *Language thought and consciousness*, Cambridge University Press, Nueva York, 1996, p. 43.

6. Schlesinger, I. M.: «On Linguistic Competence», en Y. Bar-Hillel (ed). *Pragmatics of Natural Languages*, Dordrecht, 1971.

7. Wertsch, J. V.: *Vygotsky y la formación social de la mente*, Paidós, Barcelona, 1988, p. 106.

8. Höpp, G.: *Evolution der Sprache und Vernunft*, Berlín, 1970, p. 7.

9. Moreno Cabrera, J. L.: *Introducción a la lingüística*, Síntesis, Madrid, 1997, p. 190.

10. Pinker, S.: *El instinto del lenguaje,* Alianza, Madrid, 1995, p. 283.

11. Proust, M.: *En busca del tiempo perdido,* Alianza, Madrid, 1986, I, pp. 215-217.

12. Hörmann, H.: *Querer decir y entender*, Gredos, Madrid, 1982, p. 448.

13. Dennet, D.: «Why Do We Think What We Do About Why We Think What We Do?», *Cognition,* 12, 1982, pp. 219-237.

14. Puede verse un conjunto de artículos sobre estos temas en la obra dirigida por Michael Cole *Soviet Developmental Psychology*, Sharpe, White Plains, Nueva York, 1977.

15. Freud, S.: *Tratamiento físico o mental,* 1890. Forrester, J.: *El lenguaje y los orígenes del psicoanálisis*, FCE, México, 1989.

16. Pennebaker, J. W. (ed.): *Emotion, Disclosure & Health*, American Psychological Association, Washington, 1995, p. 4.

17. *Ibid.*, pp. 11-22.

18. Foucault, M.: *Tecnologías del yo,* Paidós, Barcelona, 1995, p. 93.

19. Kleinman, A.: *Rethinking Psychiatry: From Cultural Category to Personal Experience*, The Free Press, Nueva York, 1988.

20. Silvestri, A., y Blanck, G.: *Bajtin y Vigotski: la organización semiótica de la conciencia*, Anthropos, Barcelona, 1993, p. 67.

21. He tratado esto con detenimiento en *El misterio de la voluntad perdida*, Anagrama, Barcelona, 1997.

Vigotsky y Luria

Uno de los problemas para escribir sobre Vigotsky es escribir su nombre. He visto las íes de su apellido en todas las versiones posibles: Vigotski, Vygotsky, Vygostki, Vigotsky. Se lo digo para que excusen las posibles variaciones en la grafía. No es mi culpa ni la del corrector de pruebas. Conocí la obra de Lev S. Vigotsky hace muchos años gracias a Piaget, que era el autor que por entonces me interesaba. Fue un psicólogo genial y disperso, que murió a los treinta y ocho años después de una intensísima vida intelectual, que comenzó en la lingüística. Sus obras, publicadas o reeditadas por tres de sus colaboradores y discípulos más sobresalientes, A. Leontiev, A. R. Luria y B. Tieplob, tardaron en pasar a Occidente, pero cada día tienen más aceptación e influencia. En Estados Unidos el apoyo de psicólogos como Bruner o Cole le ha hecho popular.

El punto de debate entre Vigotsky y Piaget fue el lenguaje egocéntrico del niño. Piaget pensaba que era un defecto de socialización, mientras que Vigotsky pensaba que era un paso necesario en la construcción de la inteligencia del niño. Su libro *Pensamiento y lenguaje*, publicado en 1934, tenía como tema principal el paso del pensamiento a la expresión verbal, con la mediación del lenguaje interior.

De sus discípulos admiro sobre todo a Alexander R. Luria. Su biografía científica fue trágica, representativa del papel que la ciencia juega en los regímenes totalitarios. Ya tenía prestigio cuando conoció a Vigotsky, de quien, sin embargo, comentó: «Todo lo que hay de bueno en la psicología soviética hoy en día procede de Vigotsky.» En 1936 el Comité Central del Partido Comunista decidió abandonar por entero la investigación psicológica, y Luria se encontró sin ocupación, obligado, a los treinta y cuatro años, a buscar una nueva profesión. Completó sus estudios de neuropsicología en la Facultad de Medicina y durante la Segunda Guerra Mundial se especializó en los síntomas de las diversas lesiones cerebrales. Pero nuevamente fue despedido de su puesto en el Instituto Neuroquirúrgico y a los cincuenta años tuvo que reiniciar su carrera, esta vez como estudioso del retraso mental. De su obra me interesan en este momento no sólo sus estudios sobre la afasia, sino sobre todo el papel del lenguaje en la regulación de la conducta, así como el papel de los lóbulos frontales en la planificación del comportamiento. Estos datos pueden ampliarse en su autobiografía: *The Making of Mind: A Personal Account of Soviet Psychology*, Massachusetts, Cambridge. Harvard University Press, 1979.

El habla interna

Hasta donde sé, el lenguaje interior no se ha estudiado como debería fuera de la psicología soviética, lo que me parece desastroso. Tiene unas características lingüísticas muy definidas.

Vigotsky las dividió en dos grandes categorías: sintácticas y semánticas. Mantuvo que la «primera y más importante» propiedad del habla interna es su sintaxis abreviada: «A medida que evoluciona, el habla egocéntrica no manifiesta una simple tendencia a la abreviación y a la omisión de palabras; no manifiesta una simple transición hacia un estilo telegráfico. Antes bien, muestra una tendencia única por abreviar sintagmas y oraciones preservando el predicado, y las partes de la oración asociadas a éste, a expensas de una eliminación del sujeto y de las palabras asociadas.» La segunda característica general es semántica. Para la caracterización semántica del habla interna identificó tres propiedades interrelacionadas: el predominio del sentido por encima del significado, la tendencia a la aglutinación y la infusión de sentido a una palabra. De la aglutinación le interesaron dos características: «En primer lugar, al tomar parte en la composición de una palabra compleja, palabras separadas a menudo sufren una abreviación de sonidos de modo que únicamente una parte de éstos se incluyen en la palabra compleja; en segundo lugar, la palabra compleja resultante que expresa un concepto extremadamente complejo emerge como una palabra estructural y funcionalmente unificada, no como una combinación de palabras independientes.» Por «infusión de sentido» entendía el mayor dinamismo del sentido sobre el significado (Wertsch J. V.: *Vygotsky y la formación social de la mente*, Paidós, Barcelona, 1988).

Las investigaciones psicofisiológicas han mostrado que el uso del lenguaje interno se acompaña de cambios en los registros electromiográficos que detectan movimientos de baja amplitud (Andrés Pueyo, A.: *Lenguaje interno o habla subvocal*, P.P.U., Barcelona, 1987). Sokolov, utilizando métodos de interferencia psicofisiológica, mostró que el rendimiento del sujeto ante tareas novedosas desciende notablemente cuando no puede usar el lenguaje interior al interferirse su verbalización. Se le impide fijar tareas verbalmente, realizar operaciones lógicas sobre ellas, retener resultados intermedios entre operaciones y formular mentalmente los resultados (Sokolov, E. N.: *Inner Speech and Thought*, Nueva York, Plenum Press, 1972). En España ha estudiado este asunto Susana López Ornat: «El lenguaje en la mente», en el tomo VI del *Tratado de Psicología General*, dirigido por J. Mayor y J. L. Pinillos, Alhambra, Madrid, 1991.

Lenguaje interior y control de la conducta

Sólo voy a referirme a los métodos para controlar la impulsividad mediante control del diálogo interno. Meichenbaum, en investigaciones realizadas con pacientes esquizofrénicos en las que pretendía reducir el número de verbalizaciones absurdas e incoherentes de estos pacientes y sustituirlas por otras más racionales y adaptativas, observó que los sujetos, antes de iniciar una acción, tendían a reproducir en voz alta las mismas instrucciones que les había dado el terapeuta durante las sesiones de entrenamiento. Supuso que una parte importante de las cogniciones humanas eran pensamientos automáticos y que era necesario «desautomatizar» la conducta del individuo utilizando para ello mediadores verbales. Estos mediadores pueden, por un lado, permitir interrumpir la cadena de respuestas adaptativas y, por otro, introducir aquellas secuencias de conductas motoras, emocionales o cognitivas que faciliten la emisión de la conducta deseada.

Estos estudios aprovechan las sugerencias de Luria sobre los estadios por los que pasa el niño para aprender el control interno de la emisión o inhibición de sus respuestas motoras voluntarias: en el primer estadio, la conducta del niño es controlada y dirigida por las instrucciones verbales emitidas por adultos. En el segundo estadio, el niño va dándose instrucciones verbales semejantes a las que le dan los adultos para dirigir su propia conducta. En el tercer y último estadio el niño autorregula su conducta mediante autoinstrucciones subvocales encubiertas (Ruiz Fernández, M. A.: «Control del diálogo interno y autoinstrucciones», en F. J. Labrador, J. A. Cruzado y M. Muñoz, *Manual de técnicas de modificación y terapia de conducta*, Psicología Pirámide, Madrid, 1993; Meichembaum, D.: *Cognitive Behavior Modification*, Plenum Press, Nueva York, 1977).

El aprendizaje de los actos de habla

La teoría de los actos de habla nos dice que al pronunciar una frase decimos algo y estamos haciendo algo al decirlo. Con la expresión: «Está lloviendo», puedo enunciar una queja, una excusa para no salir de casa, la recriminación porque se me olvidó el paraguas. Al estudiar la adquisición del lenguaje, tenemos que estudiar cómo se aprende la construcción de las frases y cómo se aprende el uso pragmático de esas frases. Pero este último aspecto está poco estudiado. Bruner ha sido uno de los investigadores interesados por la cuestión. «De todas las formas de uso del lenguaje», dice, «la petición es la que está más comprometida con el contexto. Ya sea que pidamos información, cosas, servicios, o simple reconocimiento, debemos adaptarnos a la capacidad de quien escucha, a sus límites, a nuestra relación con él y a las convenciones que él acepta, tanto en el lenguaje como en el mundo real. La finalidad de la petición es conseguir que alguien entregue cosas. Y las cosas están en el mundo real, no sólo en el lenguaje». *(El habla del niño*, Paidós, Barcelona, 1986, p. 99). La petición comienza en forma difusa y «natural», con el niño gesticulando y vocalizando de una forma interpretable, indicando *que* está necesitando algo, pero no indicando *qué* es lo que desea. Estos «signos» no son convencionales. Hay evidencia de que cuando el niño tiene tres o cuatro meses la madre es capaz de distinguir diferentes tipos de llanto: de hambre, de dolor, etc., pero su acierto es fundamentalmente atribuible a la habilidad de la madre para interpretar lo que el niño necesita más que a la forma en que él está vocalizando. El contexto es virtualmente todo.

El niño comienza a usar el llanto de forma más convencional a partir de los ocho meses, lo adapta a la comprensión de la madre. A esa edad el niño empieza a señalar lo que desea.

Bruner distingue tres tipos de petición en el niño: la petición de un objeto; la invitación o petición que se hace a un adulto para que entre en un juego interactivo; la petición para una acción de apoyo.

Lingüísticamente, las oraciones declarativas, interrogativas e imperativas son categorías sintácticas bien definidas. Informar, interrogar y ordenar son funciones universales. Pero entre la forma y la función no hay una correspondencia exacta. Las oraciones declarativas pueden usarse como preguntas («Me gustaría que me dijeras lo que piensas»), una oración interrogativa puede ser una orden («¿Te importa mucho dejar de decir tonterías?»). Tenemos muchas formas para dar órdenes, posiblemente para dulcificar el asunto. El aprendizaje de las frases interrogativas lo ha estudiado U. Bellugi: «The Development of Interrogative Structures in Children's Speech», en K. Riegel (ed.), *The Development of Language Functions,* University of Michigan Language Development Program, informe n.º 8, 1965. Una visión general del aprendizaje lingüístico en Philip S. Dale: *Desarrollo del lenguaje,* Trillas, México, 1980.

Las expresiones interrogativas han planteado serios problemas semánticos. Para los que creen que la noción de significado está estrechamente ligada a la de verdad, resulta difícil explicar el significado de una interrogación, ya que las interrogaciones no son proposiciones sino funciones proposicionales abiertas. Hay una teoría que defiende que una pregunta no es un elemento único, sino que define una clase entera que incluye todas las respuestas suficientes. Pregunta y respuesta forman una unidad indisociable (Belnap, N. D.: «Questions, Answers, and Presuppositions», *Journal of Philosophy,* 63, 1966, pp. 609-611). Otra conocida teoría es la del imperativo epistémico, defendida por J. Hintikka. «Questions de réponses et bien d'autres questions encore», *Langue Française,* 52, 1981, pp. 56-65).

La sintaxis ha intentado explicar las transformaciones que convierten una oración declarativa en otra interrogativa. La semántica generativa postuló la existencia de un estructura profunda parafraseable por «Yo te pregunto...».

El problema añadido de las oraciones interrogativas es que tienen varios usos. Es el caso de las peticiones corteses. «¿Le importaría cerrar la ventana?» Con una misma forma gramatical se pueden realizar distintos actos de habla, que producirán, por lo tanto, diferentes significados (Escandell Vidal, M. V.: *La interrogación en español: semántica y pragmática*, Universidad Complutense, Madrid, 1988).

NOTAS AL CAPÍTULO IV

1. Pessoa, F.: *Poesía*, Alianza, Madrid,1986, p.25.
2. Bibliografía sobre pragmática.
3. Lévi-Strauss, C.: *El pensamiento salvaje*, FCE, México, 1964, p. 333.
4. Sartre, J. P.: *El idiota de la familia*, Tiempo Contemporáneo, Buenos Aires, 1975, vol. I, p. 657.
5. Información sobre la obra de Bajtin y una antología de sus textos en A. Silvestri y G. Blanck: *Bajtin y Vigotski: la organización semiótica de la conciencia*, Anthropos, Barcelona, 1993.
6. Erderlyi, M. H.: *Psicoanálisis I: la psicología cognitiva de Freud,* Labor, Barcelona, 1987.
7. Miller, G. A., Galanter, E., y Pribram, K. H.; *Planes y estructura de la conducta,* Debate, Madrid, 1983, p. 117
8. Skinner B. F.: *Conducta verbal,* Trillas, México, 1981, p. 392.
9. Money, J., y Ehrhardt, A.: *Man and Woman, Boy and Girl.* John Hopkins University Press, Baltimore, 1972.
10. Castilla del Pino, C.: *Teoría de la alucinación,* Alianza, Madrid, 1984, p.122.
11. Hilgard, D.: *Divided Consciousness*, John Wilky and Sons, Nueva York, 1986.
12. Castilla del Pino, C.: *Celos, locura, muerte*, Temas de Hoy, 1995, p. 221.
13. Castilla del Pino, C.: *Tratado de psico(pato)logía,* Alianza, Madrid, vol. I, p. 179.
14. Kuhl, J., y Beckmann, J.: *Volition and Personality*, Hogrefe & Huber Publishers, Göttingen, 1994, p. 17.

15. Luria, A. R.: *Conciencia y lenguaje,* Pablo del Río, Madrid, 1980, p. 239.

16. Valle Arroyo, F.: *Psicolingüística*, Morata, Madrid, 1992, p. 104.

17. En *El laberinto sentimental* y *El misterio de la voluntad perdida* me he visto obligado a distinguir entre temperamento, carácter y personalidad.

Esquemas biológicos y constitución heredados = *temperamento*.

Temperamento + hábitos aprendidos = *carácter*.

Carácter + comportamiento = *personalidad*.

BIOBIBLIOGRAFÍA

El sujeto

La noción de sujeto ha sido sometida a una severa crítica. ¿Podemos hablar de un sujeto único o de un sujeto fragmentado, proteico, un conjunto de maquinitas deseantes, como preconizaban Deleuze y Guattari, o de un sujeto débil a lo Vattimo? David Perkins, un prestigioso psicólogo que a mí me parece mediocre, se mete en camisa de once varas al escribir: «Quizas la persona propiamente dicha deba concebirse no como un núcleo puro y permanente, sino como la suma y enjambre de participaciones.» Bruner, a quien ahora le ha dado por un relacionalismo cultural, se pregunta: «¿Debe considerarse el Yo como un núcleo permanente y subjetivo, o sería mejor considerarlo también como distribuido?»

A finales de la década de los setenta saltó a la palestra la noción del Yo como narrador: el Yo cuenta historias en las que se incluye un bosquejo del Yo como parte de la historia. Sospecho que este cambio fue provocado por la teoría literaria y por las nuevas teorías sobre el conocimiento narrativo. La narración no tardó mucho en pasar a ocupar el centro del escenario. En España es un representante de este movimiento Manuel Cruz: *Narratividad: la nueva síntesis,* Península, Barcelona, 1986.

Donald Spence, hablando del psicoanálisis, defendía que «el análisis nos permite *crear* una nueva narración que, aunque no sea más que un recuerdo encubridor o incluso una ficción, esté no obstante lo suficientemente cerca de la realidad como para permitir el comienzo de un proceso de reconstrucción. La «verdad» que importaba, según su razonamiento, no era la verdad histórica, sino lo que decidió llamar la verdad *narrativa* (Spence. D.: *Narrative Truth and Historical Truth,* Norton, Nueva York, 1984). Al Yo le corresponde el papel de un narrador que elabora relatos sobre una vida.

Se daba aquí, creo yo, una especie de pragmatismo del relato. David Polonoff siguió el debate defendiendo que el «Yo de una vida» era el producto de nuestra narración, en lugar de una «cosa» fija pero oculta que sería su referente ontológico. La meta de una narración del Yo no era que encajase con alguna «realidad» oculta, sino lograr que fuese «coherente, viable y apropiada tanto externa como internamente». El autoengaño consiste en no conseguir esto, no en no conseguir una correspondencia con alguna realidad inespecificable («Self-Deception», *Social Research*, 54, 1987). De todas formas, el autoengaño, la *self-deception,* en esta pespectiva se considera un legítimo sistema de defensa del Yo. La historia que me cuento es correcta si me es útil. Daniel Goleman ha tratado este asunto en *El punto ciego,* Plaza-Janés, Barcelona, 1997.

Roy Schafer: «Estamos siempre contando historias sobre nosotros mismos. Cuando contamos estas historias a los *demás*, puede decirse, a casi todos los efectos, que estamos realizando simples acciones narrativas. Sin embargo, al decir que también nos contamos las mismas historias *a nosotros mismos*, encerramos una historia dentro de otra. Ésta es la historia en que hay un yo al que se le puede contar algo, un yo que actúa de audiencia y que es uno mismo, el yo de uno» (Schafer, R.: «Narration in the Psychoanalytic Dialogue», en W. J. T. Mitchell, (ed.), *On narrative,* University of Chicago Press, Chicago, 1981).

El «viraje narrativo» tuvo algunos efectos sorprendentes. Dio nuevo aliento a las de ya de por sí activas voces contrarias a la universalidad de la denominada «concepción occidental de la universalidad», esa concepción de la persona como «un universo motivacional y cognitivo compacto, único y más o menos integrado, un centro dinámico de conciencia, emoción, juicio y acción, organizado en una totalidad peculiar y en contraste con otras totalidades semejantes y con un trasfondo social y natural» (Geerz). Cada cultura cuenta una historia y todas son equivalentes pero distintas, según los culturalistas.

Nota para filósofos sobre el sujeto y la significación

La fenomenología enlazó ambas nociones. Unifica tres tesis: 1) La significación es la categoría coextensiva a la conciencia. Vivimos en el significado. 2) El sujeto es el portador de la significación. 3) La *epojé,* la reducción, es el método para percibir a los seres como significados. En este sentido, la fenomenología puede entenderse como una teoría del lenguaje generalizada. Merleau-Ponty pudo decir que Husserl colocó el lenguaje en el centro de la reflexión fenomenológica. Tenía razón. Pero he vuelto a leer estos días –de nuevo aparece el tango y sus retornos– *Signos*, Seix-Barral, Barcelona, 1964, y su exposición sobre el lenguaje me ha parecido farragosa y retórica. Sin embargo, el proyecto fenomenológico era muy parecido al mío: el retorno al sujeto que habla. Pero la fenomenología no supo aprovechar los datos que la ciencia –incluida la lingüística– le proporcionaba. Merleau-Ponty convierte el lenguaje en un gesto, con lo que prescinde de todo lo que la lingüística estudia.

La lingüística estructural se colocó al otro lado –en el campo de la objetividad, donde el sujeto resulta innecesario–. Hjelmslev lo dice con toda contundencia: «Es científicamente legítimo describir el lenguaje como siendo esencialmente una entidad autónoma, una estructura.» Es decir, el sistema de signos no tiene exterior sino sólo interior. La lengua se basta a sí misma, todas sus diferencias le son inmanentes, es un sistema que precede al sujeto hablante. ¿Qué idea del sujeto puede derivarse de esta concepción del lenguaje? Ricoeur advierte con razón que esa organización de los signos, semiótica, pierde toda inteligibilidad si no se funda en la semántica que lo relacione con la realidad. El sistema puede ser anónimo, sin sujeto, porque la cuestión «quién habla» no tiene sentido a ese nivel, sino sólo al nivel de la ejecución, del acto de hablar. La fenomenología del sujeto hablante encuentra un apoyo sólido en las investigaciones de algunos lingüistas sobre el pronombre personal y las formas verbales, sobre el nombre propio, sobre la afirmación y la negación. Un buen ejemplo lo proporciona Benveniste. «Sólo el lenguaje», escribe, «funda en realidad, en su realidad, el concepto de ego.» Ricoeur termina su estudio con una hermenéutica del «yo soy».

El inconsciente cognitivo

El tema del inconsciente cognitivo se ha puesto de moda. Está relacionado con la noción de aprendizaje implícito, conocimientos tácitos y cosas así. «El aprendizaje implícito es la adquisición de conocimiento que ocurre con independencia de todo intento consciente de aprender y en ausencia de conocimiento explícito sobre lo que está siendo adquirido» (Reber A. S.: *Implicit Learning and Tacit Knowledge*, Oxford University Press, Clarendon Press, Nueva York, 1993, p. 5). Parece que la conciencia ha llegado recientemente a la escena filogenética, por lo que el control consciente de la acción tiene que haber sido construido sobre procesos más primitivos que funcionaban independientemente de la conciencia. El autor reconoce la primacia de lo implícito. Una línea muy influyente de investigación emerge de la obra de John R. Anderson sobre el conocimiento procedimental. Distingue entre el conocimiento declarativo, del que somos conscientes y podemos articular, y el conocimiento procedimental, que guía la acción pero yace fuera de nuestra conciencia. Al adquirir una destreza comenzamos con procesos declarativos, conscientes, abiertamente controlados, pero gradualmente se van convirtiendo en procedimientos inconscientes controlados inconscientemente.

Lo que estamos estudiando es un problema que la psicología ha tratado en pocas ocasiones: la relación entre la mente computacional y la mente fenomenológica. Ricoeur ha dado una magnífica fórmula: «La conciencia no es origen, sino *tarea*» (*Le conflit des interprétations*, Seuil, París, 1969, p. 109).

La generatividad

Una teoría debe buscar corroboraciones lo más amplias posibles. Una de las patologías del lenguaje más misteriosas es la que aqueja a un buen número de personas autistas. Según parece, no derivan de un trastorno específico del lenguaje, sino que se enmarcan en un trastorno grave y generalizado del desarrollo, que abarca diversos aspectos de la personalidad, el mundo cognitivo y simbólico y las relaciones comunicativas. La sintaxis y la fonología pueden preservarse notablemente intactas en los niños autistas y representan probablemente islotes de capacidad. A. Rivière ha comentado una carencia prácticamente universal de los autistas en el lenguaje: se ha observado en los autistas de niveles cognitivos más bajos un perfil comunicativo que se caracteriza por la presencia de actos comunicativos con función protoimperativa, es decir, encaminados a conseguir ciertos objetivos o situaciones a través de los otros, frente a la ausencia completa de actos protodeclarativos. A diferencia de los imperativos, estos últimos no tratan de lograr cambios tangibles en el medio sino cambios en los estados mentales de otros. De ahí se deduce que los niños autistas pueden carecer de una teoría de la mente, es decir de la capacidad de comprender lo que sucede en las cabezas ajenas.

Sin embargo, puede haber otra explicación. Lo que puede fallar en los niños autistas es la capacidad ejecutiva, es decir la habilidad para iniciar, controlar y dirigir las propias operaciones mentales. James Russell considera que la primera responsabilidad del sistema ejecutivo es generar conductas relevantes, y piensa que el autismo es un fallo en la generatividad (*Agency. Its Role in Mental Development*, Erlbaum, Hove, 1996, p. 251). Creo que Russell confunde dos cosas. La generatividad básica procede de la inteligencia computacional. Lo que introduce la inteligencia ejecutiva, lo que se pierde en las lesiones del lóbulo frontal y posiblemente también parcialmente en el autismo, es la capacidad de incitar o controlar los sistemas de ocurrencias. Leslie supone que la razón de que los autistas no jueguen estriba en que carecen de la capacidad para separar la representación primaria (verídica) de un objeto y su uso imaginal. Russell dice que la verdadera razón es que no pueden generar ideas para jugar. ¿Pero qué produce esa falta de ocurrencias? Christopher Jarrold y Michell Turner han estudiado los sistemas generativos. La habilidad para responder al entorno de una manera flexible y adaptativa no sólo depende de la habilidad para regular la conducta a través de la inhibición de las acciones inapropiadas, sino también de la habilidad para generar metas apropiadas y cursos de acción. Si la habilidad para generar nuevas ideas estuviera permanentemente dañada, podríamos predecir que sólo usaríamos un pequeño repertorio de acciones que repetiríamos una y otra vez. Un déficit en la generatividad tiene muchas ventajas para explicar importantes características de la conducta repetitiva en individuos con autismo. Por ejemplo, las estereotipias y las repeticiones.

Todo esto es demasiado vago. En realidad, nos falta una buena teoría de la generación de ocurrencias y por lo tanto es difícil que podamos hacer una buena teoría de su falta. Al incluir dentro del sistema ejecutivo la generatividad creo que están confundiendo dos cosas: la producción de ocurrencias y su selección, control o dirección, que pertenecen a distintos sistemas (Russell [ed.], *Autism As an Executive Disorder*, Oxford University Press, Nueva York, 1997).

El habla como acción autónoma

He de advertir que para mí el concepto de autonomía designa el gran logro de la inteligencia humana. La gran función de la inteligencia, lo repetiré una vez más, no es conocer, sino dirigir el comportamiento para salir bien librados de la situación. Aunque se resienta mi pudor intelectual, les remitiré a mi libro *El misterio de la voluntad perdida,* donde he tratado con detenimiento el tema de la autonomía. La autonomía nos permite liberarnos de una serie de coacciones y tiranías. Entre ellas está la del lenguaje desidioso, inerte, pasivo, perezoso, rutinario, mecánico, ecolálico, impersonal. ¿No estaré confundiéndolo todo? Una cosa es el lenguaje y otra el volcán psicológico del que surge esa lava empalabrada.

Empezaré de nuevo. Este apartado va a ser una especie de psiconálisis del autor. Algo parecido a lo que Gaston Bachelard comentó o recomendó o echó en falta en su obra.

He comenzado estudiando el lenguaje y ahora estoy estudiando al sujeto hablante. ¿Por qué he dado ese giro? Porque la estructura lingüística puede estudiarse sin apelar al sujeto, pero la comprensión de las funciones lingüísticas no. ¿La distinción entre un lenguaje autónomo y un lenguaje inerte es una distinción psicológica o ética? En primera instancia, psicológica. Pero la ética no es una disciplina radicalmente separada de la psicología, al menos tal como yo la entiendo. Es la inteligencia aplicada a la dirección y evaluación de la conducta. En este capítulo ha surgido el problema de saber cuál es el mejor modelo de sujeto hablante, si el autónomo o el inerte. La inercia es un abandono al determinismo de la situación o de las ganas. Ambos limitan la capacidad de decisión y de autonomía. Un lenguaje autónomo aprovecha los mismos mecanismos que usa la acción autónoma: somete las ocurrencias de la inteligencia computacional a una evaluación, y deja que prosigan su curso o lo bloquea, y, en este caso, pide otras alternativas a la inteligencia computacional para repetir el ciclo. Dentro del proyecto de autonomía está incluido el de liberarse de las coacciones indebidas, que en el caso del lenguaje son los automatismos, las rutinas, los estereotipos, la repetición de lo que «se dice».

El lenguaje y el deseo

Dice Ricoeur en *Le conflit des interprétrations,* que la reflexión filosófica sobre el psicoanálisis plantea dos cuestiones: en primer lugar, la destitución de la problemática clásica del sujeto como conciencia; después, una comprensión de la inteligencia como deseo. Aunque históricamente haya sido el psicoanálisis quien llamara la atención sobre estos asuntos, su pertinencia no depende de las tesis psicoanalíticas. El psicoanálisis, por cierto, es otro protagonista de mis tangos bibliográficos preferidos. Es difícil sustraerse a la fascinación de la obra de Freud, y a la irritación ante esa proliferación de sectas, grupúsculos, aventureros, desaprensivos que se han cobijado bajo el paraguas protector del psicoanálisis.

Freud –sigue Ricoeur– descubre el enraizamiento del lenguaje en el deseo, en las pulsiones de la vida. Su problema es el mismo de Leibniz en la *Monadología:* cómo la representación se articula sobre el apetito. Y el tema de Spinoza: cómo los grados de adecuación de la idea expresan los grados del *conatus,* del esfuerzo que nos constituye. En términos psicoanalíticos se enunciaría así: ¿Cómo el orden de los significados está incluido en el orden de la vida? Ricoeur considera que esta regresión del sentido al deseo es la indicación de un posible paso desde la comprensión hacia la existencia.

Creo que Ricoeur mira en la buena dirección, pero equivoca el camino. No es a través de la comprensión como se pasa a la existencia, sino a través del acto de hablar, o del acto de comprender, que, en efecto, tienen su origen en el deseo. No es el contenido de la expresión lo primero que hay que buscar en el deseo, sino el origen de la acción hablante.

NOTAS AL CAPÍTULO V

1. Hay un grupo de científicos y lingüistas –Chomsky, Lévi-Strauss, Pinker, etc.– que opinan que el lenguaje es una facultad completamente heterogénea, que no se puede reducir a las operaciones de la inteligencia general. Otros, en cambio, como Piaget, Bruner, y los lingüistas cognitivos, creen que es una aplicación de los sistemas generales de la inteligencia. Es innegable que el niño nace con una pre-programación lingüística, igual que nace con una pre-programación para formar conceptos o para las demás capacidades cognitivas. Preguntarse por si hubo una adquisición brusca del lenguaje es como preguntarse si hubo una adquisición brusca de la capacidad de hacer inferencias.

2. Steklis, H. D., y Harnad, P.: «Critical Stages in the Evolution of Language», *Annals of the New York Academy of Sciences*, 280, 1976, p. 445.

Kimura, D.: «Neuromotor Mechanisms in the Evolution of Human Communication», en H. D. Steklis y M. J. Raleigh: *Neurobiology of Social Communication in primates*, Academic Press, Nueva York, 1976.

Corballis, M. C.: «Laterality and Human Evolution», *Psychological Review*, 96, 1989, pp. 492-505.

Corballis, M. C., y Beale, L.: *The Psychology of Left and Righ*, Erlbaum, Hillsdale, 1976.

Una interesante revisión puede verse en el libro de Merlin Donald *Origins of the Modern Mind*, Harvard University Press, Cambridge, 1991.

M. Arbib ha elaborado una teoría sobre las analogías del lenguaje y de la acción (Arbib, M., Conklin E. J., y Hill, J.: *From Schema Theory to Language*, Oxford University Press, Nueva York, 1987). La acción –dice– se basa en un «modelo interior del mundo», que ella misma se encarga de ir poniendo al día. Encuentra analogías entre la conducta guiada perceptivamente y la conversación. Ambas son un proceso en el que la percepción exterior –del entorno o del discurso ajeno– dirige mis comportamientos de acuerdo con mis proyectos.

3. Jackendoff, R.: *Semantics and Cognition*, MIT Press, Cambridge, 1983.

4. Bernstein, N.: *The Coordination and Regulation of Movement*, Pergamon Press, Londres, 1967.

5. Richardson, A.: *Mental Imagery,* Springer, Nueva York, 1969. Este asunto ha interesado mucho a los entrenadores deportivos. Revisiones de la literatura sobre estos temas: Corbin, C. B.: «Mental Practice», en W. P. Morgan (ed.): *Ergogenic Aids and Muscular Performance*, Academic Press, Nueva York, 1972; Feltz, D. D., y Landers, D. M.: «The Effects of Mental Practice on Motor Skill Learning and Performance: A Meta-analysis», *Journal of Sport Psychology,* 5, 1983, pp. 25-57. Hay muchos informes anecdóticos. Un estudio llevado a cabo en el Unites States Olympic Training Center puso de manifiesto que el 90 % de los deportistas olímpicos empleaban algún tipo de visualización imaginaria, y que el 97 % de éstos pensaba que dicha técnica mejoraba su rendimiento. Además, el 94 % de los entrenadores de deportistas olímpicos usaban con frecuencia la visualización en sus sesiones, y el 20 % lo hacía en todas ellas. Más información sobre este asunto en R. S. Weinberg y D. Gould: *Fundamentos de psicología del deporte y del ejercicio físico*, Ariel, Barcelona, 1996, y J. M. William: *Psicología aplicada al deporte,* Biblioteca Nueva, Madrid, 1991.

6. Kosslyn, S. W.: «Capacidad para formar imágenes mentales», en R. J. Stenberg: *Las capacidades humanas*, Labor, Barcelona, 1986.

7. Neisser, U.: *Cognition and Reality,* Freemann and Co., San Francisco, 1976 (trad. esp. *Procesos cognitivos y realidad,* Marova, Madrid, 1981).

8. Para Bartlett el esquema es un resumen de información; para Revault d'Altones, una condensación, una abreviatura que re-

copila de modo unitario la experiencia pasada. Bergson también utilizó la noción y escribe: «Esquema es una representación abreviada que contiene no tanto las imágenes como lo que hay que hacer para reconstruirlas» (Bergson: «L'effort intellectuel», en *Oeuvres*, PUF, París, 1963, p. 937). En esta definición hay dos elementos dispares: por un lado es una representación y por otro es un mecanismo de producción. Los esquemas tienen dos características esenciales: son sistemas de información y sistemas de producción. Ya se lo he dicho: plano y código genético. Así lo han admitido los patriarcas de la Inteligencia Artificial. La noción de «guión» *(script)*, acuñada por Schank, incluye ambos sistemas (Schank, R. C., y Abelson, R. P: *Guiones, planes, metas y entendimiento*, Paidós, Barcelona, 1987). Winograd distingue entre los esquemas que son «sistemas representacionales declarativos» y los que son «sistemas representacionales de procedimientos» (obsérvese la semejanza con la terminología kantiana). Rumelhart, uno de los miembros del grupo PDP (Parallel Distributed Processing), considera que los esquemas tienen las siguientes propiedades: son variables, pueden incrustarse unos en otros, representan conocimientos a todos los niveles, son procesos activos, dispositivos de reconocimiento que evalúan el ajuste con los datos que están siendo procesados. Permiten completar la información recibida (Rumelhart, D. E.: «Schemata: The Buildings Blocks of Cognition», en R. J. Spiro, B. Bruce, y W. Brewer (comps): *Theoretical Issues in Reading Comprehension*, Erlbaum, Hillsdale, 1980).

Los lingüistas han asimilado el concepto de esquema. Langacker prefiere hablar de la categorización a partir del esquema, no del prototipo, como lo hacen la mayor parte de semantistas cognitivos. «Un esquema, por contraste (con un prototipo), es una categorización abstracta que es totalmente compatible con todos los miembros de la categoría que define (los miembros no son un asunto de grado); es una estructura integrada que encarna la comunidad de sus miembros, que son concepciones de mayor especificidad y detalle que elaboran el esquema (*Foundations of Cognitive Grammar,* Stanford University Press, Stanford, 1987, I, p. 371). Para Martin Mingorance «los marcos predicativos son esquemas que especifican un predicado junto con el esqueleto de la estructura en que puede aparecer».

9. Jean Aitchison, al tratar el significado y la teoría de los prototipos, piensa que no es suficientemente fuerte. Añade: «Los prototipos representan los modelos mentales del mundo en que vivimos, modelos que son arquitecturas privadas y culturales con varios nombres: modelos mentales, *frames, scripts,* modelos cognitivos internos, dominios cognitivos, etc. Algunos modelos son fijos, pero otros se forman para la situación. Como dice Barsalou: «Los *frames* son mecanismos generativos finitos. Una modesta cantidad de *"frame information"* en la memoria permite la computación de una cantidad tremenda de conceptos. Esto demuestra que los humanos no suelen tratar con palabras aisladas» (Aitchison, J.: *Words in the Mind. An Introduction to Mental Lexicon,* Blackwell, Oxford, 1997).

Aitchison escribe: «Construimos subconscientemente "modelos mentales" para manejar nuestras vidas y todas las cosas. Esos modelos son una inextricable mezcla de aguda observación, lavado de cerebro cultural, fragmentos de memoria y trozos de imaginación. Encarnan las asunciones de una persona acerca del mundo, incluyendo las creencias ingenuas sobre cómo funciona, algunas aprendidas y otras inventadas» (p. 68). La terminología sobre los modelos es oscilante. Modelos mentales: Johnson-Laird; *frames:* Fillmore; *scripts:* Schank y Abelson; *internalized cognitive models* (ICM): Lakoff; *cognitive domains:* Langacker.

10. Schank, R. C.: *El ordenador inteligente*, Bosch, Barcelona, 1986.

Schank, R. C. : *Dynamic Memory,* Cambridge University Press, Cambridge, 1982.

Schank, R. C., y Abelson, R. P.: *Guiones, planes, metas y entendimiento*, Paidós, Barcelona, 1987.

11. Bruner, J.: *Realidad mental y mundos posibles*, Gedisa, Barcelona, 1988. p. 56.

12. Katherine Nelson (ed.): *Narratives from the Crib,* Harvard University Press, Cambridge, Massachusetts, 1989.

13. Pinker, S.: *El instinto del lenguaje*, Alianza, Madrid, 1995, p.137

14. Wierzbicka, A.: *Semantics, Culture, and Cognition*, Oxford University Press, Nueva York, 1992.

Greimas, A. J., y Fontanille, J.: *Sémiotique des passions,* Seuil, París, 1991.

15. Lakoff, G. y Kövecses, Z.: «The Cognitive Model of Anger in American English», en Holland, D., y Quinn, N.: *Cultural Models in Languages & Thought,* Cambridge University Press, Cambridge, 1987.

Kövecses, Z.: *Emotion Concepts,* Springer, Nueva York, 1990.

Lakoff, G., y Johnson, M.: *Metáforas de la vida cotidiana,* Cátedra, Madrid, 1986.

BIOBIBLIOGRAFÍA

Skinner y Chomsky

Skinner impuso la teoría del aprendizaje del lenguaje como un proceso de asociación-imitación-refuerzo. Chomsky demostró que era imposible este modo de aprendizaje e impuso un nativismo difícil de aceptar. George Miller, un gran psicólogo que además tiene talento para las frases, expuso perfectamente la situación: «Ahora tenemos dos teorías de la adquisición del lenguaje: una de ellas, el asociacionismo empirista, es imposible; la otra, el nativismo, es milagrosa.»

«Los niños tenían y necesitaban tener un conocimiento operativo del mundo antes de que adquirieran el lenguaje. Ese conocimiento les daba objetivos semánticos, por decirlo así, que "correspondían", de alguna manera, a las distinciones que adquirían en el lenguaje.» Hubo nuevos esfuerzos para desarrollar una semántica generativa, a partir de la cual, presumiblemente, el niño pudiera derivar hipótesis sintácticas» (Bruner, J.: *El habla del niño*, Paidós, Barcelona, 1986).

¿Por qué me interesa Charles Fillmore?

Pretendió derivar la gramática de una estructura cognitiva previa relacionada con la acción y sus circunstancias. Roger Brown, al estudiar el lenguaje infantil, señaló que en el estadio de dos palabras, durante el proceso de adquisición del lenguaje, más de las tres cuartas partes de los enunciados de los niños abarcan solamente media docena de relaciones semánticas que son, básicamente, relaciones de casos o similares: Agente-Acción, Acción-Objeto, Agente-Objeto, Posesión, etc. (*A First Language*, Harvard University Press, Cambridge, 1973). Fillmore nos dice que nociones de casos de este tipo «comprenden un conjunto de conceptos universales, presumiblemente innatos, que identifican ciertos tipos de juicios que los humanos son capaces de hacer sobre los hechos que están sucediendo a su alrededor: quién lo hizo, a quién le sucedió, qué cambió» (Fillmore, C.: «The Case for Case», en E. Bach y R. T. Harms (comps.): *Universals in Linguistic Theory*, Holt, Rinehart y Ewinston, Nueva York, 1968).

Katherin Nelson, una de las grandes especialistas en lenguaje infantil, apoya esta teoría. Su «Modelo Funcional de Núcleo» admite que el niño llega al lenguaje con una reserva de conceptos familiares sobre la gente y los objetos, con unos *scripts* (la misma palabra usada por Schank) que proveen al niño de un conjunto de formatos sintagmáticos (de marcos sintácticos) que le permiten organizar oraciones. El niño adquiere pronto una pequeña biblioteca de *scripts,* de guiones, y procedimientos comunicativos para moverse con ellos (Nelson, K., y Gruendel, J.: «Generalized Events Representations: Basic Building Blocks of Cognitive Developments», en A. Brown y M. Lamb (comps.): *Advances in Developmental Psychology,* vol. 1). Patricia Greenfield defendió que las primeras expresiones infantiles de una palabra –holofrásticas– también podían ser aducidas en favor de la gramática de casos.

Imágenes o proposiciones

Hay una polémica dentro de la ciencia cognitiva acerca del formato en que puede estar representada la información en el cerebro. Por ejemplo, las imágenes que produce un ordenador no están guardadas como imágenes, sino como proposiciones que contienen las órdenes para que el ordenador reproduzca en pantalla la imagen. Las dos principales figuras en la polémica fueron Pylyshyn, partidario de un único formato proposicional, y Kosslyn, partidario de un doble formato. Pylyshyn cree que se almacena en forma sintáctica. Parece que hay datos experimentales que invalidan esta idea. (Pylyshyn, Z. W.: «What the Mind's Eye Bells the Mind's Brain: a Critique of Mental Imagery», *Psychological Bulletin,* 80, 1973, 1-24; Kosslyn, S. M.: *Image and Brain. The*

Resolution of the Imagery Debate, The MIT Press, Cambridge, 1994).

Los modelos

Mi interés por esta noción comenzó con la lectura de un estupendo libro de Philip N. Johnson-Laird, uno de esos científicos todoterreno que las ciencias cognitivas están produciendo. Es un psicólogo, experto en informática, que ha escrito libros de lógica, de psicología del razonamiento y de lingüística. El libro en cuestión se titula *El ordenador y la mente*, Paidós, Barcelona, 1990. Defendía que necesitábamos admitir que la mente elabora modelos, sin los cuales no podíamos explicar el movimiento, o la comprensión lingüística. Criticaba la idea de que «el significado es simplemente una cuestión de relacionar un conjunto de símbolos verbales con otro» (p. 315). Su propuesta es que las expresiones lingüísticas se relacionan con los modelos, que a su vez se relacionan con el mundo. Los modelos son estructuras simbólicas que pueden construirse a partir de descripciones verbales y respecto a los cuales los enunciados pueden ser verdaderos o falsos. La relación de un modelo con el mundo, en cambio, no puede extraerse simplemente de la lectura de un modelo, por lo cual se plantea la duda de cómo puede una oración ser falsa o verdadera en relación con el mundo. Me interesó mucho que admitiera que podíamos elaborar un modelo de nosotros mismos, que nos sirviera para guiar nuestras decisiones: «Somos libres no por ser ignorantes de las raíces de muchas de nuestras decisiones, que realmente lo somos, sino porque nuestros modelos de nosotros mismos nos permiten elegir la manera de elegir» (p. 343)

Intrigado por lo que había leído, estudié su obra más importante: *Mental Models. Toward a Cognitive Science of Language, Inference, and Consciousness*, Harvard University Press, Cambridge, 1983. La tesis es muy simple: los seres humanos construyen modelos mentales del mundo, y lo hacen empleando procesos mentales tácitos. La idea –añade– no es nueva. En 1943, Kenneth Craik propuso que el pensamiento es la manipulación de representaciones internas del mundo. Se propone tratar cinco problemas: 1) resolver el puzzle de la lógica mental; 2) explicar la naturaleza de las representaciones mentales y cómo relacionan el lenguaje con el mundo; 3) trazar el proceso por el que se construye el significado de una sentencia a partir del significado de sus partes, de acuerdo con las relaciones gramaticales entre ellas; 4) descubrir cómo la interpretación de un discurso se construye a partir del significado de las sentencias; y 5) elucidar la naturaleza de la intencionalidad y de la autoconciencia.

¿Cómo se generan los modelos? Johnson-Laird se sirve de la «semántica procedimental», un enfoque de la psicología del significado basado en la programación computacional (Woods, W. A.: «Procedural Semantics», en A. K. Joshi, I. Sag y B. L. Webber (eds.): *Elements of Discourse Understanding*, Cambridge University Press, Cambridge, 1981).

La construcción de modelos internos tiene utilidad adaptativa. «Cuanto más ricas y más verídicas sea el modelo interno (de la realidad), mayores serán la posibilidades que tiene un organismo de sobrevivir» (p. 402). Todo nuestro conocimiento del mundo depende de nuestra actividad para construir modelos de él. La esencial característica de un modelo es su rol funcional. Un modelo es una representación de alto nivel en lo que, desde un punto de vista funcional, es una notación simbólica arbitraria (p. 403).

Josef Perner ha relacionado la aparición de modelos múltiples en la mente del niño con la aparición de los juegos de simulación, lo que casa bien con la mención que he hecho de las investigaciones de Leslie y de la importancia que tiene la invención de irrealidades para la función lingüística.

Completando a Johnson-Laird

Al leer su obra creo entender que el significado se comprende cuando sobre el significado léxico de una sentencia el sujeto construye un modelo mental. Me parece que deja sin explicar cómo se produce el salto desde la palabra al modelo. Lo que defiendo en este libro es que el significado de la palabra tiene forma de modelo. Es decir, está en representación de un modelo, que suele ser de mayor amplitud que el significado léxico de la palabra. «Comer en un restaurante» es una frase de significado sencillo. Pero su comprensión implica un modelo de ese comportamiento (qué es un restaurante, qué es comer, cómo se elige la comida, cómo se pide, cómo se paga, etc). Los modelos no son necesarios sólo para la comprensión, sino también para la producción del lenguaje.

Esta idea del significado como modelo se ha visto confirmada en nuestra investigación sobre el léxico de los sentimientos. Cada palabra es un modelo narrativo abreviado. Podría dar muchas referencias psicológicas que apoyan esta interpretación. Russell postula que el contenido de los prototipos emocionales consiste justamente en esquemas abstractos de secuencias de sucesos o escenarios típicos de cada emoción. Gergen ha estudiado las emociones como formas narrativas sobre uno mismo. Sostiene que las emociones no son una experiencia privada, sino que son una forma de actuación social que para ser inteligible tiene que integrarse en una narración coherente. En pruebas experimentales comprobó que para comprender una emocion los sujetos preguntaban la causa de ella. Es decir, la emoción no tenía sentido hasta que se situaba en un contexto narrativo que describía sus antecedentes.

Muchos otros investigadores estudian las emociones o los sentimientos como modelos o esquemas narrativos. Bowlby habla de *internal working models*. Según Shaver, las personas poseen información sobre esquemas de acciones (escenarios o guiones) para las categorías básicas (cómo se siente o actúa en respuesta al enojo, tristeza, etc.). Supone, y Lang acepta su opinión, que los conceptos genéricos sentimentales carecen de estos guiones y por ello son más difíciles de describir y precisar. Parece que las investigaciones psicológicas nos autorizan a utilizar los esquemas narrativos como descripción del significado del léxico sentimental.

NOTAS AL CAPÍTULO VI

1. Luria, A. R.: *Conciencia y lenguaje,* Pablo del Río, Madrid, 1980, p. 424.

2. Fodor, J. A., Bever, Y. G., y Garrett, M. F.: *The Psychology of Language: An Introduction to Psycholinguistic and Generative Grammar,* McGraw Hill, Nueva York, 1974.

3. Chomsky, N.: *El lenguaje y el entendimiento,* Seix Barral, Barcelona, 1971.

4. Hay mucha información sobre la génesis de las obras de García Márquez en el libro *El olor de la guayaba,* Bruguera, Barcelona, 1982, que recoge las conversaciones del autor con Plinio Apuleyo Mendoza.

5. Aragon, L.: *Je n'ai jamais appris a écrire ou les incipit,* Flammarion, París, 1969.

6. Stravinski, Í.: *Poética musical,* Taurus, Madrid, 1987.

7. Stravinski, Í.: *Crónica de mi vida,* Nuevo Arte, Barcelona, 1985, p. 170.

8. Umbral, F.: *Los cuadernos de Luis Vives,* Planeta, Barcelona, 1996, p. 146.

9. *Stravinsky in Conversation with Robert Craft,* Pelican Books, Harmondsworth, 1962, p. 280.

10. Schoenberg, A.: *El estilo y la idea,* Taurus, Madrid, 1951, p. 117

11. La busca de T. S. Eliot de las palabras apropiadas está detallada en *The Composition of Four Quartets,* por Helen Gardner, *London Times Literary Supplement,* 15 de septiembre de 1978.

12. Un estudio sobre el modo de componer de este poeta en L.

Jefrey: «Writing and Rewriting Poetry: William Wordsworth», en D. B. Wallace y H. E. Gruber, (eds.): *Creative People at Work*, Oxford University Press, Nueva York, 1989.

13. Ackroyd, P.: *T.S. Eliot,* FCE, México, 1992, p. 270.

14. Este famoso texto que Poincaré recogió en *Ciencia y Método* ha sido comentado por Seymour Papert en su libro *Mindstorms, Children, Computers and Powerful Ideas* (traducido al castellano con el título *Desafío a la mente,* Galápago, Buenos Aires, 1985). Recuerda que Poincaré afirmaba que el rasgo distintivo de la mente matemática no es lógico, sino estético, y negaba la posibilidad de comprender la actividad matemática sin referencia a lo estético. Papert le da la razón: «El trabajo matemático no avanza por el estrecho sendero lógico de una verdad a otra y luego a otra, sino que osadamente o a tientas sigue desviaciones a través del pantano circundante de proposiciones que no son ni simple ni totalmente ciertas, ni simple ni totalmente falsas.» Es conmovedor que Papert, una de las grandes figuras de la Inteligencia Artificial, le eche en cara que no haya conseguido integrar el componente estético en la resolución de problemas, por no saber salir de lo puramente lógico. La estética aparece como brújula para «orientarse en el espacio intelectual» (p. 223 de la edición castellana). La razón que daba Poincaré encaja muy bien en mi teoría. Sostenía que el trabajo matemático tiene tres partes: 1) el análisis consciente, 2) el periodo de incubación inconsciente, 3) el producto de esa actividad inconsciente emerge a la conciencia. ¿Cómo sabe la mente inconsciente lo que debe transmitir a la mente consciente? Basándose en su experiencia. Poincaré concluye que el inconsciente no es capaz de determinar si una idea es correcta o no. Por eso muchas veces sus propuestas no son ciertas. Pero esas ideas, en cambio, tienen siempre el sello de la belleza matemática. Al parecer, el inconsciente posee un eficacísimo criterio estético.

15. Rimland, B.: «Savant Capabilities of Austitic Children and Their Cognitive Implications», en G. Serban, (ed.): *Cognitive Deficits in the Development of Mental Illness,* Bruner/Mattei, Nueva York, 1978, p. 61.

El timo de la creatividad

Desde hace muchos años me ha interesado la capacidad inventiva, innovadora, transfiguradora de la inteligencia humana. Tengo una buena biblioteca sobre ese asunto, llena de libros mediocres, presuntuosos y, por desgracia, en muchos casos timadores. Le doy la razón a Osgood cuando escribe: «Los filósofos y lingüistas han prestado una atención, no por preciosa menos escasa, al comportamiento prelingüístico, en cualquiera de sus tres sentidos: anterior al lenguaje en la evolución de la especie humana, anterior al lenguaje en el desarrollo del individuo o anterior al lenguaje en la generación de frases particulares» («Where Do Sentences Come From?», en D. D. Stenberg y L. A. Jakobovits [eds.]: *Semantics*, Cambridge University Press, Cambridge, 1971, p. 498).

Escaldado como estaba, la reciedumbre matemática, ese espartanismo sintáctico con que Noam Chomsky hablaba de la creatividad lingüística, me tranquilizó como debe tranquilizar al náufrago pisar tierra firme.

Chomsky concede una importancia nuclear al fenómeno de la creatividad lingüística, esto es, a la capacidad de los hablantes para producir y comprender frases no oídas nunca con anterioridad: «En especial, tales especulaciones (especulaciones empiristas) no han proporcionado ningún camino para dar cuenta o, al menos, describir la capacidad del hablante para producir y comprender, instantáneamente, frases nuevas que no son iguales a las oídas con anterioridad, en ningún sentido definido físicamente o en términos de noción alguna de contexturas o clases de elementos, ni están asociadas por condicionamiento a las oídas con anterioridad, ni se pueden extraer de ellas por ningún tipo de "generalización" conocido en psicología o filosofía» (*Aspects of the Theory of Syntax*, The MIT Press, Cambridge, 1965, p. 57).

Como dice Lyons, en su crítica del conductismo, Chomsky enfatizó la independencia de la lengua del control de estímulo. A esto se refiere cuando habla de creatividad: el enunciado que alguien produce en una ocasión dada es, en principio, impredecible, y no puede describirse adecuadamente en el sentido técnico de estos términos, como respuesta a algún estímulo identificable, lingüístico o no. Estoy completamente de acuerdo. La creatividad aparece cuando el estímulo no nos guía como el ronzal guía a la caballería.

A juicio de Chomsky, la creatividad es un atributo peculiar del hombre por el que se distingue de las máquinas y, por lo que sabemos, de otros animales. Pero se trata de una creatividad regulada, gobernada por reglas. Y aquí es donde la gramática generativa se proponía como la gran solución. Los enunciados que producimos tienen una determinada estructura gramatical, esto es, se adecuan a unas reglas específicas de buena formacion. Bien, pues, en la medida en que se consigue especificar estas reglas de buena formación, o gramaticalidad, se proporciona un análisis científicamente satisfactorio de esta propiedad de la lengua –su productividad– que posibilita el ejercicio de la creatividad (p. 198).

Estas afirmaciones me dieron mucho que pensar. ¿Cómo va a ser posible que la creatividad, que está tan cercana a la anarquía, a la imprevisibilidad, a la transgresión, vaya a fundarse en reglas? Chomsky me pareció un moralista en un momento en que mi interés por la ética era nulo. Quiero recordarles esto porque al final del libro este asunto aparecerá con claridad. No me extraña que Chomsky sea un liberal terriblemente estricto. Claro: la creatividad depende de reglas. Como en estas notas bibliográficas no me importa disparatar, afirmaré que la sintaxis es muy moralizadora. ¿Pero qué digo? Pues algo que dijo hace muchos años ese entrañable energúmeno que fue Nietzsche: «No hemos podido desembarazarnos de Dios porque no hemos podido desembarazarnos de la gramática.»

Las competencias creadoras

Ha habido intentos de trasponer el concepto de competencia lingüística al dominio de la poética. A mí me parecen todos bastante bobos, pero se los cuento. Manfred Bierwisch (1970) postula una capacidad humana específica que hace posible «producir estructuras poéticas y comprender su resultado». Un sistema que tendría como *input* las frases generadas por la gramática y como *output* frases con la marca de las estructuras impuestas por las reglas poéticas. Son estructuras parásitas respecto de las estructuras lingüísticas. Son derivaciones no arbitrarias sino sometidas a determinadas regularizaciones que son accesibles a su estudio y reducibles a principios generales. Bierwish no explica la adquisición y naturaleza de ese mecanismo (Bierwisch, M.: «Poetics and Linguistics», en D. C. Freeman (ed): *Linguistics and Literary Style*, Holt, Rinehart and Winston, Nueva York, 1970)

Wolfgang Klein ha estudiado una métrica generativa, y reconoce una «competencia métrica». Parece haber unanimidad en considerarla una competencia aprendida (Klein, W.: «Critical Remarks on Generative Metrics», *Poetics*, 12, 1974, pp. 29-48). Franco Brioschi: «La competencia lingüística es común a todos los hablantes, está arraigada en el fondo de nuestro ser social y roza (si bien se trata de una hipótesis, precisamente, discutida) los umbrales de la misma constitución antropológica. La competencia métrica presupone un proceso específico de aprendizaje (aunque sea inconsciente) de naturaleza social diversa, más acentuadamente histórico-social. El metro, en resumen, pone de relieve, en el *continuum* constituido por la comunidad de hablantes, una relación especial en la que el lector está llamado no sólo a reconocer, sino a ejercitar la dimensión literaria del texto. La recepción no está garantizada por la competencia lingüística indiferenciada, sino por una adquisición cultural» (en C. di Girolamo: *Teoria e prassi della versificazione*, Il Mulino, Bolonia, 1976.

Aguiar e Silva –en *Competencia lingüística y competencia literaria,* Gredos, Madrid, 1980– escribe: «Los sistemas de reglas métricas tienen que ser producto de adquisicion sociocultural. Algunos pueden presentar, de modo relevante, la huella de un poeta o de un preceptista –recordemos, por ejemplo, la huella de Malherbe en el sistema de reglas métricas de la poesía del clasicismo francés–, pero la aparición de un determinado sistema de reglas métricas no se explica por un voluntarismo individual abstracto, como si fuera un fenómeno de naturaleza normativa ideado y difundido por un hablante/autor y aceptado, después, por otros muchos hablantes/autores o hablantes/lectores. En los casos en que es relevante la huella de un autor en la constitución de un sistema de reglas métricas, lo que ha sucedido es que ese autor ha sabido ser portavoz de las tendencias prevalecientes en el terreno de las reglas métricas.»

A Teun A. van Dijk se debe el intento más ambicioso de trasponer al dominio de la poética el concepto chomskyano de competencia lingüística. Distingue dos grandes áreas de investigación, paralelas a las que Chomsky señala en la gramática. Una poética teórica (gramática teórica, explicativa) y una poética descriptiva. Aquélla tiene como finalidad estudiar las propiedades universales de los textos literarios, pero tiene como finalidad prioritaria «la descripción y explicación de la capacidad del hombre para producir e interpretar textos literarios: la llamada competencia literaria» (*Some Aspects of Text Grammars. A Study in Theoretical Linguistics and Poetics*, Mouton, The Hague-París, 1972, p. 170). Se trata de una «competencia textual», esto es, un saber que permite producir y comprender textos, y cuyo modelo sólo se elaborará adecuadamente mediante una «gramática literaria del texto» y no mediante una «gramática literaria de la frase». Todo hablante nativo posee un mecanismo para cambiar o ampliar su competencia «primaria» (lingüística) y para adquirir una competencia «secundaria» o «derivada» para lenguajes específicos tales como los textos literarios.

En su obra *La poética estructuralista*, Anagrama, Barcelona, 1978, Jonathan Culler trata la competencia literaria, subrayando la importancia de la educación, del aprendizaje y de la escolarización. Escribir un poema o una novela es comprometerse, de inmediato, con la tradición literaria o, al menos, con cierta idea del poema o de la novela. Pero le tienta la idea de una *faculté de littérature*». Un conjunto de reglas y procedimientos que el lector «sigue inconscientemente cuando selecciona los ítems cruciales en la trama».

Van Dijk y otros hablan de una «competencia narrativa». Jens Ihwe habla de «una facultad humana específica apta para producir, en número ilimitado, «textos coherentes relacionados con situaciones y objetos reales o ficticios» (Ihwe, J.: «On the Foundations of a General Theory of Narrative Structures», *Poetics,* 3, 1972, pp. 5-14). Henri Wittmann ha tratado de establecer algoritmos narrativos y formula la hipótesis según la cual la competencia lingüística global del niño incluiría como subcomponente una competencia narrativa que correspondería a la existencia de una «*faculté narrative*» (Wittmann, H.: «Théorie des narreèmes et algorithmes narratifs», *Poetics,* 13, 1975, pp. 19-28) . Thomas G. Pavel, elabora una «gramática narrativa ideal», y la aplica al análisis de la «sintaxis narrativa» de las tragedias de Corneille (Pavel, T.: *La Syntaxe narrative des tragédies de Corneille*, Klincksieck, París, 1976).

Se lo confieso en secreto. A mí todo esto me parece una simpleza. La psicología cognitiva ha caído en el viejo espejismo de la *virtus dormitiva*, y piensa que una tautología disfrazada es una verdad científica. ¿Que para entender una expresión hace falta un reconocimiento léxico? Pues se propone un «analizador léxico» y el problema está resuelto. Pero una vez abierto ese camino las consecuencias pueden ser bastante cómicas. Para explicar las habilidades de un tenista no sólo habría que admitir una competencia tenística, sino una competencia para el drive, otra para el smash, otra para el saque, etcétera, etcétera, etcétera.

El ordenador poeta

> Todo verde en las hojas
> Yo huelo fuentes oscuras en los árboles
> De repente la luna ha huido.

Este poema es un haiku peculiar. No por su calidad sino porque ha sido compuesto por un programa de ordenador diseñado para producir haikus (Masterman, M.: «Computerized Haiku», en J. Reichardt [comp.], *Cybernetics, Art, and Ideas,* Londres, 1971. No he podido hacerme con este libro y tomo la cita de Margaret Boden: *La mente creativa. Mitos y mecanismos*, Gedisa, Barcelona, 1994, p. 219).

Desde el punto de vista computacional, la generatividad depende de un espacio de búsqueda y del juego de reglas productivas y de reglas heurísticas. Por ejemplo, Harold Cohen ha desarrollado el programa AARON, que dibuja bastante bien (Catálogo de una de sus exposiciones: *Harold Cohen: Computer-as-Artist,* Buhl Science Center, Pittsburgh, 1984). Philip Johnson-Laird, psicólogo del que ya les he hablado, buen pianista de jazz, ha escrito un programa que modeliza la improvisación en el estilo iniciado por Charlie Parker y Dizzy Gillespie (Johnson-Laird, P. N.: «Freedom and Constraint in Creativity», en R. J. Stenberg [ed.]: *The Nature of Creati-*

vity, Cambridge University Press, Cambridge, 1988). Subrata Dasgupta ha estudiado la creatividad técnica tomando como ejemplo la obra de Maurice Wilkes, el inventor de la microprogramación informática, intentando de paso hacer un modelo computacional de las invenciones, en *Creativity in Invention and Design. Computational and Cognitive Explorations of Technological Originality*, Cambridge University Press, Cambridge, 1994.

Los sistemas secuenciales clásicos se encontraban con grandes dificultades para realizar algunas de las funciones imprescindibles para la invención, por ejemplo la captación de analogías. Pero, como señala Margaret Boden, los modelos conexionistas pueden hacer «un apareamiento analógico de patrones. Esto es, un patrón de ingreso puede hacer activar una gama de patrones almacenados que son diferentes pero similares, cuyas fuerzas de activación varían según su similitud. Tienen, además, memoria contextual: un patrón de ingreso puede activar no sólo un patrón similar, sino también algunos aspectos de su contexto previo. Otra característica de los modelos conexionistas es que no necesitan tener información perfecta, sino que les bastan probabilidades y probabilidades bastante confusas. Aprenden y pueden reactivar muchas asociaciones semánticas y contextuales entre representaciones diferentes. En síntesis, los sistemas conexionistas tienen «memoria asociativa», basada tanto en el significado como en el contexto.

El modelo de Levelt

Uno de los modelos explicativos de la producción verbal más afamados es el propuesto por Levelt (Levelt, W. J. M.: *Speaking: From Intention to Articulation*, The MIT Press, Cambridge, 1989). Es otro personaje de tango. Me interesó mucho cuando leí su propuesta hace muchos años, y ahora me ha decepcionado al verla de nuevo. Señala tres etapas en el proceso que va desde la intención al habla. La primera fase es de planificación o de conceptualización. Los sujetos seleccionan lo que desean comunicar, realizando operaciones o procesos que pueden ser inconscientes. Su resultado es la elaboración de una representación prelingüística.

En la segunda fase, la información seleccionada se traduce en formato lingüístico, lo que implica ya la utilización de una lengua y una gramática concretas. El mensaje se formula y codifica. En el caso del habla, esta fase incluye el plan fonético.

En la tercera etapa se forman los planes motores para traducir la representación fonética en habla.

¿Todas estas operaciones son automáticas o controladas conscientemente? El análisis evolutivo de la adquisición del lenguaje pone de relieve que aspectos como la articulación y la producción de palabras requieren una gran demanda de procesamiento en las primeras etapas del desarrollo pero, posteriormente, se automatizan de forma progresiva. De un modo similar, aunque sin llegar a hacerlo totalmente, parecen automatizarse también los procesos responsables de la estructura gramatical de las emisiones. Una observación interesante a este respecto es la realizada por Leonard y Schwartz en el sentido de que niños con niveles de desarrollo lingüístico superiores a los de la etapa holofrástica utilizan de nuevo emisiones de una sola palabra cuando se desplaza bruscamente su atención hacia un elemento nuevo del entorno: ante una situación por tanto que requiere una gran cantidad de atención (el estímulo nuevo), el niño reduce la dificultad de su procesamiento verbal utilizando un tipo de estructura de frase que en él está automatizado (Leonard, L. B., y Schwartz, R. G.: «Focus Characteristic of Single-word Utterances After Syntax», *Journal of Child Language*, 5, 1978, pp. 151-158).

Algunos componentes de la producción del lenguaje pueden ser interpretados como procesos claramente controlados. Tal es el caso de la mayoría de las actividades de conceptualización y también de los procesos de control que subyacen a las autocorrecciones. Goldman-Eisler interpretó las pausas y titubeos como indicadores conductuales de procesos de decisión léxica (Goldman-Eisler, F.: «Pauses, Clauses, Sentences», *Language and Speech*, 15, 1972, pp.103-113).

Ya dentro de la fase de corrección lingüística, la mayoría de los procesos se interpretan como automáticos y, por tanto, no conscientes (por ejemplo, la mayoría de las decisiones léxicas y de organización gramatical), si bien en determinados momentos pueden ser susceptibles de atención consciente por parte del sujeto (recuérdese la mayor probabilidad de pausas mas largas ante palabras de clase abierta que de clase cerrada, o la interrupción que del proceso de producción realiza el sujeto cuando detecta un error). Aunque determinados procesos de la conceptualización pueden realizarse también de modo automático (por ejemplo, la decisión sobre el tipo de habla –directo o indirecto– de los enunciados), tiene sentido identificar a grandes rasgos los procesos de conceptualización como controlados y los de codificación lingüística y articulación como automáticos. En última instancia, la participación de procesos automáticos y controlados durante la producción del lenguaje revela hasta qué punto resulta necesario postular, para el habla, un sistema cognitivo extraordinariamente flexible en la asignación de los recursos atencionales y en el funcionamiento de sus mecanismos de control. Les recomiendo para tener una visión global sobre este complejo asunto la lectura de los capítulos dedicados a él en M. Belinchón, A. Rivière, y J. M. Igoa: *Psicología del lenguaje. Investigación y teoría,* Trotta, Madrid, 1992.

NOTAS AL CAPÍTULO VII

1. Hörmann, H.: *Querer decir y entender*, Gredos, Madrid, 1982.

2. El estudio de los actos lingüísticos comenzó con unas conferencias que dio J. L. Austin en el año 1955, publicadas con el título *Cómo hacer cosas con palabras*, Paidós, Barcelona, 1982. Su propuesta fue prolongada y profundizada por J. Searle en *Actos de habla*, Cátedra, Madrid, 1980. El paso de la pragmática a la ética era previsible. Lo han ejecutado, sobre todo, Jürgen Habermas y K. O. Apel.

3. Tannen, D.: *Género y discurso*, Paidós, Barcelona, 1996, p.176

4. Brandsford, J. D., y Johnson, M. K.: «Contextual Prerequisites for Understanding. Some Investigations of Comprehension and Recall», *J. verb, learn. verb. beah.*, 11, 1972, 117-126

5. Uhlenbeck, E. M.: «An Appraisal of Transformational Theory», *Lingua*, 12, 1963, pp. 1-18.

6. Bousoño, C.: *El irracionalismo poético*, Gredos, Madrid, 1977, p. 392.

7. Luria, A. R.: *Fundamentos de neurolingüística*, Toray-Masson, Barcelona, 1980, p. 143.

8. Belinchon, M., Rivière, A., e Igoa, J. M.: *Psicología del lenguaje. Investigación y teoría*, Trotta, Madrid, 1992.

9. Gadamer, H. G.: *Verdad y Método*, Sígueme, Salamanca, 1984. p. 333.

10. Grice, H. P.: *Studies in the Way of Words*, Harvard University Press, Cambridge, 1989.

11. Bariaud, F.: *La genèse de l'humour chez l'enfant*, PUF, París, 1983.
12. Sroufe, L. A., y Wunsch, J. P.: «The Development of Laughter in the First Year of Life», *Child Development,*43, 1972, pp. 1326-44.
13. Levine, J., y Redlich, F. C.: «Intellectual and Emotional Factors in the Appreciation of Humor», *Journal of General Psychology*, 62, pp. 25-35, 1960.

BIOBIBLIOGRAFÍA

La advertencia de un neuropsicólogo

Luria, en sus estupendos *Fundamentos de neurolingüística,* Toray-Masson, Barcelona, 1980, señala que «los problemas de la comprensión (decodificación) de la expresión verbal están todavía poco estudiados y la lingüística, al igual que la psicología, no dispone hasta ahora del material suficiente para el análisis detallado de las operaciones que entran en la composición de este proceso. A pesar de que en la elaboración de este problema intervinieron eminentes lingüistas tales como Fillmore, Lakoff, Rommetveit, Katz, McCawley, Bierwisch (y en la Unión Soviética autores como Sholkovskii, Melchuck, Apresian), así como importantes psicólogos y psicolingüistas como G. Miller, Bever, Fodor y Garret, el análisis de la comprensión de la comunicación verbal no ha salido de los límites de la descripción fenomenológica y de la construcción de los hipotéticos modelos funcionales que tienen que reflejar los rasgos principales del sistema semántico de la comunicación verbal» (p. 147). Tomaremos nota.

La hermenéutica

Confesaré de entrada que me parece desmesurada la importancia que se le da a la hermenéutica en la filosofía actual. Esa importancia no es más que el fruto secundario de una mala opción teórica: convertir todo en texto. La hermenéutica es en su origen exégesis, interpretación de un texto, lo que la relacionaba, en primer lugar, con los problemas de comprensión del lenguaje, y, en segundo lugar, con los problemas de comprensión de la historia.

Heidegger da una mayor profundidad al problema. Su pregunta no se dirige ya a los métodos de comprensión, sino a algo anterior: «¿Qué es un ser cuyo ser consiste en comprender?» Ha convertido la comprensión en un concepto ontológico. La última fenomenología de Husserl, con su crítica del objetivismo y su referencia al mundo de la vida, es su antecedente. Pero la descripción de un momento previo a la distinción sujeto-objeto me parece superficial. Frases como «La comprensión concierne a una manera de estar cerca del ser, previa al encuentro con los entes particulares» me parecen vagas en mis horas benevolentes, y vacías en las más rigurosas.

Una vez más me irrita el desdén de los fenomenólogos por la observación experimental. Su afán de confiar únicamente en el propio análisis de conciencia les incapacita para alcanzar lo que está más allá de la conciencia. Fue precisamente el problema de la distinción entre sujeto y objeto lo que me llevó hace muchos años a interesarme por Piaget, quien, como es sabido, afirmaba que el bebé tarda en constituir la permanencia de los objetos físicos. Cuando nace vive en un mundo de cuadros móviles. He de advertir que la investigación posterior ha negado parte de estas afirmaciones.

Ricoeur hace bien en intentar una ontología de la comprensión a partir del análisis del lenguaje, que es su lugar originario (*Le conflit des interprétations,* Seuil, París, 1969, p. 13). Comienza por los fenómenos de multiplicidad de sentidos. Reduce la interpretacion al desciframiento de los símbolos. «Símbolo es una estructura de significación donde el sentido directo, primario, literal, designa además otro sentido indirecto, secundario, figurado, que sólo puede ser aprehendido a través del primero» (p.16). Al comprender un texto –dice– lo hago mío, amplío también mi propia comprensión. «Toda hermenéutica es, explícita o implícitamente, comprensión de sí mismo por mediación de la comprensión de otro» (p. 20). Considera que el hombre es un ser que necesita utilizar ese lenguaje doble para hablar de ciertas cosas: «La confesión de una conciencia culpable pasa por el simbolismo de la mancha, del pecado o de la culpa; es un hecho que el deseo reprimido se expresa en un simbolismo que atestigua su estabilidad a través de sueños, leyendas y mitos; es un hecho que lo sagrado se expresa en un simbolismo de elementos cósmicos: cielo, tierra, agua, fuego. Pero el uso filosófico de ese lenguaje equívoco queda expuesto a la objeción del lógico según la cual el lenguaje equívoco sólo podría nutrir argumentos falaces. La justificación de la hermenéutica no puede ser radical más que si se busca en la naturaleza misma del pensamiento reflexivo el principio de una lógica del doble sentido» (p. 22). A partir de este problema, Ricoeur pretende llegar a la existencia.

En este libro he seguido un proceso en cierta manera parecido, pero que no empieza en la comprensión, que es una función parcial, sino en la totalidad de la conducta lingüística. Me interesa pasar del habla al sujeto hablante.

¿Interpretación o construcción?

¿Está el significado contenido en una expresión, texto, frase, discurso? Brandsfor, Barclay y Franks distinguen entre una aproximación «interpretativa» y una aproximación «constructiva» a la semántica. La teoría interpretativa asume que la interpretación semántica asignada a una sentencia procede del análisis completo de sus significados. Una teoría constructiva, como la que defienden esos autores, postula que los individuos construyen interpretaciones que van más allá de la información lingüísticamente dada. Johnson-Laird considera que la comprensión de una sentencia puede darse en dos niveles. «En el primero, una superficial comprensión de la expresión produce una representación proposicional, próxima a la forma superficial de la sentencia.» «El segundo nivel de comprensión, que es opcional, hace uso de las representaciones proposicionales como una base parcial para la construcción de un modelo mental cuya estructura es análoga a la situación descrita por el discurso. El proceso constructivo está guiado por las claves contextuales y por inferencias implícitas basadas sobre un conocimiento general» (*Mental Models,* Harvard University Press, Cambridge, 1983, p. 244). Un modelo va mas allá del significado literal del discurso porque incluye inferencias, casos, referencias. Elabora una teoría de la comprensión que tiene los siguientes postulados: 1) Los procesos por los que se comprenden los dicursos ficticios no son esencialmente diferentes de aquellos por los que se comprenden afirmaciones verdaderas. 2) Al comprender un discurso, construimos un modelo mental de él. 3) La interpretación del discurso depende del modelo y del proceso que lo construye, amplía y evalúa. 4) Las funciones que construyen, extienden, evalúan y revisan los modelos mentales, al contrario de las funciones interpretativas de la teoría semántica de los modelos teóricos (Montague), no pueden ser tratadas de un modo abstracto. 5) Un discurso es verdadero si tiene al menos un modelo mental que satisface sus condiciones de verdad que pueden ser incluidas en el modelo correspondiente del mundo (p. 247). Hay, pues, procedimientos que construyen modelos sobre la base del significado de las expresiones. Esta idea deriva de lo que se conoce como «semántica procedimental», un enfoque de la psicología del significado basado en la programación de los ordenadores.

Ética de la comprensión

Sin quererlo, me he ido acercando más a la ética. Creo que se debería intentar una teoría de los actos de atender al habla paralela a la que hicieron Austin y Searle respecto a los actos de habla. ¿Por qué? Porque el acto de atender puede adoptar varias modalidades. Atiendo suspicazmente, desconfiadamente, esperando que el otro desbarre. Atiendo también pacientemente, con amor, con cuidado, con tenacidad.

Haug y Rammer han elaborado una teoría de la comprensión muy cercana también a la ética (Haug, U., y Rammer, G.: *Psicología del lenguaje y teoría de la comprensión,* Gredos, Madrid, 1979), «Sólo la reciprocidad constitutiva de toda interacción auténtica (...) es el fundamento de la validez intersubjetiva de las reglas, que a su vez posibilitan en primera instancia algo así como identidad de significado.»

Bülow critica la ética de la comunicación. Lleva a la ilusión de que la sociedad podría transformarse por remoción de, justamente, esos problemas de comunicación, lo cual debe ser logrado además por una pedagogía que apela a la evitación de conflictos. «Crítica de la comunicación es crítica de la cultura o bien crítica de la sociedad en cuanto que relaciones sociales se basan en acciones comunicativas (...) Situaciones de conflictos sociales se manifiestan como conflictos de comunicación», pero no pueden reducirse a éstos. Es ilusoria la teoría que no reconoce la relaciones de poder reales.

«Intentamos poner de manifiesto que el fenómeno lenguaje presupone necesariamente una teoría de la conducta y de la comunicación, que tanto la evolución del lenguaje como su uso actual no pueden ser captados sin tener en cuenta procesos extraverbales, situativos y comunicactivos.» Precisamente el significado intersubjetivo de los signos de un sistema lingüístico, aunque sean tratados en la semántica haciendo abstracción de su situación concreta, de su uso lingüístico, presupone para su constitución la interpretación humana del mundo como situación en la praxis de la conducta (Haug, U., y Rammer, G., *op. cit.,* p. 31).

La comprensión y los procesos de reconocimiento

Jean Aitkinson, en su obra *Words in the Mind. An Introduction to the Mental Lexicon,* Blackwell, Oxford, 1994, resume los grandes problemas que plantea algo tan sencillo como el reconocimiento de una frase. Primero, en el habla normal es fisícamente imposible oír cada segmento sonoro porque se habla demasiado rápido. Podemos escuchar veinte segmentos por segundo, pero el cerebro no puede distinguir ni la mitad de ese número en ese tiempo (Liberman). En segundo lugar hay una desoladora falta de invarianzas acústicas en la señal hablada. Los sonidos son alterados por sus vecinos a veces bastante radicalmente. El mismo sonido producido artificialmente fue interpretado por los oyentes como P, T, o K dependiendo de la vocal siguiente. Tercero, los segmentos sonoros no pueden ser separados ni siquiera en el laboratorio. Cada uno se mezcla con el otro. Aunque las vocales pueden ser aisladas, las consonantes no pueden serlo. Si tomamos una grabación de la silaba «ba» y cortamos desde el final de la consonante, terminamos justo con la vocal. Pero si cortamos desde el final de la vocal, no hay ningún punto en que oigamos el sonido «b». En cuarto lugar, el acento varía, y por último vivimos en un mundo ruidoso donde los segmentos pueden ser enmascarados por los ruidos. ¿En estas circunstancias cómo podemos entender algo? (p. 210).

Uno de los hechos mejor conocidos sobre el reconocimiento de palabras es que hay mucho de conjetura. Reconocemos una palabra escogiendo la parte de nuestro léxico mental que parece mejor candidata.

La comprensión y la sociedad

Pragmática de las capacidades lingüísticas de las distintas clases. Los niños de clase inferior hablan con frases más cortas e incompletas. El índice de subordinación es más bajo. Bernstein encontró una diferencia entre el nivel de la parte verbal de la inteligencia y el de la parte no verbal que variaba de un modo específico según los estratos.

Teoría de Bernstein: ¿cómo pueden explicarse las diferencias de actuación específicas de cada capa social? No pueden achacarse a la competencia, que es compartida. Supone que entre competencia y actuación «están interpuestas otras reglas fundamentales extralingüísticas que dirigen la elección actual a partir del "programa interno" de la competencia». Los llama *códigos lingüísticos*: principios que dirigen las funciones lingüísticas de planificación. Dependen de las relaciones sociales. «Al aprender el niño su manera de hablar (...), el código específico que regula sus acciones verbales, aprende al mismo tiempo las exigencias de su estructura social (...) La identidad de la estructura social es transmitida al niño principalmente por las implicaciones del código lingüístico, que a su vez ha sido generado por la estructura social.»

Pearlin y Kohn muestran cómo la estrategia social que cerca a la familia, ese sistema de desigualdad social, puede influenciar la comunicación dentro de la familia. Estudian el conocido nexo entre el estatus socioeconómico y los métodos objetivos de educación respecto al autocontrol y la conformidad con la norma. En la capa social inferior el control de la conducta de los niños se hacía predominantemente por el control externo y los castigos, es decir por obediencia forzosa. Ya Bernstein vio la importancia de este tipo de control también para el surgimiento del código lingüístico restringido. En la capa media se emplearon recursos educativos psicológicos, se dio más valor al autocontrol y a la obediencia voluntaria. Overmann se queja de que no se estudia la semántica de las capas sociales.

La ingenieria lingüística no ha conseguido los objetivos que la Inteligencia Artificial (IA) se había fijado. Su capacidad de comprensión de textos se limita a textos muy cortos y simples. ¿Por qué este fracaso? Los ordenadores han encontrado cierto éxito en el análisis sintáctico, en los dominios formales y próximos al aspecto *codificativo* del lenguaje, es decir, lo que en el lenguaje es tratado como un código. Pero han fracasado en los aspectos más cotidianos y menos formalizables del *uso* del lenguaje. (Reboul, A., y Moeschler, J.: *La pragmatique aujourd'hui*, Seuil, París, 1998, p. 13. Este libro es una brevísima y estupenda introducción a la pragmática).

Uno de los factores del fracaso es haber visto el lenguaje sólo como un código. Al intentar aplicar esta noción a los ordenadores, se tropieza con problemas insolubles. Lejos de reducirse a un código de comunicación transparente, se comprueba que el uso del lenguaje, la producción y la comprensión de las frases apelan a conocimientos no lingüísticos e implican procesos inferenciales.

El problema de origen es la *presuposición:* el contenido que una frase comunica sin hacerlo explícitamente.

Grice, en su artículo *Meaning* (1957), da más importancia a los fenómenos inferenciales. Se basa en dos posibilidades: la capacidad de tener estados mentales y la capacidad de atribuírselos a otros. Para Grice, nuestra capacidad de interpretar el lenguaje de manera satisfactoria depende de esas dos capacidades, sobre todo de la segunda.

NOTA AL CAPÍTULO VIII

1. Fasold, R. *La sociolingüística de la sociedad,* Visor, Madrid, 1996, p. 61.

2. Beck, A.: *Con el amor no basta*, Paidós, Barcelona, 1996, p. 13.

3. Yamada, H.: *American and Japanese Business Discourse: A Comparison of Interactional Styles*, Ablex, Norwood, New Jersey, 1992.

4. Lehtonen, J., y Sjavaara, K.: «The Silent Finn», en A. Tannen y M. Saville-Troike, (eds.): *Perspectives on Silence*, Ablex, Norwood, New Jersey, 1985.

5. Brody, L., y Hall, J.: «Gender and Emotion», en M. Lewis y J. Haviland, (eds.): *Handbook of Emotions*, Guildford Press, Nueva York, 1993.

6. Davis, M. H., y Oathout, H. A.: «Maintenance of Satisfaction in Romantic Relationship. Empathy and Relational Competence», *Journal of Personality and Social Psychology*, 52, 2, 1987, pp. 397-420.

7. Levenson *et al.:* «The Influence of Age and Gender on Affect, Physiology, and Their Interrelations: A Study of Long-term Marriages», en *Journal of Personality and Social Psychology,* 67, 1994.

8. Vaugham, D.: *Uncoupling,* Oxford University Press, Nueva York, 1986.

9. Kierkegaard, S.: *El concepto de la angustia*, Guadarrama, Madrid, 1965, pp. 225 y ss.

10. Gergen, K. J.: *Realidades y relaciones*, Paidós, Barcelona, 1996. p. 335.

11. Sokal, A., y Bricmont, J.: *Impostures intellectuelles,* Odile Jacob, París, 1997, p.11.

12. *Le Soir*, 20 de diciembre de 1996.

13. Pombo, Á.: «Las luengas mentiras», en *Cuentos reciclados*, Anagrama, Barcelona, 1997.

14. Beck, A. T.: *Con el amor no basta*, Paidós, Barcelona, 1990, p. 139.

15. Maltz, D., y Borker, R.: «A Cultural Approach to Male-Female Miscommunications», en J. J. Gumperz (ed.): *Language and Social Identity*, Cambridge University Press, Cambridge, 1992, pp. 196-216.

16. Noller, P.: «Misunderstandings in Marital Communication: Study of Nonverbal Communication», *Journal of Personality and Social Psychology*, 39, pp. 1135-1148.

Noller, P.: «Gender and Marital Adjustment Level Differences in Decoding Messages from Spouses and Strangers», *Journal of Personality and Social Psychology*, 41, pp. 272-278.

Noller, P.: *Nonverbal Communication and Marital Interaction*, Pergamon Press, Nueva York, 1984.

17. Un resumen de estas investigaciones puede verse en el libro de J-J. Wittezaele y T. García: *La Escuela de Palo Alto*, Herder, Barcelona, 1994.

18. Laing, R. D., y Esterson, A.: *Sanity, Madness and the Family*, Tavistock Publication, Londres, 1964, vol. I, p. 23.

19. Watzlawick, P., Helminck-Beavin, J., y Jackson, D.: *Teoría de la comunicación humana*, Herder, Barcelona, 1993.

20. White, M., y Epston, D.: *Medios narrativos para fines terapéuticos*, Paidós, Barcelona, 1993.

21. Yalom, M.: «Ernest Hemingway. A Psychiatric view», *Archives of General Psychiatry*, 24, 1971, pp. 485-494.

22. Bruner, E.: «Ethnography as Narrative», en V. Turner y E. Bruner (comps): *The Anthropology of Experience*, University of Illinois Press, Chicago, 1986.

BIOBIBLIOGRAFÍA

La psicología dialógica

En la actualidad carecemos de un paradigma psicológico universalmente admitido. Creo que en la Asociación Americana de

Psicología hay cuarenta y tantas divisiones, muchas de las cuales no se hablan entre sí. Hay voces muy críticas contra el panorama de la psicología actual, a la que acusan de haberse alejado de la vida, entre otras cosas, y que pretenden presentar una nueva concepción de estas investigaciones. El grupo reunido alrededor de Rom Harré, muy interesado por la psicología social, da mucha importancia al lenguaje. Por eso le menciono aquí. En una obra colectiva editada por J. A. Smith, R. Harré y L. Van Langenhove, *Rethinking Psychology,* Sage, Londres, 1995, Harré escribe que hay una vuelta a la psicología como estudio de las personas que actúan, solas o en grupos, usando herramientas materiales y simbólicas para realizar toda suerte de proyectos de acuerdo con los estándares locales de corrección. «Una "científica" versión de la psicología informal de la vida diaria la realiza la *psicología discursiva*, que está relacionada con la antropología lingüística, la narratología y otros estudios» (144).

Lo malo es que esta psicología está llena de presupuestos ideológicos que no me parecen admisibles. Opina que la actual psicología acepta que existe una realidad estable, ordenada, llena de cosas identificables con independencia del lenguaje, que espera ser descubierta bajo las apariencias. El paradigma del conocedor es una persona individual como sujeto, que ve los objetos a distancia, preocupada por su dominio y control, y con procesos mentales de cálculo o razonamiento. En este paradigma, la comunicación lingüística es algo exterior, no es fundacional. En cambio, en el construccionismo social, ambas asunciones de un orden oculto mas allá de las apariencias y de un sujeto que conoce un mundo objetivo y separado son abandonadas, y reemplazadas por la afirmación de que de hecho vivimos en un mundo en desarrollo, sólo parcialmente especificado, inestable, abierto a posteriores especificaciones como resultado de la actividad comunicativa humana. Es decir, no es el cálculo monológico lo que estructura nuestra conducta, sino nuestro uso dialógico de las palabras, negociado y peleado» (Shotter, J.: «Dialogical Psychology», en la obra anteriormente citada, p. 164).

Esta orientación psicológica quiere estudiar cómo los seres humanos coordinan sus actividades a través de un diálogo incesante e inevitable. Como señala J. R. Searle –*Searle on Conversation* (edición a cargo de H. Parret y J. Verschueren), John Benjamins, Amsterdam/Filadelfia, 1992–, «El primer principio que hay que reconocer (y que es obvio) es que en un diálogo o conversación cada acto de habla crea un espacio de posibilidades para un acto de habla de respuesta (...) donde la secuencia dialógica de la expresión inicial y de la respuesta siguiente está internamente relacionada, en el sentido de que la meta del primer acto de habla sólo se alcanza si desencadena un apropiado acto de habla en respuesta» (p. 10).

El constructivismo social se pasa de rosca. Decir, como hace Shotter, que «no hay ninguna entidad *extralingüística* cuyo significado lingüístico aparezca claro ante nosotros antes de que hablemos acerca de él; no hay nada extralingüístico en el mundo esperando simplemente una descripción» (p. 176), es falso. En cambio, tiene razón al decir que «para la psicología dialógica las vidas interiores de los individuos no son ni tan privadas, ni tan interiores, ni tan lógicas, ni tan ordenadas o sistemáticas como se había supuesto» (p. 177). Pero de nuevo vuelven a exagerar cuando dicen, siguiendo a Volosinov, «el centro organizador de cualquier expresión o de cualquier experiencia no está dentro sino fuera, en el medio social que rodea al individuo» (Volosinov, V. N.: *Marxism and the Philosophy of Language*, Harvad University Press, Cambridge, 1973). Este libro fue publicado en 1927. Es una prueba más de la influencia que está teniendo la psicología soviética que surgió alrededor de la figura de Vigotsky.

Los interesados pueden consultar otras dos obras de esta misma tendencia: Harré R., y Stearns, P. (eds.) *Discursive Psychology in Practice*, Sage, Londres, 1995, y Smith, J. A., Harré R., y Van Langenhove, L. (eds.).: *Rethinking Methods in Psychology*, Sage, Londres, 1995.

Los malentendidos sociales

Ulrich Haug y Georg Rammer han estudiado las barreras de la comprensión en su obra *Psicología del lenguaje y teoría de la comprensión*, Gredos, Madrid, 1979. Les preocupan sobre todo las barreras sociales. Peisach presentó en conexión con la teoría de Bernstein un estudio que se ocupaba de la dimensión del éxito de la transmisión de información entre maestros y alumnos o bien entre alumnos que procedían de distintos *social backgrounds*. Hacía de punto de partida el supuesto siguiente: un niño que entiende totalmente una cosa, está en situación, basándose en las redundancias contenidas en un texto, de anticipar lo que en cada caso siga o bien de completar algunas lagunas en el texto. Los niños de la capa inferior tenían dificultades para completar y entender textos de la capa media.

De este modo podemos resumir, a modo de esquema, el estado actual sobre las consideraciones teóricas: en el análisis de barreras de comprensión han de tenerse en cuenta por lo menos los aspectos siguientes: por un lado, las barreras lingüísticas (puras) en el plano de la palabra de la oración y del juicio, investigadas por Badura con referencia a Bernstein; por otros, las estrategias del uso de símbolos comunicativos (Oevermann), es decir, la ponderación y coordinación sistemáticas de los elementos lingüísticos y no lingüísticos del habla.

El cometido principal de las comunicaciones es la reducción de la inseguridad en el plano del contenido y de la relación en el plano de las alternativas mentales. Para el caso del logro de la reducción podemos hablar de «comprensión». A la inversa, se daría una «barrera de comprensión» si uno de los participantes de la comunicación interpretara erróneamente las reducciones que le son ofrecidas, o bien no pudiera reconocer o malentendiera la intención del oyente.

Jeruchimowicz, Costello y Bagur descubrieron que los niños de diferentes grupos socioeconómicos se distinguen respecto al uso de verbos y sustantivos. «Los verbos son mas difíciles de aprender porque sus referentes son más variables que los referentes del nombre» (Jeruchimowicz, R., Costello, J., y Bagur, J. S.: «Knowledge of Action and Object Words: A comparison of Lower and Middle Class Negro Preschoolers», en *Child Dev*, 1971, pp. 455-464.

Lógica de la conversación

Resulta interesante comprobar que en los tratados de lingüística –por ejemplo el de Juan Carlos Moreno Cabrera, que ya he mencionado– se estudia la lógica de la conversación. En realidad es una parte de la pragmática. En 1967 H. P. Grice trató sobre la construcción de los significados en el proceso conversacional, donde los hablantes hacen continuamente suposiciones, inferencias, anticipaciones. Para comprender el tipo de comunicación que se da en las conversaciones hace falta recurrir a una serie de aspectos que regulan la cooperación de los individuos que participan en el acto comunicativo. Pueden denominarse *máximas de la conversación*. Resulta interesante advertir que estas máximas desbordan el terreno de la lingüística para entrar directamente en el campo de la acción cooperativa. Por lo tanto, no es de extrañar el qué tengan un eco ético, que vamos a ver cómo aumenta cuanto más nos acerquemos a la problemática del sujeto hablante. Las éticas dialógicas han llevado hasta sus últimas consecuencias estas máximas de la cooperación comunicativa. Sus argumentos sirven una vez que se ha decidido su instalación en el campo de la racionalidad, donde el lenguaje tiene una función argumentativa, informativa, conceptual. Pero no vale si nos situamos en otro campo también originario del lenguaje como es el del poder. Quien habla no sólo quiere transmitir algo, sino influir en el comportamiento del otro. Por eso las éticas del diálogo me parecen éticas secundarias, aplicadas, que no pueden fundar la ética, sino que exigen una previa fundamentación para elegir el campo de la racionalidad. Las máximas de la conversación pueden enunciarse así:

a) Máxima de la Cualidad: afirme aquello cuya verdad esté en condiciones de aseverar.

b) Máxima de la Cantidad: diga exactamente lo necesario en cada momento, ni más ni menos.

c) Máxima de la Relevancia: procure que lo que diga tenga que ver con aquello de lo que se está hablando.

d) Máxima del Modo: procure evitar la ambigüedad, complejidad o desorganización de su contribución a la conversación.

El problema surge cuando un interlocutor viola el principio de la cooperación. Lo hace –según Grice– porque quiere dar a entender algo sin decirlo de modo explícito. A eso lo llama *implicatura*. Las máximas resultan comunicativas gracias a algunos principios subyacentes que les dan sentido y que han sido estudiados por Sperber y Wilson con su «Teoría de la relevancia». Ésta proporciona una clasificación de los modos en que una información es transmitida por un enunciado. Hay una información que no se transmite intencionalmente y otra –la comunicada– que se transmite intencionalmente. Tal comunicación puede hacerse a través del lenguaje o no. Por último, la comunicada lingüísticamente puede hacerse de forma gramatical o de forma no gramatical.

Pragmática de la mentira

Aprovecho este asunto para poner un ejemplo de las investigaciones semióticas de A. J. Greimas, quien elabora un cuadro semiótico de las modalidades que tienen que ver con el conocimiento, en el que juega con las relaciones entre cuatro términos: *ser, parecer, no parecer, no ser.* Aparecen así la verdad y la falsedad como metatérminos contradictorios, y el secreto y la mentira como metatérminos contrarios.

La verdad designa el término complejo compuesto por los términos *ser y parecer*. Es útil subrayar –dice Greimas– que lo verdadero está situado en el seno mismo de un discurso, con lo que se excluye toda relación a un referente externo. La falsedad comprende los términos de *no ser* y de *no parecer*. En el cuadro semiótico de las modalidades veridictorias, se designa con el nombre de «mentira» al término complementario que comprende los términos de *no ser* y de *parecer* situados en la *deixis* negativa. Greimas habla del «engaño» que se diferencia del camuflaje, cuyo objeto es desplazar al destinatario desde la posición cognitiva de la verdad hacia la del secreto. En cambio, el engaño tiende a llevarlo de la verdad hacia la mentira y corresponde a esa configuración que es la prueba defectiva. El «camuflaje» es una figura discursiva situada en la dimensión cognitiva que corresponde, en el eje de los contradictorios *parecer/no parecer* del cuadro semiótico de las modalidades veridictorias, a una operación lógica de negación. Partiendo de lo verdadero (definido como la conjunción del ser y del parecer), la negación del término *parecer* produce el estado de secreto. A esta operación, efectuada por un sujeto dado, se la llama camuflaje. Es diametralmente opuesta a la decepción, que, partiendo de lo falso (= *no ser* + *no parecer*) y negando el *no parecer*, establece el estado de mentira. El secreto es el término complementario que comprende los términos *ser y no parecer* (Greimés, A. J., y Courtés, J.: *Semiótica,* Gredos, Madrid, 1979).

Aspectos afectivos de la comprensión

La comprensión de un enunciado dentro de la vida real está influida no sólo por las creencias del oyente, sino también por su estado afectivo. Las emociones provocan sesgos interpretativos, favorables o desfavorables. J. M. Gottman ha estudiado durante muchos años en su laboratorio de la Universidad de Washington la interacción entre parejas, el proceso que lleva a la separación o a un matrimonio feliz. Ha puesto en funcionamiento un método para observar estas interacciones, cosa nada fácil. Critica, como he hecho yo al principio de este libro, el dogma de Palo Alto: «No se puede no comunicar». Muy interesado por las interacciones habladas, estudió las conversaciones entre muchachos del libro de Gottman y J. Parker (eds) *Conversation of Friends,* Cambridge University Press, Nueva York. En su último libro *–Meta-Emotion. How Families Communicate Emotionally,* Lawrence Erlbaum Associates, Publishers, Mahwah, New Jersey, 1997– sostiene que las «metaemociones», es decir, los sentimientos que se tienen acerca de los sentimientos, juegan un papel protagonista en el modo de comunicarse o incomunicarse, entenderse o malentenderse. Otro libro interesante para este capítulo: Gottman, J. M.: *What Predicts Divorce?*, Lawrence Erlbaum Hillsdale, New Yersey, 1994.

NOTAS AL CAPÍTULO IX

1. Vattimo, G., *et al.*: *En torno a la Posmodernidad*, Ánthropos, Barcelona, 1990, p. 15.

2. Nelson Goodman ha expuesto estas ideas en *Mind and Other Matters,* Harvard University Press, Cambridge, 1984; *Ways of Worldmaking,* Harvester Press, Hassocks, Sussex, 1978; *Languages of Art: An Approach to a Theory of Symbols,* Hacken, Indianápolis y Cambridge, 1976.

3. Gergen, K. J.: *Realidades y relaciones*, Paidós, Barcelona, 1996.

4. Shweder, R. A.: *Thinking Through Cultures,* Harvard University Press, Cambridge, 1991, p. 73.

5. Lyons, J.: *Language, Meaning and Context*, Fontana, Bungay, Suffolk, 1981, p. 56.

6. Fodor, J., Garrett, M. F., Walker, E. C. y Parkes, C. H.: «Against Definitions», *Cognition,* 8, 1980, pp. 236-267.

7. Wierzbicka, A.: *Semantics, Culture, and Cognition,* Oxford University Press, Nueva York, 1992, p. 23.

8. Macnamara, J.: «Cognitive Basis of Language Learning in Infants», *Psychol. Rev.*, 79, 1972, pp. 1-13.

9. Bloom, L.: *One Word at a Time,* La Haya, 1973, p. 55.

10. Nelson, K.: «Concept, Word, and Sentence: Interrelations in Acquisition and Development», *Psychol. Rev.*, 81, 1974, pp. 267-285.

11. Sin embargo, Whorf reconoció la existencia de «un *stock* común de conceptos». «Me parece que es necesario para explicar la comunicabilidad de ideas por el lenguaje» (Carrol, John B. [ed.]: *Language, Thought, and Reality: Selected Writings of Benjamin Lee Whorf*, Wiley, Nueva York, 1956, p. 36).

12. Kristol A. M.: «Les langues romanes devant le phénomène de la couleur», *Romanica Helvetica*, vol. 88, 1978.

13. Bidu-Vrancenau, A.: «Esquisse de système lexico-sèmantique: Les noms de couleur dans la langue roumaine contemporaine», *Revue Roumaine de Linguistique,* XV, 1970, pp. 141-156 y 267-278.

14. Gardner, H.: *La nueva ciencia de la mente*, Paidós, Barcelona, p. 371.

15. Berlin, B., y Kay, P.: *Basic Color Terms. Their Universality and Evolution*. Ha sido reeditado en 1991 por University of California Press. Una reciente revisión del tema puede verse en C. L. Hardin y Luisa Maffi (eds.): *Color Categories in Thought and Language*, Cambridge University Press, Nueva York, 1997. Las investigaciones de Eleanor Rosch confirmaron estas afirmaciones. Comentando estos resultado, Francisco Varela, un conocido psicólogo cognitivo, advierte que los colores focales rojo, verde, azul, amarillo, negro y blanco, por ejemplo, se pueden rastrear fisiológicamente en las reacciones de los tres canales de color en la teoría de los procesos opuestos de la visión cromática. ¿Pero qué ocurre con los colores focales naranja, morado, marrón y rosado? Las investigaciones recientes sugieren que se requieren operaciones cognitivas para generarlos. Estas operaciones parecen ser de dos clases: una es universal para nuestra especie y la otra específica de ciertas culturas (Varela, F. J., Thompson, E., y Rosch, E.: *De cuerpo presente*, Gedisa, Barcelona, 1992).

16. Leslie, A.: «The Representation of Perceived Causal Connection», tesis doctoral, Departamento de Psicología Experimental, Universidad de Oxford, 1979. Tomo la referencia de J. Bruner: *Realidad mental y mundos posibles,* Gedisa, 1988, p. 29.

17. Morice, R.: «Know Your Speech Community: Grief and Depression», *Aboriginal Health Worker,* 1.2, 1977, pp. 22-27. «Psychiatric Diagnosis in a Transcultural Setting: the Importance of Lexical Categories, *British Journal of Psychiatry*, 132, 1977, pp. 22-27.

18. Levy, R. I.: *Tahitians Mind and Experience in the Society Islands*, University of Chicago Press, Chicago, 1973.

19. Lutz, C.: «Ethnographic Perspectives on the Emotion Lexicon», en V. Hamilton, G.H. Bower y N. H. Frijda (eds.): *Cognitive Perspectives on Emotion and Motivation*, Kluwer Academic Publishers, Dordrecht, 1988.

20. Umbral, F.: *Las europeas*, Plaza y Janés, Barcelona, 1974, p. 16.
21. Matoré, G.: *La mèthode en lexicologie*, Didier, París, 1950.
22. Pinker, S.: *El instinto del lenguaje,* Alianza, Madrid, 1995, p.256
23. Wierzbicka, A.: *Semantics. Primes and Universals*, Oxford University Press, Oxford, 1996.
24. Propp, V.: *Morfología del cuento*, Fundamentos, Madrid, 1981.

BIOBIBLIOGRAFÍA

Un ejemplo de segmentación semántica

En el *Tratado de semiótica general* (Lumen, Barcelona, 1990), Umberto Eco se ocupa de la segmentación semántica. Un ejemplo clásico, proporcionado por Hjelmslev, se refiere al bello campo «madera-árbol-bosque-selva». La palabra francesa *arbre* abarca la misma extensión que el español *árbol* o el alemán *Baum,* pero el francés *bois,* al igual que el inglés *wood,* significa a la vez «madera» y «un pequeño grupo de árboles», lo que ya no tiene contrapartida ni en español ni en alemán. Sin embargo, el inglés tiene otra palabra para designar la madera como trabajable: *timber.* Además acentúa la diferencia entre *wood* como «material» o como «bosque» poniendo la palabra en plural al usarla en este último sentido: *a walk in the woods.* Estas distinciones son claramente léxicas. No incluyen ninguna confusión conceptual. Podríamos decir que una carcoma se pasea por la madera sin tener problema alguno para comprender la frase.

Cada idioma ha segmentado y nombrado la realidad de una particular manera. Los dani, un pueblo de Nueva Guinea estudiado en 1970 por Eleanor Rosch, sólo tenían dos nombres para los colores: *mola* para los claros y *mili* para los fríos y oscuros. Un notable ejemplo de concisión. En el diccionario afectivo del pueblo chewong de Malasia, investigado por Howell, sólo figuran nueve sentimientos: *cha* (algo así como «furia»), *hentung* (miedo), *pungmen* (gustar), *meseq* (celos), *lidva* (vergüenza), *hanrodn* (orgullo), *imeh* (querer), *lon* (querer mucho). Como contraste, el chino taiwanés, según Boucher, posee un léxico sentimental de unas setecientas cincuenta palabras.

La psicología cultural

En este momento están en alza los enfoques culturalistas de la psicología. En este libro han asomado la oreja en varias ocasiones. Influida y aceptada por el pensamiento posmoderno, esta interpretación está influyendo en nuestro sistema de creencias y de comportamientos, por eso quisiera darles un informe de la situación actual. Después de la Segunda Guerra Mundial se avivó el interés por las relaciones entre psicología y cultura, convergiendo en ello distintas disciplinas: antropología psicológica, etnopsicología, etnopsiquiatría, *indigenous psychology, cross-cultural psychology,* psicología popular. Son campos mal delimitados, que se solapan con frecuencia y que los especialistas se empeñan en deslindar.

Para organizar esta proliferación de ciencias conviene comenzar distinguiendo entre la psicología que estudia los fenómenos psicológicos como estructuras y procesos universales desligados del contexto social e histórico, y la psicología que considera que no pueden comprenderse los fenómenos mentales o el comportamiento de los seres humanos sin considerar el contexto en que se dan. Jerome Bruner ha criticado la psicología cognitiva por haber olvidado que el centro de la psicología es el significado, y que el significado se adquiere culturalmente. Ulric Neisser, uno de los padres de la psicología cognitiva, ha propuesto una «psicología ecológica», que atienda a la relación entre el sujeto y el entorno.

Dentro de las psicologías contextualistas han aparecido más ramificaciones. La «psicología evolucionista» estudia la evolución histórica de las estructuras psicológicas. Representantes destacados son Jerome H. Barkow, Leda Cosmides, John Tooby y David Buss. La *social cognition*, pariente de la psicología cognitiva, se interesa por la manera como los individuos operan realmente en contextos ecológicos dados. Un resumen de sus investigaciones puede verse en R. S. Wyer y T. K. Srull (eds.): *Handbook of Social Cognition*, Lawrence Erlbaum, Hillsdale, 1984.

La «psicología cultural» es la que sostiene posturas más extremas en la relación mente/cultura. Uno de sus más brillantes representantes, Richard A. Shweder, opone la «psicología cultural» a las demás psicologías (contextualistas o no contextualistas) acusándolas de un cierto platonismo que las hace creer en la uniformidad psíquica de la especie humana, y en la idea de unos mecanismos psicológicos comunes a todos los seres humanos. Sostiene que es imposible elaborar una psicología descontextualizada, y que hay tantas psicologías como culturas. (*Thinking Through Cultures*, Harvard University Press, Nueva York, 1991). Muy próxima a esta tendencia se encuentra la *indigenous psychology*, que pretende estudiar la psicología de una cultura desde dentro. Podemos citar como ejemplo el libro de Uichol Kim y John W. Berry *Indigenous Psychologies*, Sage, Londres, 1993.

La «psicología cultural» acusa a toda la psicología científica de ser etnocéntrica. Considera problemática la existencia de estructuras psicologicas universales, por lo que resulta mas interesante estudiar las distintas psicologías en su contexto cultural, con los métodos propios de esa sociedad, sin pretender aprovechar conocimientos transferidos de otros ámbitos conceptuales. Presupone un relativismo cultural fuerte. La diversidad cultural en las simbolizaciones y concepciones del mundo y de la experiencia humana es significativa y poderosa, y tiene una influencia transformadora de la estructura y funcionamiento de la experiencia humana.

Lo que un individuo piensa sobre sí mismo es un componente real de su modo de ser. Por eso, Jerome Bruner considera importante estudiar las psicologías populares *(folk psychologies)*, las teorías sobre la mente que tienen los miembros de una colectividad. Como dice otro especialista, R. G. D'Andrade, «estas teorías son *constituyentes* además de explicativas. Funcionan como una profecía que se autocumple por el hecho de enunciarse: crean el mundo que se proponen describir.»

El pensamiento posmoderno que defiende la equivalencia de todos los sistemas culturales ha sintonizado plenamente con este enfoque psicológico.

Es más acertado considerar la psicología cultural el primer nivel de una empresa científica de mayor alcance, la llamada «psicología intercultural». Jahoda considera que ambas son compatibles porque «ambas buscan comprender la conducta humana en su contexto». Sus metas son 1) poner a prueba las tesis de la psicología llamada científica en contextos culturales diferentes, 2) explorar otras culturas para descubrir variaciones psicológicas, tarea que estaría cubierta por la psicología cultura, 3) integrar los conocimientos tomados de diferentes fuentes, contrastados, corroborados para elaborar una psicología universal.

Se trata, pues, de un proyecto que no descarta la posibilidad de que puedan encontrarse leyes universales del comportamiento humano. Esta disciplina distingue entre un nivel social y un nivel individual de análisis psicológico, entre los cuales se mueven influencias de doble dirección. La bibliografía ha crecido enormemente en los últimos años. Ya en 1980 había material suficiente para un *Handbook of Cross-Cultural Psychology*, en seis volúmenes, a cargo de H. C. Triandis.

Ultimamente se ha pasado a la psicología cultural Jerome Bruner. Y me parece asistir a su ocaso. «Para poder ser explicada, la acción necesita estar situada, ser concebida como un continuo con un mundo cultural. La realidades que la gente construía son realidades sociales, negociadas con otros, distribuidas entre ellos. El mundo social en el que vivíamos no estaba, por así decir, ni en la cabeza ni en el exterior de algún primitivo modo positivista. Y tanto la mente como el Yo formaban parte de ese mundo social. Si la revolución cognitiva hizo erupción en 1956, la revolucion contextual (al menos en psicología) se está produciendo ahora» (*Actos de significado*, Alianza, Madrid, p. 106).

Una gramática universal

Los lingüistas del siglo pasado se negaban a admitir la idea de una gramática universal. Chomsky recuperó la idea, que va relacionada con el mentalismo y el innatismo. Por esta razón su obra va en contra del relativismo de la psicología cultural, al menos en lo que se refiere al lenguaje y a las estructuras mentales que lo generan. Chomsky dio respetalidad científica a las estructuras mentales. Como comentó G. A. Miller, un gran psicólogo: «Después de leer a Chomsky estoy convencido de que *mind* (mente) es algo distinto de una *four-letter word* (una palabra de cuatro letras, expresión con la que coloquialmente se alude en inglés a los términos obscenos o escatológicos).

Adiós

Aquí termina este recorrido bibliográfico. Me despido de los libros que me han tenido tan azacanado. Y lo haré, claro está, con un tango: «Adiós muchachos compañeros de mi vida.» Creo que estoy desafinando, así que me callo. Adiós.

ÍNDICE

COLECCIÓN ARGUMENTOS

1 Hans Magnus Enzensberger, **Detalles**
2 Roger Vailland, **Laclos (Teoría del Libertino)**
3 Georges Mounin, **Saussure (Presentación y textos)**
4 Barrington Moore Jr., **Poder político y teoría social**
5 Paolo Caruso, **Conversaciones con Lévi-Strauss, Foucault y Lacan**
6 Roger Mucchielli, **Introducción a la psicología estructural**
7 Jürgen Habermas (ed.), **Respuestas a Marcuse**
8 André Glucksmann, **El Discurso de la Guerra**
9 Georges Mounin, **Claves para la lingüística**
10 Marthe Robert, **Acerca de Kafka. Acerca de Freud**
11 Wilhelm Reich, **Reich habla de Freud**
12 Edmund Leach, **Un mundo en explosión**
13 Timothy Raison (ed.), **Los padres fundadores de la ciencia social**
14 Renato De Fusco, **Arquitectura como «mass medium»**
15 Jean-Michel Palmier, **Introducción a Wilhelm Reich**
16 Wolfgang Abendroth y Kurt Lenk (eds.), **Introducción a la ciencia política**
17 Gilles Deleuze, **Nietzsche y la filosofía**
18 Joseph M. Gillman, **Prosperidad en crisis (Crítica del keynesianismo)**
19 Giulio C. Lepschy, **La lingüística estructural**
20 Roland Barthes y otros, **La teoría**
21 B. Trnka y otros, **El Círculo de Praga**
22 Gilles Deleuze, **Proust y los signos**
23 Georges Mounin, **Introducción a la semiología**
24 Didier Deleule, **La psicología, mito científico**
25 Raymond Bellour, **El libro de los otros**
26 Gaston Bachelard, **Epistemología**
27 Georges Mounin, **Claves para la semántica**
28 Xavier Rubert de Ventós, **La estética y sus herejías** (II Premio Anagrama de Ensayo)
29 Guy Rosolato, **Ensayos sobre lo simbólico**
30 Otto Jespersen, **La filosofía y la gramática**
31 Karl Marx, Friedrich Engels, **Cartas sobre las ciencias de la naturaleza y las matemáticas**
32 Dominique Lecourt, **Bachelard**
33 Eduardo Subirats, **Utopía y subversión**
34 Antonio Escohotado, **De physis a polis (La evolución del pensamiento filosófico griego desde Tales a Sócrates)**
35 Jenaro Talens, **El espacio y las máscaras (Introducción a la lectura de Cernuda)**
36 Sebastián Serrano, **Elementos de lingüística matemática** (III Premio Anagrama de Ensayo)
37 Harry Belevan, **Teoría de lo fantástico**

38 Juliet Mitchell, **Psicoanálisis y feminismo**
39 Armando Verdiglione (ed.), **Locura y sociedad segregativa**
40 Eugenio Trías, **El artista y la ciudad**
(IV Premio Anagrama de Ensayo)
41 J. M. Castellet, **Literatura, ideología y política**
42 Oscar Masotta, **Ensayos lacanianos**
43 Pierre Raymond, **La historia y las ciencias**
44 Georges Canguilhem, **El conocimiento de la vida**
45 Jacques Lacan, **Psicoanálisis. Radiofonía & Televisión**
46 Emmon Bach, **Teoría sintáctica**
47 Sebastián Serrano, **Lógica, lingüística y matemáticas**
48 José Luis Pardo, **Transversales**
49 Roger Dadoun, **Cien flores para Wilhelm Reich**
50 Eugenio Trías, **Meditación sobre el poder**
51 Sigmund Freud - George Groddeck, **Correspondencia**
52 Norman F. Dixon, **Sobre la psicología de la incompetencia militar**
53 Giorgio Colli, **Después de Nietzsche**
54 Antonio Escohotado, **Historias de familia (Cuatro mitos sobre sexo y deber)**
55 Jordi Llovet, **Por una estética egoísta (Esquizosemia)**
(VI Premio Anagrama de Ensayo)
56 Jonathan Culler, **La poética estructuralista (El estructuralismo, la lingüística y el estudio de la literatura)**
57 Pierre Legendre, **El amor del censor (Ensayo sobre el orden dogmático)**
58 Sigmund Freud, **Escritos sobre la cocaína**
59 Pere Gimferrer, **Lecturas de Octavio Paz**
(VII Premio Anagrama de Ensayo)
60 Jorge M. Guitart y Joaquín Roy (eds.), **La estructura fónica de la lengua castellana**
61 Sebastián Serrano, **Signos, lengua y cultura**
62 Eugenio Trías, **El lenguaje del perdón (Un ensayo sobre Hegel)**
63 Juan García Ponce, **La errancia sin fin: Musil, Borges, Klossowski**
(IX Premio Anagrama de Ensayo)
64 Catherine Clément, **Vidas y leyendas de Jacques Lacan**
65 Josep Muntañola, **Poética y arquitectura (Una lectura de la arquitectura postmoderna)**
66 André Glucksmann, **Cinismo y pasión**
67 Fernando Savater, **Invitación a la ética**
(X Premio Anagrama de Ensayo)
68 José Jiménez, **El ángel caído (La imagen artística del ángel en el mundo contemporáneo)**
69 Luis Racionero, **Del paro al ocio**
(XI Premio Anagrama de Ensayo)
70 René Girard, **La violencia y lo sagrado**
71 Fernando Savater, **Las razones del antimilitarismo y otras razones**
72 Eugenio Trías, **Filosofía y Carnaval y otros textos afines**
73 Hans Magnus Enzensberger, **Migajas políticas**
74 Jean Baudrillard, **Las estrategias fatales**

75 Antonio Elorza, **La razón y la sombra (Una lectura política de Ortega y Gasset)**
(XII Premio Anagrama de Ensayo)
76 Angel López García, **El rumor de los desarraigados (Conflicto de lenguas en la península ibérica)**
(XIII Premio Anagrama de Ensayo)
77 Hans Magnus Enzensberger, **El interrogatorio de La Habana y otros ensayos**
78 René Girard, **Mentira romántica y verdad novelesca**
79 Jean Baudrillard, **La izquierda divina**
80 Antonio Campillo, **Adiós al progreso**
81 René Girard, **El chivo expiatorio**
82 Joaquín Lleixà, **Cien años de militarismo en España**
(XIV Premio Anagrama de Ensayo)
83 Gilles Lipovetsky, **La era del vacío**
84 Patricia Highsmith, **Suspense (Cómo se escribe una novela de intriga)**
85 Carmen Martín Gaite, **Usos amorosos de la postguerra española**
(XV Premio Anagrama de Ensayo)
86 Carmen Martín Gaite, **Usos amorosos del dieciocho en España**
87 Alain Finkielkraut, **La derrota del pensamiento**
88 Jean-Didier Vincent, **Biología de las pasiones**
89 Enrique Lynch, **La lección de Sheherezade**
90 Jean Baudrillard, **El otro por sí mismo**
91 Fernando Savater (ed.), **Filosofía y sexualidad**
92 Paul Virilio, **Estética de la desaparición**
93 Raoul Vaneigem, **Tratado de saber vivir para uso de las jóvenes generaciones**
94 Pascal Bruckner y Alain Finkielkraut, **El nuevo desorden amoroso**
95 Carme Riera, **La Escuela de Barcelona**
(XVI Premio Anagrama de Ensayo)
96 Carmen Martín Gaite, **El proceso de Macanaz**
97 Carmen Martín Gaite, **El cuento de nunca acabar**
98 José Luis Pardo, **La banalidad**
99 Joachim Unseld, **Franz Kafka (Una vida de escritor)**
100 Víctor Gómez Pin, **Filosofía (El saber del esclavo)**
(XVII Premio Anagrama de Ensayo)
101 Vicente Verdú, **Días sin fumar**
102 Michel Foucault, **Esto no es una pipa (Ensayo sobre Magritte)**
103 Josep R. Llobera, **Caminos discordantes**
104 René Girard, **La ruta antigua de los hombres perversos**
105 María Charles, **En el nombre del hijo**
106 Marina Tsvietáieva, **El poeta y el tiempo**
107 Gilles Lipovetsky, **El imperio de lo efímero**
108 Fernando Savater, **Humanismo impenitente**
109 Josep M. Colomer, **El arte de la manipulación política**
(XVIII Premio Anagrama de Ensayo)
110 Josep R. Llobera, **La identidad de la antropología**
111 Pedro Azara, **De la fealdad del arte moderno**
112 Guy Debord, **Comentarios sobre la sociedad del espectáculo**

113 Alain Finkielkraut, **La memoria vana (Del crimen contra la humanidad)**
114 Enrique Lynch, **El merodeador**
115 Jean Baudrillard, **La transparencia del mal**
116 Enrique Gil Calvo, **La mujer cuarteada**
117 Hans Magnus Enzensberger, **Mediocridad y delirio**
118 Antonio Escohotado, **El espíritu de la comedia** (XIX Premio Anagrama de Ensayo)
119 Javier Marías, **Pasiones pasadas**
120 Jean Baudrillard, **La guerra del Golfo no ha tenido lugar**
121 José Luis Brea, **Las auras frías**
122 Óscar Guasch, **La sociedad rosa**
123 Bernard-Henri Lévy, **Las aventuras de la libertad**
124 Enrique Vila-Matas, **El viajero más lento**
125 Diane Ackerman, **Una historia natural de los sentidos**
126 José Antonio Marina, **Elogio y refutación del ingenio** (XX Premio Anagrama de Ensayo)
127 Robert Hughes, **Barcelona**
128 Pedro Azara, **Imagen de lo Invisible**
129 Sergio González Rodríguez, **El Centauro en el paisaje**
130 Robert Hughes, **A toda crítica (Ensayos sobre arte y artistas)**
131 Salvador Paniker, **Filosofía y mística (Una lectura de los griegos)**
132 Claude Lévi-Strauss, **Historia de Lince**
133 Hans Magnus Enzensberger, **La gran migración**
134 Gilles Deleuze y Félix Guattari, **¿Qué es la filosofía?**
135 Greil Marcus, **Rastros de carmín (Una historia secreta del siglo xx)**
136 Thomas Szasz, **Nuestro derecho a las drogas**
137 Daniel Pennac, **Como una novela**
138 Carmen Martín Gaite, **Agua pasada**
139 Antonio Escohotado, **Rameras y esposas**
140 Soledad Puértolas, **La vida oculta** (XXI Premio Anagrama de Ensayo)
141 Enrique Gil Calvo, **Futuro incierto**
142 Jean Baudrillard, **La ilusión del fin**
143 Enrique Ocaña, **El Dioniso moderno y la farmacia utópica**
144 Norbert Bilbeny, **El idiota moral (La banalidad del mal en el siglo xx)**
145 José Antonio Marina, **Teoría de la inteligencia creadora**
146 Luis Racionero, **Oriente y Occidente (Filosofía oriental y dilemas occidentales)**
147 Vicente Molina Foix, **El cine estilográfico**
148 Gilles Lipovetsky, **El crepúsculo del deber (La ética indolora de los nuevos tiempos democráticos)**
149 Alberto Cardin, **Dialéctica y canibalismo**
150 Hans Magnus Enzensberger, **Perspectivas de guerra civil**
151 Robert Hughes, **La cultura de la queja (Trifulcas norteamericanas)**
152 Miguel Morey, **Deseo de ser piel roja** (XXII Premio Anagrama de Ensayo)

153 José Luis Guarner, **Autorretrato del cronista**
154 Juan Antonio Ramírez, **Ecosistema y explosión de las artes (Condiciones de la Historia, segundo milenio)**
155 Roberto Calasso, **Los cuarenta y nueve escalones**
156 Gurutz Jáuregui, **La democracia en la encrucijada**
157 Julio Quesada, **Ateísmo difícil (En favor de Occidente)**
158 Paolo Flores d'Arcais, **El desafío oscurantista (Ética y fe en la doctrina papal)**
159 José Antonio Marina, **Ética para náufragos**
160 Wolfgang Schivelbusch, **Historia de los estimulantes (El paraíso, el sentido del gusto y la razón)**
161 Margarita Rivierè, **La década de la decencia (Intolerancias *prêt-à-porter*, moralina mediática y otras incidencias de los años noventa)**
162 Daniel Cassany, **La cocina de la escritura**
163 Javier Echeverría, **Cosmopolitas domésticos** (XXIII Premio Anagrama de Ensayo)
164 Martin Amis, **Visitando a Mrs. Nabokov (y otras excursiones)**
165 Carlos García Gual, **La Antigüedad novelada**
166 René Girard, **Shakespeare (Los fuegos de la envidia)**
167 Pierre Bourdieu, **Las reglas del arte (Génesis y estructura del campo literario)**
168 Claude Fischler, **El (h)omnívoro (El gusto, la cocina y el cuerpo)**
169 Paul Ormerod, **Por una nueva economía (Las falacias de las ciencias económicas)**
170 Santiago Alba Rico, **Las reglas del caos (Apuntes para una antropología del mercado)**
171 Harold Bloom, **El canon occidental**
172 Michel Foucault, Gilles Deleuze, **Theatrum Philosophicum & Repetición y diferencia**
173 Pere Gimferrer, **Itinerario de un escritor**
174 Gilles Deleuze, **Crítica y clínica**
175 Xavier Rubert de Ventós, **Ética sin atributos**
176 Antonio Escohotado, **Historia elemental de las drogas**
177 Félix de Azúa, **Salidas de tono (Cincuenta reflexiones de un ciudadano)**
178 Pascal Bruckner, **La tentación de la inocencia**
179 Seamus Heaney, **De la emoción a las palabras (Ensayos literarios)**
180 Vicente Verdú, **El planeta americano** (XXIV Premio Anagrama de Ensayo)
181 Jean Baudrillard, **El crimen perfecto**
182 José Antonio Marina, **El laberinto sentimental**
183 Gabriel Zaid, **Los demasiados libros**
184 Román Gubern, **Del bisonte a la realidad virtual (La escena y el laberinto)**
185 Josep R. Llobera, **El dios de la modernidad (El desarrollo del nacionalismo en Europa occidental)**
186 Perry Anderson, **Los fines de la historia**
187 Edward W. Said, **Cultura e imperialismo**

188 Furio Colombo, **Últimas noticias sobre el periodismo (Manual de periodismo internacional)**
189 H. Reeves, J. de Rosnay, Y. Coppens y D. Simonnet, **La historia más bella del mundo (Los secretos de nuestros orígenes)**
190 Oliver Sacks, **Un antropólogo en Marte**
191 Oliver Sacks, **Migraña**
192 Harold Bloom, **Presagios del milenio (La gnosis de los ángeles, el milenio y la resurrección)**
193 Pierre Bourdieu, **Razones prácticas (Sobre la teoría de la acción)**
194 Norbert Bilbeny, **La revolución en la ética (Hábitos y creencias en la sociedad digital)**
(XXV Premio Anagrama de Ensayo)
195 John Ralston Saul, **La civilización inconsciente**
196 Antonio Escohotado, **La cuestión del cáñamo (Una propuesta constructiva sobre hachís y marihuana)**
197 Pierre Bourdieu, **Sobre la televisión**
198 Jordi Balló y Xavier Pérez, **La semilla inmortal (Los argumentos universales en el cine)**
199 José Miguel G. Cortés, **Orden y caos (Un estudio cultural sobre lo monstruoso en el arte)**
200 José Antonio Marina, **El misterio de la voluntad perdida**
201 Adam Phillips, **Flirtear (Psicoanálisis, vida y literatura)**
202 Perry Anderson, **Campos de batalla**
203 Alain Finkielkraut, **La humanidad perdida (Ensayo sobre el siglo XX)**
204 Fritjof Capra, **La trama de la vida (Una nueva perspectiva de los sistemas vivos)**
205 Eric S. Grace, **La biotecnología al desnudo (Promesas y realidades)**
206 Xavier Rubert de Ventós, **Crítica de la modernidad**
207 Óscar Tusquets Blanca, **Todo es comparable**
208 J. Bottéro, M.-A. Ouaknin, J. Moingt, **La historia más bella de Dios (¿Quién es el Dios de la Biblia?)**
209 Jean Baudrillard, **El paroxista indiferente (Conversaciones con Philippe Petit)**
210 Margarita Rivière, **Crónicas virtuales (La muerte de la moda en la era de los mutantes)**
211 Josep M. Colomer, **La transición a la democracia: el modelo español**
212 Alejandro Gándara, **Las primeras palabras de la creación**
(XXVI Premio Anagrama de Ensayo)
213 Mercedes Odina y Gabriel Halevi, **El factor fama**
214 Daniel Cohn-Bendit y Olivier Duhamel, **Pequeño diccionario del euro**
215 Félix de Azúa, **Lecturas compulsivas (Una invitación)**
216 Anselm Jappe, **Guy Debord**
217 Adam Phillips, **Monogamia**
218 Oliver Sacks, **Con una sola pierna**
219 José Antonio Marina, **La selva del lenguaje**
220 Arundhati Roy, **El final de la imaginación**